DESPUÉS DEL DILUVIO

DESPUÉS DEL DILUVIO

KASSANDRA MONTAG

Editado por HarperCollins Ibérica, S.A.
Núñez de Balboa, 56
28001 Madrid

Después del diluvio
Título original: After The Flood
© 2019, Kassandra Montag
© 2020, para esta edición HarperCollins Ibérica, S.A.
Publicado por HarperCollins Publishers LLC, New York, U.S.A.
© Traducción del inglés, María Porras Sánchez

Diseño de cubierta: CalderónStudio
Imágenes de cubierta: Dreamstime.com y Shutterstock

ISBN: 978-84-9139-468-6
Depósito legal: M-40541-2020

Para Andrew

Solo lo que se pierde del todo provoca la pasión de darle infinitas denominaciones, esa manía de evocar el nombre del objeto desaparecido hasta que este se presenta.

Günter Grass

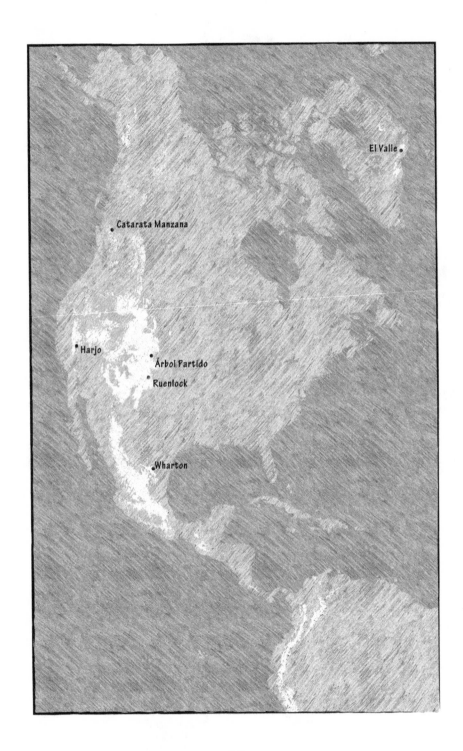

PRÓLOGO

Los niños creen que son obra nuestra, pero no es así. Existen en algún otro lugar, antes que nosotros, antes que el tiempo. Cuando vienen al mundo nos dan forma. Nos rompen antes de moldearnos.

Eso fue lo que aprendí el día que todo cambió. Estaba en el piso de arriba doblando la colada, y me dolía la espalda del peso de Pearl. La llevaba dentro de mi cuerpo, como una gran ballena que se hubiera tragado a un náufrago para ponerlo a salvo en su panza, esperando la oportunidad de escupirlo. Se removía en mi interior como nunca lo haría un pez; respiraba a través de mi sangre, agazapada contra los huesos.

El agua que rodeaba la casa alcanzaba el metro y medio de altura y cubría las carreteras y los jardines, las verjas y los buzones. Nebraska se había inundado unos días antes: el agua había cubierto la pradera con una sola ola y había convertido el estado en el mar interior que en su día fue, mientras el mundo se reducía a un archipiélago de montañas y una gran extensión de agua. Momentos antes, asomada a la ventana abierta, el agua me había devuelto un reflejo sucio y deteriorado, como si me hubieran estirado y hecho jirones de manera aleatoria.

Los gritos me pillaron desprevenida cuando doblaba una camisa. La voz era como una cuchilla que me despedazaba. Row, mi hija de cinco años, debía saber lo que estaba pasando, porque gritó:

—¡No, no, no! ¡Sin mamá, no!

Dejé caer la ropa y corrí hacia la ventana. Había una pequeña lancha motora con el motor al ralentí junto a la casa. Mi marido,

Jacob, nadaba en dirección a ella: con un brazo avanzaba y con el otro sujetaba a Row, que se revolvía contra él. Trató de subirla a bordo, pero ella le pegó un codazo en la cara. En la lancha, un hombre se puso de pie y se inclinó sobre la borda para cogerla. Row llevaba una chaqueta a cuadros que le quedaba pequeña y unos vaqueros. Mientras se debatía contra Jacob, su colgante se balanceaba como un péndulo sobre su pecho. Se revolvía y se agitaba como un pez atrapado, mojándole la cara a su padre.

Abrí la ventana y grité.

—¡Jacob! ¡¿Qué estás haciendo?!

No levantó la vista ni me respondió. Row me vio en la ventana y me llamó a gritos mientras pateaba al hombre que la tenía agarrada por las axilas para subirla a la barca.

Golpeé la pared junto a la ventana sin dejar de chillar. Jacob se subió a cubierta mientras el hombre sujetaba a Row. El cosquilleo de pánico que notaba en las yemas de los dedos se convirtió en un auténtico incendio. Cuando salté al agua desde la ventana, me temblaba todo el cuerpo.

Golpeé el suelo con los pies y me eché hacia un lado para amortiguar el impacto. Cuando salí a la superficie, vi el rastro de una mueca de dolor en el rostro de Jacob. Ahora sujetaba a Row, que pataleaba y gritaba:

—¡Mamá! ¡Mamá!

Nadé en dirección a la lancha, apartando los deshechos que ensuciaban la superficie del agua. Una lata, un periódico viejo, un gato muerto. El motor arrancó y la lancha me echó una ráfaga de agua en la cara al girar. Jacob sujetaba a Row por la espalda mientras ella me tendía el brazo, tenso y diminuto, y sus dedos rasgaban el aire.

Continué nadando mientras Row se perdía en la distancia. Podía oír sus gritos incluso cuando dejé de ver su pequeño rostro; la boca un círculo negro, el pelo de punta, agitado por el viento que se había levantado sobre el agua.

Capítulo 1

Siete años más tarde

Las gaviotas sobrevolaban en círculos nuestro barco y por eso me puse a pensar en Row. La forma en que chillaba y movía los brazos cuando estaba aprendiendo a andar; la forma en la que se había quedado completamente quieta durante casi una hora, absorta en las grullas canadienses, cuando la llevé a ver la migración al río Platte. Ella siempre había tenido algo de pájaro, era de huesos finos y ojos nerviosos y observadores, siempre escrutando el horizonte, lista para emprender el vuelo.

Nuestro barco estaba anclado frente a una costa rocosa en lo que solía ser la Columbia Británica, justo ante una pequeña ensenada, en el lugar donde el agua había rellenado una pequeña cuenca entre dos montañas. Todavía nos referíamos a los océanos por su antiguo nombre, pero lo cierto es que ahora todo era un único océano gigantesco, salpicado de fragmentos de tierra, como migajas caídas del cielo.

El amanecer comenzaba a clarear el horizonte mientras Pearl plegaba la ropa de cama bajo cubierta. Había nacido allí siete años atrás, durante una tormenta con relámpagos tan blancos como el dolor.

Metí cebo en las trampas para cangrejos y Pearl salió a cubierta con una serpiente descabezada en una mano y el cuchillo en la otra.

15

Llevaba varias serpientes enroscadas en las muñecas, como si fueran brazaletes.

—Tendremos que comernos esa esta noche —dije.

Ella me miró con cara de pocos amigos. Pearl no se parecía en nada a su hermana, no tenía el hueso fino ni el cabello oscuro. Row había salido a mí, con el pelo oscuro y los ojos grises, pero Pearl se parecía a su padre, con el cabello rizado, castaño rojizo, y la nariz pecosa. A veces me daba la impresión de que hasta se parecían en la postura, firme y resuelta, con los pies bien afianzados en el suelo, el mentón ligeramente hacia arriba, el pelo siempre revuelto y los brazos hacia atrás, sacando pecho, como si se presentara ante el mundo sin miedo ni temor alguno.

Llevaba seis años buscando a Row y Jacob. Después de que se marcharan, el abuelo y yo nos embarcamos en el Pájaro, el barco que él había construido, y Pearl nació poco después. Sin el abuelo, ni Pearl ni yo habríamos sobrevivido al primer año. Él pescaba mientras yo alimentaba a Pearl, recogía información allá por donde pasábamos y me enseñaba a manejar la vela.

Su madre había construido kayaks, al igual que sus ancestros, y él la recordaba tallando la madera como una caja torácica que protegería a la gente, como una madre protegía a un hijo en su interior, hasta finalmente llevarlos al amparo de la orilla. Su padre era pescador, por eso el abuelo había pasado su infancia en las costas de Alaska. Durante la Inundación de los Cien Años, el abuelo emigró tierra adentro junto a miles de personas y finalmente se instaló en Nebraska, donde trabajó de carpintero durante años. Pero siempre echó de menos el mar.

El abuelo buscó a Jacob y Row cuando yo no tenía ánimos para hacerlo. Había días que lo seguía con languidez mientras cuidaba de Pearl. En cada pueblo, inspeccionaba los barcos del puerto en busca de algún rastro de ellos. Mostraba sus fotografías en cada taberna y en cada casa de trueque. Cuando estábamos en mar abierto preguntaba a cada pescador con el que nos cruzábamos para saber si habían visto a Row o a Jacob.

Pero el abuelo había muerto cuando Pearl era apenas un bebé y, de repente, se me vino encima una enorme tarea. La desesperación se aferraba a mí como una segunda piel. En aquellos días, me sujetaba a Pearl al pecho con una vieja bufanda, la envolvía apretándola contra mi cuerpo para darle calor. Y seguía los mismos pasos que él habría seguido: reconocer el puerto, preguntar en los locales, mostrar fotos a la gente. Durante un tiempo me daba fuerzas, algo que hacer además de sobrevivir, algo que significaba más para mí que enrollar el sedal y subir otro pescado a bordo de nuestro pequeño barco. Algo que me daba esperanza y me prometía plenitud.

Hacía un año, Pearl y yo habíamos atracado en un pueblecito encajado en el sector norte de las montañas Rocosas. Los escaparates estaban rotos, las calles polvorientas y llenas de basura. Era uno de los pueblos más abarrotados en los que había estado. La gente iba a toda prisa por la calle principal, que estaba llena de puestos y comerciantes. Pasamos por un puesto cargado de objetos reciclados que habían sido llevados montaña arriba antes de la inundación: cartones de leche llenos de gasolina y queroseno, joyas para fundir y convertir en otra cosa, una carretilla, comida enlatada, cañas de pescar y bidones de ropa.

El siguiente puesto vendía artículos que habían sido fabricados o hallados después de la inundación: plantas y simientes, maceteros de barro, velas, un cubo de madera, botellas de alcohol de la destilería local, cuchillos hechos por un herrero. También vendían paquetes de hierbas con reclamos garabateados: «¡Corteza de sauce blanco para la fiebre!». «¡Aloe vera para las quemaduras!».

Algunos artículos presentaban un aspecto corroído por haber estado sumergidos. Los comerciantes pagaban a la gente por bucear hasta las antiguas casas para recuperar objetos que no hubieran sido saqueados antes de las inundaciones y no se hubieran podrido desde entonces. Un destornillador recubierto de óxido, una almohada con manchas amarillas y llena de moho… El puesto de enfrente solo exhibía frascos de medicamentos caducados y cajas de munición. Cada extremo estaba custodiado por una mujer armada.

Llevaba todo el pescado en una bolsa colgada a la espalda, y me agarraba a la correa mientras caminábamos por la calle principal en dirección a la casa de trueque. A Pearl la llevaba de la otra mano. Su pelo rojizo estaba muy seco y comenzaba a quebrarse a la altura del cuero cabelludo. Tenía la piel descamada y oscurecida, no bronceada por el sol, sino por culpa de las primeras fases del escorbuto. Necesitaba intercambiar el pescado por fruta para ella y mejores aparejos para mí.

En la casa de trueque vacié el pescado en el mostrador y negocié con la encargada. Era una mujer robusta con el pelo negro a la que le faltaban los dientes de abajo. Estuvimos regateando y acordamos cambiar mis siete piezas por una naranja, hilo, sedal y pan sin levadura. Después de guardar los artículos en mi bolsa, coloqué las fotos de Row ante la encargada y le pregunté si la había visto.

La mujer hizo una pausa y observó la foto con atención. Luego negó con la cabeza despacio.

—¿Estás segura? —pregunté, convencida de que su pausa significaba que había visto a Row.

—Aquí no hay ninguna niña que se le parezca —anunció la mujer con un acento cerrado, y se dio la vuelta para empaquetar mi pescado.

Pearl y yo nos abrimos paso por la calle principal en dirección al puerto. «Comprobaré los barcos», me dije. Ese pueblo estaba tan atestado que Row podría estar allí y la encargada no haberla visto nunca. Pearl y yo caminábamos de la mano, apartándonos de los comerciantes que nos llamaban desde los puestos, dejando sus voces a nuestras espaldas: «¡Limones frescos! ¡Huevos de gallina! ¡Contrachapado a mitad de precio!».

Delante de mí, distinguí a una niña de pelo largo y oscuro con un vestido azul.

Me detuve en seco y me quedé mirándolo. El vestido azul era de Row. Tenía el mismo estampado de cachemir, un volante en la parte inferior y las mangas acampanadas. El mundo se detuvo, la atmósfera se diluyó. Un hombre me tiraba del codo para que le comprara pan, pero su voz me llegaba distante. Me embargó una vertiginosa sensación de ligereza mientras observaba a la niña.

Me lancé tras ella, corriendo por la calle, tirando un carro de fruta, arrastrando a Pearl detrás de mí. Más allá del puerto, el océano era de un azul cristalino, limpio y refrescante.

Agarré a la niña del hombro y la obligué a volverse.

—¡Row! —dije, lista para volver a ver su rostro y abrazarla.

Un rostro desconocido me miró con odio.

—No me toques —murmuró la niña zafándose de mí.

—Lo siento mucho —dije dando un paso atrás.

La niña se escabulló, sin dejar de mirarme por encima del hombro con inquietud.

Me quedé en mitad de la calle bulliciosa, con el polvo flotando a mi alrededor. Pearl movió la cabeza a la altura de mi cadera y tosió.

«Es otra persona», me dije a mí misma, intentando asimilar esta nueva realidad. La decepción no podía ser más grande, pero la ignoré. «La vas a encontrar. No pasa nada, la vas a encontrar», me repetí.

Alguien me propinó un empujón y me quitó de un tirón la bolsa que llevaba al hombro. Pearl cayó al suelo y yo me tambaleé hacia un lado, agarrándome a un puesto de neumáticos reciclados.

—¡Eh! —le grité a la mujer, que salía disparada calle abajo y se escabullía tras un puesto de rollos de tela. Corrí tras ella, saltando por encima de una carretilla llena de pollos, esquivando a un hombre mayor con un bastón.

Corrí y giré sobre mí misma, en busca de la mujer. La gente pasaba a mi lado como si nada hubiera sucedido, el torbellino de cuerpos y voces me mareaba. Busqué durante una eternidad, mientras la luz del sol se apagaba y arrojaba sombras alargadas en el suelo. Corrí y di vueltas hasta casi desmayarme, y finalmente me detuve cerca del lugar donde todo había sucedido. Miré a Pearl, de pie en mitad de la calle, justo en el lugar donde había caído, junto al puesto de neumáticos.

Entre la gente y los puestos no me veía y no paraba de escrutar la multitud con ojos ansiosos y la barbilla temblorosa, sujetándose el brazo como si se hubiera hecho daño al caer. Había estado esperando todo ese tiempo a que yo volviera como una niña abandonada. La fruta que le había conseguido y que llevaba en la bolsa había sido mi único orgullo ese día. Lo único que probaba que lo estaba haciendo bien con ella.

Al verla, me sentí hecha polvo y acabada. Si hubiera estado más alerta, si no hubiera estado tan distraída, la ladrona no me habría quitado la bolsa con tanta facilidad. Antes era más cauta y más avispada. El dolor había podido conmigo, mis esperanzas de encontrar a Row tenían más de locura que de optimismo.

Lentamente, caí en la cuenta de por qué motivo el vestido azul me resultaba tan familiar, por qué me dolía como un anzuelo clavado en las entrañas. Sí, Row tenía el mismo vestido, pero no era uno de los que Jacob se había llevado cuando me la arrebató. Porque yo encontré ese vestido en el armario de su dormitorio después de que se marchara y dormí con él durante muchos días, enterrando la cara en su aroma, manoseando el tejido. Se me había quedado grabado en la memoria porque lo había dejado atrás, no porque ella pudiera llevarlo ahí fuera. «Además», pensé, «ahora sería mucho mayor, el vestido le quedaría pequeño». Habría crecido. Eso lo sabía, pero ella permanecía congelada en mi mente como una niña de cinco años de ojos grandes y risa aguda. Aunque me cruzara con ella, ¿reconocería a mi propia hija?

Era demasiado, decidí. El goteo constante de decepciones cada vez que llegaba a una casa de trueque y no encontraba respuestas ni rastro de ella. Si Pearl y yo íbamos a sobrevivir en este mundo, necesitaba centrarme en nosotras dos. Excluir a todos y todo lo demás.

Así que dejamos de buscar a Row y a Jacob. A veces, Pearl me preguntaba por qué había parado y le contaba la verdad: que no podía más. Sentía que los dos seguían vivos, pero no podía entender por qué no había sido capaz de averiguar nada sobre ellos en las pequeñas comunidades que quedaban, encajonadas en la cima de las montañas, rodeadas de agua.

Ahora íbamos a la deriva, pasábamos los días sin rumbo. Todos las jornadas eran idénticas, cada una desembocaba en la siguiente como un río en el océano. Por las noches me quedaba despierta, escuchado la respiración de Pearl y el ritmo regular de su cuerpo. Sabía que ella era mi pilar. Cada día temía que un barco de saqueadores nos localizara, o que no capturara nada en mis redes y nos muriéramos de hambre. Me asaltaban las pesadillas y me agarraba a Pearl en mitad de la noche, despertándonos a las dos. Un montón de miedos puestos en fila con un ápice de esperanza entremedias.

Cerré las trampas para cangrejos y las eché por la borda, dejando que se hundieran unos veinte metros. Mientras oteaba la costa, una sensación extraña, un temor, un cierto sentimiento de alarma, comenzó a germinar en mi interior. Una zona pantanosa se extendía por la costa, poblada de hierbas y arbustos oscuros, salpicada de algunos árboles que crecían un poco retirados de la orilla, apiñándose en la ladera de la montaña. Ahora crecían por encima del antiguo límite del bosque, sobre todo álamos, sauces y arces jóvenes. En un recodo de la costa había una pequeña bahía donde a veces los comerciantes echaban el ancla o los saqueadores andaban al acecho. Debería haberme tomado mi tiempo para recorrer con la vista la bahía y asegurarme de que la isla estaba desierta. Las vías de escape siempre eran más lentas sobre el terreno que en el agua. Me armé de valor y me aproximé; necesitábamos ir a tierra firme para buscar agua. No duraríamos ni un día más sin ella.

Pearl siguió la dirección de mi mirada mientras yo escrutaba la costa.

—Se parece a la costa de aquella gente —dijo Pearl, provocándome.

No había dejado de hablar del día que vimos a unos saqueadores asaltar un barco a lo lejos. Habíamos pasado de largo, yo cansada y apesadumbrada, mientras el viento nos alejaba de su vista. A Pearl le había afectado que no intentáramos ayudarles, y yo intenté hacerle ver que era importante que nos ocupáramos de nuestros propios asuntos. Pero, aunque intentara ser racional, temía que mi corazón se hubiera hundido el día que el agua subió de nivel…, que el pánico me hubiera inundado cuando el agua cubrió la tierra…, que el temor hubiera apartado todo lo demás, cincelando mi corazón como una figura dura y pequeña que no reconocía.

—¿Cómo íbamos a atacar un barco de saqueadores? —le pregunté—. Nadie sobrevive a algo así.

—Ni siquiera lo intentaste. ¡Ni siquiera te importa!

Negué con la cabeza.

—Me importa más de lo que crees. No siempre podemos permitirnos que nos importen más cosas. —Estaba consumida, quería decirle. Quizá fuera para bien que no hubiera encontrado a Row. Quizá no habría sabido qué hacer con ella. Quizá no quería saber qué estaría dispuesta a hacer con tal de estar con ella de nuevo.

Pearl no respondía, por eso dije:

—Ahora todos estamos solos.

—No me gustas —dijo ella sentándose de espaldas a mí.

—Eso da lo mismo —le solté. Cerré los ojos con fuerza y me pellizqué el entrecejo. Me senté a su lado, pero ella seguía sin mirarme.

—¿Volviste a soñar anoche con lo mismo? —Traté de hablarle con cariño y delicadeza, pero la voz me salía un tanto afilada.

Ella asintió, mientras drenaba la sangre de la serpiente estrujándola desde la cola hasta la oquedad donde antes tenía la cabeza.

—No voy a dejar que eso nos ocurra a nosotras. Permaneceremos juntas. Siempre —dije. Le retiré el pelo de la cara y ella esbozó una sonrisa.

Levanté la vista y comprobé el depósito. Casi vacío. Rodeadas de agua y sin poder beber. Me dolía la cabeza a causa de la deshidratación y comenzaba a tener la visión borrosa. Casi todos los días el ambiente era húmedo y llovía con frecuencia, pero llevábamos una racha de sequía. Necesitábamos encontrar arroyos de montaña y hervir el agua. Llené el odre de Pearl con lo que quedaba del agua dulce y se lo pasé.

Dejó de juguetear con la serpiente descabezada y sopesó el agua.

—Me has dado toda el agua —dijo.

—He bebido un poco antes —mentí.

Pearl se me quedó mirando, era capaz de leerme como un libro abierto. No había forma de esconderle nada, habría sido como esconderse de mí misma.

Me metí el cuchillo en el cinturón y Pearl y yo nadamos hasta la orilla con nuestros cubos de coger almejas. Aunque me preocupaba que hubiera demasiada humedad para que hubiera almejas, ambas recorrimos la marisma hasta encontrar un lugar más seco al sur, donde los rayos del sol incidían con más fuerza. Toda la orilla estaba salpicada de pequeños agujeros. Comenzamos a escarbar con palos arrastrados por la corriente, pero, unos minutos después, Pearl apartó el suyo.

—No encontraremos nada —se quejó.

—Vale —zanjé. Tenía las piernas cansadas y doloridas—. Entonces sube por la ladera a ver si encuentras un arroyo. Busca sauces.

—Ya sé lo que tengo que buscar. —Giró sobre sus talones y echó a correr torpemente ladera arriba. La pobre todavía no se había recuperado del vaivén de las olas y pisaba con demasiada fuerza, balanceándose de un lado a otro.

Continué escarbando y apilando el barro a mi alrededor. Di con una concha y eché la almeja al cubo. Por encima del viento y las olas, creí oír voces procedentes del otro lado de la montaña. Me senté sobre los talones, alerta, a la escucha. Un escalofrío me recorrió la columna y agucé el oído, pero no era nada. Tenía la sensación de que en tierra siempre notaba cosas que no existían: oía una canción donde no había música, veía al abuelo cuando ya estaba muerto. Como si el pasado y todo lo que conllevaba regresara a mí cuando estaba en tierra.

Me incliné y escarbé con las manos en el barro. Otra almeja cayó en el cubo con un clac. Acababa de encontrar otra cuando un grito breve y agudo taladró el aire. Me quedé helada, levanté la vista y escudriñé el paisaje en busca de Pearl.

Capítulo 2

Unos metros más ladera arriba, delante de los arbustos y una pared rocosa, un hombre enjuto y fuerte agarraba a Pearl por la espalda mientras la amenazaba con un cuchillo al cuello. Pearl estaba quieta, con la mirada oscura y tranquila y los brazos a ambos lados, incapaz de alcanzar el cuchillo que llevaba en el tobillo.

El hombre tenía cara de desesperación, parecía un tanto desequilibrado. Me levanté despacio y noté cómo el pulso me retumbaba en los oídos.

—Ven aquí —me gritó. Tenía un acento extraño que no supe ubicar, entrecortado y con las consonantes marcadas.

—De acuerdo —dije con las manos en alto para mostrarle que no iba a intentar nada mientras caminaba hacia ellos.

Cuando los alcancé, dijo:

—Si te mueves, despídete de ella.

Asentí.

—Tengo un barco —dijo—. Trabajaréis en él. Tira el cuchillo al suelo.

Me entró el pánico mientras me desprendía del cuchillo y se lo pasaba. Él se lo metió en el cinturón y me ofreció una sonrisa completamente desdentada. Tenía la piel bronceada de un tono marrón rojizo y el pelo ralo y rubio. Llevaba un tigre tatuado en el hombro. Los saqueadores tatuaban a los miembros de su tripulación y a menudo usaban animales, aunque no podía recordar cuál utilizaba el tigre.

—No te preocupes. Cuidaré de vosotras. Es por ahí.

Seguí al hombre y a Pearl por la ladera de la montaña, serpenteando en dirección a la ensenada. Las hierbas ásperas me arañaban los tobillos y tropecé con unas rocas. El hombre retiró el cuchillo del cuello de Pearl, pero continuó sujetándola por el hombro. Yo quería abalanzarme sobre él y arrebatársela, pero a él le daría tiempo a ponerle el cuchillo en el cuello antes de que yo lograra apartarla de su lado. Se me pasaron por la cabeza visiones a fogonazos que me mostraban distintos desenlaces: que él decidiese que solo quería quedarse con una de nosotras o que hubiera que enfrentarse a demasiada gente cuando llegáramos a su barco.

El hombre comenzó a charlar sobre la colonia que los suyos tenían en el norte. Quería decirle que se callara para poder pensar tranquila. Llevaba una cantimplora al hombro que se balanceaba hacia atrás y hacia delante a la altura de su cadera. Oía el chapoteo del agua, y la sed se antepuso al miedo; salivaba pensando en ella, con los dedos listos para actuar y desenroscar el tapón.

—Es importante que formemos nuevas naciones. Es importante para… —El hombre agitó la mano ante él, como si pudiera escoger una palabra en el aire— …organizarse. —Asintió, claramente complacido—. Así es cómo se hacía antes, en el principio, cuando todavía vivíamos en las cavernas. Si la gente no se organiza, nos extinguiremos.

Había otras tribus que intentaban crear nuevas naciones navegando de un territorio a otro, estableciendo bases militares en islas y puertos, atacando pueblos y formando colonias. Muchas de ellas comenzaban como un barco que se apoderaba de otros barcos y, con el tiempo, comenzaban a apoderarse de diferentes comunidades en tierra.

El hombre me miró por encima del hombro y yo asentí sin decir palabra, con los ojos muy abiertos, mostrando deferencia. Estábamos a menos de un kilómetro de nuestro barco. Al acercamos al recodo de la ladera vimos que el terreno descendía abruptamente y caminamos en fila junto a la pared de roca. Pensé en agarrar a Pearl y saltar al agua desde el acantilado para llegar a nado hasta nuestro barco, pero estaba demasiado lejos y el mar estaba agitado. Y no sabía si sería una caída limpia o si habría rocas bajo la superficie.

El hombre había comenzado a hablar de los barcos de cría de su gente. Las mujeres tenían que traer hijos al mundo una vez al año o así, para nutrir las tripulaciones de saqueadores. Esperaban hasta que las niñas tenían la regla antes de trasladarlas a un barco de cría. Hasta entonces, las tenían prisioneras en la colonia.

Había pasado junto a buques de cría mientras pescaba, se reconocían por la bandera blanca con un círculo rojo. Una bandera que advertía a los demás barcos que no se aproximaran. Como las enfermedades se propagaban tan rápido por tierra, los saqueadores habían llegado a la conclusión de que los bebés estaban más seguros en los barcos, cosa que a menudo era cierta. Salvo cuando había algún contagio a bordo y morían casi todos, dejando un barco fantasma, a la deriva hasta que se estrellaba contra una montaña y se hundía en el fondo del mar.

—Sé lo que estás pensando —continuó el hombre—. Pero los Lost Abbots hacemos las cosas bien. No se puede construir una nación sin gente, sin impuestos, sin tener personal que los recaude. Eso es lo que nos permite organizarnos.

—¿Es tu hija? —me preguntó el hombre.

Me sobresalté y negué con la cabeza.

—La recogí en la costa hace unos años. —No estaría predispuesto a separarnos si pensaba que no éramos familia.

El hombre asintió.

—Claro, claro. Vienen muy bien.

El viento cambió cuando comenzábamos a rodear la montaña y nos llegaron voces desde la ensenada, el clamor de personas trabajando en un barco.

—Te pareces a una chica que conozco de una de nuestras colonias —me dijo el hombre.

Yo apenas escuchaba. Si me abalanzaba sobre él, podría cogerle del brazo derecho, inmovilizárselo a la espalda y sacar mi cuchillo de la vaina.

Él extendió la mano y le tocó el pelo a Pearl. Se me encogió el estómago. De la muñeca le colgaba una cadena de oro con un colgante. El colgante era de palo de serpiente y tenía grabada una grulla. El collar de Row. El collar que el abuelo le había tallado el verano que habíamos ido a ver las grullas. No estaba pintado, salvo por una gota de pintura roja entre los ojos y el pico.

Me detuve.

—¿De dónde lo has sacado? —pregunté. Notaba el pulso en los oídos y el cuerpo me vibraba como las alas de un colibrí.

Bajó la vista a la muñeca.

—Es de esa chica. La que te estaba contando. Una niña muy dulce. Me sorprende que durara tanto. No parecía que tuviera lo que hay que tener… —Señaló hacia la ensenada con el cuchillo—. No tengo todo el día.

Me abalancé sobre él y lo desestabilicé de una patada en la pierna derecha. Él tropezó y le clavé el codo en el pecho, dejándolo sin aliento. Pisé la mano que sostenía el cuchillo, lo agarré y le apunté al pecho.

—¿Dónde está? —pregunté con voz queda, apenas un susurro.

—Mamá… —dijo Pearl.

—Date la vuelta —le dije—. ¿Dónde está? —Empujé el cuchillo entre las costillas, la punta perforó la piel y la membrana. Él apretó los dientes y comenzó a sudar por las sienes.

—Valle —jadeó—. El Valle. —Miró nerviosamente en dirección a la ensenada.

—¿Y su padre?

El hombre frunció el ceño, confundido.

—No estaba con su padre. Estará muerto.

—¿Cuándo sucedió esto? ¿Cuándo la viste?

El hombre cerró los ojos con fuerza.

—No lo sé. ¿Hace un mes? Vinimos aquí directamente.

—¿Todavía está allí?

—Estaba allí cuando me marché. Todavía no es lo bastante mayor para... —Hizo una mueca y trató de recuperar el aliento.

Había estado a punto de decir «no lo bastante mayor para el barco de cría».

—¿Le hiciste daño?

Incluso entonces, una mirada complacida le asomó a los ojos, una especie de brillo.

—No se quejó demasiado —dijo él.

Le clavé el cuchillo hasta el fondo, hasta que la empuñadura tocó la piel, y lo deslicé hacia arriba para destriparlo como a un pez.

Capítulo 3

Pearl y yo robamos la cantimplora del hombre y arrojamos su cuerpo por el acantilado. Mientras corríamos hacia el barco no podía dejar de pensar en su tripulación en la ensenada, preguntándome cuándo comenzarían a buscarlo. Hacía bastante viento, pensé, para poner rumbo al sur a buena velocidad. En cuanto Pájaro se ocultara detrás de otra montaña sería difícil seguirnos la pista.

Cuando regresamos al barco levé el ancla, Pearl ajustó las velas y zarpamos a toda velocidad, mientras la costa se hacía más pequeña a nuestra espalda, pero seguía faltándome el aliento. Me escondí de Pearl en la caseta de cubierta, me temblaba todo el cuerpo, lo mismo que le había ocurrido al cuerpo del hombre mientras moría. En el pasado me había visto envuelta en peleas, momentos tensos arma en mano, pero no había matado a nadie. Matar a ese hombre había sido como atravesar una puerta a otro mundo. Se parecía a un lugar conocido, pero que había olvidado, que no quería recordar. No me sentía poderosa, solo me sentía más sola.

Navegamos a vela en dirección sur durante tres días hasta que alcanzamos Catarata Manzana, un pequeño puerto comercial en una montaña en lo que antes fuera la Columbia Británica. El agua de la cantimplora solo nos duró un día, pero al segundo día llovió un poco, lo suficiente para que no estuviéramos deshidratadas cuando llegamos a Catarata Manzana. Eché el ancla y observé a Pearl, que contemplaba el puerto desde la proa.

—Habría preferido que no lo vieras —le dije a Pearl observándola con atención. Apenas me había hablado desde entonces.

Ella se encogió de hombros.

—Iba a hacernos daño. ¿Crees que no debería haberlo hecho? ¿Crees que era una buena persona? —pregunté.

—No me gustó. No me gustó ni un pelo —dijo con un hilo de voz. Hizo una pausa, como si reflexionara, y luego continuó—: Gente desesperada. —Me miró con detenimiento. Siempre le decía, cuando me preguntaba por qué la gente era cruel, que la gente desesperada hacía cosas desesperadas.

—Sí —le dije.

—¿Vamos a intentar encontrarla?

—Sí —dije. Se me escapó antes de ser consciente de haberlo decidido. Una respuesta al margen de la razón. Ante la imagen de Row en peligro solo podía imaginarme yendo hacia ella, sin elección posible, en una única dirección, como la lluvia cae del cielo y no regresa en sentido contrario.

Aunque me sorprendió mi reacción, Pearl no se mostró extrañada. Se limitó a mirarme y dijo:

—¿Le caeré bien a Row? —Fui hasta ella, me puse en cuclillas y la abracé. El pelo le olía a mar y a jengibre y enterré la cara en él; su cuerpo era tan tierno y vulnerable como la noche que la traje al mundo.

—Estoy segura de que sí —le dije.

—¿Va a salir todo bien? —preguntó Pearl.

—Va a salir todo bien.

—Siempre dices que todos estamos solos. No quiero estar sola —dijo Pearl.

Se me encogió el corazón y la volví a abrazar con fuerza.

—Nunca estarás sola —le prometí. Le di un beso en la coronilla—. Será mejor que los contemos —le dije señalando los cubos de pescado sobre la cubierta.

No podía dejar de pensar que Row estaba sola ahí fuera mientras sopesaba cada pescado en la palma de la mano, mientras una parte de mí se preguntaba cuánto valdría cada pieza y la otra la imaginaba abandonada a su suerte en alguna costa. ¿Había muerto Jacob? ¿La había dejado atrás? Las manos me temblaban con rabia antigua solo de pensarlo. Él abandona a la gente, es lo que se le da bien.

«Pero a ella no le haría algo así», razonaba, sintiéndome otra vez presa del odio que me tuvo en vela por las noches durante años después de que se marchara. En el pasado me cegaba el amor y ahora, lo sabía bien, me cegaba el odio. Tenía que centrarme. Recordar a Row y olvidarme de él.

Durante los tres días de travesía, una parte de mí pensaba en Row constantemente. Tenía la sensación de que todo mi cuerpo conspiraba para llegar hasta ella mientras que mi cerebro se centraba en atar una polea o recoger el sedal; las pequeñas tareas que me mantenían con los pies en la tierra. Todavía estaba aterrada, descubrir que estaba viva había sido un *shock*, pero me movía por el barco como si fuera un día como otro cualquiera con una extraña tranquilidad animal. Es lo que había soñado y había esperado y también lo que había temido. Porque si estaba viva significaba que tenía que ir en su busca, tenía que arriesgarlo todo. ¿Qué clase de madre abandona a su hija cuando más la necesita? Pero, si emprendía la búsqueda acompañada de Pearl, ¿no sería una forma de abandonarla a ella? ¿De abandonar la vida pacífica por la que tanto habíamos luchado?

Pearl y yo cargamos el salmón y el fletán en cuatro cestos. Les habíamos quitado las tripas y habíamos ahumado el salmón a bordo, pero el fletán era fresco de esa misma mañana, eso nos daba una ventaja para regatear.

El nombre le iba como anillo al dedo a Catarata Manzana: habían plantado manzanos en un claro entre los picos de dos montañas. Disparaban a los ladrones si entraban en el huerto, que estaba rodeado de puestos de vigilancia. Esperaba cambiar la pesca por media cesta de manzanas por lo menos, algo de cereal y semillas. En la última casa de trueque solo teníamos tres cestas de pescado y apenas si pudimos cambiarlas por la cuerda, el aceite y la harina que necesitábamos. Teníamos que conseguir algunas semillas para poder plantar verduras a bordo. En ese momento solo teníamos una tomatera medio seca. Con Beatrice, mi vieja amiga de Catarata Manzana, conseguiría una mejor oferta por el pescado que en ningún otro puerto.

Las olas rompían contra la ladera de la montaña y la orilla era empinada, con una cornisa de turba a modo de embarcadero. Habían ido construyendo una pasarela de madera poco a poco, que estaba medio sumergida.

Atracamos el barco y pagamos el amarre con una caja de restos de metal que había encontrado mientras cazaba en un bajío. El Pájaro era uno de los barcos más pequeños del puerto, pero estaba hecho para durar. El diseño del abuelo era sencillo, fácil de maniobrar. No tenía más que un mástil cuadrado, un timón, una pértiga y remos a ambos lados. También disponía de una caseta en cubierta hecha a base de alfombras viejas y lona impermeable donde dormíamos por la noche. Lo había construido con los árboles de nuestro jardín trasero de Nebraska, cuando comenzó la Inundación de los Seis Años, cuando supimos que huir era nuestra única esperanza si queríamos sobrevivir.

El agua ya había sumergido las costas de todo el mundo cuando yo nací. Muchos países habían perdido la mitad de su territorio. Los migrantes huyeron tierra adentro y, de repente, Nebraska se convirtió en un lugar bullicioso y atestado. Nadie sabía que lo peor estaba aún por llegar: la gran inundación que duró seis años, con el agua subiendo más de lo que nunca nadie habría imaginado, países enteros convertidos en fondo marino, cada ciudad una nueva Atlántida.

Antes de la Inundación de los Seis Años, los terremotos y los tsunamis eran constantes. La tierra parecía cargada de energía. Solía levantar la mano para palpar el calor en el aire, como el latido de un animal invisible. La radio difundía el rumor de que el fondo marino se había fracturado, que el agua del interior de la tierra se filtraba hacia el mar. Pero nunca supimos con certeza qué había sucedido, solo que el nivel del océano había subido y amenazaba con sepultarnos en una tumba acuática.

La gente se refería a la época en la que las costas desaparecieron como la Inundación de los Cien Años. La Inundación de los Cien Años no duró exactamente un centenar de años, porque nadie sabía a ciencia cierta cuándo había comenzado. A diferencia de una guerra, no hubo llamada a las armas, no hubo una fecha que marcara su comienzo. Pero duró casi un siglo, un poco más de lo que vive una persona, porque mi abuelo siempre decía que cuando su madre nació Nueva Orleans existía y cuando murió ya no.

Tras la Inundación de los Cien Años se sucedieron una serie de migraciones y luchas por los recursos. Mi madre me contaba historias de cómo habían caído las grandes ciudades, cuando la electricidad e Internet comenzaron a fallar. La gente se presentaba en la puerta de los hogares de Indiana, Iowa o Colorado, aferrada a sus pertenencias, con los ojos cansados y dilatados, pidiendo refugio.

Casi al final de la Inundación de los Cien Años, el Gobierno se trasladó tierra adentro, pero su alcance era limitado. Yo tenía diecisiete años cuando oí por radio que el presidente había sido asesinado. Pero, un mes después, un migrante de paso nos contó que había huido a las Rocosas. Y entonces, después, oímos que los militares habían dado un golpe de estado durante una sesión del Congreso y que el Gobierno había huido poco después. Las comunicaciones estaban tan deterioradas que, a partir de entonces, todo se reducía a conjeturas, y dejé de atender.

Tenía diecinueve años cuando comenzó la Inundación de los Seis Años y acababa de conocer a Jacob. Recuerdo estar a su lado viendo el vídeo de la inundación de la Casa Blanca, observando cómo tan solo la bandera quedaba a la vista por encima del agua, mojándose con cada ola hasta que quedó colgando del mástil hecha un guiñapo. Imaginé el interior de la Casa Blanca, con tantas caras observando desde los retratos, con el agua goteando por los pasillos y abriéndose paso por las estancias, a veces en tromba y otras en silencio.

La última vez que mi madre y yo vimos juntas la televisión fue durante el segundo año de la Inundación de los Seis Años; yo estaba embarazada de Row. Vimos unas imágenes de un hombre tendido en una balsa salvavidas, con una botella de *whisky* en equilibrio sobre el estómago, mirando al cielo con una sonrisa, mientras pasaba junto a un rascacielos rodeado de basura. «Hay tantas formas de reaccionar como personas», decía ella siempre.

Que se lo contaran a mi padre, él fue quien me enseñó el significado de las inundaciones. Que se cortaran las comunicaciones me parecía habitual, que la gente se agolpara en los comedores sociales resultaba normal. Pero, cuando tenía seis años, volví un día temprano del colegio con dolor de cabeza. La puerta del cobertizo del jardín estaba abierta y, por la abertura, solo se veían su torso y las piernas. Avancé un paso, levanté la vista y le vi la cara. Se había ahorcado de una viga con una soga.

Recuerdo que grité y que retrocedí. Cada célula de mi cuerpo era una esquirla de cristal, hasta respirar era doloroso. Corrí a casa y busqué a mi madre, pero todavía no había vuelto del trabajo. Las antenas no funcionaban ese mes, de modo que me senté en el escalón de la entrada y esperé a que mi madre regresara. Intenté pensar en cómo decírselo, pero las palabras me eludían, la mente se evadía de la realidad. Había días en los que todavía me sentía como esa niña en el escalón, esperando y esperando, con la cabeza en blanco como un lienzo nuevo.

Después de que mi madre regresara a casa, encontramos una bolsa de la compra encima de la mesa con una nota de mi padre: *No había nada en el supermercado. Lo siento.*

Creía que, cuando tuviera hijos propios, lo entendería mejor, que comprendería la desesperación que él había sentido. Pero no fue así. Le odiaba aún más.

* * *

Pearl me tiró de la mano y me señaló un carro de manzanas situado donde terminaba el embarcadero.

Asentí.

—Seguro que podemos comprar un par —dije.

El pueblo estaba atestado de gente y Pearl se pegó a mí. Llevábamos las cestas de pescado en dos largas pértigas para poder cargarlas a hombros y emprendimos la subida por el camino serpenteante entre dos montañas.

Me sentía aliviada por pisar tierra firme. Pero, a medida que la multitud me engullía, noté un miedo distinto a todo lo que sentía cuando estaba sola en alta mar. La sensación de haber perdido el control. De ser la forastera, la que tiene que aprender de nuevo las normas cambiantes de cada puerto comercial.

Pearl no dudaba tanto como yo, que siempre oscilaba entre el alivio y el pánico. Ella odiaba pisar tierra, la única ventaja es que podía cazar serpientes. Incluso cuando era un bebé detestaba estar en tierra, se negaba a dormir cuando acampábamos en las orillas por la noche. A veces le entraban náuseas cuando estábamos en un puerto y salía a nadar un rato para tranquilizarse.

El terreno estaba lleno de tocones de árboles talados y un sotobosque espeso de hierbas y arbustos. La gente parecía apiñarse una encima de otra por el camino: un anciano tropezó con dos jóvenes que cargaban con una canoa, una mujer empujaba a sus hijos delante de ella. Todo el mundo llevaba la ropa sucia y hecha jirones, y el olor de tantas personas viviendo hacinadas me provocaba mareos. La mayoría de la gente con la que me cruzaba en los puertos era mayor que Pearl, y Catarata Manzana no era la excepción. La mortalidad infantil era elevada. En la calle, la gente hablaba de nuestra posible extinción, de las medidas que harían falta para que no ocurriera.

Alguien tiró una de las cestas de Pearl al suelo y yo maldije para mis adentros y recogí el pescado rápidamente. Pasamos delante de la casa de trueque y la taberna principales y atravesamos por el mercado al aire libre, donde el aroma a fruta recién cortada y col flotaba en el aire. Las chozas se agolpaban a las afueras de la ciudad a medida que avanzábamos por el camino en dirección a la tienda de Beatrice. Estaban hechas con tablas, trozos de metal o piedras apiladas como si fueran ladrillos. En el patio de tierra de una de ellas distinguí a un niño sentado limpiando pescado, con un collar al cuello y atado con una correa a un poste metálico.

El niño me miró. Por la espalda le asomaban pequeños moratones, como flores bajo la piel. Una mujer se asomó y se quedó en la puerta de la chabola de brazos cruzados, mirándome fijamente. Desvié la vista y apreté el paso.

La tienda de Beatrice estaba en el lado sur de la montaña, oculta por algunas secuoyas. Beatrice me había contado que montaba guardia con una escopeta para que no se las robaran, y que a veces se despertaba en mitad de la noche con el sonido de hachazos. Pero solo le quedaban cuatro cartuchos, me había confesado.

Pearl y yo nos agachamos y descargamos las pértigas.

—¿Beatrice? —llamé en voz alta.

Durante un momento todo continuó en silencio y me preocupó que no estuviera, que se hubiera marchado.

—¿Beatrice?

Asomó la cabeza por la abertura de la tienda y sonrió. Todavía llevaba el cabello gris recogido en una larga trenza y las arrugas que le surcaban la cara estaban más marcadas y castigadas por el sol.

Salió de un salto y abrazó a Pearl.

—Me preguntaba cuándo volvería a veros —dijo. Nos miró alternativamente, para no perderse detalle. Sabía que temía que llegara el día en que no regresáramos a negociar con ella, lo mismo que yo temía que llegara el día en que acudiera a su tienda y estuviera ocupada por otra persona, relegando su nombre a un mero recuerdo.

Me abrazó y me sujetó de los hombros para echarme un buen vistazo.

—¿Qué? —preguntó—. Ha pasado algo.

—Sé dónde está, Beatrice. Y necesito tu ayuda.

Capítulo 4

La tienda de Beatrice era el lugar más confortable donde había estado en los últimos siete años, desde que el abuelo y yo nos embarcamos. Sobre el suelo de hierba había una alfombra oriental y una mesita de café ocupaba el centro de la tienda. A un lado había varias mantas apiladas sobre un catre. Tenía cestas y cubos con todo tipo de trastos —bramante, rollos de cuerda, manzanas, botellas de plástico vacías— desperdigados por la periferia de la tienda.

Beatrice se movía en este espacio como un escarabajo, ágil y nervuda. Vestía una túnica gris larga, pantalones amplios y sandalias.

—Primero el trueque y luego la charla. —Me entregó una taza de latón con agua.

—¿Qué es lo que tienes? —preguntó. Se asomó a la cesta—. ¿Solo pescado? Venga, Myra.

—No solo salmón —dije—. También tengo fletán. Ejemplares de muy buen tamaño. Sacarás un lomo enorme de este. —Señalé el fletán más grande, que había colocado en lo alto de la cesta.

—Ni madera, ni metal, ni pieles…

—¿Dónde quieres que encuentre pieles?

—Dijiste que tenías un barco de cinco metros de eslora. Podrías tener una o dos cabras. Te vendrían bien para la leche y luego tendrías las pieles.

—El ganado en el mar es una pesadilla. Los animales no viven mucho. No lo bastante para reproducirse, entonces no merece la pena —repliqué. Pero la dejé hacer porque sabía que lo necesitaba. Un regusto maternal, el placer de regañar y consolar.

Beatrice se agachó y revisó el pescado.

—Te resultaría fácil curtir cuero en un barco. Con todo ese sol.

Al final acordamos intercambiar el pescado por una segunda tomatera, varios metros de algodón, un cuchillo nuevo y dos bolsitas de germen de trigo. El trato era mejor de lo que esperaba, todo gracias a que Beatrice era extremadamente generosa con Pearl y conmigo. Mi abuelo y ella se habían hecho amigos años atrás y, tras su muerte, Beatrice se volvió cada vez más generosa con sus trueques. Me hacía sentir culpable y agradecida al mismo tiempo. Aunque yo tenía fama de buena pescadora en muchas casas de cambio, a Pearl y a mí apenas nos alcanzaba para sobrevivir.

Beatrice hizo un gesto en dirección a la mesa de café y Pearl y yo nos sentamos en el suelo mientras ella salía fuera para encender fuego y empezar a preparar la cena. Comimos el salmón que yo había traído con patatas cocidas, col y manzanas. Tan pronto como Pearl terminó de cenar, se hizo un ovillo en una esquina de la tienda y se quedó dormida, mientras Beatrice y yo hablábamos en voz baja a medida que oscurecía.

Beatrice me sirvió una infusión de menta y hierbas; las hojas flotaban en la taza. Me dio la impresión de que estaba haciendo acopio de fuerzas.

—¿Y dónde está? —preguntó Beatrice al fin.

—En un lugar llamado El Valle. ¿Has oído hablar de él?

Beatrice asintió.

—Solo he comerciado con gente de allí en una ocasión. Es un asentamiento pequeño, varios cientos de personas. Los que llegan hasta ese lugar normalmente no regresan. Está demasiado aislado. La travesía es mala. —Me miró largo y tendido.

—¿Dónde está?

—¿Cómo has conseguido la información? ¿Es de fiar? —preguntó.

—Me lo dijo un saqueador de los Lost Abbots. No creo que me estuviera mintiendo. Ya me había contado casi toda la información antes de…

Me detuve, de repente me sentía incómoda. Beatrice se mostró más comprensiva.

—¿Ha sido tu primera vez?

Asentí.

—Nos capturó a Pearl y a mí.

—Parece que las clases de lucha te han venido bien —dijo, aunque parecía más apenada que satisfecha. El abuelo me había enseñado a navegar y a pescar, pero Beatrice me había enseñado a pelear. Después de que el abuelo muriera, Beatrice y yo solíamos practicar bajo los árboles que rodeaban su tienda, a unos pasos de distancia una de la otra, mientras yo imitaba los movimientos que hacía con las manos y los pies. Su padre la había enseñado a pelear con cuchillo en la época de las primeras migraciones y durante las clases no mostraba clemencia: me ponía la zancadilla y me tiraba al suelo, hasta me doblaba el brazo hacia atrás como si quisiera partírmelo.

La infusión humeaba ante mí, y me calenté la mano con la taza. Noté que el cuerpo trataba de calmarme con su quietud, pero por dentro me sentía desbordada, como si me estuviera cayendo a pedazos.

—¿Me puedes ayudar? —pregunté—. ¿Tienes mapas?

Yo sabía que tenía mapas; podía cambiar sus mapas por madera y tierras, ese era uno de los motivos por los que dormía con una escopeta por la noche. Nunca había oído hablar del Valle, pero había muchos sitios de los que no había oído hablar nunca.

Cuando Beatrice no dijo nada, yo añadí:

—No quieres que vaya.

—¿Has aprendido a navegar con instrumentos? —me preguntó.

Como no sabía, me limitaba a navegar a vela entre los puertos comerciales a lo largo de la costa del Pacífico, que conocía bien de cuando navegaba con el abuelo.

—Beatrice, ella corre peligro —dije—. Si los Lost Abbots están allí, significa que el Valle es ahora una colonia. ¿Sabes qué edad tiene? Casi trece años. La trasladarán a un barco de cría de un día para otro.

—Seguro que Jacob la protege. Quizá pague más impuestos para librarla del barco.

—El saqueador dijo que no tenía padre —dije.

Beatrice miró a Pearl, que dormía acurrucada a su lado, con el rostro sereno. Una de sus serpientes asomó la cabeza del bolsillo de los pantalones y se le deslizó por la pierna.

—¿Y Pearl? ¿Qué hay de ella? —preguntó Beatrice—. ¿Y si te embarcas en este viaje y acabas perdiéndola también a ella?

Me levanté y salí de la tienda. Había refrescado. Hundí el rostro en las manos y me entraron ganas de gritar, pero me mordí los labios y cerré los ojos con tanta fuerza que me dolieron.

Beatrice salió y me apoyó la mano en el hombro.

—Si no lo intento… —empecé a decir. Los murciélagos batiendo las alas por encima de nosotras se recortaron contra la luna con su silueta negra y parpadeante—. Está sola, Beatrice. Esta es mi única oportunidad de salvarla. Cuando la lleven a un barco de cría nunca volveré a encontrarla.

Lo que no le conté es que yo no podía ser mi padre. No podía abandonarla en un escalón cuando más me necesitaba.

—Lo sé —dijo—. Lo sé. Vuelve dentro.

No había acudido a Beatrice solo porque sabía que me ayudaría, sino porque era la única persona que podía comprenderme. Que conocía toda mi historia, desde el principio. No había ninguna otra persona en el mundo que supiera cómo había conocido a Jacob cuando tenía diecinueve años y todavía no había oído hablar de la Inundación de los Seis Años. Era un migrante de Connecticut, y el día que nos conocimos yo estaba en nuestro porche secando rodajas de manzana al sol. Ese verano rozábamos los cuarenta grados casi todos los días, por eso secábamos la fruta en el porche y envasábamos el resto de la cosecha. Había cortado veinte manzanas en rodajas finas y las había alineado en las tablas del porche antes de volver al interior para remover la compota que tenía al fuego. Por las mañanas trabajaba con un granjero que vivía al este, pero por las tardes estaba en casa, ayudando a mi madre con la casa. Entonces ya solo trabajaba de enfermera de vez en cuando, visitando pacientes en sus casas o tratándolos en clínicas improvisadas, intercambiando cuidados y conocimientos por comida.

Cuando regresé, una fila de rodajas de manzana había desaparecido y había un hombre inmóvil asomado al porche que sostenía una rodaja con una mano y con la otra sujetaba una bolsa que le colgaba del hombro.

Dio media vuelta, echó a correr y yo me apresuré tras él. El sudor me recorría la espalda y me ardían los pulmones, pero logré darle alcance y derribarlo, y ambos acabamos tirados en el jardín del vecino. Le quité la bolsa a tirones y él apenas se resistió, solo se protegió la cara con las manos.

—Pensé que serías rápida, pero me he quedado corto —dijo jadeando.

—Aléjate de mí —murmuré poniéndome de pie.

—¿Me devuelves la bolsa?

—No —contesté dando media vuelta.

Jacob suspiró y apartó la vista con un gesto abatido. Tenía la sensación de que estaba acostumbrado a la derrota y que la sobrellevaba bastante bien. Esa misma noche me pregunté por qué había perseguido a un extraño y no me había asustado más, cuando por lo general me esforzaba por evitarlos y temía ser atacada. Me di cuenta de que sabía que él no iba a hacerme daño.

Esa noche durmió en el cobertizo abandonado de un vecino y por la mañana me saludó con la mano. Me estuvo observando mientras quitaba las malas hierbas del jardín. Me gustaba que me observara, me gustaba la sensación cálida que me provocaba.

Unos días después, me trajo una nutria que había atrapado en un río cercano y la dejó a mis pies.

—¿En paz? —preguntó.

Asentí. Después de eso se sentaba y hablaba conmigo mientras yo trabajaba, y comenzó a gustarme el ritmo de sus historias, esa forma tan peculiar de terminarlas, con una nota de exasperación mezclada con alegría.

La catástrofe nos unió. No creo que nos hubiéramos enamorado sin la mezcla perfecta de aburrimiento y miedo, un miedo que rozaba la excitación y que pronto se convirtió en algo erótico. Su boca en mi cuello, mi piel mojada por el sudor, la tierra húmeda bajo nosotros… Hacía tanto bochorno que llovía cada pocas horas y el sol secaba la tierra. El corazón más acelerado de lo debido, unos nervios que solo se aplacaban tras volver a inflamarse.

La única foto que hicimos en nuestra boda fue con una cámara instantánea que mi madre le pidió prestada a una antigua paciente. Salimos de pie en el porche, cegados por el sol, Row ya abultaba en mi vientre y apenas se nos veían los ojos. Es lo que más recuerdo de esos días: el calor y la luz. El calor nunca nos abandonaba, pero oscurecía tan rápido durante cada tormenta que sentías que estabas en una habitación donde algún dios encendía y apagaba la luz.

Beatrice me acompañó al interior de la tienda. Fue hasta su escritorio, encajado entre el catre y una estantería con macetas. Hurgó entre algunos papeles y sacó un mapa enrollado que extendió en la mesa delante de mí. Yo sabía que el mapa no sería del todo fiable; los mapas fiables no existían todavía, pero algunos marinos habían intentado cartografiar la masa continental que no había acabado sumergida.

Beatrice señaló una isla en la mitad superior del mapa.

—Esto antes era Groenlandia. El Valle está en el extremo sureste.

Beatrice señaló una pequeña hondonada flanqueada por acantilados y agua. En el mar, a ambos lados de la pequeña lengua de tierra, habían escrito *Icebergs*. No era de extrañar que no hubiera encontrado a Row después de tantos años buscándola; no había querido plantearme que pudiera estar tan lejos.

—Está protegido de los elementos y los saqueadores por los acantilados, por eso me sorprende que los Lost Abbots lo hayan convertido en colonia. Los comerciantes del Valle decían que era más segura que cualquier otra isla por su aislamiento. Pero es difícil llegar. Esto… —señaló al mar del Labrador— …es el Corredor de los Saqueadores.

Había oído hablar del Corredor de los Saqueadores. Una franja de mar oscuro y embravecido donde acechaban los saqueadores, que solían aprovecharse de los barcos deteriorados o de los marineros que se habían perdido para robarles su carga. Cuando me detenía en los puertos apenas si prestaba atención a las historias, pues siempre había dado por hecho que no tendría que acercarme por allí.

—Los Lily Black tienen fondeados varios barcos en el Corredor de los Saqueadores —dijo Beatrice—. Se dice que están trasladando más barcos al norte.

Los Lily Black eran la banda de saqueadores más numerosa, tenían una flota de doce barcos, quizá más. Eran antiguos petroleros a los que les habían añadido velas o barcos de menor envergadura impulsados por remeros esclavos. Los distinguía un conejo tatuado en el cuello, y en los puertos circulaban rumores sobre otras comunidades que habían sido atacadas y los impuestos con los que exprimían sus colonias, obligando a trabajar a los civiles casi hasta matarlos.

—Y… —continuó Beatrice— …tendrás que vértelas con los Lost Abbots.

—Pero si el Valle ya es una colonia, los Lost Abbots solo habrán dejado un par de centinelas. Puedo encontrar a Row y marcharnos, navegar hasta otro lugar antes de que vuelvan.

Beatrice enarcó las cejas.

—¿Crees que puedes encargarte tú sola de ellos?

Me froté la sien.

—Quizá pueda entrar y salir sin ser vista.

—¿Cómo tienes pensado llegar allí? —preguntó.

Dejé caer la cabeza en la palma de la mano, acodada en la mesa. El vapor de la taza me calentaba la cara.

—Te pagaré por el mapa —dije, tan cansada que todo el cuerpo me pedía a gritos que me tumbara.

Ella puso los ojos en blanco y me lo tendió.

—No tienes el barco adecuado para la travesía. No tienes los recursos necesarios. ¿Y si ya no está allí? —preguntó Beatrice.

—Tengo algo de crédito en Harjo, puedo utilizarlo para construir un barco nuevo. Puedo intentar aprender a navegar con instrumentos… Haré trueque para conseguirlos.

—Un barco nuevo costaría una fortuna. Te endeudarías. ¿Y la tripulación?

Negué con la cabeza.

—Lo tripularemos nosotras.

Beatrice suspiró y agitó la cabeza con incredulidad.

—Myra.

Pearl se removió en sueños. La observamos e intercambiamos una mirada. Los ojos de Beatrice denotaban ternura y tristeza, y cuando me tomó de la mano, las venas en las suyas eran tan azules como el mar.

Capítulo 5

A la mañana siguiente, Beatrice y yo nos sentamos en la hierba en el exterior de la tienda, y nos dispusimos a preparar cebos con un trozo de sedal que había robado en una cabaña abandonada de la montaña. Ataba el hilo rojo brillante alrededor del anzuelo, mientras escuchaba las historias de Beatrice sobre cómo era el mundo antes de que desaparecieran las viejas costas. Había nacido en San Francisco y era una niña cuando la ciudad se inundó y su familia huyó al interior. A veces, cuando hablaba, yo notaba que estaba esforzándose por recordar cómo era todo cuando era joven, antes de que comenzaran todas las migraciones, pero en realidad era incapaz. Sus historias parecían cuentos sobre un lugar que nunca hubiera existido.

Los vecinos a su derecha, que vivían en una covacha de tierra excavada en la ladera, estaban discutiendo y se cruzaban gritos e improperios. Beatrice me habló de los Lost Abbots y de sus comienzos. Eran una banda latinoamericana, compuesta de caribeños, centroamericanos y sudamericanos. Comenzaron como tantas otras bandas de saqueadores: en origen no eran más que otro grupo privado paramilitar a sueldo de los gobiernos durante la Inundación de los Seis Años, cuando las guerras civiles asolaron los países. Después de que todos los gobiernos conocidos cayesen, se transformaron en una especie de asentamiento flotante, una tribu dispuesta a construir una nueva nación.

—Justo la semana pasada, Pearl y yo vimos a los saqueadores atacar una barca al norte de aquí —dije—. Era una familia de pescadores. Oí sus gritos y... —Me concentré en el cebo y mordí el hilo para partirlo—. Nos alejamos. —Tenía un nudo en el estómago cuando cogí el timón y viré hacia el sur, alejándonos de sus gritos. Me sentía arrinconada y atrapada en pleno mar abierto, sin apenas opciones.

—No me sentí mal —le confesé a Beatrice—. O sí. Pero no tanto como antes. —Quería continuar y decirle que me sentía como si estuviera insensibilizada por dentro. Cada superficie encallecida y embrutecida. No sentía nada.

Al principio, Beatrice no respondió. Luego dijo:

—Hay quienes dicen que los saqueadores controlarán el mar en los próximos años.

No era la primera vez que lo oía, pero no me gustaba que viniera de Beatrice, que nunca daba oídos a las conspiraciones ni a las teorías sobre el juicio final. Continuó y me habló de las noticias procedentes de los puertos del sur, cómo los gobiernos habían comenzado a formarse para proteger y distribuir los víveres. Cómo se habían desatado guerras civiles por discrepancias sobre las leyes y los recursos.

Beatrice me contó que algunos de los nuevos gobiernos aceptaban la ayuda de los saqueadores y aceptaban convertirse en colonias controladas por sus capitanes. A cambio, estos les ofrecían protección y nuevos recursos a las comunidades en expansión: comida, suministros que habían robado o encontrado, animales que cazaban o atrapaban. Por su parte, la comunidad se veía obligada a pagar por cualquier ayuda prestada con intereses. Más cereal del nuevo molino. Las mejores verduras de los huertos. A veces, la comunidad tenía que enviar a algunos de los suyos para que trabajasen como centinelas en las colonias y barcos de cría. Los barcos de los saqueadores circulaban entre las colonias, tomaban lo que necesitaban y los guardias hacían cumplir las leyes cuando el resto se marchaba.

Mis conversaciones con Beatrice seguían siempre el mismo curso. Ella me animaba a instalarme en tierra y yo la animaba a venirse al agua. Pero esta vez no fue así.

Beatrice comenzó a contarme una historia sobre algo que les había sucedido a sus vecinos la semana anterior. Me contó que, en pleno día, oyó gritos procedentes de la covacha. Había dos hombres en la entrada, gritaban y señalaban a una niña que estaba entre la madre y el padre. La niña tendría unos nueve o diez años. Uno de los hombres dio un paso adelante y la agarró, sujetándole los brazos por detrás mientras ella intentaba correr hacia su madre.

El padre se abalanzó contra el que sujetaba a su hija, pero el otro hombre le dio un puñetazo en el estómago. El padre se dobló por la mitad, cayó al suelo y el otro le pateó.

—Por favor —rogaba el padre—. Por favor... Pagaré. Pagaré.

El hombre le pisoteó el pecho y el padre se encogió de dolor y rodó hacia un lado, con la mano temblorosa, levantando pequeñas nubes de polvo.

La niña gritaba llamando a su padre y a su madre, estiraba los brazos con todas sus fuerzas mientras intentaba correr hacia ellos. El hombre que había pisoteado a su padre le dio una bofetada y le ató las muñecas con una soga. El otro hombre se la echó al hombro y se dio media vuelta.

No volvió a chillar, pero Beatrice oyó su llanto mientras los hombres se la llevaban.

Una hora después, el pueblo volvía a ser un hervidero de gente, las pisadas se multiplicaban en los caminos de tierra, los niños se llamaban a voz en grito. La vecina de Beatrice al otro lado del camino abrió la ventana de su choza para colgar un trapo de cocina con una pinza. La vida continuaba como si una niña no hubiera sido raptada frente a sus padres.

Beatrice agitó la cabeza.

—Lo más probable es que fuera un asunto privado. Quizá

fueran a cobrar una deuda y nadie quiso interferir. No controlan este territorio, y aun así…

Ambas nos habíamos quedado inmóviles, los anzuelos brillaban al sol en nuestras manos. Beatrice trataba de encontrar las palabras.

—Aun así, me preocupa —dijo—. Aquí se está organizando la resistencia. Podrías unirte a nosotros. Ayudarnos.

—No me uno a ningún grupo y me da igual la resistencia. No me voy a quedar en tierra a esperar a que alguien se la lleve —dije señalando a Pearl con la cabeza, que había atrapado una serpiente y la dejaba caer en una de nuestras cestas. Luego vino a sentarse con nosotras, con la vista clavada en la hierba y con otra serpiente más en la mano.

—Han construido una biblioteca, ¿sabes? —musitó Beatrice, afligida.

—¿Quién? —pregunté.

—Los Lost Abbots. En una de sus bases en los Andes, en Argali. Incluso tiene ventanas. Y estanterías. Libros rescatados de los de antes y otros nuevos que están transcribiendo. La gente recorre kilómetros y kilómetros para verla. Unos amigos me contaron que la construyeron para mostrar su compromiso con el futuro. Con la cultura.

Beatrice apretó los labios. Antes de las inundaciones había sido profesora. Sabía lo importantes que eran para ella la educación y los libros. Lo mucho que le había dolido que cerrase su escuela y que sus estudiantes se desperdigasen por el país. También sabía que, tres años atrás, una banda de saqueadores había matado a su amante mientras pescaba en su barco. Antes de aquello ya le tenía miedo al agua, y enmascaraba su miedo por el amor a la tierra.

—Todo tiene su lado positivo —dijo Beatrice.

Pensé en el saqueador de la costa y en lo que había dicho sobre nuevas naciones y la necesidad de organizar a la gente. Había oído antes ese argumento en tabernas y casas de trueque. Que la riqueza de los saqueadores podía reconstruir más rápido la sociedad. Pasar sin ella nos devolvería adonde estábamos antes.

Le describí a Pearl el aspecto de una biblioteca.

—¿Quieres ir a un lugar así? —le pregunté.

—¿Y para qué? —preguntó ella intentando envolverse la muñeca con la serpiente, que se le resistía.

—Podrías aprender —dije.

Ella frunció el ceño, esforzándose por imaginarse una biblioteca.

—¿Allí?

Siempre me topaba con lo mismo cuando hablaba con Pearl. Ella ni siquiera quería lo que yo echaba tanto de menos, no tenía ninguna idea previa al respecto ni lo deseaba.

No solo había que soportar la pérdida de algo, sino la pérdida de desearlo. «Al menos deberíamos poder quedarnos nuestro deseo», pensé. O quizá fuera por cómo había nacido. Quizá no quería algo así después de nacer en un mundo como este.

Beatrice no dijo nada más y, después de terminar de preparar los cebos, entré en su tienda para recoger nuestras cosas. Guardé el cereal en un saco de lino y lo metí en el fondo de un cubo. Puse la tomatera en una cesta y la envolví con una manta, regalo de Beatrice. Pensé en Row, la imaginé con las muñecas atadas, sus llantos silenciados o ignorados. Me estremecí.

Beatrice me entregó el mapa enrollado.

—Ni siquiera tengo una brújula que darte.

—Ya me has ayudado más de la cuenta —dije.

—Una cosa más.

Beatrice sacó una foto del bolsillo y me la puso en la mano. Era una foto de Jacob y Row, tomada un año antes de que me llamara a gritos mientras se alejaba el barco que se la llevaba. El abuelo y yo se la dimos a Beatrice para que les preguntara a los comerciantes de Cascada Manzana si los habían visto. En la foto, el pelo castaño rojizo de Jacob parece dorado bajo el sol. La barbilla partida y la nariz desviada, recuerdo de una pelea en el recreo, vuelve su rostro anguloso. Row parece delicada, tiene los pequeños hombros encogidos y le brillan los ojos, color gris azulado. Eran mis ojos, almendrados, con el párpado un poco caído. Ojos que se asemejaban al color del mar. Tenía una cicatriz con forma de medialuna encima de una ceja que le llegaba hasta la sien. Con dos años se había caído y se había cortado con una caja de herramientas metálica.

Acaricié el rostro de Row con el pulgar. Me preguntaba si Jacob habría construido una casa en el Valle. Eso era lo que siempre decía que quería hacer por mí, tantos años atrás. Jacob era carpintero, como el abuelo. Comenzaron a construir juntos nuestro barco, pero después de un tiempo el abuelo era el único que continuaba trabajando. Se habían pasado semanas gritando y discutiendo y de repente se hizo el silencio. Eso fue dos meses antes de que Jacob se marchara con Row.

Beatrice extendió la mano, me recogió un mechón de pelo detrás de la oreja y me abrazó.

—Vuelve —me susurró al oído, la misma palabra que siempre me susurraba cada vez que la visitaba. Por cómo prolongó el abrazo, supe que creía que no volvería.

Capítulo 6

Pearl y yo zarpamos rumbo al sur, siguiendo la línea de costa rota. Se rumoreaba que había más madera para construir barcos al sur, en Harjo, un puerto comercial en las montañas de Sierra Nevada. Usaría mi crédito en Harjo para comprar madera e intercambiaría mis conocimientos de pesca por ayuda para construir un barco más grande. Mi barquito nunca soportaría los tumultuosos mares del norte. Pero, incluso si lograba construir un barco más grande, ¿sería capaz de navegar con él? Siempre se podía encontrar gente desesperada que quisiera unirse a una tripulación, pero no soportaba la idea de viajar con gente en la que no pudiera confiar.

Pasé un sedal por el anzuelo, lo anudé y repetí la operación en otra caña. Por la noche, Pearl y yo pescaríamos en las bandas, quizá echáramos las redes para probar a pescar salmón. Pearl estaba sentada a mi lado, organizando los aparejos y el cebo, separando los anzuelos por tamaño y guardándolos en compartimentos separados.

—¿Quién aparece en la foto? —preguntó Pearl señalando la foto de Row y Jacob sentados encima de una cesta llena de cuerda.

—Un amigo de la familia —dije. Años antes me había preguntado por su padre y le había dicho que había muerto antes de nacer ella.

—¿Por qué le preguntaste a ese hombre por mi padre?

—¿Qué hombre? —pregunté.

—Al que mataste.

Las manos se detuvieron en seco sobre el cubo de cebo.

—Lo estaba poniendo a prueba —dije—. Quería ver si mentía.

Al este, el cielo se oscurecía y las nubes se avecinaban. A lo lejos, una cortina de lluvia nublaba el horizonte. El viento se levantó, hinchó la vela e inclinó el barco. Me levanté de un salto para ajustarla. Era por la tarde y el día había amanecido despejado, con vientos moderados, y creía que podríamos navegar a vela hacia al sur sin necesidad de hacer ajustes.

Junto al mástil, comencé a rizar la vela para que el viento no la rasgara. Al oeste, junto a la costa, las olas se alzaban varios metros, formando explosiones de espuma blanca bajo el cielo oscuro. Nos habíamos enfrentado a otras tempestades, nos había arrastrado el viento, casi zozobramos. Pero esta nos arrastraba hacia el oeste, alejándonos de la costa. En la cubierta, un trapo salió volando y casi me golpeó antes de desaparecer.

La tormenta se aproximaba como si fuera una locomotora; el fragor se hizo cada vez más intenso y supe que íbamos directas a ella. Pearl se asomó a la cubierta y se colocó junto a mí. Sabía que estaba combatiendo el impulso de abrazarme.

—Se está poniendo feo —dijo con voz algo temblorosa. Nada le daba más miedo a Pearl que las tormentas; era una marinera temerosa del mar. Tenía miedo de que el barco se hundiera, me había dicho en una ocasión. De no tener puerto donde atracar.

—Llévate los aparejos bajo cubierta —le dije mientras el viento se llevaba las palabras y las amortiguaba—. Y átalo todo.

Traté de aflojar la tensión de las jarcias de la vela, aflojándola, pero el cuadernal estaba oxidado y se enganchaba. Cuando por fin conseguí soltarla, el viento la levantó y me tiró de espaldas contra el mástil, el cabo se salió del cuadernal y la driza comenzó a ondear al viento. Me sujeté al mástil cuando el Pájaro se escoró a la izquierda, a la vez que las olas se elevaban y el agua salpicaba la cubierta.

—¡Quédate dentro! —le grité a Pearl, pero mis palabras se perdieron en el viento. Trepé por un lado de la lona y corrí en dirección a popa, pero me tropecé y me di con la borda. Logré ponerme de pie y comencé a apretar el cabo que sujetaba el timón, enrollándolo a un amarre, virándolo para poder navegar con el viento.

Se oyó un trueno tan fuerte que noté una sacudida en la columna y la vibración dentro del cráneo. Cuando una ola se estrelló contra el Pájaro, iluminada por un relámpago, me agarré a la caña del timón para no caer. Me puse de rodillas, repté hasta la caseta y entré justo cuando otra ola nos golpeaba y llenaba el puente de espuma.

Abracé a Pearl y la protegí con mi cuerpo, agarrándola con un brazo y sujetándome con la otra mano a una barra metálica clavada a la cubierta. El Pájaro se bamboleaba peligrosamente, el agua se colaba en la caseta y nuestros cuerpos se agitaban como cuentas sueltas en un tarro. Recé porque no se rompiera el casco.

Pearl se hizo un ovillo y noté los latidos acelerados de su corazón contra el pecho, como las alas de un colibrí. El viento soplaba en dirección oeste, nos alejaba de las aguas próximas a la costa y nos adentraba en el Pacífico. Si continuaba empujándonos mar adentro, no sabía cómo lograríamos volver a un puerto.

Me invadió una oscuridad que se asemejaba a la rabia, al miedo, al dolor, algo que se me clavaba en las tripas, como si hubiera tragado cristal. Row y Pearl flotaban en mi mente como sombras. Me hacía la misma pregunta una y otra vez: para salvar a una hija, ¿sacrificaría a la otra?

El día que mi madre murió yo estaba en la ventana del piso de arriba, embarazada de cuatro meses de Pearl, con la mano en el vientre y pensando en la preeclampsia, en el desprendimiento de placenta, en un nacimiento de nalgas… En las mismas cosas que había pensado cuando estaba embarazada de Row. Pero entonces, sin hospitales, ni siquiera clínicas improvisadas en edificios abandonados, esas cosas equivalían a la muerte. Sabía que mi madre me ayudaría a traer al mundo a Pearl como me había ayudado con Row, pero este parto me tenía más nerviosa.

Habían cortado Internet y la electricidad unos meses antes de manera indefinida y observábamos el horizonte a diario, con miedo a que el agua llegase antes de que el abuelo terminase el barco. Había un manzano en el jardín del vecino de la parcela contigua a nuestra casa. Mamá se estiraba para coger las frutas, llevaba una cesta colgada del brazo y el pelo le brillaba con el sol. Las hojas amarillas y ocres y las manzanas rojas lucían relucientes, casi exóticas, como si ya pensara en ellas como objetos del pasado, objetos que difícilmente volvería a ver.

Tras ella, distinguí un muro gris que ascendía hacia el cielo. Al principio me quedé perpleja: mi mente estaba demasiado confundida para reaccionar; aunque era lo que habíamos estado esperando, el agua no tendría que haber llegado tan pronto. Se suponía que teníamos un mes o dos más por delante. Eso era lo que todo el mundo decía en la calle. Todos los vecinos, toda la gente que traía carritos de la compra llenos de pertenencias que emigraba en dirección oeste hacia las Rocosas.

No entendía por qué había tanto silencio, pero entonces comprendí que estábamos en mitad del fragor, un estruendo ensordecedor, árboles arrancados, cobertizos arrasados, coches volcados. Era como si no pudiera oír ni sentir nada, lo único que era capaz de hacer era observar la ola; el agua me tenía hipnotizada y bloqueaba el resto de los sentidos.

Creo que grité. Apoyé las manos contra el cristal. El abuelo, Jacob y Row corrieron al piso de arriba para ver de dónde procedía el alboroto. Nos quedamos juntos ante la ventana, en *shock*, sin poder movernos, esperando a que llegara. El agua se elevó como si la tierra quisiera venganza, asolando la pradera como si fuera un único guerrero. Row se me subió encima y la abracé como cuando era un bebé, con la cabeza en el hombro y las piernas rodeándome la cintura.

Mi madre levantó la vista hacia el agua y dejó caer la cesta de manzanas. Echó a correr hacia nuestra casa: cruzó la calle, pasó delante de una casa y ya casi había alcanzado nuestro patio trasero cuando la ola le cayó encima. El agua la engulló en medio de un torbellino de espuma blanca.

Después dejé de verla y el agua restalló contra nuestra casa. Contuvimos el aliento mientras el agua se elevaba, trepaba por el enlucido, rompía las ventanas y entraba dentro. La casa se llenó como un silo repleto de maíz. El edificio se estremeció y se tambaleó y yo estaba segura de que se rompería en mil pedazos, que acabaríamos separados los unos de los otros. El agua subía, escalón a escalón, en dirección al desván.

Volví a mirar por la ventana, rezando por que mi madre apareciese, que reflotase para tomar aire. Cuando el agua se calmó, la superficie quedó inmóvil y mi madre no salió a perturbarla.

El agua se quedó a un metro escaso de la ventana del piso de arriba. Buceamos y nadamos durante semanas, pero nunca encontramos su cuerpo. Más tarde nos enteramos de que la presa se había roto a menos de un kilómetro de nuestra casa. Todo el mundo había dicho que resistiría.

Aunque mi madre no estuviera, yo quería seguir contándole cómo habían cambiado las cosas, en mi interior y a mi alrededor: las primeras pataditas de Pearl, el agua que cubría la pradera hasta donde alcanzaba la vista. Solo después de volverme para hablarle recordaba que no estaba. «Así es como la gente enloquece», pensaba.

Fue al mes siguiente cuando Jacob se llevó a Row. Solo quedamos el abuelo y yo en la casa, sentados en el desván, una habitación vacía del largo de la casa, que el barco iba llenando poco a poco.

Un mes después de que Jacob se marchara derribamos la pared del desván con una almádena y botamos el barco en el agua. Tenía cinco metros de eslora, dos de ancho y parecía una canoa grande con una pequeña cabina en la popa y una única vela en medio. Cargamos el barco con las provisiones que habíamos acumulado durante un año: botellas de agua, latas de comida, suministros médicos, bolsas con ropa limpia y zapatos.

Nos dirigimos hacia el oeste, hacia las Montañas Rocosas. Al principio, era como si me faltara el aire, resultaba difícil respirar, como si mis pulmones ansiaran más. Tres meses más tarde me desperté con dolores de parto. El viento era tan fuerte que el barco se bamboleaba como una cuna y yo cabeceaba bajo cubierta con los dientes apretados y agarrada a las mantas, llorando en los momentos de calma entre contracciones.

Al nacer, Pearl fue un bebé reluciente, pálido y silencioso. Su piel parecía agua. Como si hubiera surgido de las profundidades para conocerme. La sostuve contra el pecho, le acaricié la mejilla con el pulgar y comenzó a sollozar.

Unas horas después, cuando el sol salió y comenzó a mamar, oí gaviotas sobrevolar el barco. Darle el pecho a Pearl se parecía a darle el pecho a Row, pero también era distinto. Traté de aferrarme a esa doble sensación, pero no podía; se me escapaba una solo para ser sustituida por la otra. En lo más hondo de mí, sabía que una nunca podría sustituir a la otra, aunque descubrí que había esperado que Pearl pudiera reemplazar a Row. Me llevé la frente de Pearl a la nariz y aspiré su olor a nuevo, su frescura. Lloraba por su pérdida, la pérdida que sentía por anticipado.

En sus últimos días de vida, el abuelo comenzó a desvariar más y más. A veces hablaba solo, con personas que había conocido en el pasado. A veces hablaba en un lenguaje onírico que me habría parecido hermoso de no estar tan cansada.

—Ahora, dile a la niña que una pluma es capaz de sostener una casa —decía el abuelo. Yo no estaba segura de si con «la niña» se refería a mi madre, a mí, a Row o a Pearl. Antes nos llamaba a todas «sus niñas».

—¿A quién quieres que se lo diga?

—A Rowena.

—No está aquí.

—Sí está, sí está.

Eso me irritaba. La mayoría de las personas con las que hablaba estaban muertas.

—Row no está muerta —le dije.

El abuelo se volvió hacia mí, estupefacto, los ojos inocentes y enormes.

—Por supuesto que no —dijo—. Está a la vuelta de la esquina.

Una semana más tarde, el abuelo murió en el transcurso de la noche. Yo acababa de darle el pecho a Pearl y la había dejado en la cajita de madera que el abuelo le había hecho a modo de cuna. Fui a gatas hasta donde él dormía con la mano extendida para despertarlo. Cuando lo toqué estaba frío. Todavía no tenía la piel ceniciienta, solo estaba un poco lívido, pues la sangre ya no fluía. Por lo demás, parecía dormido como siempre: los ojos cerrados, la boca entreabierta. Me senté en los tobillos y lo observé. Me asombraba que pudiera haberse ido de este mundo haciendo tan poco ruido. De todas las formas posibles de morir, morirse en la cama me parecía la más improbable. Pearl lloriqueó y volví a su lado.

«Estamos solas», pensaba yo. No tenía a nadie en quien poder confiar, salvo esa niña que dependía de mí para todo. El pánico se apoderó de mí. Observé el ancla, tirada a unos metros de distancia. Había oído que había suicidas que saltaban de los barcos atados al ancla. Pero yo no tenía esa posibilidad. Era tan imposible como pensar que el agua retrocedería y la gente se levantaría del sitio donde había caído. En lugar de eso, cogí a Pearl en brazos y salí de debajo de la lona a la luz del sol.

Lo llevaría conmigo, él continuaría guiándome. El abuelo era la persona que me había enseñado a vivir; no le iba a fallar ahora. «No le fallaré a Pearl», me dije.

Cuando rememoro esos días y cómo perdí a la gente que quería, pienso en lo mucho que se agravó mi soledad, como si descendiera a un pozo y el nivel del agua subiera mientras yo intentaba arañar las paredes de piedra, tratando de salir a la luz. Una se puede acostumbrar a vivir en el fondo de un pozo. Si alguien te arroja un cabo para sacarte ni siquiera te das cuenta.

Capítulo 7

Pasada la tormenta, salimos a cubierta y evaluamos los desperfectos. Habíamos perdido toda el agua de lluvia del depósito. Me arrodillé y maldije. Las olas que habían entrado por la borda habían llenado el depósito de agua salada. Tendríamos que vaciarlo y regresar a tierra tan rápido como pudiéramos antes de deshidratarnos. Teníamos una pequeña reserva de agua que guardábamos en botellas, a buen recaudo bajo la caseta de cubierta, pero solo nos duraría unos días.

Pearl se mantuvo cerca de mí mientras vadeábamos el agua y cruzábamos la cubierta en dirección a proa. Llevaba el brazo pegado al costado, tenía un moratón en el lugar donde había caído cuando entraba en la caseta con el cebo y los aparejos. Me agaché frente a ella, me llevé un dedo a los labios y le rocé el brazo con él. Ella esbozó una sonrisa. Le aparté el pelo de la cara, se la cogí con ambas manos y le di un beso en la frente.

—Vamos a estar bien —dije.

Asintió.

—¿Por qué no coges el cubo y la toalla? Comienza a achicar el agua de la cubierta, yo comprobaré el timón.

En la popa, inspeccioné el timón y la caña. En la base del timón se había abierto una grieta que hacía que se inclinara hacia un lado. Por encima de mí, nuestra única vela ondeaba en la brisa rasgada por la mitad. La verga inferior giraba con el viento. La tormenta se había llevado nuestra pértiga y la tomatera que Beatrice nos había dado, pero el resto de los suministros estaban almacenados en el casco o atados bajo cubierta.

Maldije de nuevo y me froté la cara con la mano. «Estamos perdiendo el tiempo», pensé. ¿Cómo íbamos a conseguir construir otro barco si ni siquiera sabía dónde estábamos?

—Los remos siguen aquí —me avisó Pearl a gritos con las manos en la borda, mirando hacia donde los remos estaban sólidamente amarrados a babor y a estribor.

Hice visera con la mano para protegerme del sol y escruté el mar con los ojos entornados, en dirección este. O lo que creía que era el este. Observé el sol y luego el agua. ¿Cuánto tiempo había durado la tormenta? Parecía una eternidad, pero quizá hubiera sido media hora. No sabía cuántos grados hacia el oeste nos habíamos desviado de nuestro rumbo habitual, que se separaba apenas cuatro kilómetros de la línea de costa, de norte a sur, recalando en las masas terrestres que sobresalían del agua.

A un kilómetro y medio de distancia había restos de otro barco a la deriva. Entrecerré los ojos y saqué los prismáticos de la cabina.

Era lo que quedaba de una embarcación fabricada a partir de desechos y materiales reciclados. Unas puertas unidas con clavos y rodeadas de neumáticos atados formaban la base. A unos metros, la cabina de un camión flotaba de canto, y próxima a ella había una lancha inflable amarillo chillón. La superficie del agua estaba salpicada de bolsas de plástico y botellas, como si fueran basura.

—Coge la red —le dije a Pearl. Esperaba que hubiera comida o agua en aquellas bolsas y botellas.

—Hay un hombre —dijo ella señalando los restos del naufragio.

Volví a mirar a través de los prismáticos y oteé los restos. Un hombre se aferraba a la balsa de puertas y neumáticos, chapoteaba y cerraba los ojos cada vez que una ola le daba en plena cara.

Pearl me miró expectante.

—No sabemos nada de él —dije leyéndole el pensamiento.

Pearl soltó un bufido.

—No parece un barco de saqueadores.

—Los saqueadores no son la única amenaza. Cualquiera puede serlo.

Una corriente nerviosa me recorrió las venas. Nunca había subido a nadie a bordo del Pájaro y no quería hacerlo. Alguien durmiendo junto a nosotras en la cabina. Compartiendo nuestra comida, bebiendo nuestra agua.

Miré alternativamente al hombre y a Pearl. Ella tenía el semblante firme de quien ha tomado una decisión.

—No tenemos suficiente comida ni agua —le dije.

Pearl se arrodilló en la cabina y sacó su tarro de serpientes, una vasija de cerámica vidriada azul. Quitó la tapa y sacó una serpiente pequeña y delgada cogiéndola por detrás de la cabeza; el reptil nos enseñó los colmillos y agitó la lengua, como una especie de lazo rojo. La sostuvo en alto y sonrió. La serpiente abrió y cerró la boca, lanzando dentelladas al aire. Pearl se agachó en cubierta, le cortó la cabeza, la sujetó por encima de la borda y la apretó con el índice y el pulgar, desde la cola hasta el cuello, escurriéndole la sangre en el agua.

—Podemos comérnosla —dijo.

Nunca le parecía bien que nos las comiéramos. Me volví hacia los restos del naufragio. Ahora el hombre flotaba a unos ochocientos metros de nuestro barco. Presentía que nos traería problemas. Cada nervio y cada tendón de mi cuerpo se crispó como la soga de una polea.

Pero no sabía si el pánico se debía a que estábamos perdidas o a que íbamos a subir a un extraño a bordo. Mis miedos se mezclaron como la sangre en el agua y no podía separarlos. Pensé que seríamos capaces de llegar sanas y salvas a algún puerto comercial, pero si no hacía bien los cálculos y nos llevaba más de lo esperado y no llovía… No podía soportar la idea de secarnos como pasas al sol.

El hombre había comenzado a alejarse de nosotros empujado por la corriente. Al observarlo en el agua recordé las veces que el abuelo cantaba *Pescadores de hombres* cuando pescaba en los ríos de Nebraska. Se recostaba en la barca con una sombrilla en la esquina para protegerse del sol y una pipa encajada en la comisura de los labios, y se reía entre dientes mientras cantaba. Era capaz de tomarse las cosas en serio y a la vez en broma. Comencé a repetir el estribillo en mi cabeza mientras el hombre se alejaba flotando y lo interpreté como una reprimenda. Apreté la mandíbula, irritada. Lo que quería es que el abuelo me guiase, no que me rondara como un fantasma.

—Coge la cuerda —le dije a Pearl.

El hombre estaba medio inconsciente, por eso salté al agua y nadé hasta él. Le até la cuerda al torso y regresé al barco a nado. Subí al Pájaro y Pearl y yo subimos al hombre al barco, apoyándonos en la borda para tirar de la cuerda.

No llevaba nada encima salvo una mochila y, cuando lo tuvimos en el puente, escupió y tosió agua, apoyado en un costado, encogido, casi en posición fetal. Pearl se agachó junto a él y le escrutó el rostro. Tenía el cabello oscuro y le llegaba hasta los hombros, suelto y desaliñado. Era ancho de espaldas, de extremidades largas y fuertes y tenía la piel tostada por el sol. Poseía el aspecto tosco de alguien acostumbrado a navegar solo. A pesar de todo, era apuesto, el tipo de hombre solemne y tranquilo que una podía encontrarse en una fotografía de otra época. Abrió los ojos y me miró, y el color gris claro me pilló desprevenida.

—Coge una botella de agua, bonita —dije.

Pearl se incorporó de un salto y trajo el agua. Me incliné para humedecerle los labios con un hilo de agua, pero él reculó.

—Es agua —dije con suavidad mientras sostenía la botella ante él para mostrársela. Entonces extendió la mano y yo la retiré.

—Solo voy a darte un poco. No queremos que vomites.

Me arrodillé y le humedecí los labios con unas gotas. Él chupó el agua con avidez y me miró con una expresión suplicante en el rostro.

Le di más agua, media botella, aunque el corazón se me encogía solo de pensar en ello. Y en el calor. Y en las botellas de agua que nos quedaban. Y en los kilómetros que nos separaban de la costa.

El hombre se recostó boca arriba, con los ojos cerrados, apoyado contra la borda. Pearl y yo lo dejamos dormir. Las dos rescatamos lo que pudimos del naufragio con la red y organizamos todo en cubierta. No había nada de gran utilidad. Unas cuantas botellas de agua, dos pescados podridos y una bolsa de ropa seca. Sacamos restos de madera del agua para poder reparar el timón. Atamos su balsa a la popa del Pájaro para poder llevarla como un vagón de cola por si la necesitábamos alguna vez.

Bajé la vela y examiné la rasgadura. Cuando terminé de coserla dos horas más tarde, estaba dispareja y arrugada alrededor del zurcido, pero resistiría hasta que llegáramos a la orilla y pudiera conseguir más tela e hilo.

Me acerqué al hombre y le di una patada en el zapato. Él se despertó sobresaltado y se cubrió el rostro con las manos.

—Va a anochecer —dije yo—. ¿Puedes despellejar dos serpientes?

Él asintió.

Pearl trajo el cubo del carbón hasta donde yacía el hombre, cerca de la base del mástil, y puso un poco en un recipiente, un molde como los que solíamos usar para hacer tartas. Teníamos suerte de que no hiciera viento. Cuando corría viento teníamos que comer los alimentos crudos o echar mano de nuestras reservas de carne seca o pan sin levadura. Me senté delante del cacharro con una caja de leña menuda y dispuse encima del carbón las ramas y las hojas. Pearl encendió el fuego con yesca y un cuchillo.

—No teníais por qué haberlo hecho. Os estoy agradecido —dijo el hombre. Tenía una voz suave y clara, como campanadas en la lejanía.

Yo, mientras tanto, intentaba decidir si debíamos atarlo cuando nos fuéramos a dormir. No se me deshacía el nudo del estómago.

—¿Me puedes ayudar a izar la vela? —pregunté.

—Con mucho gusto —dijo él.

Terminó de desollar las serpientes y Pearl las arrojó sobre las brasas. Desde las inundaciones, el sol parecía ponerse mucho más rápido, como si el horizonte hubiera subido para encontrarse con el sol.

—Soy Daniel, por cierto.

—Myra. Pearl. ¿Qué llevas en la mochila?

—Algunos de mis mapas e instrumentos.

—¿Instrumentos?

—De navegación, para hacer mediciones. Soy cartógrafo.

«Sabe navegar con instrumentos», pensé.

Pearl sacó una serpiente de entre las brasas con un palo y la enrolló sobre cubierta delante de ella para dejar que se enfriase. Estaba ennegrecida y me daban arcadas solo de mirarla. Desprendía un olor acre. La carne de serpiente era dura como el tendón, y estaba harta de comerla.

—Me recuerdas a alguien —dijo Daniel.

—Ah, ¿sí? —Moví con un palo la serpiente que continuaba sobre las brasas. Aunque, en realidad, lo que quería saber era qué bancos de peces pululaban a esta distancia de la costa y si podía echar las redes.

—Una mujer con la que viví un año en Sierra Madre. Ella tampoco confiaba en la gente.

—¿Qué te hace pensar que no confío en ti?

Él se frotó la barba con la mano.

—Si estuvieras un poco más tensa, los músculos te romperían los huesos.

—¿Debería haber confiado ella en la gente?

Él se encogió de hombros.

—Quizá en algunas personas.

—¿Y ahora?

—Falleció a finales de ese año.

—Lo siento.

Pearl probó un poco de serpiente, masticando con fiereza, y la brisa me trajo la peste de la carne. Extendió el reptil en la cubierta, lo cortó en tres piezas idénticas y nos lanzó dos de ellas.

—¿Para quién haces los mapas? —pregunté.

—Para todo aquel que los quiera. Pescadores. Funcionarios del nuevo Gobierno.

—¿Saqueadores?

Él me lanzó una mirada severa.

—No. Al menos no que yo sepa.

—Y yo que pensaba que con un trabajo así podría tenerse un barco mejor. Los mapas son más caros que la madera.

—Digamos que he tenido mala suerte.

Lo miré con los ojos entornados. No me lo estaba contando todo.

Pearl lloriqueó y vi por qué había estado callada durante nuestra conversación. Sostenía en alto su pañuelo y tocaba el borde deshilachado.

—Se ha rajado —dijo en voz baja—. Durante la tormenta.

—Tráelo —le dije tendiéndole la mano. Ella se incorporó y me lo dio. Examiné el desgarro—. Será muy fácil de arreglar porque está cerca del borde. Podemos hacer un dobladillo, atar el borde con un nudo para que no se deshilache, así será más fuerte.

Pearl asintió y tocó el pañuelo con cautela.

—Esta noche pienso dormir con él.

El pañuelo rojo había pertenecido al abuelo. Cuando murió le cubrimos la cara con él, pero la brisa lo levantó cuando echamos su cuerpo al mar y yo lo cogí al vuelo. Pearl me lo quitó de la mano y después de ese día nunca lo soltó, ni cuando dormía.

—Te fijas en las pequeñas cosas —dijo Daniel observándonos. Lo dijo con nostalgia, como si recordase algo. Contempló el mar con el semblante sombrío.

Algo en la ternura de su rostro me conmovió, como si al levantar una roca hubiera vida debajo. La tensión del pecho desapareció de improviso. Había algo en él que me hacía sentir cómoda. Quizá fuera por la naturalidad con la que me miraba a los ojos, por su franqueza al hablar o por su falta de encanto. Jacob había sido un hombre encantador: fingía ser un tipo simple y transparente, aunque ocultaba lo que de verdad pensaba. Daniel parecía un hombre que sobrellevaba bien la culpa y no la evitaba, que persistía en sus decisiones.

Decidí que esa noche no dormiría atado, aunque yo dormiría con un ojo abierto.

—Tengo que hacerlo —dije.

—Nadie tiene que hacer nada —dijo él volviendo la vista al mar.

Capítulo 8

Daniel calculó nuestra posición y estimó que, si navegábamos en dirección sureste durante cuatro días, llegaríamos a las inmediaciones de Harjo. Daniel reparó el timón mientras Pearl y yo pescábamos. Después de observar las aves y el agua durante horas, Pearl y yo finalmente pusimos la red en el aparejo para cacear caballas. Pasaron dos días hasta que pescamos algo, nuestros estómagos vacíos protestaban a todas horas y, cuando por fin el cabo del aparejo se tensó, tragué saliva para disimular el alivio que sentí.

Esparcimos una red entera de caballas en cubierta, las bandas negras del lomo relucían al sol. Todas eran de más de tres kilos y las sopesé con gusto. Las evisceramos, una tras otra, mientras Pearl montaba el trípode para ahumarlas.

Seguía sin quitarle el ojo a Daniel, estaba a la defensiva. Pero me encontraba cada vez más cómoda con él, me sentía como si llevara mucho tiempo con nosotras. La mayor parte del tiempo permanecíamos en silencio, escuchando el viento en la vela o el chapoteo distante de un pez o un pájaro. Kilómetros y kilómetros de mar y cielo y nosotros tres, solos.

A medida que nos aproximábamos a Harjo, surcábamos las aguas que cubrían el viejo mundo, pues habíamos pasado del Pacífico a las aguas que habían anegado las ciudades de California. A menudo navegaba así porque tenía que permanecer cerca de las nuevas costas, pero siempre me perturbaba pasar por encima de las ciudades sumergidas, convertidas en fosas comunes. Había muerto muchísima gente durante las inundaciones, además de los migrantes que perecieron a causa del frío, la deshidratación y el hambre. Pies ensangrentados al intentar subir a las montañas para dejar el agua atrás. Posesiones abandonadas en la ladera, como en los tiempos de la senda de Oregón.

Algunas de las ciudades estaban tan hundidas en las profundidades que nadie jamás volvería a verlas. Para explorar aquellas que habían sido construidas en puntos más elevados solo hacían falta gafas de buceo y mucho estómago. Los rascacielos despuntaban del agua como islas de metal.

Antes solía bucear y pescar con arpón en esas ciudades submarinas, pero últimamente solo lo hacía cuando estaba desesperada. No me gustaba estar en el agua durante mucho tiempo; no me gustaba que me recordaran cómo era todo antes. En una ocasión estaba buceando y atravesé a nado una antigua ciudad que estaba encajada en la ladera de las Rocosas. Los peces habían encontrado cobijo entre los restos, escondidos entre las algas y las anémonas. Bajé hasta un edificio de oficinas al que le faltaba el tejado. Unos escritorios y varios archivadores flotaban en la habitación, y los objetos que los rodeaban resultaban casi irreconocibles. Los percebes crecían en una taza con la foto de la cara de un niño, un regalo de cumpleaños que cualquiera podría haberte enviado por correo.

Buceé más hondo. Un banco de peces ángel se dispersó y arponeé uno de ellos. Cuando me volví para subir a coger aire, la cuerda enrollada que llevaba en el hombro se enganchó con el tirador roto del cajón inferior de un archivador. Tiré de él y el archivador se soltó de donde estaba, junto a una pared. Un cráneo salió de entre las sombras, se aproximó y se detuvo a menos de un metro de mí. Un movimiento mínimo en el interior de la boca. Algo vivo en su interior.

Tiré de nuevo de la cuerda para liberarme y el archivador se vino hacia mí. Lo aparté hacia un lado para que no me cayera encima y la cuerda se soltó del tirador roto. En el espacio que había tras él encontré encajados dos esqueletos, uno frente a otro, como si se abrazaran. Como dos amantes abrazados durante el sueño. Un esqueleto no tenía cráneo, pero, a juzgar por su postura, vuelto hacia el otro cuerpo, imaginé que había dejado caer la cabeza en el pecho del otro. Estaban colocados como si hubieran estado esperando enfrentarse a su destino y hubiesen decidido abrazarse mientras el final se avecinaba. A su alrededor flotaban unas ropas desintegradas. En torno a ellos vi muchas piedras. Mi cerebro privado de oxígeno se espantó al darse cuenta de que debían haberse llenado los bolsillos y la ropa con piedras para morir ahogados mientras el agua subía de nivel centímetro a centímetro; primero cubriría la parte de los brazos que tocaba el suelo y luego les alcanzaría a la altura del abrazo, hasta que compartieron un último suspiro. De lo contrario, el agua los habría separado al inundar la estancia, los habría alejado, y sus cuerpos habrían flotado antes de hundirse, a muchos kilómetros de distancia.

Dejé caer el arpón y nadé hasta la superficie. Conseguí redes en la siguiente casa de cambio y, desde entonces, solo buceaba cuando las redes salían vacías.

No sabía cómo hablarle a Pearl de lo que yacía bajo nosotras. Granjas que alimentaban la nación. Casitas construidas en tranquilas calles residenciales para abastecer el *baby boom* después de la Segunda Guerra Mundial. Momentos de historia entre paredes. La historia de cómo atravesamos el tiempo y dejamos nuestra marca en la tierra a costa de nuestras necesidades.

Parecía una crueldad enterrar la tierra, barrerlo todo. Miraba a Pearl y pensaba en todo lo que nunca conocería. Museos, fuegos artificiales en una noche de verano, baños de espuma. Casi todas esas cosas habían desaparecido cuando Row nació. No me había dado cuenta de que gran parte de mi vida se basaba en darles a mis hijas las cosas que eran valiosas para mí. Cómo yo había dejado de disfrutarlas con la edad.

Pero, en otras ocasiones, cuando todo era oscuridad en ese océano que parecía haberme borrado del mapa, se me antojaba una bendición que la vida de antes de las inundaciones hubiera durado tanto. Como un milagro sin nombre.

Al tercer día, Pearl ya había incluido a Daniel en sus juegos: la rayuela pintada en cubierta con un trozo de carbón, ponerle nombre a las nubes o a cada ola extraña. Al día siguiente llovió durante la mayor parte de la tarde, nos sentamos a cubierto y nos contamos historias. Pearl consiguió que Daniel le contase historias sobre los lugares donde había estado y de los que nosotras nunca habíamos oído hablar. No sabía si las historias que contaba eran ciertas, parecían exageradas, pero Pearl nunca preguntó si eran ciertas o no.

Una mañana, mientras calafateaba con cáñamo una grieta en la regala, Daniel y Pearl jugaban al tejo con tapones de botellas. Con carbón, habían pintado varios cuadrados en cubierta y se turnaban para lanzar los tapones con un palo y acertar.

—¿Por qué te gustan tanto las serpientes? —le preguntó a Pearl.

—Son capaces de comerse algo más grande que ellas —respondió Pearl.

El tapón de Daniel se salió del cuadrado y Pearl se echó a reír.

—A ver si tú lo haces mejor —dijo Daniel.

—Ahora verás —dijo Pearl mordiéndose el labio inferior para concentrarse.

Pearl metió el tapón en el cuadrado y se puso a dar saltos y gritos de alegría, con los brazos en alto, trazando un pequeño círculo.

Mientras los observaba me invadía una sensación inesperada y agradable, una calidez que se abría camino en mi interior. Era como si viera rehacerse un puzle desmontado hasta ahora.

—¿Adónde irás cuando lleguemos a Harjo? —le pregunté a Daniel. Él se encogió de hombros.

—Quizá me quede en Harjo a trabajar una temporada.

«Necesitamos un navegante», pensé. Desde que había descubierto que él podía navegar con instrumentos me había planteado pedirle que se quedara con nosotras, que nos ayudara a llegar al Valle. Sentía que podía confiar en él, ¿o acaso era que quería confiar en él porque le necesitaba? Estaba claro que Daniel escondía algo. Lo notaba por la forma en la que mudaba la expresión cuando le hacía preguntas, como un velo que cubriese su rostro, cortándome el paso.

Pearl y yo nunca habíamos navegado con nadie y me gustaba estar sola. La soledad era sencilla y familiar. Me dolía sentirme dividida: una parte de mí quería que se quedara con nosotras y la otra parte quería despedirse de él.

A la mañana siguiente avistamos Harjo; los escarpados picos montañosos atravesaban las nubes. Pinos jóvenes y arbustos crecían cerca de la orilla y las tiendas y las cabañas trepaban por la ladera.

Daniel estaba recogiendo sus instrumentos, encorvado ante la cabina de cubierta, con la brújula, el trazador, el compás y las cartas de navegación desplegadas a su alrededor. Le di la espalda a Harjo y lo observé guardar con cuidado cada instrumento en la bolsa con el corazón encogido. «¿De verdad quieres encontrar a Row a tiempo?», me pregunté. Aunque me enseñara a utilizar los instrumentos para navegar, no podía permitirme comprarlos.

Solo unas horas después alcanzamos la costa. Las gaviotas se alimentaban del pescado medio podrido de la orilla. Pearl corrió entre ellas, graznando y aleteando con los brazos como un pájaro. Las gaviotas levantaron el vuelo a su alrededor como una nube blanca, mientras ella daba vueltas y brincos sobre la arena con el pañuelo rojo asomando del bolsillo. Pensé en Row cuando miraba las grullas, pensé en el balanceo de los pies de mi padre. Ya no podía hacer lo que yo quisiera. Me volví hacia Daniel con el corazón encogido.

—¿Te quedarás con nosotras? —le pregunté.

Daniel, que estaba guardando el trípode de madera contra la borda, me miró.

—Vamos a un lugar llamado el Valle —dije apresuradamente—. Se supone que es un lugar seguro, una nueva comunidad. —La mentira me quemó por dentro. Esperaba que no supiera que el Valle era una colonia de los Lost Abbots.

Su rostro se relajó.

—No puedo —dijo en voz baja—. Lo siento. Ya no viajo con otras personas.

Intenté ocultar mi decepción.

—¿Y eso por qué?

Daniel negó con la cabeza y manoseó un trozo de madera quemada que había delante de él, esparciendo las cenizas por la cubierta.

—Es complicado.

—¿Por qué no te lo piensas?

Él negó de nuevo con la cabeza.

—Verás, estoy muy agradecido por lo que hiciste, pero… créeme. No quieres pasar mucho más tiempo conmigo.

Le di la espalda y comencé a meter las caballas ahumadas en un cubo.

—Voy a llevar esto a la casa de cambio. Nos podemos ver después si quieres tu parte —dije en un último intento de atraer su atención, esperando que reconsiderase su postura.

—La caballa es tuya. Te debo eso y mucho más —dijo.

«Y que lo digas», pensé.

—Te ayudaré a llevarla hasta la casa de cambio y luego me marcharé —dijo.

Llamé a Pearl para que nos siguiera al pueblo. Trepamos por los escalones de roca que llevaban hasta la ladera donde estaba la población, encajada entre las montañas.

Harjo era un hervidero de voces y de movimiento. Un riachuelo atravesaba la montaña y desembocaba en el mar en una cascada.

Vi el doble de edificios que la última vez que había estado en ese pueblo del sur; habían levantado un molino de grano a un lado de la montaña, y junto a él una construcción de troncos que tenía la palabra *Hotel* escrita en la fachada en letras grandes. El año anterior, habían comenzado a producir alimentos básicos como maíz, patatas y trigo, y esperaba poder conseguir cereales por un precio decente en la casa de cambio.

La casa de cambio era un edificio de piedra de dos plantas. Nos quedamos fuera y Daniel me pasó un cubo de caballas.

—¿Dónde irás? —pregunté.

—¿Antes de nada? A la taberna. A por un trago. Preguntaré a la gente de por aquí si saben de algún trabajo. —Se detuvo y se frotó la mandíbula—. Sé que te debo la vida. Siento no poder acompañaros.

—Podrías hacerlo —dije yo—. Pero no quieres.

Daniel me lanzó una mirada que no supe interpretar; una en la que se entremezclaban el arrepentimiento y reproche. Se agachó delante de Pearl y tiró del pañuelo que asomaba del bolsillo de sus pantalones.

—No pierdas tu pañuelo de la suerte —dijo.

Ella le dio un manotazo.

—¡No me lo robes! —bromeó. Se produjo un cambio casi imperceptible en el rostro de Daniel, los músculos se le tensaron mínimamente.

—Cuídate —le dijo con cariño.

Varias personas salieron de la casa de cambio y me aparté de su camino.

—Tenemos que irnos —dije yo.

Daniel asintió y se alejó.

Era un extraño. No sé por qué sentí una punzada de dolor mientras lo observaba marcharse.

* * *

El crédito del que disponía en Harjo me alcanzaría para menos de lo que pensaba. Estaba en el mostrador, intentando ocultar mi enfado, balanceándome de una pierna a otra.

Una mujer de mediana edad con arrugas profundas y gafas con una sola lente le dio la vuelta al mostrador para examinar mi cubo.

—La última vez que estuve aquí me dijeron que mi crédito equivalía a dos árboles —le dije.

—Los precios cambian, querida. El pescado baja, la madera sube.

Señaló a una tabla con todas las equivalencias detalladas: veinte metros de lino equivalían a un kilo de cereal. Se enumeraban objetos tan pequeños como los botones y tan grandes como los barcos. Ella chasqueó la lengua cuando vio las caballas.

—Qué maravilla. Debes ser una excelente pescadora. No es fácil capturar caballas por esta zona. Y eres la que vino el año pasado con el pez vela, ¿verdad?

—Me interesa cambiarlos por madera…

—Aquí no te interesa comprar ni construir nada, querida. Estamos creciendo a la carrera. El alcalde ha limitado la tala de leña. Apenas tenemos árboles nuevos y no ha llegado ningún cargamento en las últimas tres semanas. Si estuviera en tu lugar, iría más al sur.

Se me hizo un nudo en el estómago. ¿Cuánto tiempo me iba a llevar encontrar madera, además de construir un barco? ¿Seguiría Row en el Valle para entonces?

—¿Tenéis algún desguace?

—Hay uno pequeño, más arriba de Clarence's Rookery. ¿Hacia dónde te diriges, si no es mucha indiscreción? —La mujer comenzó a pesar las caballas y a arrojarlas a un contenedor junto a la báscula, donde aterrizaban con un sonido sordo.

—Al norte. A lo que antes era Groenlandia. —Eché un vistazo por la tienda y vi que Pearl miraba un anuncio clavado en la pared junto a la puerta de entrada.

La mujer chasqueó la lengua de nuevo.

—No llegarás tan lejos en un barco de desguace. Es un mar embravecido. Si quieres saber mi opinión, quédate por aquí. Richards me ha contado que han encontrado un petrolero medio hundido un poco más al sur, a unos kilómetros de la costa. Van a intentar reflotarlo y recuperarlo. Eso es lo que me gustaría, un petrolero bien espacioso para pasar mis últimos días.

Utilicé mi crédito para comprar tela para la nueva vela. La mujer y yo regateamos duramente por las caballas y por fin acordamos intercambiarlas por una cuerda de dos metros y medio, un pollo, dos bolsas de harina, tres tarros de chucrut y unas cuantas monedas de Harjo. Pearl y yo habíamos intentado evitar el escorbuto cambiando el pescado por fruta fresca en el sur, pero a veces todo un cubo de pescado solo equivalía a tres naranjas. El chucrut duraba más y era mucho más barato, pero tenías que encontrar un lugar donde cultivaran coles para conseguirlo.

Le entregué a Pearl la caja con los tarros de chucrut para que la llevara y dijo:

—Yo me encargo.

—Mi única alegría —murmuré. La campanilla de la puerta sonó cuando entró otro cliente. Olí a melocotón y comencé a salivar en cuanto vi a un hombre que llevaba una caja al mostrador. El aroma me nublaba el sentido.

—Tenemos que contarle a Daniel lo del anuncio.

La miré sorprendida. Había intentado enseñarle a leer por las noches con los dos libros que poseíamos, un manual de instrucciones para secadores y *La casa de la alegría* de Edith Wharton, pero no sabía si mis lecciones habían servido de algo.

Se buscaba un topógrafo y el anuncio mostraba imágenes de una brújula, un compás y un trazador, con las palabras *¡Gana dinero con rapidez!*

—¿Lo has leído? —le pregunté.

Ella me miró desafiante.

—Claro que sí. ¿Dónde está la taberna?

—Está bastante lejos. Además, estoy segura de que se habrá topado con el anuncio él solo.

—¡Solo finges que no quieres volver a verle! —dijo Pearl. Movió la caja arriba y abajo y los tarros entrechocaron unos con otros.

Sonreí a pesar de mi decepción. Siempre conseguía desarmarme. Yo era incapaz de leerla tan bien como ella me leía a mí.

Capítulo 9

La taberna era una cabaña de mala muerte con las paredes de metal y el techo de paja. La luz se filtraba por las sucias ventanas de plástico. En la oscuridad, las voces eran incorpóreas y se entremezclaban en las sombras con el olor rancio a suciedad y sudor.

Unos cubos bocabajo, taburetes y cajas de madera hacían las veces de sillas alrededor de unas toscas mesas. En la barra había un gato tumbado lamiéndose la cola mientras el camarero secaba tarros con una funda de almohada vieja.

Daniel estaba sentado a una mesa con un hombre más joven que parecía un adolescente fugado de casa: desaliñado y desenvuelto, como si fuera capaz de hacer cualquier cosa que se propusiese y marcharse al instante. Daniel estaba inclinado hacia delante para oír lo que el joven decía, con el ceño fruncido y los puños apretados sobre la mesa. Tenía el rostro vuelto hacia la puerta, como si pudiera aislarse del ruido del bar a través de la vista.

Pearl y yo estábamos en su campo de visión, pero no se fijó en nosotras. Cuando trató de dirigirse a él, la cogí del hombro.

—Espera —le indiqué. Pedí aguardiente en el bar y el camarero colocó una taza de líquido ambarino delante de mí. Empujé una moneda de Harjo a través de la barra, un penique con una hache grabada en el cobre.

Cuando el chico terminó de hablar, Daniel se reclinó en la silla con los brazos cruzados, ceñudo y con los labios apretados. El chico se levantó para marcharse y yo pensé en escabullirme detrás de él. Quería ver a Daniel, convencerle de que se quedara con nosotras, pero no necesitábamos involucrarnos en cualesquiera que fueran sus asuntos.

Pearl se abalanzó hacia Daniel antes de que pudiera impedírselo. Él saltó cuando la vio y se esforzó por sonreír, intentando componer una expresión amable.

—El anuncio tiene hasta un dibujo de tus herramientas —decía Pearl sin dejar de gesticular mientras se lo contaba. Daniel le sonreía, la misma sonrisa triste que solía poner cuando ella andaba cerca.

—Te agradezco que hayas venido a contármelo —dijo.

Daniel no me miraba a los ojos, y lo noté tenso, era como si su cuerpo desprendiera calor.

—Quizá deberíamos irnos, Pearl —dije poniéndole las manos sobre los hombros.

Un viejo que había sentado a la mesa de al lado se acercó tambaleándose y me puso una mano nudosa en el brazo. Sonrió abiertamente y dejó al descubierto una boca casi desdentada. Me señaló a la cara.

—Veo tu futuro —dijo con voz jadeante y un aliento que apestaba a alcohol y a podrido.

—Es un profeta local —dijo Daniel señalando al viejo con la cabeza—. A mí ya me ha contado mi porvenir.

—¿Y cuál es? —pregunté.

—Que burlaré dos veces a la muerte y luego me ahogaré.

—No está mal —dije yo.

—Tú. —El viejo me señaló de nuevo—. Un ave marina aterrizará en tu barco y pondrá un huevo del que nacerá una serpiente.

Miré al hombre con detenimiento.

—¿Y eso qué significa?

—Significa… —dijo el viejo mientras se inclinaba hacia delante— … lo que significa.

De repente estaba en blanco, como si mis pensamientos no tuvieran donde agarrarse. Me invadió el miedo. ¿Por qué tenía que hablar el profeta de serpientes y pájaros? Me estremecí. Las serpientes y los pájaros eran de los pocos animales que no se habían extinguido. Probablemente los mencionara en las profecías de todo el mundo. Pero me vinieron a la mente las caras de Row y Pearl, sus vidas, apenas un rastro tenue que podría desaparecer fácilmente.

—Myra —dijo Daniel. Me tocó el brazo y yo me sobresalté, apartándome de él—. No significa nada.

—Lo sé. —Eché un vistazo alrededor de la taberna en penumbra, la silueta de las cabezas inclinadas sobre las bebidas, los cuerpos cansados echados sobre las mesas—. Deberíamos irnos.

—Espera… ¿Puedo…? ¿Puedo quedarme una última noche en tu barco? —preguntó Daniel.

Lo miré fijamente.

—¿Para ahorrarte el hotel?

Él ladeó la cabeza.

—Por la mañana te ayudaré a pescar.

—Puedo pescar sola.

—Mamá, para. Puedes quedarte, Daniel —dijo Pearl. Yo le lancé una mirada enfadada a Pearl y ella enarcó las cejas.

—¿Con quién estabas hablando? —pregunté.

—Con un viejo amigo —dijo Daniel—. Solo te pido una noche más. Me gusta estar con vosotras.

Despeinó a Pearl y ella soltó una risita. Yo lo observé con frialdad, con los brazos cruzados contra el pecho, mientras pensaba que ojalá pudiera leer su expresión igual que leía el agua.

—Pero ¿no vas a venir con nosotras? —pregunté.

Él se mostró dolido.

—No debería.

Se miró las manos, que tenía apoyadas en la mesa, y noté cómo se debatía. Como si en su interior hubiera dos imanes, uno que tirara de él y otro que lo atrajera hacia nosotras.

* * *

Antes de preparar nuestro barco para la noche buscamos madera en la playa. En casi todos los pueblos la norma era que, cualquier cosa pequeña o deteriorada, como la madera que arrastraba la marea, era propiedad de quien la encontrara. Cualquier cosa de mayor tamaño era considerada propiedad del pueblo y tenía que comprarse. Si te pillaban llevándote madera de calidad que podía ser empleada en la construcción, te metían en la cárcel o incluso te colgaban.

Los tres nos desplegamos por la playa, rastreando la arena en busca de ramas y madera. Cogí un trozo de trapo sucio y recogí un puñado de hierba seca que me guardé en los bolsillos. Daniel caminaba hacia mí, con varios palos y una vieja bolsa de papel.

—Estaba pensando que quizá quisieras replantearte tu viaje —dijo.

—¿Y eso por qué? —pregunté.

—Las travesías por el Atlántico son duras. Tu barco es adecuado para la costa del Pacífico. Construir otro resultará caro. —Daniel desprendió la arena de una piedra con el pie—. La gente de la taberna estaba comentando que el Lily Black tiene un nuevo capitán que emplea armas biológicas. Perros rabiosos, mantas infectadas de viruela. Propagan una epidemia, diezman la población a la mitad y luego toman el mando del pueblo y lo convierten en su colonia. Están fijándose en las poblaciones del norte.

—Sí, lo he oído —murmuré, y me agaché a recoger un zapato suelto. Le quité el cordón, me lo metí en el bolsillo y descarté el zapato.

—Sé que ese sitio, el Valle, suena bonito, pero... ¿merece la pena correr el riesgo? —preguntó Daniel.

Alcé la vista y comprendí que él sabía que tenía otro motivo para ir al mirarnos a los ojos. Su pregunta me puso nerviosa. Me di cuenta de que no se veía a Pearl por ninguna parte.

—¿Dónde está Pearl?

Daniel giró la cabeza y miró por encima del hombro.

—Creí que andaba por aquí cerca.

Escudriñé la playa. No había ni rastro de gente, salvo por un par de personas a lo lejos, detrás de un macizo de rocas. Un escalofrío me recorrió la columna. Se hablaba de desapariciones de niños. Los padres se daban la vuelta y ya no estaban. El rapto se había vuelto algo cotidiano y, por lo visto, a los profesionales les resultaba tan fácil como robarte la cartera.

—¡Pearl!

Grité, intentando conservar la calma.

—¿Y si ha regresado al barco? —preguntó Daniel en un tono despreocupado que me enervó.

—Claro que no —dije y le lancé una mirada furiosa—. ¡Pearl! —grité.

—Tranquilízate…

—¡No me digas que me tranquilice! —le grité—. ¿Qué sabrás tú de perder una hija?

Eché a correr sin dejar de llamar a Pearl, levantando arena con los talones. A mi izquierda, las montañas se alzaban en una pared de roca empinada y a mi derecha el océano se extendía hasta donde alcanzaba la vista. Salté sobre un montón de algas y continué corriendo y llamándola. En la playa reinaba un silencio siniestro, una quietud inquietante. Incluso un barquito a un kilómetro y medio de la costa parecía anclado, clavado en el sitio, como si estuviera dibujado en el paisaje.

Dejé de correr y describí un círculo. No podía haber ido a ningún sitio; me sentía como si se la hubieran llevado por los aires. Me entró el pánico. Tras de mí, oía las pisadas de Daniel y, por encima, los graznidos de las gaviotas.

Pearl asomó de una hendedura en la montaña, una grieta en la base de menos de un metro de ancho, con un montón de leña menuda en los brazos.

—Toda la madera está en la cueva —nos dijo a gritos.

Inspiré hondo. Su cuerpo menudo se recortaba frente a la oscuridad de detrás y me resultaba familiar y a la vez extraño, una persona que era parte de mí y también algo exento.

Corrí hacia ella y le di un abrazo antes de apartarla y sujetarle la barbilla para que me mirara a la cara.

—No vuelvas a desaparecer —dije.

—He encontrado madera.

—Pearl, hablo en serio.

Daniel nos alcanzó.

—Es una exagerada —le dijo Pearl mientras yo entraba en la grieta para sacar más leña.

Él se inclinó hacia delante y la despeinó.

—No —dijo—. No lo es.

Capítulo 10

Encendimos una pequeña fogata en la cubierta en la tapa metálica de un cubo de basura. Asamos medio pollo de nuestro último trato y comencé a amasar una pequeña hogaza. Pearl sacó dos sartenes de debajo de cubierta y trajo una taza de agua del depósito.

El sol se puso mientras el pollo se asaba, y habría jurado que el aire traía un olor a lilas desde tierra adentro. Daniel y Pearl se rieron de mí cuando se lo dije. Se burlaron de mis fantasías. Pero era la tierra: estar cerca de ella removía mis recuerdos. Hierba recién cortada y flores de temporada. El correo del mediodía. Eran como el recuerdo de un miembro amputado. Quizá ese fuera el motivo real de que Pearl y yo permaneciéramos en el agua.

Pearl se marcó un bailecito delante de Daniel y le mostró sus dos serpientes favoritas, que asomaron su esbelta cabeza por el borde del tarro de porcelana cuando ella quitó la tapa. Le rogó que le contara una historia. Él le habló de su infancia en la península superior de Míchigan y de cuando se pasaba las horas paseando por los bosques y una vez se topó con un alce.

—¿Qué es un alce? —le interrumpió Pearl.

Él me miró.

—Bueno, es un animal muy grande… —comenzó.

—¿Como una ballena? —preguntó Pearl.

—Bueno, como una ballena pequeña. Pero tienen pelo y cornamenta.

Pearl frunció el ceño, confundida, y supe que estaba intentando imaginárselo, aunque no tenía referencias.

—Piensa en una cabra muy muy grande, con unos cuernos enormes —le dije antes de que Daniel retomara la historia.

—Entonces el alce echó las orejas hacia atrás, bajó la cabeza y cargó contra mí. —Daniel hizo un gesto rápido con las manos y Pearl pegó un brinco—. Estaba a unos seis metros de distancia y sabía que no podría correr más que él. Así que levanté los brazos y le chillé.

Pearl soltó una risita.

—¿Y qué le chillaste?

—¡Aléjate de mí, bicho! ¡Fuera! ¡Largo de aquí! —Daniel imitó el manoteo mientras chillaba—. Fue bastante ridículo, pero funcionó. Fingí ser más grande que él.

La luz de la hoguera les iluminaba la cara y arrojaba un resplandor cálido sobre cualquier superficie. Amasé la harina y el agua en la base de la sartén mientras los escuchaba. «A Pearl le hace bien tener otra persona cerca», pensé.

—¿Quedan alces todavía? —preguntó Pearl.

Negué con la cabeza.

—Se han extinguido.

—Quizá queden unos pocos en algún sitio —dijo Pearl.

—Quizá —dijo Daniel.

Comimos el pollo y cociné el pan dentro de las dos sartenes, una encima de la otra, para obtener un pequeño horno. Después de que anocheciera, Pearl se hizo un ovillo en la cabina y Daniel y yo nos sentamos a la luz de la luna, con las últimas brasas y nuestras palabras flotando en el viento.

—El motivo de que ya no viajes con nadie —dije— ¿es la mujer de la que me has hablado?

—En parte sí. Y porque todo se complica demasiado cuando hay más personas involucradas.

84

Ladeé la cabeza y él suspiró.

—Mi madre y yo vivíamos solos durante la Inundación de los Seis Años. Era diabética. Cuando el agua comenzó a subir me puse a reunir insulina, yendo de hospital en hospital, aquellos que no estaban inundados o no habían sido saqueados. Me llevó bastante. Pero nos robaron la mayor parte antes de embarcarnos. Nos dirigimos hacia el oeste y nos fue bien durante un tiempo, pero dos años después ella murió de cetoacidosis diabética.

Recordé lo que le había gritado en la playa, clavé la vista en la cubierta y rasqué la madera con la uña, profundamente avergonzada.

—Fue difícil... —Daniel se detuvo y miró el mar de reojo. La luna se reflejaba en las olas, hojas de guadaña plateadas sobre la superficie negra—. Saber que su final se acercaba..., saber que no podía hacer nada, que no se podría encontrar insulina. Intentamos ajustar su dieta. —Dejó escapar un sonido áspero, como si estuviera carraspeando—. Era imposible con la escasez de comida. Todo el mundo peleaba por lo que quedaba.

Recordaba aquellos días, la emoción que te entraba al encontrar una caja de cereales en un armario vacío de la casa de un vecino. Y cómo te venías abajo cuando la cogías y te dabas cuenta de que estaba vacía, que alguien se había llevado el contenido antes que tú.

La gente saqueó las gasolineras y las tiendas. Y llenaron otros edificios hasta los topes. Colegios, bibliotecas, fábricas abandonadas. Tanta gente durmiendo en filas, todos de paso hacia un lugar que todavía no habían decidido. La mayor parte eran buena gente asustada. Pero otros no. Por eso lo mejor era quedarse en casa.

—Lo siento —murmuré y, cuando levanté la vista, el dolor en su semblante me dejó noqueada.

Daniel se encogió de hombros.

—Nos ha pasado a todos, ¿no es así?

Asentí y noté una sensación rara. Le sostuve la mirada y me sentí como si estuviera perdiendo el control, como si estuviera flotando en un mar tan salado que no pudiera hundirme.

Recordé que no solo habíamos robado alimentos; también habíamos aprendido a producirlos. Row y yo plantamos un huerto en el jardín de la casa, en la zona más soleada. Recordé una vez en el huerto, ella con un rábano que acababa de coger y una sonrisa complacida en el rostro mientras el sol se daba de lleno. Incluso en mitad de la conmoción había momentos incandescentes como estos... Momentos que me pasaría la vida pugnando por alcanzar.

—No voy al Valle porque suene bonito —dije sorprendiéndome a mí misma—. Allí es donde está mi hija. Mi otra hija.

Si Daniel estaba sorprendido, no lo dejó traslucir. Su expresión estoica permaneció impasible mientras yo le contaba que Jacob me había arrebatado a Row, que había pasado años sin saber de ellos hasta hacía pocas semanas, y que ahora Row estaba cautiva en una colonia en el Valle y tenía que intentar salvarla. Era mi única oportunidad para sacarla de allí antes de que la trasladaran a un barco de cría y desapareciera.

—Sé que es arriesgado —dije con voz queda. Eché un vistazo a Pearl, acostada en la caseta—. Lo sé. Pero... Pero tengo que intentarlo. —Me encogí de hombros y aparté la vista, pero luego volví a mirar a Daniel, que no apartaba los ojos de mí con gesto sombrío—. Solo de pensar en no intentarlo me siento de gelatina. Mi cuerpo parece una carcasa vacía. —Agité la cabeza y me froté la cara con la palma de la mano.

—Os acompañaré —dijo con un hilo de voz que apenas se superponía al sonido de las olas rompiendo contra el casco.

—¿Qué?

—Te ayudaré a llegar.

—No te lo he contado por eso —dije. Pero no estaba tan segura. Una parte de mí sabía que solo me quedaba esa carta. O quizá quería tener contacto humano en la inmensidad del mar oscuro. No podía distinguirlo—. ¿Por qué has cambiado de idea?

Daniel apartó la vista, cogió un palo y removió las brasas.

—Creo que podemos ayudarnos el uno a la otra —dijo—. Yo…
me he sentido solo. Además, me gusta la idea de ir al noroeste. Nunca he estado allí.

La desazón que noté en la taberna había regresado; el alivio que había sentido cuando cambió de opinión desapareció. Me removí en el sitio, me incliné a un lado, apoyada en el brazo. ¿Por qué había cambiado de opinión? No podía creer que solo quisiera ayudarme a encontrar a Row. Traté de alejar de mí el malestar. «Siempre te ha costado confiar en la gente», me dije.

Cuando volví a mirar a Daniel tenía los ojos cerrados y la cabeza apoyada contra la borda. Parecía inocente, pero me costaba creerlo.

Capítulo 11

Después de perder a Row, antes de que Pearl naciera, deseé no traer al mundo otro hijo. Parte de mí quería a Pearl más que nada en el mundo y otra parte sentía que no quería conocerla, que no quería mirarla a la cara. Todo parecía tan frágil.

No podía arrepentirme de tener hijas, pero tampoco podía librarme de ellas, me habían dejado en carne viva, expuesta. Nunca me había sentido tan vulnerable como después de dar a luz, ni tampoco tan fuerte. Me había sentido aún más vulnerable que cuando me enfrentaba a la muerte, que no era más que una nada inconmensurable, pero no era un salto al vacío, que era como me sentía en el día a día, mientras cuidaba a Pearl en este mundo.

La mayor diferencia entre los dos partos no era que con Pearl estuviera en el agua y en tierra con Row. Era que me quedé completamente sola con Pearl después de que el abuelo falleciera. Con Row, me preocupaba que se cayera por las escaleras cuando jugaba en el desván. Con Pearl, me preocupaba que se cayera por la borda mientras yo ponía cebo en los anzuelos. Con Pearl no había nadie que me ayudara a vigilarla. Prestar tanta atención me traía de cabeza y tenía los nervios destrozados.

Cuando Pearl era un bebé la llevaba en un pañuelo pegada al cuerpo en casi todo momento, incluso cuando dormía. Pero cuando empezó a caminar me resultaba cada vez más difícil mantenerla controlada. Cuando había temporal, me ataba a ella con una cuerda para asegurarme de que no se la llevara el mar. La aleccioné para que no se alejara de mí en los puertos y la enseñé a nadar.

Pearl había tenido que hacerlo todo pronto: nadar, beber leche de cabra, hacer caca en el orinal, ayudarme a preparar los sedales. Aprendió a nadar con dieciocho meses, pero no aprendió a caminar bien hasta los tres años. En lugar de caminar, reptaba por el Pájaro como un cangrejo. Había tenido la clase de infancia que había leído en los relatos fronterizos, con esos niños que aprendían a ordeñar una vaca con seis años y a disparar un rifle con nueve.

Al principio, me daba pena, pero de una manera distinta a la que Row me provocaba. Pero luego comprendí que, nacer después, después de que nos hiciéramos a la mar, podría ser una bendición. De pequeña ya sabía nadar mejor de lo que yo nunca podría, con un conocimiento instintivo de las olas.

Por eso, tener a Daniel a bordo suponía quitarme un peso de encima. Notaba que la vigilaba igual que yo, que la seguía con el rabillo del ojo y la oreja puesta para controlar sus movimientos.

Daniel, Pearl y yo continuamos navegando rumbo al sur. Por la noche, dormíamos en la cabina de cubierta mientras el viento silbaba sobre nuestras cabezas y las olas agitaban el barco como una cuna. Yo dormía de lado con Pearl encajada contra el pecho, y Daniel detrás de mí. Una noche me puso una mano vacilante en la cintura y, cuando no me moví, me rodeó con el brazo, un brazo fuerte y reconfortante que nos afianzaba a los dos.

A veces, en esas noches tranquilas, me imaginaba que los tres continuábamos así, que nos olvidábamos del Valle y llevábamos una vida tranquila y sencilla en el mar. Comencé a anhelar los momentos en que Daniel estaba cerca de mí, junto al timón, o refugiados en la cabina durante un aguacero. Nos sentábamos a trabajar en silencio arreglando una cuerda, con las cabezas agachadas, concentrados en las fibras deshilachadas, tejiendo con destreza, y me daba serenidad notar su cuerpo junto al mío.

Pero me acordaba de Row, arrastrando su mantita por el suelo de madera, con la cabeza ladeada, una expresión entre curiosa y traviesa en la cara. O de cómo empujaba la mesita de centro hasta la ventana y se sentaba en ella perfectamente estirada para observar los pájaros. Los nombraba por sus colores: pájaro rojo, pájaro negro. La sentía como si estuviera a mi lado. Un torrente cálido me invadía las venas y me atraía hacia el Valle como si no tuviera otra opción.

Saqué sardinas y un calamar de una de las redes que había echado esa mañana y los metí con el cebo vivo en un tarro grande de cerámica que en su día contuvo harina en una cocina. Teníamos el tarro atado junto al depósito y solo lo llenábamos de cebo cuando teníamos excedente de comida.

Continué oteando el horizonte mientras nos aproximábamos a las cumbres de Centroamérica. Cuando estábamos a unos veintiocho kilómetros de la costa más cercana, le hicimos señas a un barco mercante con nuestra bandera, un cuadrado de tela azul con un pez en medio. La bandera del barco ondeaba al viento, era de color morado con una espiral marrón que parecía una caracola.

La gente se comunicaba mediante banderas antes de que el abuelo y yo nos embarcáramos. Los marinos decían que los Lily Black habían sido los primeros en izar la bandera para identificar los diferentes barcos de su tribu y, más tarde, para invitar al otro barco a que se rindiera antes de un ataque.

Por eso el abuelo y yo fabricamos una bandera de pescador recortando un pez de tela de una camiseta blanca y cosiéndolo a la funda de un cojín. Cuando Pearl comenzaba a caminar le enseñé los tres tipos diferentes de banderas, porque necesitaba que ella fuera mi segundo par de ojos en el mar, para alertarme de quién se aproximaba si yo estaba ocupada pescando. Por eso aprendió que había banderas de un solo color: blancas para pedir auxilio, negras para indicar enfermedad a bordo, naranjas para rechazar una petición. Otras te hablaban de qué tipo de barco eras: un mercante, uno de pescadores o un barco de cría. Y, por último, estaban las banderas tribales, banderas con símbolos que mostraban la identidad de una nueva comunidad, como un escudo familiar.

Aunque los Lily Black habían sido los primeros en comunicarse así, también habían sido los primeros en pervertir el sistema. Ahora se rumoreaba que navegaban bajo bandera falsa para aproximarse al enemigo e izaban su bandera justo antes de atacar.

Por eso, mientras nos aproximábamos al barco mercante, yo no le quitaba ojo a la bandera y mantenía las manos agarradas a la borda, temerosa de que la arriaran y la cambiaran por una tribal.

—Creo que te puedes relajar —dijo Daniel—. No puedes vivir en un estado permanente de hipervigilancia.

—Siempre he evitado esta zona del Pacífico porque tenía entendido que los saqueadores tienen mucha presencia aquí.

—Pensaba que evitabas esta zona porque no sabías navegar con instrumentos. —Daniel me sonrió y me rozó el brazo con el dorso de la mano.

Yo reprimí una sonrisa y lo observé con el pelo en la cara a causa del viento.

—Después de tratar con ellos deberíamos montar el aparejo y dirigirnos más al este para pescar pez vela.

Daniel contempló el mar.

—¿Cómo lo sabes?

Señalé las fragatas que volaban bajo y se zambullían en el agua a unos cuantos kilómetros al este. El abuelo me había enseñado a observar los pájaros.

—También he visto bancos de atún y caballa. El agua es cálida aquí. Un pez vela puede alcanzar los cuarenta kilos. Merece la pena desviarse del rumbo.

—Vale. Pero debemos tener cuidado al navegar tan cerca de la costa si no tenemos intención de atracar.

Sabía que le preocupaban las montañas bajo la superficie del agua, que el barco encallara y el casco acabara destrozado. A veces se divisaban sombras que oscurecían el agua donde las montañas ascendían para encontrarse con el cielo; cuando pasabas por encima, al bajar la vista se distinguían los picos rocosos como si fueran rostros antiguos que te mirasen desde las profundidades. El océano bullía a su alrededor, las corrientes se arremolinaban en las rocas donde brotaba el coral, nuevas criaturas marinas se adaptaban y se formaban en la oscuridad.

No viviría para ver las cosas nuevas que brotarían de este nuevo mundo; sería ceniza antes de que estuvieran completamente desarrolladas. Pero me preguntaba acerca de ellas y me preguntaba si Pearl viviría para verlas y que fueran dignas de ver.

Nos situamos junto al barco mercante y cambiamos el pescado por algunos metros de algodón, hilo, carbón y leche de cabra. Cuando les pregunté por madera, nos dijeron que tendríamos que ir aún más al sur para conseguir buenos precios. Se me hizo un nudo en el estómago. No podíamos perder más tiempo desviándonos tanto de nuestro rumbo.

Cuando nos separamos del barco mercante, este se dirigió hacia el noreste, en dirección a un pequeño puerto en la costa, y Daniel puso rumbo al suroeste, donde podríamos encontrar pez vela. Pearl jugaba con una serpiente en la cubierta y yo reparé mis trampas para cangrejos metiendo alambre entre las lamas de metal. Siempre había algo que reparar. El timón, la vela, el casco, la cubierta, los aparejos y el cebo. Siempre había algo roto y me costaba arreglarlo todo al día, el tiempo se me escapaba entre los dedos.

Nos dirigimos hacia los pájaros que se zambullían. Pearl y yo lanzamos señuelos de colores brillantes hechos con cintas y anzuelos. El agua era cristalina y corría una brisa suave: hacía un día precioso para navegar, de esos en los que me sentía como si estuviera volando. Distinguí un pez vela cerca de la superficie, la vela cortaba el agua como la aleta de un tiburón, y dejé caer una línea con un calamar vivo en el anzuelo.

Dejé el sedal suelto, moviéndolo de vez en cuando, observando el agua y esperando, para atraer al pez sin perseguirlo. Pasaron dos horas hasta que picó y me impulsó contra la borda. Se me pusieron lívidos los nudillos mientras intentaba arrastrarme al mar.

Daniel corrió a sujetarme.

—¿Estás bien? —preguntó mientras me ayudaba a asegurar la caña en el soporte junto al timón.

Asentí.

—No podemos perderlo.

Nadaba a una velocidad sorprendente, la vela cortaba la superficie del agua y nuestro barco se precipitó hacia delante cuando se agotó el carrete. El pez aceleró y se puso a nadar en semicírculo cuando llegó al final del sedal, pero luego se rebatió, zambulléndose en el aire, levantando una cortina de agua.

No se divisaba la línea costera; el mundo era una llanura azul hasta donde alcanzaba la vista. Tanto espacio que desorientaba. Como si una persona necesitara algo que la empequeñeciera. Las nubes eran finas como la gasa.

Un tiburón daba vueltas alrededor de nuestro barco, se aproximaba para luego alejarse. Al principio pensé que el tiburón perseguía los movimientos de un banco de caballas bajo nosotros, pero luego me di cuenta de que andaba detrás de nuestro pez vela.

—Deberíamos recoger el sedal rápido —le dije a Daniel.

—Creí que habías dicho que era mejor dejar que se cansara antes de recogerlo. ¿Cómo vamos a vérnoslas con ese bicho?

Me puse los guantes de cuero.

—Pearl y tú recogeréis. Yo lo agarraré por la espada. Cuando lo tenga, me ayudas a sacarlo del agua cogiéndolo por la vela y por debajo del toldo.

La caña de la que tiraba el pez vela había sido un poste de titanio de una valla antes de que el abuelo la transformase en una caña de pescar. No se doblaba ni se rompería bajo el peso del pez vela, pero el soporte del timón crujía y chirriaba y amenazaba con soltarse.

Daniel recogió el sedal, cada tirón era un esfuerzo y sudaba por las sienes. El pez continuaba con su lucha, saltaba en el aire y se revolvía. El agua nos salpicó la cara. El pez golpeó el barco mientras se debatía. Parpadeé para librarme de la sal en los ojos y perdí de vista al tiburón.

Cuando la vela estaba lo bastante cerca para cogerla, me asomé por la borda e intenté alcanzarla. El pez tiraba del sedal con la cabeza por encima del agua, el anzuelo centelleaba en la boca.

Agarré la espada y casi se me escapa, tan escurridiza como un témpano. El olor sulfuroso a coral y algas nos envolvió. Debíamos estar cerca de alguna cumbre, pensé por un instante.

Daniel terminó de recoger el carrete y se inclinó sobre la borda para coger la vela. Con el rabillo del ojo, vi que el tiburón reaparecía. Se topó contra el casco y nos tambaleamos ligeramente.

El miedo me atenazó la garganta. El tiburón se sumergió, una forma borrosa y luego invisible en las profundidades. Los ojos del pez vela se movían desquiciados. Le palpitaban las agallas y las escamas le temblaban, descomponiendo la luz en un caleidoscopio. Él también parecía sucumbir al pánico.

Abrió los ojos mucho y, con un gesto violento, se libró de la mano que le sujetaba la espada y se zambulló en el agua estrepitosamente.

—Maldita sea —murmuró Daniel, inclinándose sobre el agua para agarrar la vela.

—¡Daniel, no! —dije.

El tiburón salió a la superficie con las fauces abiertas, las cerró sobre el antebrazo de Daniel y, con un movimiento violento de la cabeza volvió a hundirse en el agua. Daniel lanzó un grito y cayó al mar.

Capítulo 12

Agarré a Daniel por el bajo de la camisa, hice palanca con la borda y tiré de él hacia atrás. Ambos caímos de espaldas sobre la cubierta. La sangre le corría por el brazo y se colaba por las rendijas entre la madera.

—¡Pearl! ¡Coge la tela! —grité.

No veía la herida con tanta sangre. Del brazo le colgaban trozos de piel y de tendón. ¿Estaría seccionada la arteria? ¿Se habría partido el hueso?

Pearl corrió hasta la cabina de cubierta y regresó con la tela que había comprado en Harjo. Se la apreté contra el brazo.

—Todo va a salir bien —le dije, los oídos me palpitaban—. Necesitamos detener la hemorragia.

Él cerró los ojos con fuerza. Estaba pálido y respiraba entrecortadamente.

—Pearl, sujeta esto aquí y presiona con fuerza —dije. Ella apretó la tela contra la herida mientras yo me quitaba el cinturón y se lo enganchaba en la parte superior del brazo, por encima del codo. Hice un nuevo agujero en el cuero con la navaja, apreté el cinturón y lo abroché en su sitio.

Me eché hacia atrás para mirarlo bien y le puse una mano en el hombro.

—Respira —dije—. Trata de mantener la calma.

95

El aire se llenó con el sonido de la madera contra la roca, un rumor que se transformó en un estruendo sordo. El barco se escoró de manera súbita y caí hacia un lado.

Daniel abrió los ojos, despavorido.

—¡Una montaña, una montaña! —exclamó a la desesperada.

Me levanté de un salto, fui a popa y miré por encima de la borda. Las cimas de las montañas asomaban justo por debajo de la superficie, plagadas de hendiduras y picos, con pequeños brotes de coral entre las sombras. Habíamos encallado en la cima de las montañas.

Tiré hacia la derecha de la caña del timón todo lo que pude y noté que el barco comenzaba a virar. Una ráfaga de viento hinchó la vela y avanzamos. Bajo la proa, varios picos sobresalían unos metros por encima del agua. Necesitábamos virar más hacia la derecha, y rápido.

—¡La vela! —le grité a Pearl, pero ella ya estaba en el cuadernal, manipulando el cabo. Llegué hasta ella y tiré del cabo, intentando soltar el nudo torpemente.

A Pearl le temblaban las manos y estaba llorando.

—Vamos a naufragar —gritaba.

—Todo va a salir bien —le dije.

Solté el nudo, desenvainé el cuchillo y corté el cabo para liberar la vela e impedir que el viento nos arrastrara.

Pero era demasiado tarde. La cima de la montaña sobresalía treinta centímetros del agua y estaba solo a seis metros de nosotros. Agarré a Pearl y la estreché contra mí.

El Pájaro se escoró a la izquierda al pasar por encima de la montaña, el agua inundó el puente y Daniel salió rodando hacia la borda. Pearl y yo caímos contra el mástil y nos aferramos a él. El barco se deslizó por encima del pico en medio de un estruendo de madera destrozada.

El casco volvió a golpear en el agua con estrépito y el Pájaro quedó casi nivelado. Corrí hacia Daniel, lo levanté por las axilas y lo apoyé contra la borda. Se llevaba la mano al pecho con una mueca de dolor. El Pájaro comenzó a escorarse a la derecha. Nos hundíamos. Me levanté y oteé el horizonte, con la esperanza de divisar tierra, pero no la encontré.

—Pearl, coge el cubo y una antorcha—dije.

Abrí la escotilla de cubierta y me asomé a la cavidad que había entre el casco y la cubierta. Los tablones entrecruzados me bloqueaban la vista, pero se oía el sonido del agua. Pearl me pasó la antorcha, una rama con un trozo de tela en un extremo cubierto con una bolsa de plástico para mantenerla seca. Rasgué la bolsa de plástico del extremo y Pearl la prendió con la yesca.

Salté por la escotilla y aterricé sobre el agua. La llama solo iluminaba un radio de treinta centímetros a mi alrededor, arrojando sombras entre las tablas entrecruzadas. A la izquierda vi la vía de agua, en la zona inferior derecha del casco. Ya llegaba a una altura de más de metro y medio. Era cuestión de una hora o menos que nos hundiéramos.

Subí por la escotilla y cogí el cubo que tenía Pearl. Ya le había atado un cabo al asa, lo eché por el agujero y lo saqué, lleno de agua a rebosar.

—Pearl, mientras yo achico el agua, guarda las provisiones y los instrumentos de Daniel en las bolsas. Y mete el agua del depósito en botellas.

—No va a caber todo.

—Entonces deja la harina.

—Vale —dijo Pearl.

Se volvió y desapareció en la cabina de cubierta para salir un momento después arrastrando las bolsas para dejarlas en cubierta.

Achiqué más y más agua con el cubo, aunque me empezaban a doler los brazos y la espalda.

—Mierda —murmuré. No estaba ganando tiempo. Arrojé el agua por la borda y la luz la atravesó volviéndola una curva centelleante como el cristal. Cerré los ojos con fuerza y los abrí. «Pájaro»,

97

pensé, acordándome del abuelo, que lo había hecho con sus propias manos, acariciando la madera con las palmas callosas.

Observé cómo el Pájaro se hundía agarrada a la balsa de Daniel. Pearl y él iban en ella, agarrados a los lados para no caerse con el oleaje. Solo había sitio para dos o se iría a pique. Pearl tenía que ir para estar a salvo y Daniel para dejar de sangrar en el agua, joder. Cada uno llevábamos una mochila llena de provisiones.

El Pájaro se había escorado a un lado y parecía mantenerse firme mientras se inundaba de agua. Sentía que era yo la que se hundía bajo su peso ineludible. Entonces nos llegó desde el barco un gorgoteo, el agua lo reclamaba, y desapareció de la vista como una moneda en un pozo de los deseos. Inspiré hondo. El último vínculo que me unía con mi madre y mi abuelo era el Pájaro, y sin él me sentía en suspensión, como si hubiera cortado amarras con ellos. Reprimí el llanto y me agarré a la balsa con una mano con más fuerza.

Con la otra sujetaba el cuchillo mientras vigilaba por si venía el tiburón.

—Esperará hasta que nos cansemos —dijo Daniel, observándome, con voz consternada.

Le lancé una mirada feroz. «Tú te cansarás antes», pensé, tentada de tirarlo al agua si aparecía de nuevo el tiburón.

—Te dije que no cogieras el pez vela —le reproché.

—Te dije que debíamos ir directos a puerto en lugar de desviarnos de rumbo —me reprochó él—. Navegar tan cerca de la línea de costa es imposible.

Pearl dejó escapar un sonido entrecortado, un sollozo ahogado. Desde la primera colisión no había dejado de temblar.

Me estiré y la tomé de la mano a la altura de los nudillos, que estaban lívidos.

—Pearl, bonita. Todo va a salir bien.

—No quiero que estés en el agua. El tiburón —lloró.

—Tengo mi cuchillo —dije enarbolando la hoja de tal manera que centelleó con el sol. Me obligué a sonreír y le estreché la mano—. Todo va a salir bien. —Pearl derramó lágrimas sobre la mano que sostenía la suya. Una ola me dio en la cara y tragué agua, mientras notaba la rabia en mi interior. Me maldije. Nunca debería haber consentido que él subiera a nuestro barco.

Mi cebo y mis aparejos, la mayor parte de los víveres, el agua dulce del depósito. Todo se había ido a pique y se hundía en el fondo marino. Aunque consiguiéramos llegar a tierra, no tenía nada para cambiar por comida o nuevos suministros de pesca.

—Myra, veo algo —dijo Daniel.

—Cállate.

—Myra…

—He dicho que te calles —dije apretando el cuchillo más fuerte.

—Es un barco —dijo él buscando unos prismáticos en la bolsa.

—Trae. —Miré por los prismáticos y escudriñé el horizonte hasta que divisé un barco. Era más grande que un pesquero, tendría el tamaño de un buque mercante. Afiné la vista, en busca de una bandera.

—No sé quiénes son —dije. Lo más raro es que parecía que se dirigían hacia nosotros, aunque dudaba que nos pudieran ver desde donde estaban. Nos separaban unos cinco kilómetros y medio, y no éramos más que una pequeña mota en el ancho mar. Dudaba que nos vieran a menos que nos estuvieran buscando.

Me mordí el labio, seco a causa de la sal y el sol. Eché un vistazo en dirección al barco, pero sin los prismáticos solo veía una pequeña sombra en el horizonte. El barco podía salvarnos o condenarnos a un destino peor que vagar por el mar abierto.

—Deberíamos atraer su atención —dijo Daniel mientras buscaba nuestra bandera blanca en la mochila.

—No sabemos quiénes son —repetí yo—. Prefiero vagar en mar abierto que acabar encadenada al casco de un barco de saqueadores.

—Merece la pena correr el riesgo —dijo Daniel.

Le lancé una mirada furiosa. «Te merecerá la pena a ti», pensé. Él no sobreviviría mucho tiempo en mar abierto, pero Pearl y yo puede que sí. Unos días al menos, quizá lográsemos llegar a la costa si las corrientes nos eran favorables.

Él parecía leerme el pensamiento.

—No duraríais mucho. Estamos a varios kilómetros de distancia de la costa. Esta zona no es muy frecuentada, quizá no pase nadie más.

Volví a observar el barco. Recordé cuando hablaba con mi madre en el desván, sentada en los últimos escalones, mientras el abuelo encajaba las juntas del Pájaro. Hablábamos de las últimas noticias que habíamos oído, hasta dónde había llegado el agua, qué edificios de la ciudad debíamos evitar. Jacob se había ido con unos amigos nuevos a los que yo no conocía. Row pasó cargada con un cubo de agua delante de nosotros y lo dejó al lado de los demás, acumulados alrededor del perímetro del desván. Habían cortado el agua corriente la semana anterior y estábamos recogiendo agua de lluvia en todos nuestros cubos y recipientes. Row se arrodilló delante del cubo y se inclinó, sonriéndole a su reflejo.

—Hola —se dijo, y soltó una risita.

El abuelo le había sonreído y dio unas palmadas en el costado del Pájaro.

—Será un buen barco para empezar —dijo.

Me sorprendió que dijera aquello: nunca me habría imaginado que abandonaríamos el Pájaro, sobre todo después de todo lo que había costado construirlo. Yo era joven, y a diferencia del abuelo no estaba acostumbrada a la pérdida ni a la precariedad. No habría sabido qué esperar de ellas ni cómo aceptarlas.

Se me aceleró el pulso y traté de respirar hondo. «No hay más opción que continuar», me dije.

—Pásame el sedal —pedí. Subí el torso por encima de la borda sin dejar de chapotear con las piernas. Pasé el sedal entre el tejido y lo até a un remo para fabricar una bandera.

Cuando Daniel la levantó con el brazo bueno noté un peso frío en el estómago, como si estuviera esperando a recibir una sentencia. No le quitaba ojo al barco mientras este se hacía cada vez más grande y sentí una sensación de hormigueo en las extremidades, un presentimiento inconfundible de que este barco lo cambiaría todo.

Capítulo 13

Cuando el barco se aproximó, temí que fuera a colisionar contra nosotros. Antes de que estuviéramos bajo la sombra de su casco, alcancé a ver varios tripulantes a bordo. El barco tenía dos velas y unos veinte metros de eslora. El nombre, Sedna, estaba pintado con letras mayúsculas negras en el casco. Me recordaba a un mercante que había visto en los libros de historia cuando era niña. Había una cabina en la toldilla con una canoa colgada fuera y un corral con una cabra en la cubierta.

Mientras esperábamos, Daniel se puso más lívido y los ojos se le cerraban.

—No te duermas —le dije con brusquedad.

Pearl continuaba aferrada a la borda de la balsa con los nudillos blancos, y miraba el barco aproximarse con los ojos como platos. Yo tenía la garganta seca de la deshidratación, pero tragué saliva y parpadeé para intentar despejarme la cabeza. Estaba tan cansada que hasta el flujo de la sangre se había ralentizado.

Dejaron caer una escala desde la borda del barco cuando estaba todavía a unos seis metros de distancia.

—Tendremos que nadar —les dije.

Pearl me miró con los ojos dilatados de pánico y Daniel asintió amodorrado.

Maldije entre dientes.

—Os acompañaré a nado. Vamos, Pearl —dije.

Me envolvió con sus brazos delgados y nadamos hasta la escalera. Cuando conseguí que comenzara a subir, regresé a por Daniel.

Pesaba mucho y se movía con lentitud, y me entró pánico al pensar que su peso nos arrastraría y nos hundiríamos. Braceé con furia tirando de él. Cuando llegamos a la escala, se enganchó a ella con la mano buena.

—Tú primero —dije. Si se caía, no sabía si conseguiría salvarlo, pero entendí, no sin sorpresa, que al menos lo intentaría.

Daniel subió por la escala mejor de lo que había creído, despacio pero con seguridad. Tenía la sensación de que se desplomaría nada más llegar a cubierta, por eso subí lo más aprisa posible, con la cabeza en ebullición de pensar en Pearl sola ahí arriba.

Un hombre me agarró del brazo cuando llegué a la borda y me sobresalté; fui a empujarlo en el pecho con ambas manos y me encontré con unos ojos oscuros y bondadosos.

—Vaya, tranquila, solo intento ayudarte. La borda es muy alta —dijo el hombre ayudándome a bajar a cubierta.

Era atractivo, de cara angulosa pero agradable. Tenía el pelo negro y la piel atezada; llevaba una bandana al cuello y botas de cuero con cordones.

—Soy Abran —dijo estrechándome la mano—. Bienvenida al Sedna. Me alegra que hayamos dado con vosotros a tiempo. —Gesticulaba mientras hablaba con movimientos rápidos.

—Myra —dije mientras echaba un vistazo a la tripulación e intentaba hacerme una idea de la situación—. Ellos son Pearl y Daniel.

—Normalmente requisamos las armas —dijo Abran cuando me llevé la mano al cuchillo envainado en la cintura—. Pero queremos que sepáis que os recibimos de buena fe —dijo mientras me observaba con detenimiento—. De hecho, sabemos algo de vosotros. Tenemos una amiga en común… Beatrice, de Catarata Manzana.

Abrí los ojos sorprendida.

—Beatrice —dije con voz queda.

—Nos comentó que eras una excelente pescadora. No esperábamos tener que pescarte a ti. —Abran se rio y algunos le imitaron; yo los fulminé con la mirada.

—Además, en Myer's Port... —Abran señaló tras él en dirección al puerto comercial— ...algunos comerciantes nos dijeron que siempre hacían buenos tratos contigo, pero eso queríamos darte alcance. Temía que no lo lográramos. Wayne os tenía localizados y de repente desaparecisteis. Ha sido una suerte que estuviéramos buscándoos.

El mundo se había vuelto muy pequeño, y como visitaba los mismos puertos pesqueros todos los años, a veces durante la misma estación, era un rostro habitual. Los nombres de los pescadores y comerciantes de confianza se intercambiaban en los puertos comerciales al amparo de un *whisky* o del humo de una pipa.

—¿Qué clase de barco es este? —pregunté. Era una embarcación demasiado grande para ser un pesquero normal, pero tampoco era tan lujoso como solían ser los mercantes.

—Somos una comunidad —dijo Abran. Yo lo miré con escepticismo.

—Pero deberíamos curarle. —Abran señaló a Daniel—. Jessa y Wayne... —Una mujer joven y un hombre de mediana edad nos observaban a unos metros de distancia. Jessa era menuda, con el rostro ovalado y la piel clara. Wayne tenía el pelo rubio tan aclarado por el sol que parecía blanco, y llevaba los brazos completamente tatuados—. Ellos intentarán rescatar lo que puedan de vuestra balsa.

Yo asentí. Abran nos llevó hasta la cabina, junto al timón. Era un habitáculo cuadrado de una sola habitación dividida por la mitad por una cortina. En nuestro lado, la puerta de acceso daba a una mesa alargada y en la pared contraria se distinguía una escotilla. Toda la pared estaba cubierta de estanterías y cestos rebosantes de mapas, libros, sogas, aparejos y cuerdas.

El sol se colaba por la escotilla y un rectángulo de luz caía sobre la mesa. Era raro estar en un barco y estar a resguardo, mecerte con las olas, pero no notar el viento en el cuerpo.

—Si usas un hacha en lugar de una espada, consigues más fuerza. De veras, es mejor —dijo una voz tras la cortina.

—Ajá —murmuró otra voz, la de una mujer que no estaba prestando demasiada atención.

Abran se adelantó y retiró la cortina para dejar al descubierto una cocina diminuta. Un adolescente de unos dieciocho años removía un cuenco de algo que olía a tomate en vinagre. Noté una punzada en el estómago cuando me llegó ese aroma dulce y acre. Junto a él, una mujer de mediana edad subida a un taburete buscaba algo en un armario sobre la encimera.

—Marjan —dijo Abran con un gesto en dirección a la mujer—. Es nuestra encargada de la intendencia y cocinera. Y Behir —dijo señalando al chico—. Ellos son Myra, Daniel y Pearl.

Marjan se giró en el taburete y nos sonrió.

—Hola. Por fin os encontramos. —Tenía el rostro cuadrado, la piel oscura, los ojos negros y brillantes y una trenza morena que le caía por la espalda. Algo en su expresión y en su porte, que denotaba calma y seguridad, me recordó a Beatrice y noté un deje de tristeza.

Behir se dirigió a nosotros con la mano extendida y una amplia sonrisa. Irradiaba calidez. Era una versión más alta y más delgada de su madre, con los mismos ojos brillantes y semblante amable.

Marjan se apeó del taburete y dejó una bolsa de cereales en la encimera. Dio un paso adelante y tropezó con el taburete, pero Behir la cogió del codo antes de que cayera y la ayudó a incorporarse.

—¿Estás bien?

Se lo preguntó con tanta ternura que sentí un cosquilleo en las venas, la misma descarga eléctrica que cuando Pearl hacía algo considerado por mí. Había conocido muy pocas madres con hijos vivos. Parecía que solo me topara con lo contrario: madres sin hijos y huérfanos. Los observé, estudiándolos brevemente, hasta que Abran me llamó.

—¿Qué? —pregunté.

—¿Puedes subir a Daniel a la mesa mientras voy a por mi equipo? —preguntó Abran. Fue hasta la estantería de la pared y cogió una caja de aparejos.

Dejé caer la mochila al suelo y ayudé a Daniel a tumbarse en la mesa. Le señalé a Pearl un taburete en la esquina y fue a sentarse con las rodillas bajo la barbilla. Lo raro es que estuviera tan callada, pero sus ojos no paraban quietos y observaban a Abran.

Este retiró la venda del brazo de Daniel, despacio, con suavidad, procurando que no se desprendiera la carne. Daniel apretó los dientes y cerró los ojos con fuerza.

—Marjan, ¿nos traes el *whisky*? —gritó Abran. Me miró—. Tenemos analgésicos, pero son solo para la tripulación —dijo a modo de disculpa.

Asentí, sorprendida de que mencionara los analgésicos siquiera. Solo los ricos habían hecho acopio de medicamentos, y más raro era todavía que alguien los mencionara ante unos extraños, por miedo a que se los robaran.

Marjan trajo una botella de barro a la mesa y sostuvo la cabeza de Daniel para que pudiera beber.

Abran aflojó el torniquete y pellizcó los dedos de Daniel, que volvieron a recobrar el color poco a poco.

—Ha alcanzado la arteria ulnar, por eso has perdido tanta sangre. Aunque parece que está comenzando a cicatrizar. La herida no es tan profunda como parece. Ha afectado a la piel y te ha desgarrado un poco el músculo. Siempre me alegra que las cosas no estén tan mal como pintan. Te coseremos y te curaremos con alcohol —dijo Abran.

Tanta cháchara me ponía de los nervios.

—¿Eres médico? —pregunté.

—Lo fui.

Y se quedó callado. Si se le preguntaba a alguien por su pasado podían abrirse o cerrarse, y yo siempre quería saber de qué tipo eran.

Abran mojó la aguja en la botella y la enhebró con un hilo muy fino. Me pasó un trapo y sequé la sangre del brazo de Daniel.

Abran se inclinó hacia delante, con la cara apenas a unos centímetros del brazo. Trabajaba despacio, alisando la piel levantada y cosiendo los bordes desgarrados. Cuando se curara, el brazo de Daniel sería un puzle de cicatrices.

—¿Hacia dónde os dirigíais? —preguntó Abran.

—A los Andes. Para comerciar —dije.

—Nosotros también. Teníamos planeado buscar allí un lugar donde establecernos. ¿Tienes previsto continuar en el agua?

Tanta pregunta me irritaba, y esperaba que a Pearl no le diera por intervenir y contarlo todo. Cuanto menos supieran, mejor. Al menos hasta que yo supiera más de ellos.

—Como dije antes, hemos oído hablar de ti. Que eres buena pescando. Que eres de fiar. Recorres los pueblos costeros y haces tus trueques. Un negocio pequeño e independiente. Eso es poco frecuente. Y se está volviendo cada vez más difícil ahora que todo el mundo está juntándose. —Levantó la vista del brazo de Daniel para mirarme con una expresión inquisitiva.

—¿Cómo has conseguido un barco tan grande? Supongo que estos son también cada vez más frecuentes —dije.

Abran parpadeó varias veces antes de volver a concentrarse en el brazo de Daniel. Entendió mi otra pregunta.

—Tuve una racha de mala suerte, luego otra de buena, y conseguí recursos caros para comerciar. Pude comprar madera y contratar buenos carpinteros. Luego conseguí una buena tripulación que lo mantiene a flote. —Abran se enderezó y limpió la aguja con el trapo—. No hacemos negocios con saqueadores.

Desde la cocina, el estruendo de las ollas, el agua corriente y las brasas atizadas llenó el espacio. El olor de la carne cocinada atravesó la cortina. Abran miró a Pearl, que seguía callada en la esquina.

—¿Y tú qué piensas del barco? —le preguntó a Pearl con la cordialidad de alguien acostumbrado a los extraños.

—Es bonito —dijo en voz baja.

Algo se movió dentro de la mochila de Pearl.

—¿Qué hay en la mochila? —preguntó Abran casi cortante.

—Serpientes —dijo ella.

Abran me miró.

—¡Pearl! —exclamé—. ¿Has traído las serpientes? ¡Nos habría cabido la harina! —Miré a Abran—. Lo siento. A las venenosas les corta la cabeza, pero estas no lo son. Os las podéis comer si queréis.

—¡No! —dijo Pearl.

—¡Pearl!

Abran me sonrió, vacilante.

—Hablaremos de las normas del barco más tarde. Una de ellas es que todo se comparte.

Me invadió la inquietud. Había oído que secuestraban a la gente en los barcos y los convertían en esclavos para pagar sus deudas. Aquella gente nos había rescatado, nos habían acogido y nos habían alimentado, luego estaríamos en deuda con ellos.

—Nos gustaría continuar nuestro viaje lo antes posible —dije—. ¿Cómo podemos devolveros el favor?

—Eso lo podemos hablar después —dijo Abran limpiando la sangre del brazo de Daniel con toquecitos de un trapo húmedo—. Por ahora, necesita descansar. Si se hincha es normal, si supura, no. Ven a verme si distingues algún síntoma de infección.

Abran notó que estaba preocupada y me dio un ligero apretón en el brazo.

—Todo saldrá bien. —Unió las manos y se apartó un mechón de pelo de la cara—. Vale, qué te parece si te enseño el barco. Así aprenderás a moverte por aquí.

Me dirigió una sonrisa cálida e hizo un gesto amplio de bienvenida con las manos.

Desprendía buenas vibraciones y un carisma que me hacía sentir incómoda; entonces supe por qué. Me recordaba a Jacob.

Capítulo 14

Pearl quería quedarse con Daniel, por eso les dejé en la toldilla mientras Abran me enseñaba el barco. Antes de salir, echamos un vistazo al estofado de pollo que Marjan cocinaba al carbón; el humo llenaba la cabina antes de salir por un agujero gigante en el techo.

Me enseñó el puente y pasamos junto al corral de la cabra y tres depósitos grandes metálicos que relucían al sol. Esperaba que Pearl pudiera tomar algo de leche de cabra antes de que abandonáramos el barco, pero no pregunté. No quería que nuestra deuda aumentara.

Bajamos por la escotilla a la bodega del barco y examinamos las dependencias, pequeños habitáculos separados por paredes finas. En el baño había un orinal, una jarra y una palangana.

Al otro lado del baño había una estancia con aparejos de pesca y, a continuación, estaba el camarote de Abran, las dependencias del capitán. Era del tamaño de un ropero, con un catre pegado a una pared y un armario pequeño. El camarote más grande eran las dependencias de la tripulación, repleto de literas y estanterías para dejar la ropa y los objetos personales. Había un hombre tumbado en una de las literas inferiores, gemía y tenía la pierna inflamada con un sarpullido.

—John está enfermo —dijo Abran en voz baja, y abandonamos la habitación.

En lo más hondo del casco había varios cajones apilados de los que asomaban los objetos más dispares: trozos sueltos de soga, madera y aparejos rotos. Entramos en un almacén y un hombre que hurgaba en una caja de pequeñas piezas de metal dio un brinco.

—Thomas —dijo Abran—, esta es Myra. Thomas es nuestro contramaestre.

Thomas avanzó unos pasos cojeando, dejándose caer en la pierna derecha. Siguió la dirección de mi mirada y dijo:

—Un tobillo roto que se curó mal.

Tenía la piel muy oscura y el pelo negro, que llevaba afeitado. Me estrechó la mano y sonrió.

—Busco un cáncamo para el asta de la bandera —le dijo Thomas a Abran.

—Creo que hay alguno en esa caja —dijo Abran señalando.

Thomas hurgó en el cajón, sacó un cáncamo y abandonó el almacén.

No podía dejar de mirar las cajas de col en conserva, las de cerdo en salazón y té y los sacos de harina, azúcar, sal, judías y maíz que se apilaban en las estanterías. Vi cubos de agua anclados a la parte inferior de las estanterías. Traté de imaginar cómo sería vivir en un barco con tantas reservas de comida y con tanta variedad. No solo pescado y pan sin levadura, día y noche, hasta alcanzar el puerto comercial. En un barco, en una habitación así, con la comida cuidadosamente envasada y etiquetada, una se sentía segura, tranquila.

—Es mucha comida —dije en voz baja pasando el dedo sobre un bote de col.

—La racionamos escrupulosamente y negociamos con gente respetable que nos ofrece buenos tratos. Cada uno tiene su trabajo y todos lo hacemos bien —dijo Abran.

Me hizo un gesto para que continuásemos y me llevó hasta la armería. Pistolas, cuchillos, bombas, arcos, flechas y algunos bates llenaban los estantes. Me volví para mirar a Abran, a la espera de algún comentario.

Se encogió de hombros.

—Todos los barcos necesitan protección —fue su única respuesta.

—Sí, pero ¿de dónde has sacado todo esto? Tantas armas en los tiempos que corren… —Dejé la frase sin terminar. Aquellas armas valían más que el Pájaro. Las contemplé embelesada por el brillo metálico que desprendían a la luz de la lámpara de queroseno que llevaba Abran.

—Las robé —dijo Abran.

Levanté la vista para mirarlo, esperando que continuase.

—Encontré un alijo de armas enterrado por los saqueadores. Eran de reserva. Las cajas estaban marcadas con la marca de la banda, por eso las robé.

No dije nada y continué mirándolo mientras consideraba su historia. Era frecuente que los saqueadores escondieran sus recursos, sobre todo los más caros, como las armas o los medicamentos, en lugares ocultos para poder regresar a buscarlos en caso de que robaran su barco. Lo raro era encontrar estos lugares ocultos.

—¿Cómo lo encontraste? —pregunté.

El barco crujió cuando viró hacia la derecha, el suelo tembló y las armas traquetearon en los estantes.

—Cuestión de suerte —dijo Abran—. Vi a algunos saqueadores en la montaña, cerca de donde yo vivía entonces. Estuvieron merodeando un buen rato. Sabía que allí no había nada que pudiera atraer su atención por mucho tiempo, no había agua, ni caza. Por eso, cuando se marcharon, fui a investigar.

Abran sonrió y ladeó la cabeza, un mechón de pelo le cayó sobre los ojos.

—Tuve suerte unas cuantas veces. A ver si la racha me dura un poco más. —Me miró fijamente con una sonrisita juguetona.

—¿Por dónde habéis viajado? —pregunté.

—Hemos estado en lo que antes era Alaska, por el Caribe y en los Andes. Ahora estamos buscando un lugar donde instalarnos.

—¿Instalaros? ¿Por qué? Con un barco como este...

—No podemos estar embarcados indefinidamente. —Abran colgó la lámpara de queroseno de un gancho en el techo—. Queremos una comunidad. Quiero construir una comunidad donde la gente comparta ciertos valores. Donde todo el mundo trabaje y donde todos tengan la oportunidad de una vida mejor.

—¿Y qué lugar es ese? —pregunté intentando contener una sonrisa irónica. Di un paso atrás para apoyarme contra la estantería y me clavé la culata de un rifle en el omóplato.

—Sé que suena idealista —dijo Abran—, pero el idealismo es un riesgo necesario si queremos mantener la esperanza. —Dio un paso hacia mí y noté su magnetismo. Abrió los brazos con un gesto de bienvenida, como si quisiera hacerme partícipe de su idea—. Además, no estamos hechos para vivir en el agua.

—Creo que ha dejado de tener importancia para qué estemos hechos.

Abran se detuvo y bajó la lámpara de queroseno del gancho.

—Deberíamos volver a cubierta. A ver cómo sigue Daniel.

—Lo siento. No quería burlarme. Supongo que soy una cínica.

—Puede que pienses que no crees en nada ni tienes esperanzas, pero no es así. Es mejor que seas consciente de ellas ya que sí que las tienes —dijo Abran dando media vuelta para salir de la armería. Subimos por la escalera y salimos a cubierta.

—Entiendo tus preocupaciones —dijo Abran. Fuimos caminando hasta la borda y nos apoyamos en ella, oteando el mar.

—¿Qué preocupaciones?

—Tus... Tus dudas. Eres reacia a confiar en nosotros. No pretendemos arrebatarte nada. De hecho, estamos buscando algunas personas que se unan a nuestra tripulación.

Guardé silencio durante un momento y luego pregunté:

—¿Por qué ibais a querer que me uniese?

—¿Recuerdas que he dicho que aquí todo el mundo tiene un trabajo? Pues bien, necesitamos a alguien que sepa pescar. Teníamos un pescador, pero él…, en fin, que ya no está con nosotros. —Abran parecía nervioso y se apresuró a continuar—. Como te decía antes, hemos oído historias sobre vosotras, sobre una madre y una hija que siempre aparecen con buenas capturas, incluso cuando otros se presentan con las manos vacías. Tienes fama de saber leer el agua.

Así era cómo lo llamaba el abuelo: leer el agua. Afirmaba que el agua me diría lo que contenía, que yo solo tenía que escucharla y contestar. Buscábamos una cuenca profunda donde pescar lucios en el hielo o echábamos la caña donde hubiera ranas para pescar róbalos en verano. Y, cuando el mar estaba en calma, me contaba cómo leer el océano también, mientras rememoraba sus días de pescador en las costas de Alaska. Nebraska, solía decir, había sido en su día un océano, y era fácil de creer con tanto viento, cielo y olas de hierba en todas las direcciones. Pero eso no quería decir que no echara de menos el mar. Cuando el agua llegó a Nebraska, miraba por la ventana y murmuraba:

—Los mares son de ida y vuelta.

Noté los ojos de Abran fijos en mí y levanté la vista para mirarle. Una nostalgia súbita se adueñó de mí por sorpresa. Quería vivir en un barco como este. Quería las literas, las cajas de comida en la bodega.

Pero, al pensar en Row, sola en el Valle, notaba los huesos cargados, un peso que me invadía.

—Entonces, ¿lo pensarás? —preguntó Abran tocándome el brazo para atraer mi atención.

Me entró rabia. No sabía quién era esa gente. Sabía que Abran no me había dicho toda la verdad sobre cómo había conseguido el arsenal de armas. Pero una parte de mí se preguntaba si valía la pena arriesgarme a confiar en ellos. Me pregunté si podría convencerles para cambiar de rumbo y navegar hasta el Valle. Esa clase de barco podía enfrentarse a los mares del norte. Llevaba semanas de retraso.

—Sí —le dije—. Lo pensaré.

Capítulo 15

Pearl engulló el estofado de pollo a grandes cucharadas. Levantó el cuenco y se bebió la salsa como si vertiera agua de una jarra en una palangana. El estofado llevaba zanahorias y apio, yo llevaba dos años sin probarlos. Traté de ocultar lo hambrienta que estaba comiendo despacio, pero no engañaba a nadie. Tan pronto como el cuenco de Pearl y el mío estuvieron limpios, Marjan cogió el cazo y preguntó si queríamos más.

—Sí —dijo Pearl con avidez y la barbilla pringada de salsa.

Marjan se echó a reír y le sirvió más estofado en el cuenco. Me pregunté si todas las cenas serían igual de buenas, o si era solo cuando tenían huéspedes a los que impresionar.

Estábamos sentados a la mesa en la cabina de la toldilla y noté que había un cartel de madera colgado sobre la puerta: *El carácter de un hombre lo forja el destino*. Contuve la risa.

—¿Hay algo que te resulte divertido? —preguntó Wayne.

—¿No crees que las circunstancias tienen algo que ver con eso? —pregunté señalando el cartel.

—Quizá no siempre somos responsables de nuestro destino, pero sí que decidimos cómo enfrentarnos a él —dijo Abran.

—O los dioses deciden nuestro destino —dijo Marjan, con una sonrisita en los labios.

Thomas y Wayne se rieron por lo bajo. Parecía una broma entre ellos.

—Me encantaría saber en qué estaban pensando —dijo Thomas agitando la cabeza con incredulidad.

—¿Cuándo subió el agua? —pregunté.

—Cuando nos crearon —dijo Thomas.

La habitación se quedó en silencio, solo se oían las cucharas de madera rebañando los cuencos de barro. Después de unos minutos, Jessa comentó que había que reparar una grieta en el palo mayor y luego la conversación viró hacia lo que necesitarían en el siguiente puerto comercial. Era una charla más trivial y yo me relajé al observar su familiaridad y su franqueza. Notaba una sensación cálida sentada a esa mesa, rodeada por la tripulación. Ladeé la cabeza, observé cómo movían las manos, cómo relajaban los hombros, las risas despreocupadas y alguno que otro que ponía los ojos en blanco.

«Son como una familia», pensé. No era algo habitual en los tiempos que corrían, esa distensión en comunidad. Llevaba tanto tiempo sola que me sentía incómoda, pero también me llenaba de nostalgia. Me acordaba de otras noches alrededor de una mesa a la luz de las velas, en casa, envueltos en el último resplandor del crepúsculo. Cuando mi madre nos traía tazones de gachas de avena o patatas asadas. Jacob, Row, el abuelo, mi madre y yo bromeábamos sobre el tiempo, recordábamos épocas pasadas, hablábamos del futuro. Y la luz a nuestro alrededor se apagaba y el mundo se reducía a nosotros cinco, nuestras voces temblorosas como una llama, adentrándonos en la noche.

Me pregunté cómo habrían llegado hasta allí y lo que habrían hecho antes. Cuáles eran sus secretos y lo bien que los habrían guardado. ¿Qué pasaría si nos uníamos a ellos? Noté que Daniel me observaba con un gesto preocupado mientras yo contemplaba a la tripulación, como si pudiera leerme el pensamiento.

—Sé que te estás planteando unirte a ellos —susurró para que nadie más pudiera oírlo.

—¿Y?

—Mala idea.

—¿Por?

Daniel negó con la cabeza y se reclinó en la silla, con el brazo herido encima del pecho.

Ahora la tripulación hablaba de una conversación que Thomas había mantenido con un viejo amigo que ahora vivía en Harjo.

—Admitió que comerciaba con saqueadores. Dice que no puede ganarse la vida de otra manera. —Thomas hablaba en voz baja y apesadumbrada. Tenía una sensibilidad que me recordaba al mundo anterior; trasmitía dulzura, como una persona digna de confianza.

Cuando Wayne dio un golpe sobre la mesa, los cuencos se tambalearon y todo el mundo guardó silencio.

—Y una mierda. ¡Eso es mentira! ¿Que no puede ganarse la vida? Es lo mismo que si se dedicara a rebanar cuellos. O a violar niños... —Wayne señaló a Pearl y ella lo miró con los ojos como platos.

—Ya es suficiente —dijo Abran poniéndose de pie y colocando las manos sobre la mesa con una mirada reprobatoria.

—No, no lo es —dijo Wayne echando la silla hacia atrás con tanta violencia que la hizo volcar—. Ni de lejos.

Salió de la habitación; era tan ancho de espaldas que apenas cabía por la puerta, tenía que cruzar el umbral de lado y el pelo le rozaba con el marco.

—Wayne perdió a su mujer —dijo Abran en voz baja mientras se sentaba.

—No solo la perdió —dijo Jessa—. La mataron delante de él.

No pregunté quién lo había hecho. Pero sabía que Abran no mentía cuando decía que ellos no comerciaban con saqueadores. O, si lo hacían, gran parte de la tripulación lo ignoraba.

* * *

Mientras recogíamos la mesa, Marjan salió con un plato de comida. Cuando regresó unos minutos después, le dijo algo a Abran en voz baja.

Abran cerró los ojos y asintió.

—John —dijo Thomas inclinándose hacia delante mientras se agarraba al respaldo de la silla. La tripulación guardó silencio y permaneció inmóvil, como si la atmósfera se hubiera congelado.

Abran asintió de nuevo.

—John ha fallecido. El mar será su sepultura esta noche.

Abran se me acercó y bajó la cabeza para que pudiera oírle.

—Nos lo esperábamos, pero es un golpe duro. —Abran miró a la tripulación. Se movían con languidez en respuesta a este nuevo revés—. Nos ha acompañado casi un año entero. Era un buen marino.

—Lo siento. Qué…

—Septicemia. Comenzó con una infección pequeña en el pie. Se lo cortó al pisar algo. —Abran agitó la cabeza, consternado—. Siempre iba descalzo por cubierta.

Todos salimos al puente. El sol estaba bajo en el horizonte y el cielo cada vez más encapotado. La bandera del Sedna ondeaba, un cuadrado de tela gris con un sol rojo en medio. Los chillidos de las gaviotas nos envolvían mientras Marjan envolvía el cuerpo de John con lona. Mostraba una mueca de dolor, y me pregunté cuánto tiempo habría sufrido, si su rostro habría olvidado el resto de las expresiones. Me lo imaginaba temblando a causa de la fiebre, perdiendo el calor del cuerpo, el aliento entrecortado.

Wayne se mesó el espeso bigote rubio y masculló:

—¿Tanta lona?

—Nos lo podemos permitir —dijo Marjan.

—Era uno de los nuestros —dijo Abran.

Wayne se cruzó de brazos, asintió y bajó la vista.

Yo estaba sorprendida. Aquella muestra de lealtad me resultaba un tanto extravagante. Una lona de ese tamaño podía intercambiarse por dos cestos enteros de pescado.

117

Cuando terminaron de envolverlo, la tripulación se despidió de John uno a uno. Abran fue el último y, después de despedirse, les dijo a todos:

—John creía en lo mismo que nosotros: un refugio, un lugar donde echar raíces. Donde podamos construir para ganarnos el sustento y que continuará existiendo cuando ya no existamos. Si continuamos en nuestro empeño, estaremos honrando su memoria.

Thomas y Wayne levantaron el cuerpo de John sobre la borda y lo dejaron caer al mar. Las olas oscuras se abrieron con estrépito para acogerlo. Siempre me pillaba desprevenida lo rápido que el mar engullía a una persona, siempre me asustaba.

No todos los miembros de la tripulación abandonaron la cubierta, algunos continuaron hablando en susurros o se quedaron a solas en silencio. Marjan se tocaba el collar que llevaba al cuello, era como un rosario. Después de un rato, volvió a la cocina para limpiar y yo me ofrecí a ayudarla.

Cuando volví a salir bajo el cielo negro vi a Pearl y a Daniel en la proa, hablando y riéndose. Pearl se apartó un paso e hizo una pirueta, de modo que su silueta destacó a la luz de las estrellas. Arrugaba la nariz como siempre que algo le resultaba tremendamente divertido. Me pregunté si Row se reía y se movía así, con ese abandono.

Al otro lado de la cubierta, Abran ajustaba un cabo en un amarre. Me saludó con un gesto de la cabeza y sonrió. Pronto querría que le diera una respuesta. Cerré los ojos con fuerza, deseando que Pearl y yo continuáramos a bordo del Pájaro en lugar de vernos abocadas a una vida diferente con gente de la que no sabía nada. Siempre me esperaba lo peor de los demás, incluso cuando era más joven.

Un día, cuando tenía diecisiete años, iba caminando por una calle a varias manzanas de mi casa en busca de comida y ropa de abrigo en las casas abandonadas. Forzaba las ventanas con una palanca o me colaba por las puestas traseras. Muchas de las casas de la calle estaban vacías, la gente ya se había trasladado a sitios de mayor altitud. En los años anteriores, Nebraska había estado atestada de migrantes, pero entonces todo el estado parecía una ciudad fantasma.

Pasé delante de unas flores de azafrán en un jardín y me incliné para recoger algunas. Vi que un hombre se me aproximaba por detrás. Iba andrajoso y estaba un poco colorado, de la bebida o a causa de alguna enfermedad. Era un tipo con el que me había cruzado antes ese mismo día, en el parque. Nuestras miradas se habían cruzado antes de continuar caminando en direcciones opuestas.

¿Me estaría siguiendo? Dejé caer las flores y me marché deprisa. Doblé la esquina en dirección a casa.

Él me siguió al mismo ritmo. Pensaba desordenadamente. ¿Debería echar a correr? Pero entonces él me perseguiría, y era posible que fuera más rápido que yo. Mejor plantarle cara.

Solo estaba a unos pasos detrás de mí cuando saqué el cuchillo y me di media vuelta.

Él se detuvo y levantó las manos.

—No quería molestarte —dijo el hombre. Se metió la mano en el bolsillo del abrigo, sacó una ciruela y la dejó en el asfalto, entre los dos.

—Solo quería decirte que tienes los ojos bonitos. —Se detuvo, como si se debatiera con algo. Se mordió el labio y su rostro me pareció tan atormentado que me sentí vacía—. Me recuerdan a los de mi hija. —Se alejó deprisa, dejando atrás la ciruela, un pequeño regalo.

Me metí el cuchillo en el cinturón y le pegué un mordisco a la ciruela. Era lo más dulce que había probado en meses.

La risa de Pearl me trajo de vuelta a la cubierta del barco. Movía los brazos como un pájaro y cacareaba como loca. Pensé en esta tripulación y en cómo yo siempre actuaba como si el mundo estuviera en mi contra. Siempre dispuesta a sacar el cuchillo. El abuelo solía decirme que con esta actitud a veces conseguiría lo que necesitaba, pero no siempre.

Esto podría ser algo bueno, decidí. «Podrías pescar para ellos. Podrías convencerlos para poner rumbo al norte».

Observé a Pearl durante unos minutos más. Ahora levantaba el brazo bueno de Daniel e intentaba que él la hiciera girar. Se rio cuando él fingió perder el equilibrio y caerse contra la borda. Me gustaba mirar a Pearl de lejos, dar un paso atrás y observarla sin mí. Era como una ventana a su futuro; así sería cuando yo ya no estuviera.

Capítulo 16

Después de meter a Pearl en la cama me reuní con Daniel arriba, cerca de la proa del barco. Las estrellas parpadeaban en el cielo; desprendían un destello cristalino, como diamantes esparcidos sobre terciopelo negro. Sin otras luces que les hicieran sombra, brillaban sin igual. Los sonidos nocturnos del mar bullían a nuestro alrededor: las olas lamiendo el costado del barco, el crujido de las cuerdas amarradas, el chasquido de las drizas cuando se levantaba el viento.

—Deberíamos cambiarte el vendaje —dije.

—Solo porque creas que quizá sean buena gente no significa que debamos continuar con ellos —dijo Daniel en voz baja.

—¿Por qué te opones tanto?

—¿Qué hay del Valle? —preguntó Daniel dándole la espalda al océano para mirarme.

—Pienso ir —dije en voz baja. A un kilómetro y medio de distancia, una gran criatura salió a la superficie antes de volver a desaparecer.

—Vas a intentar convencerlos para que vayan, ¿verdad?

—¿Y qué si es así?

—No lo hagas.

—¿Por qué?

—Cuando intentes convencerlos, ¿vas a contarles que es una colonia de los Lost Abbots?

121

Fruncí el ceño y le escruté el rostro a la luz de la luna.

—Nunca te conté que fuera de los Lost Abbots. Solo te dije que era una colonia.

—Estuve hablando con gente en Harjo —dijo dándose la vuelta y acodándose en la borda.

—Lo sé. Te vi. ¿De qué más hablaste en Harjo?

—Esta gente busca un lugar seguro para vivir. No te diriges allí por ese motivo.

—Podría ser un buen lugar para vivir. La naturaleza lo protege de los invasores, porque está entre dos montañas. También es difícil llegar hasta allí, por eso no sufrirá muchos ataques.

Daniel me miró con detenimiento.

—No puedo contarles por qué quiero ir, Daniel. Entonces no irían. Solo irán si creen que es un lugar seguro para instalarse.

No les podía contar la verdad: que iba a rescatar a mi hija y que era un lugar poco seguro donde vivir porque, si fuera seguro, ¿de qué la estaba salvando? Sabía que Abran era precavido, que valoraba la estabilidad de su comunidad por encima de todas las cosas. Yo no podía ser el eslabón más débil y pensar que podía convencerlos para cambiar el rumbo. Necesitaba ganármelos poco a poco, convertirme en una persona indispensable para ellos.

—¿Crees que tengo el tiempo y los recursos para construir un barco como este? —pregunté.

—¿No era ese tu plan original?

—¿Accediste a acompañarme porque sabías que nunca conseguiría llegar? Sabías que un plan como ese no iba a funcionar. ¿Hasta dónde crees que hubiera sido capaz de llegar? ¿Dónde querías que terminara? —dije levantando la voz. Tenía los puños apretados. Thomas y Jessa, que hablaban junto a la popa, nos miraron.

Daniel negó con la cabeza y dejó escapar una risa grave y enfadada.

—Quizá no lo sepas, pero las cosas se complican muy rápido

cuando viajas con un grupo grande. Quizá no debería haber aceptado venir.

El Sedna se escoró con una ola y nos vimos arrinconados en una esquina. Avanzábamos en la noche como un pez solitario en un lago sin orillas. Me mordí el labio y busqué la mano de Daniel en la borda.

—Por favor —dije.

Él retiró la mano y me miró fijamente.

—No quiero tener nada más que lamentar.

Dio media vuelta como si fuera a alejarse de mí, pero luego regresó.

—Lo que sucede en un grupo grande como este es que la gente comienza a querer cosas distintas.

Esperé a que continuase. El barco crujía sobre el agua, se escuchaba el quejido grave de sus partes al rozar unas con otras.

—¿Recuerdas a la mujer de la que te hablé, la que me recordaba a ti? Pues ella y yo nos unimos a una tripulación grande. Éramos diez personas, en el Caribe, hace tres años. Nos dedicábamos a saquear en busca de metal, carne, madera, pieles. Algunos sabíamos poner trampas en las orillas. Uno sabía pescar, pero no nos iba demasiado bien. La mitad de la gente quería poner un barco de cría y asociarse con alguna banda de saqueadores.

Me puse tensa, él tragó saliva y se detuvo antes de continuar.

—Estábamos hambrientos y el barco estaba cada vez peor: no podíamos arreglarlo y no podíamos quedarnos en tierra sin tener los recursos necesarios para cambiarlos por un lugar donde instalarnos. Habríamos tenido las mismas opciones si hubiéramos estado en mitad del espacio, flotando entre las estrellas. Y Marianne… Marianne no se quedaba callada. No paraba de recriminárselo. Los dos teníamos pensado desembarcar en el siguiente puerto y mendigar, hacer cualquier cosa con tal de salir del barco. Pero la noche antes de llegar a puerto me pegaron una paliza y me encerraron en la bodega. Luego violaron a Marianne. Lo oí a través de las tablas. Estuve toda la noche despierto, destrozándome las muñecas contra la cuerda, oyendo sus gritos. Por la mañana todo estaba en silencio. Cuando me sacaron, ella no estaba. Había saltado del barco con el ancla atada al tobillo.

Por un momento fui incapaz de decir nada. Él frotaba la borda con la mano, como si estuviera intentando limpiarla. Lo tomé de la mano.

—Lo siento mucho —dije.

—Los maté —dijo Daniel con la mirada apesadumbrada y perdida—. A la mañana siguiente, cuando me dejaron salir, yo... me volví loco. Los maté a todos.

Un escalofrío me recorrió el cuerpo, pero no le solté la mano.

Unos segundos después, Daniel dijo:

—No creo que algo así vaya a suceder aquí. Estas personas son demasiado buenas para eso. Pero... algo saldrá mal.

No podía discutirle eso. Notaba los ojos húmedos y parpadeé para evitar las lágrimas. Procuré que no se me notara la emoción en la voz.

—Está sola, Daniel. Tengo que ayudarla.

Daniel asintió y puso la mano encima de la mía.

—¿Nos acompañarás de todas formas?

Daniel no dijo nada durante un minuto. Las nubes cambiaron de sitio y la luna iluminó el mar.

—Te di mi palabra.

—Las cosas han cambiado. Puedes dejarnos si eso es lo que quieres —dije esperando lo contrario.

Daniel negó con la cabeza.

—No lo haré.

Capítulo 17

A la mañana siguiente, el cielo amaneció de un gris claro y un resplandor anaranjado se extendió por el agua cuando se alzó el sol. Me asomé a cubierta, despabilada por el hambre. Aunque había comido bien la noche anterior, sabía que pasarían días antes de que mi estómago se olvidase de que había estado vacío durante mucho tiempo.

—Te has levantado pronto.

Me volví y vi que Abran se dirigía hacia mí, con el pelo enmarañado y revuelto, y la piel suave del que ha dormido bien, sin que el viento y el salitre la hayan maltratado.

Los dos guardamos silencio unos momentos mientras veíamos salir el sol. Arrojaba una luz rosada en el agua, e imaginé que notaba su calidez antes de que se alzara por completo.

—Espero no parecerte entrometido, pero… ¿Daniel y tú sois pareja?

Enarqué las cejas para asegurarme de que iba en serio.

Abran se sonrojó y continuó.

—Nunca hemos tenido una pareja a bordo. Dormimos en un espacio común y no estoy seguro de que podamos acomodar…

—No somos pareja —dije.

—Ah. Vale. Bien.

—Y hemos decidido quedarnos —le dije.

Notaba que Abran me sonreía, pero no me volví para decírselo.

Estaba intentando pensar en una forma de sacar el Valle a colación, para ver si se había planteado alguna vez cambiar de rumbo.

—Es una noticia estupenda —dijo efusivamente.

—Daniel sabe navegar con instrumentos —dije.

—Lo sé. Marjan ha hablado con él. Una pescadora y un navegante. Menuda suerte. Thomas y yo usamos instrumentos, pero no se nos da demasiado bien. Será estupendo tener un experto a bordo.

—Con un navegante como Daniel no tenéis por qué limitaros al Pacífico y al Caribe.

—¿A qué te refieres?

—Me refiero a que os podríais plantear instalaros en otros lugares que no estén en Sudamérica. Hay un lugar al sureste de Groenlandia llamado el Valle. He oído que es una comunidad tranquila, un buen lugar para vivir…

Abran negó con la cabeza.

—Habría que atravesar el Corredor de los Saqueadores para llegar hasta allí. Supuestamente es peor que el Caribe.

—¿No crees que eso son habladurías?

—No merece la pena correr el riesgo. —Lo dijo de manera abrupta, como si no hubiera más que decir. Me sentía irritada y tomé aliento, asentí y le dediqué una sonrisa forzada, pero no engañé a Abran.

—Lo siento —dijo—. Soy responsable de estas personas. No puedo correr riesgos innecesarios.

—Lo entiendo —dije. Tenía una sensación de vacío, de indefensión. Tendría que intentar convencerlo por otros medios. Quizá, si nos encontrábamos con problemas más al sur, podría convencerlo de que el norte era mejor. Pero sería una pérdida de tiempo enorme. Notaba que en mi interior se había activado una cuenta atrás que me aceleraba el pulso, un zumbido en la cabeza, como si estuviera entre la espada y la pared.

—Verás… Creo que debería habértelo explicado antes, pero tenemos algunas normas —dijo Abran.

Asentí y me mordí el labio. Claro. Debería haber preguntado por las normas. Todos los barcos tienen sus normas y los nuevos tripulantes tienen que acatarlas.

—Las tenemos escritas en la toldilla, todos tendréis que firmarlas. Pearl también. Nada de luces después de las nueve. Las comidas se sirven en la toldilla a las ocho, las doce y las seis. En los días impares nos bañamos con agua del depósito si tenemos bastante agua potable almacenada. Nada de robar ni de escamotear nada en el trabajo, por ejemplo, quedarse con alguna captura para comerciar con ella en los puertos. Las decisiones importantes se votan entre todos. Los desertores y los amotinados serán abandonados a su suerte. Hemos perdido a varias personas así. Eso es todo, más o menos.

—Al sugerir una ruta distinta…

Abran se echó a reír.

—Eso no es motín. Al menos espero que no tenga que preocuparme de que te amotines —me dijo propinándome un ligero codazo.

—¿Habéis abandonado a gente antes?

—Dos tipos se empeñaron en decidirlo todo. Comenzaron con detalles pequeños: con quién comerciábamos, dónde pescábamos, dónde desembarcábamos. Pero fueron más lejos. Querían tener poder de decisión sobre las raciones, el combustible y el rumbo, y nunca querían someter nada a votación. Al final, quisieron deshacerse de mí. Thomas lo descubrió y me avisó. Los abandonamos en un islote al noroeste de las Rocosas. Les dejamos algunos víveres.

Como no dije nada, Abran sonrió y dijo:

—No funciona con todo el mundo. Pero estoy seguro de que saldrá genial con vosotros.

Deseé que tuviera razón, pero el nudo en la garganta no desapareció.

* * *

Daniel colocó sus instrumentos de navegación en la toldilla esa mañana y calculó nuestra posición, a casi cuatro mil kilómetros de Alahana, un pueblo de los Andes. El plan era detenerse a comerciar antes de dirigirnos más al sur.

Una raya de púa saltó del agua a casi dos kilómetros de distancia. A veces los jureles gigantes, que tenían preferencia por las aguas claras y próximas a la costa, nadaban con las rayas para camuflarse entre ellas para cazar. Me senté en la cubierta con un cubo de boquerones y me puse a engancharlos en anzuelos. Intentaría capturar al jurel gigante con peces menudos y cebos brillantes, y luego echaría las redes para pescar gambas y bacalao antes de que nos acercáramos demasiado a la costa. Su aparejo, anclado cerca del timón del barco, era mucho más grande y más sólido que el mío, y estaba deseando probarlo. Quizá después de una buena captura podría volver a sacarle a Abran el tema del Valle.

Pasó a mi lado, me saludó con la mano y entró en la cabina. Su gesto, afable y confiado, volvió a recordarme a Jacob. Pensé que le tomaría manía a Abran por su parecido con Jacob, pero no fue así, más bien sentía una extraña conexión con él. Me resultaba familiar. Como si nos conociéramos desde hace mucho. Abran me tomaba el pelo por las horas que me pasaba en cubierta, sin descansar apenas, y yo se la devolvía diciendo que él siempre parecía ocupado, aunque no hiciera nada. Él se reía y sacudía la cabeza, y luego me daba un ligero empujón. Siempre que hablaba con él sentía que seguía unas pautas conocidas.

Pearl observaba a Jessa y Wayne amarrar un cabo cerca del palo mayor.

—No es así —anunció Pearl—. No saben lo que hacen.

Jessa y Wayne nos miraron con cara de pocos amigos.

—¿Puedo ir a decirles cómo se hace? —preguntó Pearl.

—No —dije yo.

Jessa se nos acercó y señaló las serpientes que Pearl llevaba alrededor de las muñecas.

—¿Es que no se las puede quitar? —preguntó Jessa.

—No veo qué problema hay en que las lleve —dije yo.

Pearl miró a Jessa con cara de pocos amigos y comenzó a acariciar una de las serpientes con el dedo.

—Es poco higiénico. Están muertas —dijo Jessa.

—Charlie no —dijo Pearl. Charlie era la serpiente que Pearl mantenía con vida en su tarro en la bodega.

—La carne de serpiente no se pudre tan rápido como el pescado; puedes dejar que pasen unas horas antes de despellejarlas —dije.

Marjan salió de la cabina de la toldilla y vino hasta nosotras.

—La carne se pudrirá. La necesitamos. Va contra las normas —dijo Jessa.

—¿Está podrida la carne? —preguntó Marjan.

—No, no permitiría que se pudriera. Es que le gusta jugar con ellas después de capturarlas. Las ahumaré tan pronto como acabe con los cebos.

—No es eficiente —dijo Jessa.

Marjan sostuvo una mano en alto.

—No hace falta. A la niña le gustan y la carne está bien. No pasa nada.

Parecía que Jessa iba a continuar discutiendo, pero puso los ojos en blanco y se dio media vuelta. Marjan sonrió levemente y se encogió de hombros.

—¿Puedo ayudar? —preguntó Marjan—. Acabo de terminar de trenzar cestos.

Asentí.

—Engánchalos en el anzuelo cerca de la cola, así cuando los pongamos en el agua parecerá que nadan.

—Es estupendo tener una niña a bordo. Me recuerda a la mía —dijo Marjan mirando a Pearl de reojo. Estaba sentada con las piernas cruzadas a mi lado. Llevaba sandalias de cuero y una túnica suelta de algodón con pantalones—. Tan llena de vida.

—Y peleona —dije yo.

Marjan se tocó el collar y acarició una pequeña cuenta de madera. Había visto a otras personas con este tipo de collares. Añadían una nueva cuenta cada vez que el portador perdía a una persona querida. El collar de Marjan tenía tres cuentas.

Marjan notó que la observaba.

—Tenía siete años cuando el agua llegó a Arkansas —dijo ella. Aparté la vista con rapidez. La verdad es que no quería oír su historia; no sabía si quería encariñarme con estas personas. Me asustaban, sobre todo me daba miedo su bondad. Provocaba una reacción en mi interior que no reconocía, algo tierno y duro a la vez, algo que habría permanecido oculto y olvidado. Algo que había marchitado sin oxígeno, sin cuidados, pero que todavía sobrevivía.

—Sucedió cuando nos marchamos hacia el oeste, a las Rocosas. Ella… murió durante el viaje. Quizá en Kansas, o en Oklahoma. No lo sé. El agua me la arrebató de las manos. Luego, una inundación relámpago nos separó a Behir y a mí de su padre y de su hermano. —Marjan calló. Tenía la sensación de que se había contado la historia a sí misma una y otra vez, intentando verle el sentido a lo sucedido sin conseguirlo.

—Nunca salieron a la superficie. No… no creo que lo consiguieran. Si hubiera estado con ellos durante la inundación… —Negó con la cabeza. Tenía el rostro tenso, aunque los ojos estaban secos—. Quizá no habría supuesto ninguna diferencia.

—Lo siento mucho —dije.

Marjan asintió con aire pensativo mientras me sonreía, como si quisiera consolarme.

—Vigila a tu niña —dijo.

—Lo haré —dije con un nudo en el pecho.

Nos quedamos calladas, concentradas en los anzuelos y en los pececillos que se nos retorcían en las manos. Abran salió de la cabina y ambas lo observamos. Nos sonrió mientras subía al mástil para ajustar la vela. Todavía se cubría el cuello con la bandana.

—Le gustas —dijo Marjan.

—Parece ser la clase de persona a la que le gusta todo el mundo —dije yo.

—Mmm. No es de esos. Pero es un buen capitán. Se toma las cosas muy en serio. Esta nueva comunidad. Lleva cuatro años planeándola y trabajando en ella. Consiguiendo recursos y una buena tripulación poco a poco. A veces… la presión le puede. Todo podría perderse con gran facilidad.

Marjan me miró con el rabillo del ojo, estudiándome. Parecía como si quisiera evaluarme, intentado averiguar si yo sería el eslabón más débil.

Terminamos con los cebos de boquerón, después pasamos los sedales por las anillas del aparejo y los echamos por la borda.

—Sabe cómo pueden hacerse las cosas de otra manera —dijo Marjan—. Otra forma de vivir. Eso es lo que lo mueve.

Yo también lo sabía, me habría gustado decir. Cómo vivir de una forma y también de la contraria.

Capítulo 18

Abran irrumpió en la cabina durante el desayuno.

—Vale, estamos como a novecientos metros. ¿Están listos los cestos? —preguntó.

Marjan señaló los cestos de pescado alineados en la pared junto a la cortina de la cocina. Abran dio una palmada.

—Bien, es nuestro primer trato después de un tiempo. Son buena gente, deberíamos conseguir algo bueno. Vamos a ponernos en posición.

Al alba, Abran localizó el barco de un amigo y le hizo señales para comerciar. Antes de desayunar había subido a cubierta y había revisado el pescado que habían capturado, ahumado y cargado en cestos. Eran amigos con los que había tratado muchas veces, en el Caribe, y esperaba conseguir algo interesante a cambio del pescado, además de noticias del sur.

—Estoy deseando verlos —me dijo Abran—. Había oído rumores de que una tribu de saqueadores los había atacado.

Cuando estuvieron lo bastante cerca, les arrojamos un cabo para poder fondear juntos. El barco tenía un tamaño parecido al Sedna, pero estaba en peores condiciones. Las velas estaban agujereadas, le faltaban piezas y cabos en las jarcias y la madera del casco estaba seca y ajada.

Abran, Wayne y yo fuimos a su barco para negociar con una canoa, nos aproximamos y subimos por la escala que nos echaron. Yo me quedé en la canoa con los cestos de pescado y Wayne me echó un cabo para poder subirlos. Cuando el pescado estuvo en el barco, subí yo también.

Al subir por la borda me asaltó el hedor: olía a pescado podrido, heces y putrefacción. Miré a Abran de reojo y vi que estaba atónito. Un hombre mayor, bajo y corpulento, con el pelo blanco y la tez clara y quemada por el sol se acercó a nosotros cojeando, vestido con una túnica andrajosa. La embarcación parecía un barco fantasma, y me pregunté si habría alguien más a bordo.

—Robert —dijo Abran estrechándole la mano al hombre—. Ha pasado mucho tiempo.

—Mucho, desde luego —dijo Robert con una voz tan aguda que parecía un relincho.

—Hemos traído pescado para el trueque —dijo Abran señalando los cestos con orgullo.

—Espléndido —dijo Robert observando el pescado con atención—. Hace días que no como.

Me puse tensa. Era evidente que mentía. Incluso el entusiasmo de Abran comenzaba a desvanecerse y miraba a su viejo amigo con el ceño fruncido.

—¿Y tú? —preguntó Abran echando un vistazo al barco para ver qué tenía que ofrecer.

—Me temo que no tengo nada para comerciar —dijo Robert.

—Pero nos has hecho señales para comerciar —dijo Abran. Cuando izamos la bandera correspondiente (una bandera azul con dos manos amarillas) ellos habían izado la misma.

—No deberíais habernos hecho señales si no teníais nada con qué comerciar —dijo Wayne.

Robert sonrió y guardó silencio. El barco estaba demasiado tranquilo. Me entraron ganas de bajar la escala a toda prisa y volver a la canoa.

—¡Mary! —gritó Robert en dirección a la toldilla en la cubierta de popa.

Una mujer salió de la cabina y tuve que reprimir una exclamación. Le habían sacado los ojos y en su lugar no había más que grandes cicatrices blancas. Las venas atravesaban las cicatrices como riachuelos rojos. Se quedó en la puerta de la cabina, como si se estuviera exhibiendo ante nosotros. Estaba gorda, mucho mejor alimentada que cualquiera que hubiera visto en mucho tiempo.

Abran dio un paso atrás y casi tropezó; se veía consternado.

—Mary… —susurró. Abran miró a Robert—. ¿Quién os ha hecho esto?

—Hemos pasado por una mala racha, amigo —dijo Robert. Unió las manos ante él y se mostró extrañamente satisfecho—. Ahora dependemos de la bondad ajena. —Y abrió los brazos del todo.

Abran escrutó a Robert.

—¿Qué os ha pasado? No sois los de antes. —Tenía los músculos en tensión y estaba listo para saltar sobre su amigo. El pulso se me había acelerado.

Robert se encogió de hombros.

—No lográbamos arreglárnoslas solos. No hay pescado suficiente.

La mujer ciega vino hacia nosotros y de la cabina salió un hombre con una escopeta recortada. Abran dio un paso atrás, extendió los brazos y nos protegió a Wayne y a mí con ellos.

—Robert, no lo hagas. El resto de mi tripulación solo espera mi señal —dijo Abran.

Wayne apartó el brazo de Abran y desenfundó una pistola.

—Wayne, cálmate —dijo Abran.

—Creo que todos sabemos lo que va a pasar —dijo Robert—. Ya estáis a bordo. ¿Cómo pensáis volver con vuestra tripulación llenos de plomo?

Wayne amartilló la pistola y apuntó, Abran soltó un juramento y le bajó el brazo.

—No queremos haceros daño. Solo queremos algo de comer —dijo Robert sonriente, dándose palmadas en el estómago.

Abran estudió el barco con rapidez, en busca de una salida. Yo tenía las manos frías y laxas. El rostro de Abran estaba demudado por la ira: tenía el ceño fruncido y la mandíbula en tensión. «Hará lo que quiera», pensé. Abran habla de estabilidad porque carece de ella; necesita rodearse de ella. Noté como si el mundo se me escapara entre los dedos y necesitaba volver a asirlo.

—Pescaré más —le susurré a Abran—. Conseguiré más.

Él continuó escrutando a Robert, no parecía atender a razones. Por un instante, con el sol a nuestra espalda y el agua completamente reluciente, pensé que Abran embestiría a Robert; tenía el cuerpo listo para atacar, pero el momento pasó y Abran levantó los brazos.

—Vale. Vale —dijo Abran escupiendo las palabras.

—Abran... —dijo Wayne.

—A la escala, ¡ahora! —bramó Abran. Se volvió hacia la escala de cuerda.

Wayne entrecerró los ojos y, sin enfundar el arma, trepó por la borda y bajó.

Robert volvió a sonreír y se inclinó para coger un pescado del cesto, sopesándolo en la mano. Me sentí furiosa, pero di un paso atrás, intentando guiar a Abran hacia la escala.

—¿Todavía pensáis dirigiros al sur? —preguntó Robert cuando Abran pasó la pierna por encima de la borda.

Abran lo miró, furibundo.

—Ya no quedan buenas tierras en los Andes —dijo Robert—. Ese es mi regalo, viejo amigo. Esa información. No vayas al sur. Ni te imaginarías toda la gente que termina allí en busca de un sitio donde instalarse. Mueren por el camino, y cuando llegan con la mitad de la tripulación se encuentran un pueblo atestado o una costa rocosa donde no pueden ni atracar. Tendrás que ir a otro sitio. —Robert sonrió, una sonrisa que más bien era una mueca—. Lo que no sé es adónde.

Capítulo 19

Cuando regresamos al Sedna Wayne clamó venganza y amenazó con bombardear y hundir el barco. Abran desapareció en su camarote y a Marjan le tocó calmar a Wayne.

—Un par de cestos de pescado —dijo—. Es mejor dejarlo pasar. Si volvemos a cruzarnos con ellos, te aseguro que se llevarán su merecido.

A pesar de lo que decía, notaba que estaba furiosa, pues manoseaba las cuentas del collar y tenía los ojos entornados y la voz crispada.

El trabajo nos mantuvo ocupados en el barco durante las dos semanas siguientes: reparamos una grieta en el mástil, pescamos, remendamos las redes y continuamos rumbo al sur. Cuando le pregunté a Abran si deberíamos tener en cuenta el comentario de Richard sobre el sur, él negó con la cabeza y se apartó de mí.

Pearl y yo nos mezclábamos con los otros tripulantes cuando trabajábamos, pero Daniel se mantenía al margen. Solo hablaba con Pearl de sus mapas y sus cartas de navegación, y le enseñaba a usar el sextante y la brújula. Cuando regresé a la toldilla para coger algo de bramante, mientras estaba rebuscando en las cajas de las estanterías, se aproximó a mí por detrás, me puso las manos sobre los hombros y me preguntó cómo estaba. Cuando me volví y lo miré, me sentí a la deriva y me aparté de él.

—Bien —dije—. No me puedo creer que nos dirijamos al sur después de que…

—Él sigue creyendo que es la mejor opción. Y es el capitán.

Asentí y regresé a cubierta para revisar los sedales. Unas horas más tarde, Pearl y yo capturamos dos jureles gigantes y, cuando echamos la red de pesca de bajura, sacamos diez kilos de gambas, algunos bacalaos y gallinetas. Cargamos las piezas en cubos y cestas mientras Thomas y Marjan nos ayudaban a montar el trípode para ahumarlas.

—Estaba seguro de que nos darías alegrías —dijo Abran supervisando el pescado. Me tocó el brazo y sonrió.

Yo le devolví la sonrisa. No me esperaba poder cumplir mi promesa tan pronto después de que nos robaran, pero estaba agradecida. La buena reputación podría resultarme útil.

A menudo pillaba a Abran observándome mientras Pearl y yo pescábamos, su mirada cálida como el sol en la espalda. Cuando me giraba para mirarlo, él apartaba la vista. Pensaba en su voz de tenor por las mañanas mientras recogía los sedales o le quitaba las escamas al pescado, ligeramente ronca por el sueño. En la mesa del desayuno me descubría mirándole las manos. Tenía que esforzarme para atender a Pearl, que me hablaba de un viejo mapa del mundo como era antes que había encontrado.

Por la noche, cuando no podía dormir, me preguntaba cómo reaccionaría si llamaba a su puerta. Por encima de nosotros oía los ronquidos y la respiración entrecortada de Daniel. Apenas se movía en sueños, como si su mente se hubiera evaporado del cuerpo y lo hubiera dejado vacío y pesado. Todo lo contrario a mí, que daba vueltas y me movía; el inconsciente rebosante de sueños, dando patadas y rechinando los dientes, desvelada por los sonidos que los demás hacían en sueños.

Esa noche toda la tripulación estaba de buen humor gracias a la captura y Wayne sacó su guitarra después de la cena. Era una caja de madera con algunos alambres tensados sobre un agujero en medio, y Wayne interpretó algunas antiguas baladas irlandesas. Abran sacó aguardiente de la despensa y la botella circuló entre todos. Hasta Marjan, que se pasaba todo el tiempo trabajando sin parar, dejó el sombrero de paja que estaba trenzando para oír tocar a Wayne, y se rio con los intentos de Jessa de bailar una giga. El barco crujía y gemía, el viento lo escoraba a la derecha y la cubierta se inclinaba ligeramente. La lámpara de queroseno se balanceaba en el gancho. Thomas y Daniel conversaban animadamente y Pearl se plantó delante de Wayne y rompió a aplaudir cuando terminó una canción.

—¿Quieres saber por qué el barco se llama Sedna? —le preguntó Behir a Pearl.

Ella asintió.

—No es buena idea que le cuentes la historia. No es más que una niña —dijo Abran echando un trago de *whisky*. Arrastraba un poco las palabras y estaba reclinado en la silla, nunca le había visto tan relajado.

Wayne dejó la guitarra sobre la mesa y se rio.

—Los niños ya no existen. Además, esta historia va de una niña.

Sonó casi a amenaza. Había notado esa misma sensación de amenaza en las tiendas y en los puertos. Las miradas de reojo y los labios apretados cuando la gente veía a Pearl. Los niños eran un recordatorio de la pérdida y a la vez una refutación de la misma.

Con sus rostros vulnerables y la piel todavía sin curtir por el sol, eran un recuerdo de la vida de antes, cuando todos éramos un poco más tiernos. Los niños habían sido el futuro, pero ¿acaso queríamos un futuro si quiera? En sí misma, la pregunta traicionaba a nuestros cuerpos y a nuestra historia, a nuestro paso inevitable por el tiempo. ¿Quiénes éramos sin nadie que viniera después de nosotros?

Me aparté de Wayne y le pregunté a Abran.

—¿Quién eligió el nombre de Sedna?

—Fue Thomas. Es el que más tiempo lleva conmigo, me ayudó a montar todo esto —dijo Abran.

Thomas me sonrió.

—Necesitábamos a la madre de los mares de nuestro lado, dadas las circunstancias —dijo divertido.

Pearl se encaramó a la silla junto a Behir.

—Había una vez una niña —comenzó Behir—, que era una giganta y la hija de un dios. Pero como era una giganta siempre tenía hambre, tanta que atacó a sus padres para comérselos. Para protegerse, la madre y el padre tuvieron que llevarse lejos a su hija. El padre se la llevó en su kayak y le dijo que la llevaría a una isla lejana. Pero cuando estaban en mitad del océano, la tiró por la borda para que se ahogara. Ella se agarró al kayak y suplicó por su vida, pero su padre le cortó los dedos. Se hundió hasta el fondo del mar, donde gobierna sobre los monstruos de las profundidades. Sus dedos se convirtieron en focas, morsas y ballenas. Sedna es una diosa marina vengativa, y si no le agradas volcará su ira en el oleaje o impedirá que los peces piquen el anzuelo.

Behir levantó las manos y agitó los dedos y Pearl y soltó una risita.

—¿Qué aspecto tiene? —preguntó Pearl.

—Tiene serpientes en lugar de cabellos y la piel azul —dijo Behir.

—Yo quiero ser así. ¿Qué les pasó a sus padres?

—No estoy seguro, la historia no lo cuenta.

—Creo que ellos también terminaron en el mar —dijo Pearl.

Marjan comenzó a recoger los platos; el aroma a verduras y pescado continuaba impregnando la habitación. Pearl había cogido peso desde que nos habíamos unido al Sedna, pero no solo había cambiado en eso. Se mostraba más abierta con otras personas, menos taciturna y más desenfadada.

Con la puesta de sol, Thomas, Jessa, Behir y Wayne abandonaron la cabina para ocuparse de sus tareas nocturnas y Daniel se ofreció a llevar a Pearl a la cama. Abran guardó el pescado que había sobrado y Marjan y yo lavamos los platos. Estábamos callados, habíamos dejado que el ambiente festivo se disolviera en silencio.

Cuando terminamos con los platos, Marjan y yo nos dispusimos a marcharnos.

—Myra —dijo Abran—. ¿Puedes quedarte un momento?

Me senté a su lado.

—Quería hablar contigo para preguntarte qué tal van las cosas.

Abran dejó la taza de aguardiente en la mesa, un objeto de latón maltratado color bronce. Estaba sonrojado.

Le dije que todo iba bien y esperé a que dijera algo más. Parecía tener otras cosas en la cabeza.

—Puedo preguntarte… Daniel, ¿cómo os conocisteis? —preguntó Abran.

—Lo rescaté después de una tormenta.

—¿Y confías en él?

—¿Por qué no iba a hacerlo? —pregunté.

Abran se encogió de hombros.

—Me resulta un tipo raro. Pasa mucho tiempo con sus mapas y sus papeles.

—Es una persona diligente —dije a la defensiva.

Abran asintió e hizo una pausa.

—Espero que no estés muy decepcionada por no ir a ese sitio —dijo.

—No pasa nada —contesté rápidamente—. He oído cosas buenas de él, eso es todo. ¿Crees que Robert decía la verdad? ¿Sobre el sur?

—No me sorprendería —dijo Abran pasándose la mano por la cara. Parecía un chaval herido, perdido y solo que contemplara atónito dónde había acabado.

—¿Se lo hizo él? ¿Le sacó los ojos a la mujer? —pregunté.

—No. Mary es su sobrina. Los rumores que había oído eran ciertos. Los saqueadores debieron atacarlos y les perdonaron la vida a cambio de convertirse en un barco mendicante. Los saqueadores torturan a los miembros de la tripulación hasta que los capitanes aceptan sus condiciones. De lo contrario, Robert no habría

140

accedido. —Abran negó con la cabeza—. Al menos el Robert que yo conocí.

—Solo había oído hablar de barcos de cría —dije.

—Los Lily Black han comenzado a fletar barcos mendicantes, y otras tribus de saqueadores les han imitado. Los mendicantes son como los mercantes, fingen que quieren comerciar. Una vez que te roban, llevan el botín a la tribu a la que pertenecen y se quedan una buena tajada.

Notaba que el cambio en Robert había afectado mucho a Abran, más de lo que estaba dispuesto a admitir. Perder a alguien porque te traicionaba era lo más duro. Lo tomé de la mano y se la estreché.

Abran me miró.

—Por eso tengo que hacer esto. Hice una promesa. Prometí que haría al menos una cosa bien.

—¿A quién se lo prometiste? —pregunté.

—A mi hermano —dijo echando otro trago de aguardiente—. Pero no quería hablarte de eso. Quería hablarte de la comunidad que estamos construyendo.

A continuación, describió una comunidad democrática donde todo el mundo tenía un voto y un trabajo. Donde los niños vivían seguros y se cuidaba de los mayores. Donde solo se comerciaba con gente respetable y un pequeño ejército vigilaba las fronteras. No entendía qué había de nuevo en esa idea, por muy poco realista que fuera. Aunque uno fuera capaz de construir esa especie de refugio, siempre estarías defendiéndolo de alguien que intentaría arrebatártelo. ¿Acaso la gente no había intentado siempre construir un lugar seguro, solo para que se le escapara entre las manos, más escurridizo que los peces de las profundidades?

—Nos necesitamos los unos a los otros —dijo él—. Ahora más que nunca.

—¿Por qué me cuentas todo esto?

Comenzó a mirarme como si reparara en mí por primera vez.

—Tú… —murmuró—. Creo que lo entiendes. Lo frágil que es todo esto. Vi lo asustada que estabas cuando nos hiciste señales. Hay gente… —Abran observó su bebida y la agitó para romper el reflejo—. Hay gente que ha olvidado lo que es tener miedo. Han perdido demasiado. No quiero dejar de tener miedo nunca.

Nos miramos. Sabía exactamente a lo que se refería.

—Estoy muy agradecida de que estuvierais ahí —dije.

—Yo también —dijo él pasando el brazo sobre la mesa para cogerme de la mano. Bajé la vista y él retiró la mano. Se terminó el aguardiente y apartó la taza de latón. Se levantó, cogió la lámpara de queroseno del gancho y se dirigió a la puerta. En el umbral se volvió para mirarme, con el rostro bañado de luces y sombras por la lámpara.

—¿Qué le pasó al padre de Pearl? —preguntó.

—Murió.

—Lo siento. Debió de ser difícil.

Le dirigí una sonrisa forzada y asentí. «No tanto», pensé.

—Puedes acudir a mí. En cualquier momento. Para lo que sea —dijo mientras se alejaba, dejándome a oscuras.

Me quedé envuelta en la oscuridad, meciéndome con cada ola, atenta a los crujidos del barco en mitad de la noche. La expresión herida del rostro de Abran volvió a asaltarme. ¿Era yo mejor persona que su falso amigo? ¿No estaba fingiendo ser amiga suya para lograr engañarlo y convencerlo de navegar hasta el Valle sin contarle toda la verdad?

Cerré los ojos con fuerza y los volví a abrir a las tinieblas. Pensé en Marjan, que había perdido un marido y dos hijos. Yo era codiciosa. Todavía me quedaba una hija, sana y vivaracha desde que nació. ¿Acaso no era suficiente?

La cuestión no era que Pearl no fuera suficiente: era si yo sería suficiente. Este viaje estaba cambiándole la vida, pero tenía menos que ver con ella de lo que tenía que ver conmigo. Quería probarle a Jacob que, pensara lo que pensara sobre mí cuando se marchó, se equivocaba. Quizá pensó que yo no lograría sobrevivir en este mundo. Quizá pensó que no podría ayudarles. Que no me necesitarían.

En la oscuridad, me asaltaron los recuerdos de Row. La redondez de sus mejillas. Cómo olía a canela por las mañanas después de tomarse las gachas. Imaginaba todos los recuerdos de ella que me faltaban pero deseaba. Row leyendo un libro en verano, con la luz de la ventana iluminando las páginas. Momentos que se apagarían como la llama de una vela si no la ayudaba. Mantuve su otra imagen al margen, en la recámara de mi mente: su imagen embarcándose en un barco de cría, un cuerpo pequeño ensombrecido por los hombres a su alrededor.

Capítulo 20

Esa noche acudí a su camarote por dos razones. Quería que me tocaran. Y quería intentar que cambiara de idea.

Llegué a la puerta seguida de los ronquidos y los crujidos procedentes del cuarto de la tripulación. Si llamaba, quizá alertase a alguien de mi paradero, pero no podía entrar sin llamar. Por eso, llamé con las puntas de los dedos.

Me sobresalté cuando abrió la puerta, sorprendida de que me hubiese oído. Solo llevaba puestos los pantalones y tenía el pelo revuelto. La vela que llevaba nos envolvía con un resplandor cálido.

—¿Puedo pasar? —susurré.

—Claro —dijo abriendo la puerta de par en par y echando un vistazo detrás de mí para comprobar que estaba sola.

Cuando entré en el camarote me di cuenta de que no sabía qué decir ni qué hacer. Me sentía insegura, no sabía muy bien cómo continuar. Me quedé allí, muda, mirando a mi alrededor a la luz tenue de varias velas. Notaba un leve olor a tabaco, ropa de cama usada y madera húmeda. Una caja de madera del revés hacía las veces de mesa y había montones de libros apilados en el suelo. La cama tenía un edredón y había varios libros encima.

—¿Estabas leyendo? —pregunté.

Él sonrió como si lo hubiera pillado en falta y se encogió de hombros.

—Rompiendo las normas... —dijo señalando las velas con un gesto.

—No se lo diré a nadie —le sonreí—. ¿Cómo has conseguido todos estos libros?

—Llevo años coleccionándolos. Ahora es más difícil encontrarlos que al principio. Entonces los usaban para alimentar las hogueras. Pero he oído que ahora hay una biblioteca en los Andes, quizá la gente esté conservándolos de nuevo. Me parece una suerte tenerlos.

—Lo es —dije curioseando los libros y preguntándome si sería la misma biblioteca que me había comentado Beatrice, impulsada por los Lost Abbots.

El único sitio para sentarse era la cama. Abran me hizo un gesto para que tomara asiento y obedecí. Notaba el rostro encendido y no sabía dónde poner las manos.

—Entonces —dijo Abran sentándose a mi lado—, ¿por qué has venido?

Se inclinó hacia mí con el puño apoyado en el colchón; solo nos separaba su brazo. Su peso hacía que me inclinase hacia él. Me enderecé para estabilizarme y no caerme encima.

Mientras buscaba algo que decir, mi sinceridad me sorprendió.

—Me sentía sola. Quería estar aquí. Contigo.

Abran dejó la vela sobre la mesa y me recogió un mechón de pelo detrás de la oreja.

—Me alegro. Es estupendo tenerte aquí.

Llevaba puesta la grulla de Row, él acercó la mano y tocó el colgante, suspendido entre los senos.

—Una grulla —dijo en voz baja—. He oído que se han extinguido. El viento ya no es adecuado para ellas.

Yo tenía el presentimiento de que seguían ahí, en algún lugar que no conocíamos. Al menos eso quería creer. Levanté la vista y me miró con tal intensidad que me sentí desarmada, mareada, que toda la sangre se me subía a la cabeza.

Me levanté, me arrodillé ante un montón de libros y pasé el dedo por los lomos. De pequeña no me gustaba el colegio, pero me encantaba leer. La escuela de mi ciudad cerró para siempre cuando yo tenía quince años, y antes de eso yo solo acudía de manera esporádica. Tenía trece años cuando cerraron la biblioteca. No echaron la llave y los migrantes dormían dentro. Yo solía ir a pasearme entre las estanterías de libros y me llevaba a casa todo lo que quería, montones y montones de libros que más tarde se hincharían cuando la casa se llenara de agua. Cuando estaba sola a bordo del Pájaro, por la noche, sin nadie con quien hablar salvo el cielo oscuro y las olas negras, ansiaba hojear un libro, conectarme con otra mente.

Abran y yo guardábamos silencio, y entonces me preguntó:

—¿En qué estás pensando? —Me tocó el hombro y noté que me atraía a la cama.

—Quiero que Pearl pueda leer más libros. Que pueda vivir en un lugar seguro. Como el Valle.

Noté que se ponía rígido y me quitó el brazo del hombro.

—No quiero que eso sea un problema —dijo.

Me volví hacia él con el cuerpo entero y los hombros relajados, las manos a los lados, los ojos suplicantes. Como una niña, inocente, inofensiva.

—No lo será —dije en voz baja.

Se relajó y dijo:

—Vale. Cuéntame más.

—Es difícil llegar allí, por eso no hay tantas amenazas. Es un lugar aislado. Hay recursos. Más territorio y menos gente. Ahora que la humedad ha aumentado hay más vegetación. Como es un valle, está protegido de los elementos y de los ataques exteriores.

—Pero dudo que haya muchos árboles. En el norte, el subsuelo aún no se ha adaptado. ¿Cómo íbamos a construir?

—Podemos tirar de materiales reciclados.

—¿No necesitaríamos más recursos para ese tipo de viaje? ¿Más comida, más armas?

—Puedo pescar más; podemos comerciar más. Ya tenéis muchísimo.

—También ponemos en riesgo todo lo que he construido.

—Si de veras quieres construir esa comunidad, necesitas el territorio adecuado. De lo contrario, volverás al agua en menos de un año.

—No puedo correr un riesgo así —dijo.

Noté que lo perdía, como si fuera una ostra que se cerrara ante mí. Apartó la vista y, de repente, parecía muy cansado, se palpaba su fatiga en las líneas de expresión y las marcas de la cara.

Me levanté, me senté junto a él en la cama y le toqué el hombro.

—Tienes razón —murmuré—. Es demasiado arriesgado.

—La cuestión es… No solo estamos buscando tierras, tiene que ser la tierra adecuada. Esperaba que los Andes fuera la mejor opción. Allí hay muchos pueblos y puertos. Podríamos instalarnos cerca de un pueblo para comerciar, pero también necesitamos espacio suficiente y recursos para cultivar la tierra, criar ganado, cortar árboles para edificar. No podemos instalarnos en cualquier sitio y esperar sobrevivir sin más.

Sabía que tenía razón. Los pueblos y los puertos estaban superpoblados y las tierras de los alrededores estaban completamente esquilmadas y eran un yermo inhabitable. Secaban los ríos para regar las tierras en los pueblos y cortaban los árboles para comerciar en los puertos. O la tierra se resistía a ser habitable: suelos rocosos donde no crecía casi nada, o marismas de agua estancada habitadas por criaturas extrañas.

—Encontraremos lo que necesitamos —lo tranquilicé, preguntándome cómo podría convencerlo para ir al Valle.

Volvió a mirarme con el ceño fruncido y cara de preocupación.

—¿Y si no puedo hacerlo?

Le tomé el rostro entre las manos.

—Sí que puedes.

Él se aproximó y me besó, atrayéndome hacia él. Mi cuerpo se relajó. Comencé a desabrocharle la bandana del cuello, pero él me detuvo.

—No —susurró.

—No pasa nada —dije.

Se relajó y, cuando le quité el pañuelo, palpé una cicatriz debajo de la tela. Era abultada, clara y rugosa, como una quemadura, y me dispuse a besarle en el cuello.

Me recostó en la cama mientras yo notaba el latido atronador de su pecho contra las manos. Ambos intentábamos movernos con sigilo, nuestros cuerpos se esforzaban por guardar silencio. Cuando comenzó a besarme me excité muchísimo, estaba cada vez más húmeda, más caliente, tanto que dolía. Eché la cabeza al lado y observé el parpadeo de la vela en la pared. Nos desnudamos el uno al otro, el único movimiento en mitad de la quietud borrosa de la habitación. Arqueé el cuello, hundí las manos en su pelo, espeso y cálido entre mis dedos.

Se deslizó dentro de mí y algo se contrajo y se expandió en mi interior, un movimiento fluido que despegaba. Nos movíamos al mismo tiempo; el aliento cálido, las terminaciones nerviosas a cien, y creí que me partía, que me balanceaba sobre un precipicio. Él no paraba de entrar y salir de mí, como un animal cuyo pulso fuera más rápido, y yo surgí de las oscuras profundidades y rompí la superficie del agua para salir al sol, disolviéndome en un punto blanco y brillante, un destello súbito que me dejó extenuada.

Salió de mí antes de terminar, yo aún lo tenía agarrado de las caderas y lo moví para que eyaculara en el edredón. Permanecimos tumbados en silencio, mi cuerpo acoplado al suyo, mientras él me rodeaba por la cintura. Yo divagaba aturdida, como una mariposa con el ala agujereada, pensando en personas y lugares. Row cuando se comió una cera de colorear, con un hilo azul cayéndole por la barbilla. Los prados que el abuelo y yo solíamos atravesar para ir a pescar a su lago favorito. Y cómo Daniel olía casi igual, a bosques, flores y hierba silvestre. No había notado que Daniel olía como mi hogar hasta que me acosté con otro. A veces quería enterrar la cara en su cuello y respirarlo.

Abran cambió de postura para darse la vuelta. La última vez que había mantenido relaciones, Jacob y yo habíamos concebido a Pearl. Recordaba que tenía el pelo en la cara mientras se movía sobre mí. Me gustaban sus hombros desde ese ángulo; me gustaba la calidez que emanaba su pecho.

Acabábamos de tener una discusión sobre si Row podía jugar fuera sola, y la discusión había derivado en una intimidad repentina.

Aquellos días hablábamos poco. También había comenzado a mirarme diferente. Siempre había mostrado su entusiasmo por mí, pero, entonces, después de Row, después de que las inundaciones fueran a peor, después de que dejáramos de hablar, su mirada se volvió distante. Como si no nos conociéramos. Pero ni siquiera era eso, no tenía tanto misterio. Éramos como dos conocidos en una vida anterior.

Cuando concebimos a Row había sido una decisión consciente. Nuestra manera de desafiar al mundo. Y no fuimos los únicos. Durante la Inundación de los Cien Años, la tase de natalidad no cayó tanto como cabría imaginar, sino que se mantuvo. Había gente que quería tener hijos que decidió que le daba igual que el agua se aproximara a la puerta de su casa. Y otros que nunca se lo habían planteado comenzaron a tener un hijo al año, como si fueran flores en primavera, para no olvidar su fertilidad. Pero muchos de aquellos niños murieron antes de cumplir los dos años en las rutas migratorias, pues el tifus y el cólera asolaban los campamentos de refugiados.

Si a mi madre le preocupaba mi embarazo, nunca se le notó. El hospital donde había trabajado de enfermera estaba ya cerrado, pero ella todavía tenía una consulta gratuita en un almacén abandonado a unas manzanas de nuestra casa, y comenzó a acumular suministros para un parto en casa: guantes estériles, tijeras, analgésicos.

A diferencia de Row, Pearl fue una sorpresa. Habíamos estado utilizando condones caducados de la droguería del pueblo, y un día de abril me di cuenta de que llevaba un mes sin venirme la regla.

Entré en pánico y acudí a Jacob, y cuando se lo dije se quedó mirándome y luego apartó la vista, con la mandíbula apretada y cara de desesperación.

La respiración de Abran se hizo más lenta y pesada, y yo susurré:

—Debería irme. —Y aparté su brazo. —Deberías quedarte —dijo levantando la cabeza, adormilado.

—Es mejor que los demás no lo sepan —dije incorporándome y cogiendo la camisa—. Mejor que quede entre nosotros.

Abran me miró con detenimiento como si quisiera adivinar mis motivos.

—Vale —dijo.

Me marché de puntillas por el pasillo a oscuras, tanteando las paredes hasta llegar al camarote de la tripulación y mi litera. Cuando me metí en la cama, oí que Daniel se revolvía en la suya. Deseé que estuviera dormido. Habíamos hecho poco ruido. «No puede habernos oído», me dije.

Capítulo 21

Cuando me desperté a la mañana siguiente, oí que Pearl murmuraba una oración a santa Brígida, pasando los dedos por el borde de su pañuelo centímetro a centímetro. Lo movía igual que mi abuela tocaba las cuentas del rosario. El abuelo le había enseñado a Pearl la oración durante las largas noches que pasamos en el barco, después de enrollar los sedales, mientras la luz de la luna se derramaba en el agua. Las palabras reconfortaban a Pearl y la pillé haciéndolo cuando estaba sola y quería hacerse la valiente.

Era tarde, todos los demás estaban ya arriba desayunando.

Sacudí a Pearl por el hombro, la atraje hacia mí y coloqué el mentón sobre su cabeza.

—¿Qué pasa, bonita? —pregunté.

—Vamos a hundirnos —dijo para continuar de inmediato con su oración—. «Perforaron tus pies delicados y, no contentos con verte en semejante estado, saciaron su ira en tus heridas, y sumaron dolor al dolor…».

—¿Por qué dices eso? ¿Pearl? —le sacudí un poco el hombro.

Mi abuelo no era un hombre muy religioso, pero las oraciones se habían transmitido de generación en generación. A menudo las recitaba mientras trabajaba, en tono jovial, las palabras dogmáticas y los sentimientos oscuros no encajaban con su forma de hablar, ni austera ni reverente.

No me gustó que le enseñara a Pearl las oraciones, creía que serían demasiado violentas y perturbadoras para que una niña pequeña las memorizase.

«Las antiguas oraciones son relatos de sufrimiento», decía él. «Historias que haríamos bien en recordar».

No estaba segura de qué le ofrecería ese recuerdo a ella, pero quería conservar una parte de él, por eso dejé que se las enseñara.

—«… te tiraron de los miembros y te los dislocaron…»

—Pearl —dije con firmeza, quitándole el pañuelo de las manos.

—¡No! —exclamó recuperándolo.

—Nos arrojarán por la borda y nos hundiremos. Como Jonás. Pero no nos tragará una ballena. Nos tragará otro barco.

Siempre tenía pesadillas con naufragios, con barcos hundidos donde ella quedaba atrapada antes de perecer en el agua oscura y fría.

—No, no, Pearl. ¿Has tenido otra pesadilla? Eso no va a pasar.

Pearl puso cara compungida y se ruborizó.

—Nos han echado una maldición y estamos perdidas. El mar nos tragará. El mar no descansa —gimoteó tapándose la cara con el pañuelo.

Abracé a Pearl y le acaricié la espalda.

—No, cariño. No. Eso no son más que historias que has oído.

El cuerpecillo de Pearl se estremeció y cerré los ojos con fuerza. Lo que más me dolió, tanto como una pedrada en el pecho, fue que tenía razón. En algún momento, el mar nos tragaría, y desapareceríamos bajo su superficie. Yo no podía impedir que subiera; no podría mantenernos siempre a flote. La había traído al mundo, y a veces lo único que deseaba era no estar cuando ella lo dejara.

Levantó a cara, que tenía enterrada en mi pecho, y dijo con un hilo de voz propio de un pajarillo:

—No quiero estar sola. ¿Vendrás conmigo?

—Iré contigo —dije.

Tenía las mejillas encendidas. Le recogí un mechón de pelo detrás de la oreja.

—Estoy aquí. Siempre lo estaré —le susurré al oído. Noté que se relajaba y que por fin soltaba el pañuelo.

Daniel y yo limpiábamos petos en cubierta, les abríamos el estómago, les sacábamos las tripas y las echábamos en un cubo. A mediodía el sol nos quemaba la espalda y el sudor se me metía en los ojos. No olía nada más que a tripas de pescado y sal. Sal en el cuerpo y sal del mar; me sentía atrapada.

Corté una aleta dorsal y la cabeza, aparté el pescado y cogí otro.

Pearl ayudaba a Marjan a pelar patatas en la cabina. Le veía la cabeza, inclinada sobre su tarea, a través de la puerta abierta. Era la última patata. Necesitábamos atracar pronto y conseguir vegetales.

—Anoche te oí entrar en su camarote —dijo Daniel en voz baja. Un tajo seco contra la madera, el sonido de la cabeza arrastrada lejos del cuerpo.

—¿Y? —Me sorprendió ver un destello de tristeza, entre melancólico y arrepentido, en sus ojos grises. Su forma de mirarme me hacía sentir expuesta.

—¿Le has contado todo? ¿Lo de Row? —preguntó Daniel.

—Sabes que no.

—Pero has intentado convencerlo para ir al Valle, ¿verdad?

—También me gusta —le dije con la esperanza de que se callara.

Un gesto de dolor le atravesó el semblante, le rajó el estómago a un pescado y lo evisceró. Tiró las tripas a un cubo. Las voces de Behir y Abran, charlando y riéndose de algo, se alejaron de nosotros.

—¿Sabes lo que no has mencionado en todo este tiempo? —preguntó Daniel.

—¿El qué?

—A Jacob. Hablas de Row, pero nunca de Jacob.

Esperó para ver cómo reaccionaba ante el nombre. Me encogí de hombros, pero sentí una punzada en la columna, un zumbido sordo en la cabeza. Después de lo que me había dicho el saqueador en la costa, asumí que Jacob estaría muerto, pero para mí, por extraño que fuera, seguía vivo, una presencia sobrenatural que me perseguía dondequiera que fuera, como un fantasma que estuviera fuera de mi alcance. En el pasado había asumido que estaba muerto, y a veces le había deseado la muerte, pero a veces también habría deseado que continuara conmigo. Para no estar sola. Para estar acompañada de un rostro familiar.

—¿Nunca te preguntas por qué lo hizo? ¿Se te pasó alguna vez por la cabeza que fuera capaz de hacerlo? —preguntó Daniel.

—No —mentí con la voz tan fría como el acero. Aferré el cuchillo con más fuerza.

—No me refería a que…

—Sí, sí lo haces —dije con un nudo en la garganta—. Insinúas que se marchó porque yo era una persona terrible. Insinúas que debería haberlo sabido. Insinúas que yo tengo la culpa de que ella ya no esté… —Se me quebró la voz y cerré la boca, apretando la lengua contra el paladar, parpadeando para contener las lágrimas.

Daniel fue a tocarme, pero le aparté la mano.

—¡No me toques! —siseé.

—Te lo preguntaba porque… —Daniel agitó la cabeza con incredulidad y bajó la mirada—. Debió de ser terrible.

Su voz se fue apagando y yo lo observé con cautela.

—No —dije—. Nunca imaginé que sería capaz de algo así.

Y sí, me preguntaba el motivo. Suponía que pensaba que yo sería un estorbo. Estaba embarazada. Eso le ponía nervioso.

—No me refería… —comenzó a decir Daniel.

—Sí, lo has hecho. No me hagas hablar de él. No te entrometas. Tenía mejor concepto de ti.

Daniel se mostró abochornado y bajó la vista al pescado que tenía delante, que lo miraba con su único ojo mientras sus escamas relucían al sol. Se limpió la sangre de las manos en un trapo.

—Tienes razón. Lo siento. Sé lo que se siente… Cuando quieres cambiar algo que ya ha sucedido.

Me mostré de lo más escéptica, pero cuando levantó la vista y me miró supe que decía la verdad. Su mirada era dulce y tranquila, como una mano tendida hacia mí. También noté arrepentimiento, pero no era del todo sincero, sino más bien el sentimiento que te entra cuando te sientes mal por algo, pero no lo bastante mal como para dejar de hacerlo.

Apenas asentí y volví a concentrarme en el pescado que tenía delante. Me sentía muy incómoda, expuesta, y tenía calor, como si hubiera caminado desnuda durante mucho tiempo y necesitara un refugio. Continuamos trabajando en silencio.

Una parte de mí creía conocer a Daniel. Pero él estaba como ausente, se mantenía al margen. Por algún motivo, no quería abrirse a mí del todo. Como si cada vez que estuviéramos juntos solo viera una ínfima parte de él. Un baile en el que dábamos un paso adelante y luego otro atrás.

Las preguntas que Daniel me había hecho ya me las había formulado yo. Durante aquellos primeros años en el agua no dejaba de rumiar por qué Jacob se había marchado sin mí y me había arrebatado a Row. Durante años y años me culpé. Yo tenía la culpa de que se hubiera marchado, pensaba.

Pero, con el paso de los años, comencé a forjarme una nueva imagen, una que se superponía a la otra, basada en sus pequeñas desapariciones a lo largo de los años que estuvimos juntos. Cuando Row era una recién nacida y lloraba durante horas por los cólicos, se marchaba de casa durante días; se quedaba con amigos y me dejaba sola cuidándola. Nunca hablamos de turnarnos, solo se turnaba él. Era encantador y divertido, pero cuando las cosas se ponían difíciles, siempre se las arreglaba para desaparecer. Esa era su costumbre, y las inundaciones solo provocaron su desaparición definitiva.

Podía ser la persona más generosa del mundo. Y podía ser despiadado en su debilidad, siempre buscando una vía de escape. Alguien que hablaba de grandes cosas, pero nunca acababa nada. Me aferré a esa parte de Jacob y comencé a culparlo solo a él.

Lo que no le había contado a Daniel era que Jacob me había pedido en una ocasión que me marchara con él. Se había mostrado nervioso cuando oímos que el agua venía de camino. No creía que el barco que el abuelo estaba construyendo fuera lo suficientemente grande para albergarnos a todos ni que estaría terminado a tiempo.

Yo estaba en el jardín delantero de la casa, quitando las malas hierbas del huerto. Tiré de un diente de león y lo eché al cubo.

Jacob hizo una mueca y miró la casa de la acera de enfrente. Todas las ventanas estaban tapiadas con tablas desde dentro, y cuando pasabas por delante olía a podrido. Hacía meses que no veíamos al vecino y no sabíamos si seguiría con vida.

—Creo que deberíamos marcharnos pronto —dijo Jacob.

Yo me levanté y me limpié la tierra en los pantalones.

—¿Cómo que pronto? —pregunté.

—Davis me ha dicho que la presa podría ceder. Además, no va a funcionar… En ese barco no entramos todos.

Le lancé una mirada de pocos amigos. Jacob nunca se había llevado bien con mi abuelo.

—Davis tiene una lancha motora. Estoy intentando convencerle para que nos deje ir con él y su familia.

—¿A todos?

—Tu abuelo y tu madre pueden quedarse el barco que están construyendo. No tardarán en seguirnos. De todas maneras, es más adecuado para dos personas.

Contuve las ganas de decirle a Jacob que se fuera a la mierda. Yo estaba exhausta, intentaba prepararme para nuestra partida y ahí estaba él, acojonado.

—No voy a irme sin los demás —dije—. Tenemos que mantenernos unidos. Somos una familia. Todos nosotros.

Jacob suspiró y levantó la vista al desván; a través de la ventana veíamos al abuelo trabajando en el barco. En una acera próxima a mí se habían formado charcos del agua que se filtraban lentamente por las grietas del cemento. Como si la tierra estuviera tan empapada que rezumaba.

—Myra, no me estás escuchando.

—Sí, tienes razón. No te escucho. ¿Por qué no nos ayudas, en lugar de hacer otros planes? Todavía estamos almacenando comida. Llevas días sin cazar.

Jacob se había alejado de mí, agitando la cabeza con incredulidad. Yo no podía entender por qué no se limitaba a ayudarnos. Siempre se mantenía al margen de mi familia, como si no fuera parte de ella. Pero nunca imaginé que se marcharía. Me necesitaba, ¿no?

Siempre mantuve a buen recaudo la rabia que Jacob me provocaba. A veces notaba que pugnaba por salir, que apenas si podía contenerla. Cuando se marchó, noté que había estado aferrada a la borda de un barco, como Sedna, y que él me había cortado los dedos y me había mirado mientras me sumergía en mi tumba submarina. Y una parte de mí quería levantarse de las profundidades y arrastrarlo conmigo.

Me sentí más decepcionada de lo que estaba dispuesta a admitir cuando me enteré de que estaba muerto. Yo quería verlo por última vez, albergaba ese deseo sin querer reconocerlo.

Pero ¿por qué quería verlo? ¿Para exigir respuestas? ¿Para vengarme?

Después de asesinar a ese saqueador en la costa, a veces me imaginaba que el cuerpo sin vida a mis pies era el de Jacob, y reflexionaba en lo que sentía, retenía esa imagen en la mente. Pero no había ningún sentimiento. Solo vacío.

La rabia todavía estaba latente, como un segundo corazón. Si alguna vez viera a Jacob en carne y hueso, me preguntaba si podría matarlo con tanta frialdad. ¿De verdad era lo que quería?

Quizá había algo debajo de esa rabia, debajo de ese dolor. Una tercera opción, entre la venganza y la absolución, soterrada en mi subconsciente, esperando a ser nombrada.

Sabía que todavía lo odiaba demasiado para no quererle.

Capítulo 22

Recorrí el pasillo oscuro que conducía al camarote de Abran varias noches a la semana durante tres semanas. Sabía que pronto nuestras noches tocarían a su fin. Él se tomaba demasiado en serio nuestra relación, comenzaba a decir «nosotros» demasiado a menudo. Quería convencerlo para ir al Valle antes de que fuera demasiado tarde, pero sabía que no podía obligarlo. Abran era la clase de persona que tenía que creer que había sido idea suya.

Durante esas noches, Abran disfrutaba compartiendo historias de su pasado conmigo. Yo le mentía, medio en sueños, mientras Abran me rozaba el cabello con los labios y me contaba dónde había estado y a quién había conocido. No solía hacerme preguntas y yo no le conté muchas historias mías. Pronto comprendí que, más que compartir historias conmigo, se estaba confesando. Necesitaba contarlo todo, hasta los más mínimos detalles, antes de llegar a las partes más oscuras.

Una noche, tumbados de costado, medio tapados con el edredón, mientras la vela ondeaba como una ola, Abran me habló de la comunidad que quería fundar y de cómo tenía planeado distribuir el trabajo.

—¿Por qué le prometiste a tu hermano que fundarías la comunidad? —pregunté.

Abran guardó silencio y yo me volví para mirarle. Me miró con recelo y me besó en la frente. Le retiré el pelo oscuro de la cara.

—Mi hermano Jonas… Se sentía culpable —dijo Abran—. Habíamos hecho cosas malas. Él quería construir un lugar seguro. Un lugar donde poder echar raíces.

Pensé en el hombre al que había matado en la costa, en su cuerpo, que se había contorsionado de forma horrible mientras se desangraba. A veces me quedaba despierta por la noche pensando en ese hombre. Pensé en quién sería antes de las inundaciones. Cómo podía haber sido un vecino, un hombre que pasaba a tu lado con bolsas de la compra hasta el siguiente portal, alguien que te decía «hola» y continuaba su camino, bajo la luz del sol entreverada, pisando las hojas caídas en la acera.

—¿Qué hicisteis? —pregunté.

Abran me separó los mechones de pelo como un abanico sobre la almohada. En el pasado tenía el pelo sedoso, pero se había vuelto áspero por culpa de la sal, el viento y el sol.

—Nos mezclamos con cierta gente. Luego nos marchamos… —Era raro que Abran fuera tan reticente—. Creo que deberíamos contarle lo nuestro a la tripulación —dijo.

Yo me puse rígida.

—Todavía no.

Ya me temía que la tripulación se hubiera enterado de nuestros encuentros nocturnos. Notaba que Wayne y Jessa nos observaban con cara rara, y Marjan le había dado a Abran una segunda almohada para la cama la semana anterior.

—No me hagas esperar indefinidamente —dijo sonriendo y dándome un empujoncito en el hombro.

Yo le devolví la sonrisa y noté que se me helaba la sangre. Aunque sintiera algo por Abran, sabía que, fuera lo que fuera, no duraría. Ya había estado en esa misma situación antes, lista para querer y necesitar, lista para sufrir una decepción.

Estuvimos callados unos minutos, mientras tanto le acaricié las cicatrices del cuello.

—Un hombre al que maté cerca de Catarata Manzana tenía un

tatuaje en el hombro —dije. Pensé en el carisma de Abran, en la forma en la que atraía a la gente a su órbita. Muchos de los saqueadores que había conocido eran encantadores, podían encandilarte antes de que te dieras cuenta de con quién estabas tratando, y luego era demasiado tarde.

Al rozar el barco, el mar dejaba escapar un gemido grave, al tiempo que el Sedna crujía y retumbaba. Abran y yo nos miramos a los ojos un momento antes de que él hablara y dijera:

—Lily Black.

Enarqué las cejas y noté un vacío en el estómago. Sospechaba que había pertenecido a un barco de saqueadores, pero era un pensamiento abstracto y distante. Que hubiera formado parte de los Lily Black los hacía más tangibles, como si ahora estuvieran más cerca de nosotros. Había oído que perseguían a la gente que había abandonado la tribu y se habían unido a otro barco. ¿Deberíamos estar atentos por si nos seguía alguien?

«No es nada fácil encontrar a alguien», me recordé. Seguir a alguien en mar abierto era casi imposible. Además, los saqueadores tenían muchos frentes abiertos, era probable que la mitad de la tripulación de Abran estuviera ahora muerta.

—Se dice que los Lily Black comenzaron como un grupo de familias que protegían sus tierras. Cuando yo me uní a ellos eran una tribu militar —dijo Abran, incorporándose. Apoyó los brazos en las rodillas y dobló la espalda. Me incorporé y le puse la mano sobre la columna.

—Vinieron a por nosotros, a nuestro hogar. Mis padres eran cirujanos. Durante la Inundación de los Cien Años se mudaron a una comunidad cerrada en las montañas con otros amigos. Tenían sus antiguos libros de medicina y con ellos nos enseñaban el negocio familiar a mi hermano y a mí. Mis padres sisaron medicamentos de los hospitales donde trabajaban antes de que los clausuraran. Había gente que venía a vernos desde lejos para recibir atención médica y los atendíamos en el salón. Nos pagaban con comida y objetos recuperados. Durante un tiempo, vivimos como si el mundo no se estuviera viniendo abajo…, hasta la Guerra del Mediterráneo.

Le salió la voz ahogada y tragó saliva. Yo le acaricié la espalda.

»Pero algunos de los amigos de mis padres tenían conexión con los Lily Black y estos necesitaban una base militar durante la guerra, por eso se mudaron con nosotros. Se desató entonces un brote de disentería en nuestra comunidad y en los alrededores. Mis padres murieron cuando tenía veintiséis años. Jonas y yo hablamos de marcharnos al sur, pero no teníamos suficiente comida para un viaje así. Entonces él enfermó. Conocimos a un hombre que se ofreció a curarlo y nos dejó que nos uniéramos a su tripulación. Comenzamos de grumetes: fregábamos la cubierta, colocábamos la munición bajo cubierta… No sabíamos a qué se dedicaban cuando nos unimos a ellos, y cuando lo hicimos… ya no hubo vuelta atrás. Entonces todavía no los llamaban saqueadores. Pensábamos que nos estábamos protegiendo, no atacando a los demás.

Abran agitó la cabeza y miró a su alrededor como si buscara una ventana para asomarse. Parecía tan atormentado, tan perdido, que le acaricié la espalda y murmuré:

—No eres el mismo de entonces.

—En ese tiempo era todo muy confuso —dijo él—. Con tanta gente y, sin embargo, tan poca. Parecía que el mundo no paraba de expandirse y contraerse. Transportábamos mercancías, comerciábamos con ellas, peleábamos con otros barcos, pero todo el mundo hacía lo mismo. Intentábamos no darle muchas vueltas.

Abran se tapó las cicatrices del cuello como si quisiera ocultarlas.

»Entonces nos tatuaron el conejo en el cuello. Comenzaron a hablar en serio de colonizar pueblos. Jonas y yo ya nos habíamos planteado fundar nuestra propia comunidad. Había sido idea de Jonas. Se sentía aún más culpable que yo. Su salud se había deteriorado, no dormía por las noches. Hicimos un pacto: si alguno no sobrevivía a la huida del barco, el otro continuaría y fundaría una comunidad donde ciertas cosas… ciertas cosas nunca pasarían. Entonces, cuando dejamos a los Lily Black, le robé a nuestra tripulación para poder montar el Sedna. Todavía sé dónde esconden algunos recursos. Tienen medicamentos, antibióticos, sobre todo, escondidos al noroeste de aquí.

—¿Antibióticos? —pregunté.

Abran negó con la cabeza.

—Es demasiado peligroso ir a buscarlos. Mejor mantenernos lo más lejos que podamos de esos sitios. A veces dejan hombres armados para vigilar.

Me sentí descorazonada, pero intenté que no se me notara la decepción.

—¿Se lo has contado a los demás? ¿Lo de los Lily Black?

—No. No quiero que lo sepan.

—No se enterarán por mí —dije. E iba en serio. Eran sus secretos, al fin y al cabo.

—¿Tu hermano…? —dije.

Abran negó con la cabeza y se recostó tapándose los ojos con la mano. Me tumbé a su lado. El Sedna cabeceó con brusquedad y algunos libros cayeron de la mesa. Abran levantó la cabeza de la almohada y hundió la cara en las manos.

—¿Crees que podríamos lograr atravesar el Atlántico norte?

—Sí —dije—. Con este barco tenemos más posibilidades que otros.

—Si lográramos llegar hasta allí, tendríamos la tierra prácticamente para nosotros solos. No hay tanta gente que pueda hacer la travesía del norte.

Estaba repitiendo mis palabras. Guardé silencio para dejar que lo sopesara.

—He estado pensando mucho en lo que dijo Robert. No creo que mintiera —dijo Abran. Con un dedo, trazó el recorrido de una vena de la mano al brazo. Yo no cabía en mí de la emoción. Notaba que estaba más cerca; después de semanas plantando semillas con extremo cuidado, comenzaba a ver que los brotes verdes despuntaban en la tierra.

—¿Estás seguro de que puedes confiar en él? —pregunté haciendo de abogada del diablo, ofreciendo la resistencia que necesitaba.

—En absoluto —dijo Abran—. Pero ya había oído antes el mismo comentario sobre el sur. En todos los puertos comerciales. Estaba obsesionado con ir al sur porque... ahí era donde Jonas y yo habíamos planeado ir.

Abran me masajeó el interior de la muñeca con el pulgar.

—Ese día creo que Robert se sentía poderoso y quiso darme algo..., un regalo envenenado.

Me di cuenta de que Abran leía a la gente mejor de lo que creía. ¿Podría leerme a mí igual de bien?

—He estado reflexionando mucho sobre el tema y tienes razón en todo lo que dices. Está aislado, hay recursos. Me da miedo correr el riesgo, pero me arrepentiré si no lo hago —dijo Abran.

La alegría me desbordaba. No podía creer que por fin lo hubiera conseguido. Todos los halagos sutiles y los recordatorios ocasionales habían surtido efecto. Ya podía ver las costas de Groenlandia, su perfil rocoso y el aire frío y cortante. Intenté ignorar otras imágenes subyacentes más oscuras: imágenes de centinelas patrullando las calles del Valle, las raciones ínfimas en los comedores. Escarmientos públicos y registros domiciliarios sin avisar. «Al menos te acercas a ella», me dije. Tomé a Abran de la mano y noté sus palmas encallecidas.

—Pero no depende de mí —dijo—. Tendremos que someterlo a votación con el resto.

Capítulo 23

Abran me contó que sometería a votación nuestro cambio de rumbo al final de la tarde del día siguiente. Quería pedirle a Daniel que trazase la ruta que tomaríamos para llegar al Valle antes de votar, para poder compartir con la tripulación los detalles de cuánto tardaríamos. No le dije que Daniel ya había trazado la ruta.

Esa mañana, después de desayunar, Abran me llevó aparte y me contó que necesitábamos más provisiones para el viaje. Necesitaba más capturas si quería probar ante la tripulación que conseguiríamos cruzar el Atlántico. No podía dejar de pensar en la votación mientras me encargaba de mis tareas matutinas, no dejaba de plantearme de qué lado estaría cada miembro de la tripulación.

El Sedna se aproximó a una pequeña cadena montañosa a unas millas de distancia. Thomas se colocó en la proa con los prismáticos en busca de picos bajo la superficie. Sentía que continuar navegando hacia el sur era una pérdida de tiempo, pero Abran insistió en esperar hasta la noche para votar. El agua era más cálida y nos aproximábamos a los canales y estuarios de la línea de costa interrumpida, por eso Pearl y yo echamos las redes con cebo vivo en busca de pescado azul.

Cuando no estaba observando el agua o nuestras líneas, levantaba la vista hacia las montañas. A unos novecientos metros de la cadena montañosa se distinguía un islote que sobresalía unos quince metros del agua. Daniel quería que atravesáramos esa distancia entre la costa y la isla para no tener que rodear toda la masa de tierra. Cuando nos aproximamos a la isla comenzamos a virar hacia el sur. Era diminuta, tenía menos de un kilómetro de largo, y en ella crecía un bosquecillo de árboles pequeños, un buen refugio donde acampar. Me parecía muy evidente que nos acercábamos a territorio hostil, como si atravesáramos un territorio despoblado y viéramos la fogata de nuestro enemigo y no supiéramos dónde había ido.

Pearl y yo echamos las redes para pescar cebo y Abran se detuvo junto a mí mientras yo ajustaba el aparejo.

—¿Es buena idea pescar a la cacea aquí? —preguntó Abran—. Como estamos tan próximos a la costa, ¿no se enganchará la red en algo?

—Necesitamos más cebo vivo —dije. Estaba en lo cierto, era un lugar terrible para pescar así. Probablemente ni siquiera pudiera calcular bien la profundidad, pero quería una red llena para lucirme antes de la votación.

—Vale. Es que nos ralentiza mucho. Las velas no son lo bastante grandes.

—No tardaré…

—¡Abran! —Thomas lo llamó desde la proa.

Abran corrió hasta allí y Thomas le pasó los prismáticos. Estábamos rodeando el islote montañoso, atravesando el estrecho canal de agua entre este y la costa. Parecía arriesgado navegar tan pegados a ella, y me pregunté por qué Daniel habría escogido esta ruta en lugar de otra en mar abierto.

Agucé la vista para ver qué señalaba Thomas. Creí ver la proa de otro barco junto a la isla. Quizá solo fuera un barco pesquero. La gente solía pescar cerca de la costa, para poder llegar a puerto y comerciar con más facilidad.

La isla solo estaba a unos trescientos metros de distancia y Jessa había ajustado la driza para aprovechar el viento del norte y poder virar mejor hacia el sur. Wayne iba al timón y lo hizo girar para poder rodear la isla, y yo recogí la red tan rápido como pude.

Behir, Jessa y Marjan llegaron precipitadamente a la proa y yo les seguí. Pearl trató de imitarme, pero di media vuelta y le señalé la toldilla.

—Ve con Daniel —le dije.

—¿Qué pasa? —preguntó Pearl.

—¡Ahora! —le ordené.

Pearl me lanzó una mirada furibunda, pero obedeció y se retiró a la cabina, donde Daniel estaba ocupado con sus mediciones. Cuando rodeamos la isla casi colisionamos con dos barcos anclados uno al lado del otro. El viento del norte nos empujó más hacia ellos, de manera que nuestro barco quedó a apenas treinta metros de distancia.

Abran bajó los prismáticos y le gritó a Wayne en el timón:

—¡Gira hacia la costa! ¡Sigue la línea costera! —Aprecié el pánico en su voz y se aferró a la borda. Miré por encima de su hombro y vi que los saqueadores del barco más grande abordaban el otro, un pesquero, con garrotes y cuchillos, mientras una bandera negra ondeaba al viento en la proa.

El Sedna viró hacia la costa, pero estábamos atrapados entre esta y la isla, no podíamos alejarnos de los dos barcos. En el pesquero, un hombre alcanzado por un hachazo en el pecho cayó de rodillas. Los gritos retumbaban a nuestro alrededor, tan desgarradores que parecían procedentes de nuestro barco. Dos saqueadores le pusieron a un hombre una soga al cuello y ataron el otro extremo de la cuerda a la popa de su barco, con la cuerda colgando en el agua entre las dos embarcaciones.

«Van a pasarlo por la quilla», pensé con frialdad, mientras se me subía la bilis. Tragué saliva y me entraron ganas de echar a correr.

Un saqueador le arrancó un bebé de los brazos a su madre; madre e hijo se unieron en un solo grito y la mujer comenzó a arañar al hombre. Otro saqueador la agarró del brazo y tiró de ella hacia

167

atrás. El hombre con la soga al cuello gritó y embistió al saqueador, pero alguien agarró la soga y tiró de ella haciendo que cayera hacia atrás, sofocado y jadeante.

—Tenemos que parar —susurró Jessa con los ojos como platos.

Yo pensaba lo mismo, pero no dije nada. Me quedé clavada en la cubierta. Ansiaba tener cuchillos en las manos, pero no me moví, pues en parte era consciente de que, si no hacía nada, continuaríamos navegando y los dejaríamos atrás, sin tener que lamentar pérdidas.

Behir tocó el brazo de Jessa.

—Vamos —le dijo, intentando llevársela a la cabina.

—¡Tenemos que parar! —gritó Jessa corriendo hacia Abran. Lo agarró por los hombros y lo zarandeó.

—Behir…, por favor —dijo Abran cogiendo a Jessa por la cintura e intentando hacerla volver con Behir. Noté el dolor en su rostro, pero también una nueva mirada impávida. Como si una parte de él se hubiera apagado y hubiera quedado en segundo plano.

Behir dio un paso adelante y tomó a Jessa del brazo, pero ella se lo quitó de encima y extendió la mano hacia el pesquero, como si quisiera asirlo.

El saqueador que había robado al bebé regresó a su barco. Apareció una mujer que fue hasta él y lo cogió antes de desaparecer bajo cubierta. Se me retorcieron las tripas de pensar en lo que sucedería a continuación. Separarían a la madre del hijo, a ella la llevarían a otro barco o alguna base. Criarían al niño para que fuera parte de su tribu, para que saqueara barcos en el mar o vigilase colonias en tierra.

Los gritos continuaron, pero en un segundo plano, como si los oyera a través de una puerta cerrada. Estaba sin aliento y me sentía ingrávida. Era como una pluma al viento, tambaleante, se me doblaban las rodillas.

Behir abrazó a Jessa mientras ella gritaba y se tiraba al suelo. Les di la espalda, necesitaba huir de esa escena desgarradora.

Los saqueadores volvieron a su barco llevándose consigo el botín. Abrieron una jaula pequeña y un pájaro salió volando de ella, tomó altura y se dirigió hacia el oeste, como atraído por un hilo invisible en una dirección predeterminada. Los adelantamos y la distancia entre nosotros comenzó a ampliarse.

Me alegraba de alejarme. No quería ver el resto; sabía perfectamente lo que harían. Se llevarían a la madre consigo y el agua que quedara en el depósito del pesquero. Dejarían al capitán en el pesquero y, cuando izaran las velas, la cuerda tiraría de él, su cuerpo chocaría con la borda y caería al mar. Los seguiría como si fuera un cebo en un anzuelo durante un día o dos: los moluscos de la quilla lo destrozarían, el coral de las montañas bajo la superficie lo desgarraría, el mar se lo tragaría. Y luego lo colgarían de la proa, mojado y amoratado, el sol secándole el cabello hasta que este se volviera suave, tanto como la pelusilla que los bebés pierden al nacer.

Capítulo 24

Jessa no salió del camarote de la tripulación hasta tres días después. Wayne se paseaba por la cubierta del barco maldiciendo y bramando que teníamos que dar la vuelta para atacar a los saqueadores. Todo el mundo le dejó hacer, a sabiendas de que con el tiempo se calmaría y que todo regresaría a la normalidad.

Cuando Jessa salió del camarote, fue directa hecha una furia a la cabina, donde Abran estaba hablando con Daniel, para exigirle que le explicara por qué no habían ayudado a la gente del pesquero.

Yo estaba con Marjan en la cocina, la cortina estaba descorrida y vi cómo Abran intentaba abrazar y consolar a Jessa. Ella se lo impidió.

—No estamos preparados para atacar un barco de saqueadores —comenzó Abran.

—¡Mentira! —gritó Jessa—. ¡Tenemos un arsenal!

Abran negó con la cabeza.

—Jessa..., no podemos salvar cualquier barco amenazado. Debemos lealtad a nuestro grupo..., no podemos salvar a los demás.

Jessa lloraba desconsoladamente. Quería retroceder en el tiempo, comprendí. Si los salvaba a ellos se salvaría a sí misma. Conocía esa sensación y esa necesidad. ¿Acaso no podría reescribir mi vida si salvaba a Row?

Me volvieron a asaltar las ganas de echar a correr, de alejarme de ella. Mirarla se parecía demasiado a mirarse en el espejo.

Después de que Behir ayudara a Jessa a regresar al camarote, Marjan y yo continuamos limpiando el pescado, entonces se me acercó y me susurró:

—A ella le sucedió lo mismo.

Se me puso la piel de gallina, un acto reflejo para mantener a raya la verdad y aislar de ella todo mi cuerpo.

—¿Qué?

—Ella tenía un bebé.

Rasqué las escamas con el cuchillo. «No quiero saber más», pensé. No podía tolerar esa clase de dolor, no podía estar cerca de él. Era algo contagioso, un lugar donde ya había estado y al que puede que no sobreviviera si regresaba.

Además, no hacía falta que Marjan me lo contara. Ya sabía que Jessa había pasado por la misma experiencia que esa madre. Su grito tenía esa gravedad, la clase de gravedad de quien revive algo que no debería haber sufrido nunca. Yo lo sabía, pero no podía soportar que alguien me lo dijera porque tendría que asimilarlo.

¿Y por qué no? ¿Por qué quería marcar las distancias con ellos?

«Quizá —pensé—, si todo el mundo ha perdido lo mismo que tú, no puedes utilizarles para recuperarla. No soportas decepcionar a gente que ha sufrido tanto como tú. Es más fácil no saber demasiado».

—Wayne y Jessa eran militares —dijo Marjan—. Wayne pertenecía a una unidad de combate, Jessa trabajaba en inteligencia. Cuando parte de la unidad de Wayne se unió a los Lily Black, él se negó y se lo llevaron prisionero en un barco. A Wayne, a su esposa Rose y a Jessa.

Marjan también me contó que Jessa estaba embarazada, su novio había muerto cuando los tomaron cautivos. Fueron esclavos en el barco durante seis meses antes de que Rose fuera asesinada tras ser descubierta robando víveres para poder escapar. Le rebanaron el cuello delante de Wayne y Jessa. Un mes más tarde, Jessa dio a luz a su hija y se la llevaron para criarla en una base con otros niños procedentes de barcos de cría.

Después de aquello, Wayne ocultó a Jessa en un barril vacío y se lo llevó rodando por la orilla durante una parada en un puerto comercial. La dejó en tierra y regresó al barco, ya que cuando atracaban siempre lo seguían los guardias. De regreso al barco, prendió fuego a las velas, saltó al mar durante al caos y volvió al puerto a nado.

Jessa y él se reunieron y recorrieron casi cuatro kilómetros a nado hasta otra montaña, luego se escondieron en los bosques hasta que los Lily Black renunciaron a encontrarlos y se marcharon de la zona. Thomas y Abran los encontraron hambrientos en la misma montaña un mes después. Los días siguientes, vi a la tripulación cuidar de Jessa: le llevaban la comida al camarote y le contaban las pequeñas tareas que hacía falta completar y, poco a poco, la sacaron de su ensimismamiento. Recordé lo sola que me había sentido cuando el abuelo falleció, solas Pearl y yo, su cuerpo diminuto encajado contra el mío, los llantos en la noche tan desconsolados que parecía que fuéramos las dos únicas personas que quedaban en el mundo.

Yo quería unirme a ellos, que me invitaran a formar parte de ese lenguaje secreto de gestos y expresiones. Tener un lugar. Aunque fuera parte de ellos, todavía me sentía como si los observara desde fuera. Esos dos impulsos —acercarme más a ellos o mantener las distancias— chocaban y me tenían en vilo.

Pensé en el pequeño barco pesquero que vimos cómo abordaban antes de que descubriera que Row estaba retenida en el Valle. Lo fácil que habría sido creer que Pearl y yo estábamos solas en el mundo; el resto parecían un tanto abstractos. Y ahora se habían vuelto demasiado cercanos. Como si de repente tuviera más responsabilidades de las que pudiera hacerme cargo y no pudiera elegir entre todas.

Cuatro noches después del ataque nos reunimos en la cabina de toldilla para votar. Abran describió el Valle y compartió los detalles que le había contado, algunos ciertos y otros no. Traté de no inmutarme cuando Abran afirmó que era un lugar seguro. «Lo será cuando los Lost Abbots desaparezcan», me dije.

Abran contó que solo había un pueblo tranquilo de unos centenares de personas que vivían allí y que había tierras de sobra.

—Podemos invitarles a unirse a nuestra comunidad, si compartimos los mismos valores —dijo Abran.

—¿Y si no quieren? —preguntó Wayne—. ¿Cómo crecerá nuestra comunidad si estamos tan aislados?

Abran hizo una pausa sin saber qué decir. Se me aceleró el pulso y me preocupó que se planteara aplazar la votación.

—La expansión puede ser un problema en cualquier sitio. No se trata de que seamos muchos, sino los indicados —dijo Abran.

Solo estábamos a una semana de distancia de Alahana, el pueblo de los Andes donde teníamos pensado comerciar. Pero si la tripulación votaba poner rumbo al Valle nos dirigiríamos al norte y atravesaríamos el canal de Panamá, convertido en una extensión de aguas de cientos de kilómetros, para adentrarnos en el Caribe. Entonces nos detendríamos a comerciar en Wharton, un pueblecito en lo que antes fuera el sureste de México.

Mientras Abran hablaba del Valle, yo observaba a la tripulación e intentaba adivinar qué votaría cada uno. Marjan parecía tranquila e inexpresiva, mientras que Behir parecía intrigado y expectante. Jessa intercambiaba miradas escépticas con Wayne, y Thomas permanecía sentado en un rincón con el ceño fruncido.

En el exterior, el viento aullaba, y Pearl fue a la puerta a admirar las aves marinas que volaban sobre cubierta y que nos escoltaban a la caza de comida. Daniel estaba sentado a mi lado de brazos cruzados, con la cabeza gacha, de manera que no podía verle la cara.

Abran se comunicaba a través de los gestos, era muy expresivo. Pero bajo ese carisma había cierta desesperación, cierta ansiedad. Era evidente que le resultaba fácil persuadir y conseguir que la gente le siguiera. Lo que no estaba tan claro era si conseguiría mantenerlos unidos a largo plazo. Pensé en lo que Daniel había dicho de los grupos grandes, cómo los valores de un grupo cambian. Cómo las leyes son leyes solo si todo el mundo las cumple.

—Necesitamos someterlo a votación —dijo Abran uniendo las manos.

—Deberíamos debatirlo antes —dijo Wayne—. En primer lugar, ¿cómo hemos conseguido esta información? —Wayne me miró de reojo antes de mirar de nuevo a Abran.

Me ruboricé y me retorcí las manos por debajo de la mesa, intentando calmarme. Lo sabían. Era probable que todos lo supieran.

Abran hizo una pausa y noté que se planteaba mentir.

—Por Myra. Ella me lo contó. Obtuvo la información de fuentes fidedignas. De gente que ha viajado y comerciado allí.

—Parece un cuento —dijo Wayne—. Demasiado bueno para ser verdad.

—No sabía que Groenlandia tuviera la altura suficiente para ser habitada —dijo Behir.

—Estás pensando en Islandia, que quedó completamente cubierta —dijo Marjan.

—Será casi imposible llegar allí. Hay tormentas. Saqueadores —dijo Wayne.

—Pero estaremos más seguros si lo conseguimos. Tendremos una oportunidad de construir algo con pocas injerencias externas —dijo Abran.

Yo quería señalar que el tamaño y la solidez del barco lo hacían seguro para la travesía, pero me callé. Si alguien podía convencerlos, tenía que ser Abran, alguien en quien ya confiaran.

—¿Por qué quieres ir? —me preguntó Wayne—. ¿Conoces a alguien allí?

—No —dije mintiendo instintivamente—. Creo que es nuestra mejor oportunidad para establecernos.

—Ya sabemos que no hay buenas tierras en los Andes —dijo Abran.

Me sorprendió oírlo tan convencido. Quizá el ataque que habíamos presenciado lo hacía más proclive a aislarse en el norte.

—No sabremos nada hasta que lleguemos allí —dijo Wayne.

—Necesitamos salir del agua —dijo Thomas desde el rincón, con voz pausada, sobresaltándonos a todos—. Ese ataque... —Thomas negó con la cabeza.

—Pero seguiremos embarcados durante mucho tiempo si vamos al Valle. El viaje será dos veces más largo que si nos dirigimos a los Andes —dijo Jessa.

—Pero una vez estemos allí estaremos más aislados —dijo Behir—. No tendremos que preocuparnos de los ataques.

La culpa volvía a revolverme el estómago. Me imaginé que el Sedna llegaba al Valle y todos descubrían que ya era una colonia. Me mirarían, rabiosos, con el horror pintado en la cara. ¿Les mentiría aún más y les diría que no sabía nada de la colonia? No solo tendríamos que atacar a los guardias que hubieran dejado a cargo de la vigilancia, tendríamos que enfrentarnos a los Lost Abbots cuando regresaran, como hacían en cada estación, cuando hacían la ronda para recaudar.

—Vale, vale —dijo Abran apaciguándolos con las manos—. No tenemos tiempo para debatir todos los detalles. Vamos a votar.

Todos enmudecimos y nos quedamos inmóviles; yo escrutaba sus caras con el pulso acelerado y las manos temblorosas.

—Todos aquellos a favor de cambiar el rumbo para ir al Valle, que levanten la mano —dijo Abran con la suya en alto. Yo lo imité y miré a mi alrededor. Daniel, Behir y Thomas también levantaron la mano. Cinco. Éramos mayoría. Iríamos.

Abran preguntó si había algún voto en contra de ir al Valle, pero yo ya no prestaba atención. Estaba tan aliviada que mi cuerpo se había relajado del todo. Una parte de mí nunca creyó que fuera capaz de hacerles cambiar de rumbo. Sentía que la vida siempre me había alejado de Row y que, aunque luchara a brazo partido, nunca me acercaría a ella. Pero eso no era cierto; por fin nos dirigíamos hacia ella. Por primera vez, iba en la dirección adecuada.

Jessa y Wayne hablaban con cara de enfado cerca de la cocina y me miraban con recelo, pero no les hice caso. Daniel se levantó para marcharse sin mirarme. Me había planteado que no votara por el Valle para vengarse por no haberle escuchado cuando me dijo que no nos uniéramos al Sedna. «Ese no es su estilo», pensé mientras lo miraba de espaldas, con la camisa pegada a la columna por el sudor.

Cuando me di la vuelta para salir de la cabina, noté que Marjan me miraba al pasar y levanté la vista. En sus ojos había reproche, mucha tristeza y cautela. Como si pudiera ver algo que yo ignoraba. La alegría retrocedió ante la culpa al igual que el mar se retira con la marea baja, arrastrándose, dejando la arena mojada y ligeramente hundida. Quizá fuera capaz de alterar el curso de la corriente, pero, a diferencia de Daniel y Abran, yo no era de las que pensaban en los demás y mantenían sus promesas.

Pensé en cómo estaría viviendo Row. ¿En qué habitación la tendrían encerrada? ¿En un sótano excavado o en una choza? ¿Un cuartucho hecho de bloques de hormigón? ¿Tendría una ventana siquiera?

Procurarían que se mantuviera sana. Esto solo me reconfortaba un mínimo. ¿Sabía lo que le esperaba?

«Haré lo que sea necesario para salvarla», me recordé.

La imaginé trenzándose el pelo largo y oscuro en una habitación silenciosa, con la luz colándose por la ventana y cayéndole en el regazo. Vestida con una túnica de lino más clara que su piel. Su rostro ensombrecido. Ni siquiera podía imaginármelo, mi mente se negaba. Me decía que debía verla para reconocerla.

Capítulo 25

Pasamos por encima de Panamá y nos adentramos en el Caribe. Una mañana, durante el desayuno, cuando estábamos a una semana de distancia de Wharton, Abran nos asignó tareas a todos para prepararnos para el trueque.

—Solo nos detendremos en dos puertos comerciales antes de atravesar el Atlántico: Wharton y Árbol Partido. Es vital que consigamos un buen trueque en estos puertos. Sin los víveres necesarios no podremos hacer la travesía. Es nuestra única oportunidad —dijo Abran.

La atmósfera del barco cambió a medida que nos aproximábamos a Wharton. Todos hablaban de lo que querían comprar. Marjan quería levadura y Thomas una sierra para el metal. Jessa no paraba de hablar de un jabón de lavanda que le había comprado a un fabricante en Wharton, la clase de producto con aceites aromáticos que te dejaba la piel suave y perfumada.

—Esta vez tendremos que conseguir sosa para hacer nosotros el jabón —le dijo Marjan con delicadeza—. Tenemos que concentrarnos en nuestras reservas de comida. Wharton tiene colmenas. La miel es hidratante y también previene las pequeñas infecciones de la piel. Y ya tenemos aceite de coco y aloe.

Marjan llevaba el inventario de los aceites y el aloe, y le daba un tarrito a todo aquel que comenzara a tener la piel cuarteada. Yo tenía la piel más suave desde que me había embarcado en el Sedna, porque la cubierta no se inundaba tanto de agua salada como en el Pájaro, donde siempre estábamos a merced del oleaje.

Recordé que, cuando el abuelo aún vivía, comerciábamos con aceite de semillas de zanahoria y aceite de frambuesa para protegernos la piel del sol. Cuando ya no nos lo pudimos permitir, Pearl y yo nos protegíamos con ropas largas y sombreros que hacíamos o que intercambiábamos.

Marjan comenzó a limpiar los platos del desayuno. Pearl estaba de nuevo en la puerta, observando las aves. Parecía un gato a punto de saltar.

Abran repartía las tareas y nos asignó la pesca a Pearl, Behir, Jessa y yo. Daniel necesitaba rehacer los cálculos para atravesar el Caribe. Wayne continuaría sellando las grietas entre los tablones con cuñas antes de hacer inventario de la munición. El Caribe era el territorio de los saqueadores y ahora que lo atravesábamos era necesario turnarse para montar guardia en el puente.

Pearl saltó desde la puerta dispuesta a atrapar un pájaro, y cayó al suelo con uno en la mano. Salí a cubierta y el sol me cegó.

—¡Lo atrapaste! —dije velándome los ojos.

—Se llama Holly —dijo Pearl.

Se oyeron voces procedentes de la cabina. «¿Qué ha cogido?», preguntó alguien. «Un pájaro», respondió otro.

—Podríamos sacarle algo de carne —dije con delicadeza, arrodillándome para mirar el pájaro de cerca. Tenía el pico corto y ganchudo y las alas eran de color crema.

—Pero quiero quedármelo —dijo Pearl.

—No puedes, bonita. Echará a volar.

Volví a la cocina y Pearl me siguió con el pájaro en la mano. Marjan me dio un ligero codazo.

—¿Vais a…? —Y señaló el pájaro con la cabeza.

—Apenas tiene carne —dije yo.

—La cantidad no importa —dijo Wayne—. Aquí todo se comparte.

Yo me puse tensa.

—Esto no tiene por qué ser un problema.

—La niña malgasta los recursos. Tenemos normas. Todos tenemos que cumplirlas —dijo Jessa.

—Ella nunca ha malgastado nada —dije yo con tanta frialdad que noté que Pearl se removía a mi lado.

—No es solo eso. Siempre tienes que salirte con la tuya. Acabas de unirte a nosotros. No tienes los mismos derechos —dijo Jessa.

—Ya basta —dijo Abran—. Por supuesto que tienen los mismos derechos. Todo el mundo los tiene. Es una de nuestras normas.

—Otra norma dice que todos los recursos se comparten —dijo Wayne, apoyado contra la pared con los enormes brazos cruzados.

Abran suspiró y agitó la cabeza.

—Tiene razón —dijo dirigiéndose a mí en voz baja—. No podemos hacer excepciones. Cualquier captura pertenece a toda la tripulación. No podemos tener mascotas.

Yo ni siquiera quería que Pearl se quedara el pájaro. Era una idea ridícula. Pero me sentía dispuesta a atacar para defenderla.

Marjan le tendió la palma de la mano a Pearl.

—Lo haré yo para que no lo tengas que hacer tú.

Pearl retrocedió ante Marjan, luego corrió hacia la puerta y lanzó el pájaro al aire. Pronto solo fue un punto blanco en el cielo azul, cada vez más pequeño.

—Pearl —dije y cerré los ojos, frustrada—. No puedes salirte siempre con la tuya.

—Tendremos que castigarla —dijo Abran tranquilamente—. Esta noche no cenará.

Me quedé mirándolo. Mi hija estaba muy delgada y no iba a dejarla sin comer mientras hubiera comida en el barco. Él esperaba que respondiera, de manera que asentí mientras pensaba que ya le guardaría algo de comer para que se lo tomara en la cama por la noche. No se permitía comida en los camarotes por miedo a las ratas. Eran dos normas que rompíamos en un solo día. ¿Cómo podía esperar que Pearl viviera en sociedad, si yo me saltaba sus normas? Había infravalorado lo difícil que nos resultaría a las dos vivir en comunidad. «No podíamos continuar siendo solo nosotras —pensaba—, sin hacerle caso al resto del mundo ni a las necesidades de los demás».

Cuando todo el mundo se levantó de la mesa, Pearl me tiró de la camisa para que me agachara junto a ella.

—¿Charlie es una mascota? —me preguntó Pearl en voz baja para que nadie más lo escuchara.

—¿Charlie sigue vivo?

—Es mi favorito —dijo Pearl.

—No es venenosa, ¿verdad? —pregunté.

Pearl abrió los ojos como platos.

—Claro que no.

No podía saber si me estaba mintiendo.

—Más le vale. No podemos tener más serpientes vivas. Tendremos que aceptar sus normas. Y esconderlo. Y casi no me queda cebo, de modo que se le acabó la fiesta.

Ella me miró con el ceño fruncido.

—En cuanto lleguemos a Wharton pescaré ranas para él —anunció.

Comencé a pescar, y a primera hora de la tarde solo había capturado dos anchoas de banco y tuve que retirar el sedal para no gastar el resto del cebo. El agua parecía desprovista de seres vivos, como si navegásemos por un mar venenoso. Ajusté la cuerda del aparejo, acortándola mediante una serie de nudos, para poder cacear a profundidad media con la esperanza de capturar un banco de pececillos que sirvieran de alimento a las anchoas de banco. Probablemente ese fuera el problema; estábamos muy próximos a las montañas y era incapaz de calcular bien la profundidad.

Daniel se me acercó con una infusión humeante mientras yo echaba los lomos de las anchoas en un cubo de sal. Al este, las nubes comenzaban a moverse en dirección oeste.

—Quizá nos topemos con algún chubasco a media tarde. Será mejor sacar la red después de comer —dijo Daniel.

—Vale —anudé la cuerda y tiré con fuerza. Daniel llevaba la camisa desabrochada y acerté a ver que tenía una cicatriz larga, una raya blanca que comenzaba en la clavícula y terminaba por debajo de las costillas.

Era agradable estar a su lado, el roce del viento salobre, el día fresco y despejado. Recordé cómo éramos en el Pájaro, antes de unirnos al Sedna. Las largas noches en cubierta bajo la luz de la luna, charlando. Parecía que, desde que nos habíamos unido al *Sedna*, apenas nos veíamos, pero no era cierto. Simplemente nunca estaba a solas con él.

—Qué desastre —dijo Daniel. A casi dos kilómetros de distancia divisamos un islote, no lo bastante grande para ser habitable, pero sí para destrozar el casco—. Navegar por esta zona es una pesadilla. Deberíamos desplazarnos hacia el este, pero Abran quiere ahorrar tiempo.

—Le preocupan las provisiones. —Y que creciera el descontento entre la tripulación si hubiera que racionar más los víveres. Mejor si la tripulación no se replantea el cambio de destino.

—El otro día vi una cosa —dijo Daniel. Me miró fijamente—. Creo que tú también la has visto. Abran solía tener un tatuaje en el cuello. Ahora tiene marcas de quemaduras. El otro día se cambió el pañuelo que lleva siempre. No sabía que yo estaba presente; estaba en la cocina, Marjan me había pedido que pusiera agua a hervir.

—¿Y qué? Mucha gente tiene tatuajes —dije. Era cierto; eran una forma barata de joyería. Había quienes se tatuaban los nombres de los seres queridos que habían perdido. Tomé un sorbo. Las hojas se habían depositado en el fondo de la taza, y desprendía una fragancia dulce que no era capaz de situar, como a menta, pero más amarga.

—Tenía un tatuaje de saqueador. ¿Por qué se lo iba a quemar si no?

Fingí ignorarlo y traté de imaginar qué aspecto tendría el conejo del cuello de Abran. Se apreciaba una línea difuminada bajo las cicatrices. Habían comenzado con tinta azul, pero debían de haberse quedado sin tinta hacia la mitad, porque el resto era negro.

—Lo sabes —dijo Daniel, como si me leyera el pensamiento. Lo dijo con tranquilidad, como si sintiera pena por mí. Me entraron ganas de golpearle—. Sabes con qué tribu estaba.

—¿Y qué? ¿Qué insinúas? —Me puse a la defensiva, como si Daniel estuviera buscando problemas. Por fin había conseguido que votáramos poner rumbo al Valle. La situación era estable. El camino estaba despejado. Íbamos a conseguir llegar a tiempo.

—Si una vez tiró por el camino fácil, lo volverá a hacer —dijo Daniel.

Puse los ojos en blanco.

—Debe de ser genial vivir en un mundo de decisiones perfectas, como el tuyo.

—Solo me preocupo por ti. Creo que deberías tener más cuidado.

—¿Cuidado con quién me voy a la cama?

Daniel miraba el horizonte con los ojos entornados.

—Creo que sabes a lo que me refiero.

—Puedo cuidarme sola, gracias.

—No solo hablaba de ti —dijo Daniel dando media vuelta para marcharse.

—Solo digo que el tatuaje no cambia nada —dije.

Me refería al viaje, pero él creyó que me refería a mis sentimientos por Abran.

—Era la última infusión —dijo por encima del hombro antes de desaparecer en la cabina.

Capítulo 26

Wharton era más bonito de lo que esperaba, con algunas ruinas de piedra y pequeñas cabañas de tejado de paja desperdigadas por la ladera, cipreses imponentes y pájaros multicolores que nunca había visto revoloteando en el cielo. El color era apabullante después de los tonos salobres del mar, los azules, los verdes y los grises, y el marrón desvaído de la madera arrastrada por las corrientes.

Hasta los peces eran de colores vivos en Wharton. Pesqué pargos rojos en los manglares y en las praderas marinas cuando nos aproximamos a la costa. Sus aletas amarillas y naranjas resplandecían al sol y Pearl repetía «precioso, precioso» cuando se las cortaba.

Daniel y yo cargamos los cestos, los cubos y los recipientes de pescado ahumado y en salazón. A medida que nos aproximábamos a Wharton lo notaba más tenso, más lacónico, sus movimientos más bruscos e inquietos. Estuvo a punto de decirme algo en cubierta, pero se marchó negando con la cabeza.

Un día dijo para sí:

—Bueno, supongo que ya lo descubriré.

—¿Descubrir el qué? —pregunté.

Me observó con la mirada perdida, sorprendido al verme junto a él, aunque llevábamos media hora juntos preparando señuelos. La tripulación nos ayudó a sacar el pescado al muelle para que lo inspeccionase la autoridad portuaria. El comandante anotó las

183

cantidades en un trozo de papel amarillento y nos lo entregó. La peste a pescado ahumado me mareaba. Estaba harta de olerlo a diario y estaba deseando pisar tierra para tomar una taza de té. Algo que oliera bien.

Ya distinguía el olor a lavanda y jengibre, procedente de un tenderete junto al puerto.

—No llevas la plaga, ¿verdad? —preguntó el comandante en español, observándonos con el gesto torcido y mirando el Sedna a nuestras espaldas.

—No, ¿por qué lo preguntas? —quiso saber Abran.

—Tuve que desviar un barco esta semana. La mitad de la tripulación estaba negra y podrida —dijo el comandante.

—¿Qué ha dicho? —le pregunté a Abran.

Abran me lo tradujo. Luego llevamos el pescado hasta la casa de trueque, un edificio grande de piedra cerca del puerto. Las piedras no encajaban bien del todo, y había algunos montones en el exterior del edificio, como si en un principio hubieran llevado más de las necesarias para luego abandonarlas en el sitio. Me daba la sensación de que el edificio se nos caería encima nada más entrar.

Abran negoció en el mostrador con el dependiente. Primero cambió algo de pescado por monedas de Wharton. Me hubiera gustado saber español para poder ayudarle con el trato, pues Marjan me había contado que Abran nunca regateaba a fondo. La mayor parte de los pueblos tenían su propia moneda, pero no valían nada fuera de ellos porque no había acuerdo sobre su valor. Repartimos dos monedas entre cada miembro de la tripulación.

Pedimos cabos y lona para el velamen, velas y madera, tejidos de invierno. No estábamos seguros del frío que haría en el Valle. Las temperaturas eran moderadas en casi todas partes, un clima marítimo templado, pero queríamos estar preparados. Habíamos oído hablar de unas tormentas que la gente del norte llamaba *chaacans*: temporales semejantes a una ventisca en el mar, un huracán de invierno. El agua se convertía en un remolino, mientras nevaba a ráfagas y el agua y la nieve se transformaban en hielo que se rompía en pedazos contra los barcos y las rocas.

Vaciamos nuestros contenedores de pescado y los llenamos con lo que habíamos conseguido gracias al trueque. Cargamos todo en el barco y luego la tripulación se desbandó para explorar el pueblo.

Daniel se volvió hacia mí y me puso sus monedas en la mano.

—Para Pearl. Cómprale algo abrigado. Unos zapatos. Es posible que no pueda caminar descalza por allí —dijo.

Intenté devolverle las monedas.

—Iba a utilizar las mías para comprarle algo. ¿No quieres ir a la taberna? —dije pensando en mi ansiada y aromática taza de té.

—Entonces cómprale dos pares —dijo con brusquedad antes de alejarse.

Pearl quería acompañar a Marjan a ver un puesto de cestos, por eso regresé sola hasta la casa de trueque. Pisé varios charcos, la humedad cargaba la atmósfera como un abrigo de lana. Los niños jugaban en medio de los callejones embarrados, los viejos llevaban carretillas de patatas o zanahorias y las mujeres se abanicaban junto a sus puestos.

Los puestos estaban repletos de artículos del viejo mundo y del nuevo dispuestos unos junto a otros. Cuerda, velas y cuencos de madera fabricados con materiales hallados en las montañas. Cerillas, cuchillos y botellas de plástico rescatados de las profundidades y traídos durante la migración.

Miré con nostalgia una pila de almohadas. Recordaba lo que se sentía al despertar en una cama de verdad, con almohadas suaves, la regularidad del reloj de alarma, el agua fría del grifo para lavarse la cara. Y sobre todo recordaba la firmeza y la estabilidad, cómo no se movían todas las superficies constantemente.

El humo salía de los agujeros de los tejados de paja. Una mujer colgó la colada en una cuerda. A través de la ventana de una cabaña de piedra vi a otra haciendo mantequilla.

Cerca del puerto, una serie de casas de mayor tamaño se apiñaban alrededor de un patio comunitario donde los cerdos, las cabras y las gallinas entraban y salían de unos pequeños cobertizos.

Me detuve y me fijé bien en ellas. Esas casas habían sido construidas antes de las inundaciones. Unas eran de ladrillo, otras estaban enlucidas. Los techos eran de tejas. Una era una casa colonial, con columnas en la entrada.

Me acordé de cuando Abran me contó que se crio en una comunidad cerrada en lo alto de una montaña. Me pregunté en qué clase de persona me habría convertido si hubiera crecido así durante la Inundación de los Cien Años: sin forasteros llamando a tu puerta, sin tener que montar guardia por las noches con una escopeta por miedo a que alguien intentara robarte. ¿Tenían gente que patrullaba el recinto vallado, que mantenía a la gente a raya y solo permitía pasar a los pacientes? ¿Protegiendo lo que tenían para poder continuar compartiendo su conocimiento y acumulando medicinas?

Me pregunté quién viviría en las casas, ¿era gente que se hizo rica antes o después de las inundaciones? A veces, eran los mismos, los ricos se enriquecían más ante en el desastre, eran capaces de sacar provecho a la catástrofe. Pensé en Abran y en la riqueza del Sedna. Todas esas estanterías de conservas en la bodega. Nos imaginaba a Abran y a mí en una casa como la que tenía delante en el Valle, construyendo una nueva comunidad. ¿Cuánto tardaríamos en fabricar vallas, en volvernos hacia dentro para proteger cuanto teníamos?

Una niña demacrada recogía las boñigas en un cubo en el patio; asomaban por encima de la camisa marcas rojas de azotes. Me estremecí y proseguí mi camino. En la mayoría de los puertos, la línea que separaba el trabajo no remunerado y la esclavitud era borrosa. La gente acudía a las casas ricas y accedía a trabajar a cambio de comida y refugio, pero luego no podían marcharse, ¿adónde iban a ir?

Al llegar a la casa de trueque me paseé entre las estanterías, deteniéndome aquí y allá. Toqué un tarro con un producto claro con una etiqueta donde se leía *Pasta de dientes* y sonreí. No se me había ocurrido lavarme los dientes en años.

En una de las estanterías había una manta de lana teñida y acaricié las gruesas fibras entre los dedos. Vi barriles con montones de prendas con un cartel que informaba de su contenido: *Jerséis de mujer* o *Calcetines de hombre*. Hurgué entre los barriles de ropa en busca de jerséis y pantalones de la talla de Pearl. Se le había quedado pequeña casi toda la ropa que tenía y llevaba los pantalones por encima de los tobillos. En algunos puertos había tejedoras y costureras que hacían ropa nueva, pero la mayoría de las prendas que llevábamos habían sido traídas antes de las inundaciones.

La dependienta dejó el mostrador y se me acercó.

—¿Van al norte? —preguntó con un marcado acento.

—Sí —dije.

—Tenemos más mercancía atrás, por aquí —dijo abriéndose paso entre las estanterías repletas hacia el fondo de la tienda, donde había montones de mantas, botas y abrigos.

—Al norte, ¿dónde? —preguntó la mujer. Llevaba el pelo negro recogido en un moño bajo y tirante. Aunque se movía más despacio que una tortuga, la expresión de su cara de labios finos y cejas enarcadas era resuelta.

Hice una pausa. Por lo general prefería no decir ni pío cuando me preguntaban adónde iba. No me gustaba compartir mis rutas. Pero las casas de trueque eran los mejores sitios para conseguir información.

—Vamos al Valle, en…

—Ah —me interrumpió la dependienta—. Sabe lo de la epidemia, ¿no? Bueno, supongo que ya no habrá epidemia.

Dejé caer la manta que había cogido en la estantería.

—¿Epidemia?

—Parece que les atacaron. Saqueadores. El pueblo estaba muy bien defendido. Supongo que es difícil invadir el Valle. Por eso decidieron someterlos con otro método. Tiraron un cuerpo al pozo. Alguien que había muerto a causa de la peste. Ha regresado. —La mujer cerró los ojos y agitó la cabeza—. La peste negra. En qué ha quedado la evolución. Pensábamos que todo eso estaba superado y aquí está, matándonos como chinches.

Me agarré a la estantería.

—¿Cuándo? ¿Cuándo sucedió esto?

—Mmm. ¿Hace dos o tres meses? Ha pasado un tiempo. Después de que los saqueadores infectaran el pozo y la epidemia matara a la mitad del pueblo, sometieron al resto de la población y convirtieron el Valle en una colonia.

—Los Lost Abbots —dije con voz queda.

—Ah, entonces ya lo sabía. ¿Por qué se dirigen allí? —Se dio la vuelta y enderezó un par de botas.

No dije nada, la cabeza me iba a explotar. Había estado tan ocupada tratando de buscar una manera de llegar al Valle que no me había planteado cómo había terminado siendo una colonia. Sabía que las armas biológicas eran cada vez más frecuentes, pero no había querido profundizar. ¿Por qué había dejado de pensar en lo que podría estar sucediendo en el Valle?

¿Sobreviviría Row a la epidemia? «No creo que lo consiguiera». ¿No fue eso lo que dijo? Como si estuviese retenida hasta que fuera lo bastante mayor para un barco de cría. Entonces debía de haber sobrevivido a la epidemia. A menos que la epidemia continuara… ¿Duraría hasta que llegáramos?

Me estrujé los sesos para intentar recordar lo que sabía de la guerra biológica y de las epidemias. ¿No eran portadores de la peste los roedores, incluso cuando la enfermedad desaparecía? ¿No seríamos nosotros más sensibles a la enfermedad cuando desembarcáramos en el Valle, al no haber estado nunca expuestos a ella?

Me preocupaban el hambre, las tormentas, los saqueadores, pero no le había dedicado ni un minuto a pensar en estas enfermedades. Lo rápido que podían aniquilar a una comunidad entera. No había pensado en las enfermedades porque, a diferencia del resto de problemas, contra ellas poco podía hacer.

«Podías darle la mano a tu hija mientras la enfermedad la consumía, nada más», pensé.

No puedes protegerlas de todo.

No pudiste proteger a Row de su propio padre.

Quizá él la estuviera protegiendo al llevársela lejos de mí.

—¿Está bien? —preguntó la dependienta.

—¿Eh? —pregunté.

—Se ha puesto pálida —dijo ella.

—¿La epidemia continúa? —pregunté.

—Bueno, imagino que ya habrán sellado el pozo y habrán quemado los cuerpos. Pero nunca se sabe. Puede que las moscas sean portadoras. En algunos sitios se ha erradicado bien. Es más fácil cuando son islas aisladas, donde no se viaja mucho. Pero tuvimos que poner en cuarentena a uno que vino de Errons, al norte, donde hubo un brote. Solo para asegurarnos, lo tuvimos un tiempo en observación.

Acaricié un par de botas de piel de oveja en la estantería. Eran de la talla de Pearl. Al ir al Valle, la exponía a la peste. Si no iba, abocaría a Row a una vida en un barco de cría.

Nunca imaginé que tendría que elegir entre las dos. Antes de tenerlas, apenas tomaba decisiones difíciles. Mi existencia era más bien un páramo vacío y esperaba que algo apareciera en el horizonte y mi auténtica vida diera comienzo. Era difícil tener ambiciones o hacer planes en un mundo que cambiaba a toda velocidad. Cuando las inundaciones empeoraron, la vida se movía con rapidez, pero al mismo tiempo se estancó. Los colegios cerraban, por eso lo dejé y no volví. La gente ya no quería construirse una carrera como antes, no planeaban su vida a largo plazo. Estaban cazando ardillas en el patio trasero y robando supermercados. Por eso trabajé de lo que pude, en fábricas, granjas y ranchos. Limpié habitaciones de hotel y recogí maíz. Cualquier cosa que me permitiera trabajar con las manos. No me fui de casa de mis padres para vivir en mi propio piso porque nadie lo hacía. Varias generaciones convivían bajo el mismo techo y se ayudaban a sobrevivir, en un periodo en el que las poblaciones se llenaban de gente hasta los topes para convertirse en ciudades fantasma en cuestión de meses.

Pero luego llegó Row y mi vida dio comienzo. Cuando la sostuve en brazos por primera vez, noté un repentino cambio de perspectiva. Podía ver mi vida a largo plazo y concentrarme más en ella, como si todo lo anterior hubieran sido meros preparativos.

Lo más importante que me enseñó fue que no había vuelta atrás. Nada de «ya se verá», nada de «vamos a esperar que algo se nos ocurrirá». Solo existían el presente y las exigencias del presente, las manos que te reclamaban, los llantos que atronaban la habitación, un cuerpo al que acunar. Avanzar era la única opción.

«Hará frío en el norte», pensé. Compré las botas para Pearl.

Capítulo 27

Lo primero que necesitaba era convencer a Abran para ir al lugar donde su antigua tripulación había escondido los medicamentos. Si todavía había riesgo de contagio en el Valle, necesitaríamos algo para protegernos contra la peste. No iba a desembarcar en el Valle para ver cómo Pearl moría de una enfermedad que te pudría por dentro.

Encontré a Abran en una taberna, pero estaba tan borracho que no se le entendía y casi no se tenía en pie. Me marché de la taberna sin contarle las noticias. Tendría que convencerle después, cuando estuviera sobrio.

Al salir a la calle me moría por confesar y compartir el peso con alguien. «Daniel», pensé. «Podía contarle a Daniel mi plan para conseguir medicamentos y pedirle ayuda».

Primero encontré a Pearl en los manglares, sentada sobre las piernas contra un ciprés, tallando una rama. A su lado había cinco serpientes muertas colgando de una piedra. El tarro estaba encajado entre un cedro y unos matorrales. Subí hasta ella, rodeando helechos y pasando por encima de ramas caídas. Estaba tallando un pájaro en una rama de ciprés. Me arrodillé a su lado y la abracé.

—¡Ten cuidado! —dijo—. No las espachurres. —Hizo un gesto en dirección a las serpientes de la piedra.

Recordé la primera vez que Pearl cogió una serpiente. Tenía cinco años y estábamos buceando y pescando con arpón. Cuando subí a la superficie, Pearl chapoteaba con las piernas mientras sujetaba la cabeza de una serpiente diminuta con una mano y le sostenía el cuerpo con la otra. El reptil estaba completamente inmóvil, solo movía los párpados.

—Pearl, no es un pez. Solo capturamos peces —dije nerviosa—. ¿Cómo sabías que tenías que agarrarla por detrás de la cabeza?

Me miró como si fuera imbécil.

—He visto que tenía dientes.

Después capturó algunas más en el agua, y las acariciaba, y las llamaba bebés. Cuando estábamos en tierra, localizaba sus madrigueras y les daba caza o las engatusaba para que salieran de su escondrijo con ancas de rana. Sobre todo, atrapaba ejemplares jóvenes y pequeños, y yo la dejaba jugar con ellos un poco antes de comérnoslas. Les dábamos de comer restos de pescado, ranas, insectos o ratones pequeños.

Cuando las capturaba en tierra, yo le advertía que no sabía si estaba prohibido cazarlas por ley.

—Leyes, leyes, leyes —canturreaba Pearl, mientras acariciaba la serpiente.

En la mayoría de los pueblos había plagas, pero aun así las necesitaban para controlar la población de ratas, grandes portadoras de enfermedades. Era como si las ratas supieran que se iban a producir inundaciones antes que los humanos, pues se escabullían montaña arriba y escarbaban nuevas madrigueras. En una ocasión, una mujer me dijo en una taberna que había visto una colonia de ratas montaña arriba una mañana durante la Inundación de los Seis Años, con el pelaje reluciente a la luz del sol, hormigueando entre las rocas y los troncos caídos.

Los había que tenían serpientes en los barcos para cazar ratas, y preferían las especies largas y finas que no eran venenosas. En los puertos se distribuían guías de serpientes venenosas hechas a mano, para alertar a la población de cuáles convenía evitar.

—Son más limpias que los gatos —me dijo un hombre en un puerto.

—¿Gatos? —preguntó Pearl.

—Una vez viste uno en Harjo —le expliqué.

Pearl se encogió de hombros.

—Sería un aburrimiento, porque no me acuerdo.

Las mordeduras nunca habían dejado de preocuparme. Pero también sabía que Pearl tenía talento para manejarlas, además de que nos proporcionaban una fuente de alimento. Y ella necesitaba ambas cosas. Por eso la obligué a estudiarse las guías para evitar las venenosas, y ella me prometió que lo haría así, pero también sabía lo mucho que le gustaba explorar sus propios límites.

Le alisé el pelo y se lo retiré de la cara, pero ella me apartó la mano.

—¿Dónde está Daniel? —le pregunté.

Ella señaló hacia el este; estaba metido en el agua hasta los tobillos a unos metros de distancia, semioculto tras los cipreses y los cedros, cargados de liquen y setas. Llevaba una bolsa al hombro rebosante de setas.

—Es para mi hermana —dijo Pearl dándome el pájaro. Las alas se parecían a las aletas de un pez, cortas y con radios.

—A tu hermana le gustan los pájaros —dije.

Por un instante, Pearl pareció alegre y agradecida, pero luego la expresión desapareció.

—Lo sé.

Pensé en Row en el Valle, rodeada de gente pudriéndose por la peste. Pensé en ella en una cama cualquiera, con forúnculos en las muñecas, los dedos ennegrecidos, el aliento entrecortado. De niña, cuando estaba enferma, le gustaba que le pellizcara los dedos uno a uno. Le retiraba el pelo de la frente sudorosa y luego le apretaba un dedo diminuto con el índice y el pulgar y lo soltaba. Después observábamos cómo la sangre volvía a la yema del dedo, maravilladas con el proceso. Ella siempre se refería a este juego como «pegar dedos» y la expresión me recordaba a «pegar sellos», una forma de recordarnos que no iba a ir a ningún sitio.

Levanté la tapa del tarro de serpientes de Pearl. Un montón de reptiles se deslizaban unos encima de otros, tratando de asomarse al borde del tarro en busca del sol. Volví a cerrar el tarro de golpe.

—Pearl, ¿cuántas tienes aquí dentro?

Pearl se encogió de hombros.

—¿Seis? No se me da bien contar. —Me sonrió con picardía.

—Se supone que solo puedes tener una o dos. Las necesitamos para la cena de esta noche.

—No, comeremos pescado.

—No, hemos cambiado casi todo el pescado por suministros. Estamos en un puerto, ¿te acuerdas?

—¿Por qué no has pescado más? —me preguntó con los ojos entrecerrados y mirada acusadora—. Hay una venenosa ahí dentro.

—Pearl, sácala y córtale la cabeza.

Se encogió de hombros.

—Hazlo tú.

—¡Pearl! —Se me daba peor que a ella manipular las serpientes. Noté que estaba sonrojada y me sequé el sudor de la frente con el brazo. Ella levantó la tapa, metió y sacó la mano a la velocidad del rayo y cogió la serpiente por la parte de atrás de cabeza, mientras esta enseñaba los colmillos y la lengua diminuta. Sostuvo la cabeza sobre una raíz del ciprés y se la cortó. Levantó la cabeza en alto y soltó una risita.

—Ñam, ñam, ñam —dijo agitándola cabeza arriba y abajo, con los colmillos lanzando dentelladas al aire.

—Deberías enterrarla para que nadie la pise. —Cuando comenzó a despellejarla, me incliné hacia delante y le cogí la mano. En mitad del dedo índice tenía un corte profundo con costra, color rojo brillante.

—¿Cuándo te has hecho esto?

Ella se zafó.

—No es nada —dijo.

—Dime si te duele o si se pone más rojo —le dije, las alarmas de mis nervios ya habían saltado. Incluso los cortes más pequeños podían infectarse, y una vez infectados, poco se podía hacer.

Le di un beso en la cabeza y ella se escurrió debajo de mí, pero, tan pronto como me volví para marcharme, preguntó con un deje de tristeza:

—¿Te vas?

Le dije que regresaría en un momento y rodeé un ciprés, rozando con las manos la corteza suave. El sol se filtraba entre los árboles y parecía una luz tenue y delicada comparada con la potencia del mar abierto. A mis pies, una tortuga pequeña se zambullía en el agua oscura.

—Creí que estarías bebiendo con el resto —dijo Daniel cuando me vio.

«Creí que estarías en algún sitio hablando con algún personaje siniestro», pensé.

Vadeé el agua hasta él, los dedos de los pies se me hundían en el barro. La vida bullía a nuestro alrededor, me sentía como si fuera a borrarme del mapa. Todo estaba demasiado cerca. Los pájaros revoloteaban entre los árboles, las serpientes se sumergían en el pantano, los nenúfares se abrían a la luz del sol, velada por los árboles. Con el aroma almibarado de las flores y la hierba mezclado con el de la madera podrida, el lugar desprendía un olor entre dulce y putrefacto.

Me coloqué ante él, con cierta desgana. «Más vale decirlo rápido», pensé.

—Ha habido una epidemia en el Valle —le dije, observándolo mientras cogía una seta de un árbol.

Le conté lo que me habían dicho en la casa de trueque. Intenté mantener la compostura, pero noté que se me tensaban las comisuras de los labios. Entre su cuello y el hombro había un hueco ensombrecido. Quería poner la cara ahí. Inspirar su olor y descansar.

Él vadeó un arbolito y varios arbustos hasta alcanzarme, me tomó de los hombros y me abrazó. Hundí la cabeza contra su pecho. Olía a flores y plantas, y no me supo a sal cuando le rocé el cuello con los labios. Me sorprendió lo bien que me sentía solo por el hecho de estar entre sus brazos.

Levantó la mano y me acarició el pelo. Tragó saliva, y noté el movimiento de su garganta contra la frente. Me pareció que quería decir algo más, pero guardó silencio y luego nos separamos.

—¿Vas a contárselo a Abran? —preguntó Daniel. Me recogió un mechón de pelo detrás de la oreja.

Lo miré con cautela. No había decidido aún si contarle todo a Abran, pero cada vez tenía más claro que tenía que confesar, no solo lo de la epidemia, también que el Valle era una colonia, y así convencerle para detenernos a buscar la medicina. Pero el resto de la tripulación no podía saberlo. Quería resolverlo con Abran.

—Al norte de aquí, la antigua tripulación de Abran tiene escondido un alijo de medicamentos —dije—. Nos coge de camino.

Daniel retrocedió un paso y se apartó el pelo de la cara. Maldijo y levantó la vista al cielo.

—Es mejor mantenerse lo más lejos posible de los escondites de los saqueadores —dijo.

—Lo sé, pero…

—Si esto sucedió hace unos meses… —Daniel se detuvo en seco y bajó la vista al agua oscura.

—Entonces ella está muerta. ¿Es eso lo que ibas a decir?

—Lo único que tienes son hipótesis. La enfermedad continuará latente.

—Puede que sí y puede que no. No nos hemos visto expuestos, no hemos desarrollado ninguna inmunidad. ¿Cuánto tiempo pasará hasta que otros saqueadores utilicen armas biológicas? La cuestión es que hay buenos recursos a nuestro alcance —dije.

Daniel apretó la mandíbula y miró al otro lado del pantano, al musgo que colgaba de las ramas. Ondeaba bajo la ligera brisa.

—Cada vez que nos topamos con una oportunidad, tengo la sensación de que me vas a dejar tirada —dije. Por eso había ido a buscarle, entendí en ese momento. Quería dejar de sentir que, si me daba la vuelta, desaparecería.

Daniel observó un pájaro que volaba entre los árboles. Rumiaba algo, lo notaba por cómo le temblaba de la mandíbula. Le toqué el brazo.

—¿Cuento contigo? —pregunté.

Daniel me miró con unos ojos grises tiernos y distantes, como si acabara de recordar algo que hubiera olvidado. Entonces algo cambió, como si hubiera desaparecido un velo que lo cubriera, dio un paso adelante y me tomó la mano. Sentí que podía respirar por primera vez en esa atmósfera espesa, inspiré hondo y luego solté el aire.

—Voy a ayudarte a rescatar a tu hija —dijo—. Te lo prometí y no pienso dar marcha atrás.

Capítulo 28

Comenzaba a anochecer cuando regresé al pueblo. Necesitaba una copa, por eso me dirigí a una taberna encajada en la montaña, próxima al puerto.

Había un barco de gran tamaño anclado en el puerto y unos hombres hablando en el muelle, llevaban a varias chicas cautivas delante de ellos. Una de ellas parecía que tenía menos de catorce años y estaba embarazada. Llevaba el pelo muy corto alrededor de la cara y en la sien llevaba la marca de una letra «t», rosa y abultada, reluciente a la luz del ocaso. Levantó la vista para mirarme y la apartó con rapidez.

—Moveos —dijo uno de los hombres, azotándoles las piernas con un cinturón.

Continué apresuradamente pegada a la pared de roca, el camino se inclinaba hacia el mar al girar la curva. Más allá de la taberna, las chozas y las tiendas se extendían montaña arriba, algunos interiores estaban iluminados con faroles. El murmullo grave del final del día se perdía en dirección al mar.

Entré en la taberna, fui derecha a la barra y me tomé un *whisky* de un trago. El espacio estaba lleno de humo, la luz de los faroles y las linternas cargaba aún más el espacio reducido y brumoso. Había grietas entre las tablas de madera de las paredes y la luz apagada del anochecer se colaba por esos agujeros.

Alguien me dio unos golpecitos en el hombro y cuando di media vuelta vi a Behir.

—Estás pálida —dijo.

Negué con la cabeza y luego le conté lo que había visto en el puerto. Aunque los saqueadores podían saldar cuentas llevándose cautivos de los pueblos, la trata de esclavos se llevaba a cabo en pequeñas bahías o ensenadas junto a los puertos comerciales.

Behir asintió.

—Wharton es una nueva base. Hay que pagar impuestos hasta por el agua alrededor del puerto. Los pescadores llevan toda la noche diciéndolo. —Behir hizo un gesto en dirección a unos hombres de piel oscura sentados en la mesa más próxima detrás de nosotros.

—¿Qué tribu es? —pregunté.

Behir se encogió de hombros.

—Los Lost Abbots. El Caribe es su baluarte, tienen bases, colonias…, de todo. No se habla de otra cosa que no sean impuestos, apaleamientos, trata de esclavos. —Behir agitó la cabeza con incredulidad, la preocupación se reflejaba en su rostro joven—. Por eso me alegro de que no vayamos a instalarnos en un puerto. Eso era lo que mi madre quería, pero yo no paraba de decirle que nunca se sabe si un puerto ya está en manos de los saqueadores. A su merced. No sabíamos qué había pasado en Wharton hasta que llegamos.

Noté que el estómago me daba un vuelco y me entraron ganas de contarle que el Valle ya era una colonia.

En lugar de eso, pedí otro *whisky*. Me lo tomé de un trago y me concentré en el calor de la garganta. Estuvimos un rato callados, yo observaba la luz tenue entre las grietas de las paredes. Behir escuchaba atentamente a los hombres sentados detrás de nosotros. Yo no reconocía su idioma.

—¿Qué lengua…?

—Hindi —dijo Behir—. Mi madre insistió en que lo aprendiera, dijo que podría ser de utilidad. —Puso los ojos en blanco—. Siempre tiene razón.

Se acercó más a mí y me susurró al oído:

—¿Has visto esas casas grandes cerca del puerto? Creo que el hombre que vivía en una de ellas, que en su día fue bróker o algo así, era primo lejano de la familia que fundó los Lost Abbots. Entonces llegaron a un acuerdo. Ellos podrían instalar su base aquí si compartían con Wharton lo que robaban en otras comunidades. Para ayudar a prosperar a la población de aquí. Wharton también recibe protección gratis de los Lost Abbots contra las demás tribus de saqueadores.

Behir se detuvo y escuchó a los hombres con atención.

—Los oficiales del gobierno conservan sus trabajos, continúan en el poder —dice—. Parece que Wharton es una especie de democracia, votan todos los años. Pero hay muchos sobornos.

Negué con la cabeza y guardamos silencio una vez más, manoseando nuestras bebidas. A nuestro lado había dos mujeres discutiendo sobre las inundaciones.

—Ella nos protegió. Aquí seguimos —decía una.

—Trató de borrarnos de la faz de la tierra —dijo la otra.

—Lo destruyó todo para que pudiéramos reconstruirlo.

—No estamos reconstruyendo nada, vamos a extinguirnos.

—Bueno, Dios nos salvará.

—Si Dios existe, tiene una idea de hacer el bien muy distinta a la nuestra.

Notaba que Behir las estaba escuchando porque trazaba círculos con el vaso en la barra. Parecía muy joven. Quería consolarle, pero no sabía cómo.

—¿Recuerdas el pájaro que vimos? —me preguntó interrumpiendo mis pensamientos.

—¿Qué pájaro?

—El que soltaron de la jaula en el barco de los saqueadores.

Asentí.

—Más tarde le pregunté a Abran por el tema. Me contó que los saqueadores han comenzado a utilizar palomas mensajeras. Para comunicarse con otros barcos o con los puertos siempre que realizan una nueva conquista.

Sus palabras me golpearon como una ola y me tambaleé en el taburete. ¿Enviarían un mensaje desde la colonia del Valle al resto de los Lost Abbots antes de que matáramos a los centinelas que habían dejado? ¿Regresarían los Lost Abbots antes de que pudiéramos organizar las defensas?

Behir negó con la cabeza y continuó.

—Al parecer, las entrenan para volar de un barco a otro. Abran dice que les disparan porque el pájaro nunca se posa. No reconoce si un barco es o no de su flota y se confunde. A eso lo llaman «mensaje caído». —Behir se detuvo y frotó el pulgar contra el vaso—. Ahora que se comunican, será mucho más difícil esconderse de ellos… —La voz de Behir casi se quebró y lo tomé de la mano.

—No necesitamos escondernos de nadie —dije tragándome mis propios miedos. Inspiré hondo y adopté la expresión tranquila que solía poner cuando Pearl estaba conmigo, como si lo tuviera todo bajo control. Le estreché la mano una vez más y retiré la mía—. No necesitaremos escondernos porque fortificaremos el Valle.

Me sorprendió que creyera lo que decía. Lo imaginaba perfectamente, todos nosotros trabajando unidos para construir algo. La visión de Abran era contagiosa. Aunque pensara que estaba por encima del idealismo, ahí estaba, deseando en secreto lo mismo que él estaba intentando conseguir.

Behir asintió y me sonrió.

—Tienes razón —dijo. Le dio un último trago a su vaso, me llegó el aroma a saúco y corteza—. Creo que voy a regresar al barco. Casi todos están ya allí.

Yo asentí.

—Te sigo en un momento —dije con ganas de quedarme a solas, como si hubiera cruzado una frontera y ahora quisiera retroceder.

201

—Casi se me olvida. —Behir se sacó algo del bolsillo y lo depositó delante de mí en la barra. Eran un par de guantes pequeños de piel de serpiente—. Se los he comprado a Pearl. Para el norte. Ella… ella me recuerda a mi hermana pequeña. Supongo que quería que tuviera algo bonito.

Los toqué con las yemas de los dedos, la piel era sorprendentemente suave.

—Gracias —dije.

«Estas personas merecen saber adónde vamos», pensé mientras Behir abandonaba la taberna. Alejé los guantes de mí y dejé caer la cabeza entre las manos.

Capítulo 29

Esa noche recorrí a tientas el pasillo hasta el camarote de Abran. A lo largo de las últimas semanas había continuado haciéndole visitas nocturnas, aunque con menos frecuencia y sin avisar. Abran parecía distraído navegando por estas aguas nuevas y ya no me pedía que le contáramos lo nuestro a la tripulación. Tenía la sensación de que no iba a echarle de menos si dejaba de acudir por las noches. Pero era el único espacio privado donde podía intentar convencerlo para detenernos a asaltar el escondite de los medicamentos.

Mientras llamaba con suavidad con los nudillos a la puerta, pensé en Daniel en los manglares, la forma en la que me había rozado la frente con la barba cuando apoyé la cabeza en su pecho.

Abran abrió la puerta y percibí el *whisky* en su aliento. Cerró la puerta detrás de mí, procurando no hacer ningún ruido. Fue con cautela hasta la cama, mirándome por encima del hombro, como si fuera una extraña.

En la caja que hacía las veces de mesilla había una botella de *whisky* a medias, inclinada hacia la derecha sobre la superficie irregular. No era la misma botella que teníamos en la despensa y subíamos a la toldilla cuando había algo que celebrar. Quizá la había comprado con sus dos monedas en Wharton. No quería plantearme la posibilidad de que nos hubiera timado con el trato y hubiera utilizado el dinero extra para comprar alcohol.

—Tendrás que racionarla si quieres que sobreviva a la travesía del Atlántico —dije intentando hacer una broma, pero la voz me salió crispada.

—Con un poco de suerte todos sobreviviremos a la travesía del Atlántico —dijo. Se derrumbó de espaldas en la cama y se tapó los ojos con las manos.

—¿Qué sucede? —pregunté. Me ponía nerviosa. No podía convencerle de que nos detuviésemos a buscar los medicamentos si se sentía derrotado o inquieto. El pequeño camarote apestaba a sudor y alcohol, a noches en vela, dando vueltas y más vueltas en el catre mientras las olas se estrellaban contra el casco.

—Wharton era el puerto favorito de mi hermano. Creo que le recordaba a nuestra casa. —Abran se sentó en la cama con el ceño fruncido y los labios apretados. Notaba que estaba a punto de derrumbarse y chasqueé los dientes con impaciencia. El gesto tenso se descompuso y comenzó a sollozar con la frente apoyada en las manos.

Me senté a su lado y lo rodeé con los brazos, acariciándole el hombro y susurrándole cerca del pelo.

—No pasa nada, no pasa nada.

Un momento después, se apartó de mí.

—Fue culpa mía.

Yo negué con la cabeza.

—No, no lo fue.

—Sí lo fue. Era nuestro plan, pero…

Abran miró a su alrededor, perdido y desconcertado.

—Nuestro plan era robar sus suministros mientras el barco estaba atracado y la tripulación había bajado al puerto a beber e irse de putas. Sucedió a unas millas de aquí. Íbamos a esconder los recursos que robáramos en la montaña. El plan era bajar al agua uno de los botes del barco, dejar que se lo llevara la corriente, como un señuelo, para que la tripulación lo siguiera cuando regresáramos al barco.

Abran se quedó callado y ninguno de los dos dijo nada durante un rato. El mar había construido un muro atronador a nuestro alrededor, estrellándose contra la madera, mientras el barco crujía en mitad de la noche. Entonces, Abran continuó:

»Jonas regresó al barco para liberar a un esclavo que estaba encerrado en la bodega. Discutimos por eso. Yo no quería que lo hiciera, el esclavo no estaba... no estaba bien y nos podía poner en peligro. Pero Jonas bajó a la bodega mientras yo bajaba el bote hasta el agua y lo soltaba. Después me marché a la montaña para ocultarme y esperar a que Jonas se reuniera conmigo. Pero la noche se llenó de gritos. El esclavo gritaba, aullaba y atacaba a Jonas. Es probable que pensara que Jonas iba a ejecutarlo o algo así. No podía entender que fuera a liberarlo. Luego se hizo el silencio. Pensé que Jonas habría dejado al esclavo inconsciente para que se callara. Estaba a punto de salir de mi escondite y regresar al barco cuando vi a algunos miembros de la tripulación bajar al muelle y dirigirse hacia allí.

Abran enterró la cabeza en las manos.

»Yo miraba sin dejar de pensar «sal de ahí, sal de ahí». No sabía si continuaba en el barco o si había escapado ya. Estaba oscuro. No se veía bien. Un par de hombres lo sacaron de la bodega, creo que estaba inconsciente, el esclavo debía de haberlo dejado fuera de combate. Uno lo apoyó sobre la borda y el otro le voló la cabeza. Lo cogieron de las piernas y lo tiraron al mar.

El eco de su dolor resonaba dentro de mí. «No es de extrañar que Abran sea una persona tan asustada como decidida», pensé. Lo agarré de la muñeca, le retiré la mano de la cara y se la cogí.

—No podías impedirlo.

—Sí que podía. —Abran apartó la mano y agitó la cabeza—. Ahora ya nada tiene sentido. Nada.

Noté que lo perdía, por eso lo agarré y lo zarandeé.

—Abran, para. Toda la tripulación depende de ti. Hay cuestiones de las que debemos ocuparnos aquí y ahora. —Le conté lo que me había contado la dependienta de Wharton, no solo lo de la epidemia, sino cómo los Lost Abbots habían utilizado armas biológicas para convertir el Valle en una colonia. Todo mi cuerpo se puso rígido, la lengua no me respondía. El miedo era como un trozo de metal que no podía tragar. No teníamos otro sitio donde ir. Él ya no podía cambiar la ruta, me decía.

Abran me escuchaba con el semblante sombrío, sin mostrarse sorprendido ni preocupado.

—Había oído hablar del tema. La guerra biológica.

Yo había contenido el aliento mientras él hablaba y ahora lo dejé escapar de golpe. Me retiré un poco y observé su rostro. Una vez más, me recordaba a Jacob en su forma de sentarse con los hombros caídos, derrotado e indiferente. Siempre que las cosas se ponían feas, Jacob se evadía y se cerraba al mundo.

—Podrías perder todo aquello por lo que has trabajado tanto —dije precavida.

—Si no es esto, será otra cosa —dijo Abran extendiendo el brazo para coger la botella de la mesa. Le dio un trago y yo contuve las ganas de quitársela y lanzarla contra la pared. La adrenalina me hervía en las venas. Todo era demasiado abstracto para él. ¿Había perdido tantas cosas que ya nada le importaba? ¿Era este un episodio que superaría o un lado diferente de él que veía por primera vez?

—¿Lo sabías? —preguntó—. ¿Sabías que era una colonia?

—Claro que no —mentí—. Pero no es una base. No es como Wharton ahora. No es más que una colonia. Habrán dejado algunos centinelas. Lo que de verdad necesitamos son antibióticos.

—Sí, ya lo has dicho. —Abran se levantó y se paseó por la habitación

—¿Todavía tienes las coordenadas? Abran asintió.

—Una isla pequeña al sur de Árbol Partido, nuestro último puerto antes de cruzar el Atlántico. Se llama Ruenlock.

—¿Y no la usan como base?

—Nunca utilizan sus escondrijos como bases. Pero hay veces que regresan para reabastecerse o recoger los recursos para comerciar. —Abran se detuvo—. Pero en este lugar eso es improbable. El barco de los Lily Black que tripulaba fue desmantelado un año después de que me marchara yo. Me lo contó un amigo de Catarata Manzana. Después de esa ruptura no se sabe si mantuvieron las coordenadas de todos sus escondrijos. Seguramente no dejen gente encargada de vigilarlos todos. Pero tampoco se sabe si alguien más lo habrá encontrado y lo habrá saqueado por su cuenta.

—Podríamos someterlo a votación. —Yo tenía la ligera sospecha de que Abran no sometía nada a votación si no estaba seguro de que la tripulación votaría a favor de lo que él quería.

—La última vez que metí las narices en los recursos de los saqueadores mataron a mi hermano porque no supe cómo manejarlo. No funciona como te imaginas. No lo entiendes.

—Todo el mundo podría enfermar. Lo que necesitamos…

Abran negó con la cabeza.

—El tiempo empeorará cuando se aproxime el invierno. No podemos perder tiempo en paradas adicionales. Las tormentas de invierno en el norte… —Abran se estremeció. La travesía le asustaba más de lo que pensaba. Se sentó en la cama a mi lado y me rodeó con el brazo.

—¿No estás preocupado? ¿No te inquieta que la tripulación enferme? ¿Y la colonia? —pregunté. Venía preparada para que amenazara con cambiar de destino; no me había preparado para esta apatía. Al mirarlo me di cuenta de que no solo me preocupaba que Pearl enfermara; me preocupaba por toda la tripulación. Me preocupaba porque necesitaban un líder que no desapareciera a la primera de cambio cuando más falta les hacía. «Si él no se lo dice, tendré que hacerlo yo», pensé. Me entraron náuseas. ¿Y si se negaban a poner rumbo al Valle?

Abran clavó los ojos inyectados en sangre en mí.

—Cariño, siempre hay algún imprevisto a la vuelta de la esquina. Estoy harto de tener que estar siempre preparado.

Me metió la mano por debajo de la camisa y me sobó el pecho. Me tocaba con brusquedad, como un borracho, con la cabeza en otro sitio, manoseándome como un juguete. Por primera vez, no quería que me tocara. Me agarró de la barbilla, me volvió la cara hacia la suya y yo le pegué un empujón.

Fue a cogerme de la muñeca y yo me levanté de la cama de un salto. Cogí la botella de *whisky* y la estampé contra la pared. Las esquirlas de cristal cayeron al suelo en una melodía estrepitosa, como un móvil agitado por el viento en un porche.

—No eres el único tripulante del barco —dije.

Abran me miró fijamente y sus ojos negros centellearon a la luz de la vela.

—Ni tú tampoco, querida.

Capítulo 30

Evité a Abran después de esa noche y no volvimos a hablar de la epidemia en el Valle. Dos días más tarde celebramos el cuarto cumpleaños del Sedna. Marjan preparó un menú a base de bacalao ahumado, patatas, berzas, judías y melocotones. Todo el mundo buscaba una excusa para pasar por la cabina a olisquear la comida. Habíamos llevado una dieta estricta a base de pescado en salazón y chucrut y estábamos deseando probar algo distinto.

Marjan salió de la cocina para ir a echar un vistazo a las conservas de la despensa y nos dejó a Pearl y a mí pelando un cubo de patatas.

—¿Qué aspecto tiene Row? —preguntó Pearl tan pronto como Marjan salió de la cocina. Normalmente, me hacía preguntas sobre Row cuando nos quedábamos remoloneando en el camarote por la mañana, cuando todo el mundo se marchaba a atender sus tareas matutinas.

—Se parece un poco a mí —dije—. El pelo oscuro, los ojos como el mar.

—¿Y le gustan las serpientes? —preguntó Pearl.

Marjan entró en la cocina y nos dirigió una de sus sonrisas habituales, ausente pero amable.

—He olvidado poner los trapos para lavar. Pronto la cocina entera apestará a moho.

Yo no respondí la pregunta de Pearl y ella me empujó con una patata y dijo.

—¿Le gustan o no?

—Dame un segundo, cariño —le dije mientras fingía estar extirpándole a la patata un trozo podrido.

Marjan salió de la cocina con un montón de trapos húmedos y enmohecidos.

—Pearl, nadie puede enterarse de lo de Row —dije—. Es nuestro secreto.

Cuando ella me miró esperaba que lo hiciera con sorpresa o curiosidad, que preguntara por qué con voz aguda, pero, en lugar de eso, me encontré con una expresión de suficiencia y confianza que clamaba «ya sé que se supone que es nuestro secreto». Me sonreía un tanto burlona, como si estuviera pinchándome y disfrutando de verme nerviosa.

—¿Sabes por qué es un secreto, Pearl?

—Vamos a ir a buscarla. Y es un lugar peligroso, por eso nadie puede saberlo.

Me quedé mirándola. Siempre tuvo claro que viajábamos para rescatar a Row, incluso aquel día en el acantilado. Pero ¿cuándo se dio cuenta de que estábamos engañando a la tripulación? ¿Había deducido lo peligroso que era por la ansiedad que me provocaba la travesía? ¿Me había oído hablar con Daniel en el manglar después de que descubriera lo de la epidemia?

Continuó pelando la patata con movimientos decididos y suaves y una expresión levemente sonriente y complacida. A veces, cuando veía la mujer en la que se convertiría, sentía miedo. Sería más fuerte y terca que yo. La estaba enseñando a engañar y ella había aprendido bien la lección. La estaba enseñando a sobrevivir en este mundo.

Marjan regresó a la cocina con algunas latas en la mano y nos echó de allí porque quería terminar la cena sola.

Por la noche refrescó, y cuando volvimos a entrar en la cabina, las lámparas de queroseno ya estaban encendidas. El aroma a pan recién hecho nos envolvió nada más dejar atrás el viento. La bandeja de bacalao en salsa de tomate y melocotón en mitad de la mesa desprendía un olor dulce e intenso.

Antes de sentarnos a comer, Marjan retiró la cortina de la cocina y salió con una pequeña tarta en una bandeja. Tenía una vela en medio de las de antes de las inundaciones, con una cenefa rosa que iba de la base a la punta.

La dejó en mitad de la mesa delante de mí y dijo:

—Comentaste que Pearl había nacido en otoño. Me parece que hoy es un día tan bueno como cualquier otro para celebrarlo. Los niños merecen una fiesta de cumpleaños.

Estaba tan atónita que no podía ni hablar. No recordaba cuándo había mencionado que el cumpleaños de Pearl era en otoño, pero Marjan lo había recordado. Mis dos hijas habían nacido en otoño, pero nunca supe en qué día exacto lo había hecho Pearl.

Pearl estaba radiante, le dio las gracias y miró la tarta con una sonrisa de oreja a oreja y las manos unidas. No había visto una tarta en su vida. La capa de glaseado relucía bajo la lámpara de queroseno y desprendía un aroma inconfundible a harina, azúcar y huevo, y me pregunté cómo se las habría arreglado Marjan para prepararla si solo teníamos harina y ninguno de los demás ingredientes.

—¡Feliz cumpleaños! —corearon todos, y Pearl unió las manos con más fuerza y arrugó la nariz, encantada. Tantas atenciones la entusiasmaban, pero yo me sentía como si me hubieran arrancado la piel. Sentí un dolor repentino ante tal despliegue de afecto por parte de las personas a las que estaba traicionando. «No puedo hacer ambas cosas», pensé. No podía ser parte de esta tripulación y traicionarla al mismo tiempo.

Recordé el último cumpleaños que celebré con Row. Cumplía cinco años y mi madre también hizo una tarta sin los ingredientes suficientes. Estaba ligeramente hundida por el centro, pero sabía dulce. Row metió el dedo en el glaseado rosa y se lo llevó a la boca.

La lluvia había dado una tregua y todos nos agolpamos frente a la ventana, deseosos de ver un cielo despejado. Un arcoíris surgía desde detrás de la casa del vecino y se perdía en el cielo oscuro para luego apagarse por completo, tan rápido como había aparecido. Y entonces pensé en cómo cada momento transcurre en un instante, más rápido que el clic de una cámara.

La familia había regresado a la mesa y le cantaban a Row sentados a su alrededor. Ella estaba radiante, se reía y daba palmas, y yo me sentía orgullosa de todos nosotros —del abuelo, mamá, de Jacob y de Row— y pensaba en lo mucho que nos necesitábamos. Continuar juntos era nuestra única esperanza.

Marjan me puso una mano en el hombro y me obligué a esbozar una sonrisa. Repasé el círculo que se había formado alrededor de Pearl y de mí y me detuve en sus caras. Todos aplaudían y sonreían, Wayne daba pisotones en el suelo al ritmo del cumpleaños feliz y Behir se adelantó para darle un pellizco juguetón a Pearl en el brazo.

La canción terminó entre vítores y abrazos, todos se acercaron para desearle a Pearl feliz cumpleaños y para decirle lo contentos que estaban de que estuviera con ellos a bordo del Sedna. Ella asentía y reía, embriagada por tanto afecto. Todos comenzaron a sentarse menos yo, se oían los chirridos de las sillas al ser arrastradas por el suelo de madera y la cháchara fue sustituida por un murmullo. En el silencio previo a que Marjan sirviera la cena noté que el Sedna se escoraba, pero era yo, agarrada a la silla que tenía delante, la que casi había perdido el equilibrio.

«Esta gente te ha tratado como si fuerais de la familia», pensé, aturdida. ¿Cómo no me había dado cuenta hasta ahora?

«Porque no has querido», pensé. Porque tendrías que actuar de manera distinta si no fueran extraños, si os debierais algo mutuamente.

Los miré, pensando en todos aquellos seres queridos que habían perdido. El bebé de Jessa. El hermano de Abran. La esposa de Wayne. El marido y los hijos de Marjan.

Recordé que, desde que el abuelo falleciera, hasta que no me uní al Sedna no había podido dormir tranquila y sin poder compartir la responsabilidad con nadie. Recordé el vacío en el estómago cuando me di cuenta de que no oiría otra voz humana hasta que Pearl aprendiera a hablar, esos largos días de llantos, balbuceos y silencio, con la locura siempre acechando.

Pensé en las manos de Marjan mientras preparaban la tarta de Pearl, esas manos que tanta bondad repartían, el trabajo invisible que todos disfrutábamos. Miré a Pearl, lista para tomar su primer bocado de tarta, preparada por personas que se preocupaban por ella como si fuera su hija. Igual que, cuando el abuelo estaba conmigo, Pearl no solo era mi hija. También era suya, no tenía que cargar con todo el peso de criarla sola.

Pero eso no era lo peor. Lo peor era que Pearl sabía que los estábamos engañando; no solo eso, sino que además los estábamos utilizando para lograr nuestros propósitos. Saboteando todo lo que habían pugnado y sufrido por conseguir. Ella les sonreía a sabiendas y ellos le devolvían la sonrisa.

Yo estaba atada por mis elecciones, ya no daba más de mí. Tenía que rescatar a Row. Pero no podía hacerlo así. Ya no. Tenía el corazón en la boca, pensé que me iba a ahogar.

—Os he mentido a todos —dije en voz tan baja que creí que solo había sido un pensamiento.

—¿Qué? —preguntó Wayne.

La expresión de Daniel se suavizó tanto que me sentí como si me tomara de la mano.

—Os he mentido a todos —dije.

—¿Qué? —repitió Wayne, entre incrédulo y enfadado.

—Déjala terminar —dijo Daniel con brusquedad.

—Quería ir al Valle porque mi hija está allí… Es prisionera de los Lost Abbots. El Valle es una colonia… —La tripulación intercambió miradas de asombro y Abran me fulminó con la mirada. Puso la mano sobre la mesa como si fuera a saltar de la silla. Creí que me fallaría el aliento, por eso me apresuré a soltarlo todo.

—Han establecido una colonia después de usar armas biológicas para atacar y someter a la población. Hubo una epidemia, la peste, hace meses. No espero... —Wayne se levantó tan rápido que la silla cayó de espaldas y Abran levantó una mano para pedirle que esperara—. No espero que me perdonéis por engañaros. Os lo cuento porque hay antibióticos escondidos en una isla por la que pronto pasaremos. Si nos paramos a buscarlos, estaremos protegidos en caso de que la epidemia continúe. Y también es una forma de protegernos ante futuras armas biológicas. Creo que deberíamos votar. Votar si paramos o no para buscar los antibióticos.

La expresión de Abran se endureció y me miró con los ojos llenos de odio.

—¿Qué te hace pensar que seguimos queriendo ir al Valle? —preguntó Wayne. Parecía que quisiera agarrarme del cuello y retorcérmelo.

Aparté los ojos de Abran con rapidez y dije con un hilo de voz:

—No tenéis otro sitio donde ir.

El rostro de Marjan denotaba tanta tristeza que tuve que apartar la vista, y tampoco me atrevía a mirar a Behir ni a Pearl. El silencio era tal que se oía el tintineo rítmico de un amarre roto en cubierta por encima del suave chapoteo de las olas contra el barco. El aroma dulce de la salsa de tomate y melocotón se había agriado y desprendía un olor ácido, y se había formado una película endurecida sobre el pescado intacto.

—Podría arrojarte por la borda en este instante —dijo Abran en un tono frío e impasible—. Pero ¿qué iba a hacer con Pearl?

—A Pearl no se le toca ni un pelo —dijo Marjan con brusquedad.

El corazón me retumbaba en el pecho y tenía la lengua demasiado seca para hablar. Traté de recordar las reglas del barco y los distintos castigos. No abandonarían a Pearl en una isla a su suerte, me repetía. Esto me reconfortaba, pero también me daba pánico. Estaría a salvo, aunque me separarían de ella.

Daniel se levantó.

—Lo que vayáis a hacerle a ella…

—Daniel, quédate al margen. Esto no te atañe —dije. Si me hacían algo a mí, necesitaba que él se quedase para cuidar de Pearl. Y sabía que podía contar con él en eso.

—¿Sabías todo esto? —le preguntó Wayne a Daniel.

—No, no lo sabía. Lo mantuve en secreto —dije.

—Bajadla a la bodega —dijo Abran.

Wayne rodeó la mesa como un rayo, tiró una silla vacía, me agarró por debajo de las axilas y me apartó de la mesa como si fuera una muñeca de trapo.

—¡Déjala! —rugió Daniel embistiendo a Wayne. Abran se levantó de golpe y se colocó delante de él, le propinó un codazo en el pecho que lo tiró de espaldas contra la mesa. Pearl saltó de su silla y se lanzó a por mí, pero Thomas la cogió de un brazo y ella me tendió el otro, gritando mi nombre.

La oscuridad del exterior me golpeó como si estuviera bajo el agua, las voces de la toldilla llegaban hasta mí como los sonidos de un barco hundido. Oía los chillidos agudos de Pearl mientras Wayne me empujaba hasta la bodega, les rogaba a gritos que se detuvieran.

Capítulo 31

Wayne me ató las muñecas con una cuerda y me encerró en la despensa bajo llave desde fuera. Me senté en el suelo y me apoyé contra los sacos de harina de la balda inferior. A mis pies había un calendario que se había caído de la pared. Marjan llevaba ahí el inventario. Cada día rellenaba la casilla correspondiente con su letra pulcra, con las provisiones que se habían consumido y las que se habían conseguido. Los días estaban tachados con una raya diagonal, hasta la supuesta fecha de hoy: 5 de octubre.

Extendí la mano, toqué el papel y me lo acerqué a la cara. El cumpleaños de Row era el 2 de octubre. Habían pasado solo unos días. Acababa de cumplir trece años. A mí me había bajado la regla con trece años, así que a ella le vendría pronto, si no lo había hecho ya. Su cuerpo era el reloj contra el que yo competía. Y ahora era difícil saber si llegaría hasta ella a tiempo.

Las pisadas que se oían encima de mí cesaron. Intenté no pensar y me quedé dormida contra la estantería, aunque caí al suelo cuando una ola rompió contra el Sedna. Horas después, sería ya por la mañana, se abrió la puerta y entró Abran.

Me enderecé en mi sitio.

—¿Pearl está bien? —pregunté.

—Está bien. Marjan está con ella.

Cerró la puerta y se apoyó en ella. Esperé a que hablara.

—¿Has mentido sobre los recursos? —El tono de Abran era frío e impasible—. Sobre los materiales para las casas, los pozos, la protección del enclave, el suelo fértil.

—Son buenas tierras —dije. Traté de recordar lo que sabía, intentando discernir lo que era cierto de las mentiras.

—Has puesto en riesgo todo lo que he construido. Todo. ¿Pensabas ayudarnos siquiera a construir una comunidad allí? ¿O solo querías encontrar a tu hija y salir corriendo? —preguntó Abran.

Bajé la vista. Sobre todo, había pensado en cómo rescatar a Row y mantener a Pearl a salvo. No había pensado nada más allá.

—Lo que fuera mejor para Row y Pearl —le dije.

—¿Te espera alguien allí?

—¿A qué te refieres?

—Tu marido. El padre de tus hijas. ¿Nos hablaste solo de tu otra hija para ganarte nuestra compasión? ¿Una madre que rescata a su hija, no una mujer que se reúne con su marido? Pareces capaz de algo así —dijo Abran sin dejar de negar con la cabeza mientras me hablaba.

—No —dije—. Mi marido está muerto.

Abran se paseó por el espacio reducido del almacén.

—Hemos debatido si debíamos cambiar de destino, pero tienes razón: no tenemos otra alternativa mejor. No quedan muchas tierras. —Abran abrió los brazos y se echó a reír—. Querían saber cómo te habías enterado de lo de los antibióticos y les dije que te lo había contado un amigo. —Abran me lanzó una mirada afilada—. No quiero que sepan que una vez pertenecí a los Lily Black.

—No pienso decir nada —dije.

Abran me miró fijamente y negó con la cabeza.

—He pasado años ganándome su confianza. Has socavado mi autoridad. Soy yo quien decide lo que deben saber. Podría abandonarte en una isla por esto.

Intenté levantarme a pesar de que tenía las manos atadas a la espalda, y conseguí ponerme de pie. Levanté el mentón y entrecerré los ojos.

—Me necesitáis.

Abran dio un paso hacia mí.

—Reemplazarte será fácil.

Ambos sabíamos que no era sencillo. Abran cogió una lata y le dio la vuelta para que se viera la etiqueta. Las provisiones comenzaban a escasear, la mitad de las estanterías estaban vacías.

—Ha sido Marjan. Bueno, y Daniel, pero a él no le habríamos hecho caso. Marjan habló en tu favor. Dijo que era incapaz de culparte. Y Behir estuvo de acuerdo, y no podemos tomar ninguna decisión si ellos no están de acuerdo. —Abran negó con la cabeza de nuevo—. No vamos a abandonarte a tu suerte, pero no te permitiremos unirte a nosotros cuando lleguemos allí. Nos ayudarás a deshacernos de los guardias de los Lost Abbots y luego te abandonaremos. Morirás en el bosque o te largarás en barco, me da igual. Para mí estarás muerta. Nos quedaremos con Pearl y con tu otra hija, si sigue con vida. Pero no contigo.

Yo asentí, aunque me atenazaba el pánico e intenté no vacilar. «Está furioso», traté de convencerme. «Todo esto se solucionará. Al menos lo peor no ha pasado… Al menos no me abandonarán con Pearl en una isla. Esto te hace ganar tiempo».

Pero la sola idea de que me separaran de Pearl y Row, de que me abandonaran a mi suerte, me aterrorizaba. Tendría que encontrar la forma de volverme imprescindible. Probarles que no podían enviarme al exilio.

—Y pescarás para nosotros día y noche. Quiero verte trabajar con las redes y las líneas hasta que te sangren los dedos —dijo Abran señalando la cubierta.

Volví a asentir. Abran pasó detrás de mí y me cortó las ligaduras de las muñecas. El alivio que sentía dio paso a un gran peso, un dolor profundo alojado en el pecho. Había contado con que la pesca me salvaría, pues podía impedir que la tripulación fuera pasto del hambre. Pero no había sido eso. Había sido la compasión de Marjan. La compasión de quien conocía la pérdida tan bien como yo.

—Y han votado para que hagamos escala para buscar los antibióticos. Tal y como querías. —Abran me miraba con desprecio.

Sabía que su enfado apenas bastaba para ocultar lo decepcionado y desolado que estaba. Di un paso hacia él y me sorprendió que no le oliera el aliento a alcohol.

—Lo siento. De verdad —le dije.

Abran dejó escapar una risotada.

—No se te da muy bien pedir disculpas. ¿Te arrepientes al menos?

Me callé y negué con la cabeza.

Él se llevó las manos detrás del cuello, los codos apuntando hacia fuera, y me dio la espalda.

—Confié en ti más de lo que confiaba en ningún otro miembro de mi tripulación —dijo—. He sido un puto imbécil. Pensé que podías ser una parte importante de esto. Tú y yo. Juntos. Pensé que construiríamos un hogar codo con codo… —Estiró el brazo como si quisiera señalar un lugar imaginario donde podríamos haber estado, donde podríamos haber construido algo diferente.

Quería defenderme, pedirle que se pusiera en mi lugar.

—Lo sé. Lo siento. Lo siento por nuestra relación —dijo.

—¿Nuestra relación?

Abran echó hacia atrás la cabeza y se rio.

—¿Crees que nuestra relación importa, comparada con todo lo demás?

Su voz agónica me confirmó que sí. La traición le dolía más porque había venido de mí.

—¡Siempre supiste que era una colonia y nos estabas llevando al matadero! —dijo Abran en apenas un susurro. Dio un paso en mi dirección y algo en su mirada hizo que retrocediera. Él se inclinó hacia mí y me espetó—: ¡Lo sabías!

Se me abalanzó y me agarró por el cuello, pero en lugar de apretarlo la mano se quedó flácida nada más tocarme. Enterró la cara en mi pecho y se echó a llorar.

Lo rodeé con los brazos y le alisé el pelo.

—Estoy perdiendo la cabeza, Myra. De verdad que sí —murmuró con la cara enterrada en mi pecho.

—No, no es así. Lograremos llegar allí y fundarás la comunidad que prometiste. Nada de esto lo va a cambiar. Haré todo lo que pueda por ayudar y luego me marcharé.

Se apartó de mí y se secó la cara con el brazo. Abrió la puerta y se volvió para mirarme.

—Lo peor de todo es que me gustabas de verdad, joder —dijo.

—Tú también me gustabas —dije, en voz baja, pero él negó con la cabeza y se marchó.

Capítulo 32

Cuando nos aproximamos a Ruenlock, el sol estaba en lo alto. Pensé en la aguja de un reloj trazando un círculo en el cielo. Cuanto más nos aproximábamos a la isla, más tenso se ponía Daniel, que aguzaba la vista desde el timón. Oteaba el horizonte sin parar, como si temiera perderse algo.

La costa era una cadena montañosa rocosa, salpicada de pinos y arbustos perennes. Wayne estaba subido a las jarcias con los prismáticos para vigilar si había barcos u otras señales de que los saqueadores estuvieran en la isla. De momento, nadie había visto nada.

Pearl vino a colocarse a mi lado.

—Todo esto lo haces por mi hermana, ¿verdad? —preguntó Pearl.

—¿Qué es todo? —pregunté.

—Reunirte con los saqueadores. Por eso está todo el mundo tan preocupado.

—No vamos a reunirnos con los saqueadores. Vamos a detenernos a recoger suministros.

—Esto no es un puerto comercial —dijo Pearl.

—Pearl, lo hago por nosotras. Y por todos.

Ella me miró con cautela. Levantó la mano, la de la herida en el dedo. La piel de alrededor era de color rojo brillante y le salía pus de la herida.

—Me duele —dijo.

—¡Pearl! —Le cogí el dedo y, de inmediato, un sudor frío me bajó por la espalda. Me retiré el pelo de la cara y solté una maldición.

—¿Es grave? —preguntó Pearl. Notaba que estaba intentando que no le temblara la voz.

La atraje hacia mí y la besé en la cabeza.

—Todo saldrá bien. Te lo prometo.

Abran se aproximó a nosotras.

—Vamos a atracar aquí —le dijo a Daniel, señalando un pequeño afloramiento de rocas a menos de novecientos metros de la costa—. Así Myra y yo podremos acercarnos a la costa con la canoa.

—No se puede fondear aquí —dijo Daniel sin molestarse en mirarlo.

Abran se puso rígido.

—He dicho que atracaremos en esas rocas. No quiero tener que depender del ancla. Necesitaremos salir de aquí rápido si las cosas se ponen feas.

A Abran le temblaban las manos y las hundió en los bolsillos.

—No creo que quieras agujerear el casco —dijo Daniel—. El resto de la montaña está demasiado próximo a la superficie.

—No creo que quieras desobedecer mis órdenes —dijo Abran.

Daniel le dirigió una sonrisa de satisfacción. Me coloqué entre ambos.

—Podemos bajar la canoa aquí sin echar el ancla. Solo estaremos ausentes durante… ¿unas dos horas? —Miré a Daniel con la esperanza de que me apoyara.

—La marea nos arrastrará un poco, pero puedo dar la vuelta —dijo Daniel.

—Tenéis que estar aquí cuando terminemos —dijo Abran. Tenía la frente sudada y se mordía el labio.

—Aquí estará —dije yo.

Wayne y Thomas nos ayudaron a bajar la canoa al agua y Abran y yo descendimos por la escala. No dejé de escudriñar la orilla mientras remábamos, en busca de señales humanas o de un campamento. No había barcos a la vista, pero eso no significaba que no estuvieran anclados en otra parte, detrás de un recodo o en una ensenada.

Remamos hasta la orilla y ocultamos la canoa entre los pinos. Abran leyó en voz alta de un cuadernito.

—Hay una oquedad en una ladera de la montaña, un poco más arriba de un grupo de píceas. Por la derecha discurre un arroyo. Hay que seguir el arroyo corriente arriba hasta la oquedad.

El arroyo era fácil de localizar, serpenteaba entre los pinos hasta desembocar en el océano en forma de cascada diminuta. Comenzamos nuestro ascenso y pronto nos quedamos sin aliento, a menudo nos deteníamos a beber de las cantimploras.

A lo largo del arroyo brotaban unas flores moradas diminutas que me recordaron a las flores silvestres que crecían en los arcenes de Nebraska. Qué raro, recordar cómo era conducir un coche, viendo pasar las cosas a toda velocidad. Postes de teléfono, flores en los arcenes, buzones. Cosas medio invisibles hasta que las echabas de menos.

Habíamos subido unos ochocientos metros y todavía no habíamos encontrado el bosquecillo de píceas.

—¿Estás seguro de que eran píceas? —pregunté—. ¿No será otro árbol?

Abran negó con la cabeza.

—Tomé nota detallada de todos los escondrijos.

—Tú ve por allí, yo buscaré por este lado. Solo unos pasos, es imposible que nos perdamos de vista —dije.

Nos separamos. Solo había pinos hasta donde alcanzaba la vista, ni rastro de píceas. No dejaba de mirar hacia abajo para no pisar las piedras en falso y caer por la ladera. Notaba un nudo en el estómago, la premonición de que no encontraríamos lo que estábamos buscando.

Tropecé con una piedra y bajé la vista. Había una colilla de un cigarro de liar junto a la piedra. Lo recogí. Olía más a hollín que a

223

tabaco. En la tierra alrededor de la roca había varias pisadas perfectas que se alejaban de donde yo estaba. Tanto la colilla como las pisadas estaban demasiado intactas como para ser antiguas. Había alguien más en esta isla.

Miré por encima del hombro, eché un vistazo entre los árboles. Vi que Abran caminaba hacia mí, haciéndome gestos con la mano para que lo siguiera.

—Lo he encontrado —dijo.

—Calla, idiota —susurré yendo hacia él entre las rocas.

—Debería haber apuntado que estaba un poco retirado a la izquierda, que no era visible desde el arroyo —dijo. Me condujo más allá de un bosquecillo de píceas hasta la entrada de una oquedad en la pared rocosa. La humedad empapaba las paredes como si fueran gotas de sudor y la cueva se perdía en la oscuridad.

—He encontrado esto —dije mostrándole la colilla en la palma de la mano—. Y pisadas.

—Mierda. —Abran dejó caer la cabeza y lanzó otra maldición—. ¡No deberíamos haber venido!

—No sabemos a quién pertenece. Cálmate. Vamos a estar callados, cogeremos lo que necesitamos y nos largaremos.

—¡Sabía que no deberíamos haber venido!

—Ya estamos aquí. No voy a irme sin echar un vistazo. ¿Tienes la antorcha?

Abran miró a su alrededor, encogido.

—¡Abran! —siseé.

—¿Qué? Sí, sí. —Abrió la mochila y sacó un palo con un trapo empapado en gasolina en el extremo. Lo encendimos y Abran miró por encima del hombro por última vez antes de entrar en la cueva.

Lo seguí y tropecé con un saliente que recorría las paredes de la cueva. En medio había una charca de agua y oí un goteo a lo lejos, donde la luz de nuestra antorcha no llegaba.

Abran se había adelantado unos pasos.

—Tenemos que darnos prisa —dijo.

El saliente que recorría la pared era resbaladizo y estaba lleno de pequeños guijarros; casi me escurro, y aunque logré agarrarme al muro, las manos me patinaban sobre la superficie lisa en busca de un lugar donde asirme para enderezarme. La luz danzaba entre las sombras alrededor de Abran, que se detuvo al borde de la charca. Solo distinguía su silueta, y me arrastré como pude hasta él. Al otro lado de la charca, los murciélagos chillaban y colisionaban unos con otros estrepitosamente. Se lanzaban en picado desde el techo de roca al igual que hacían los pájaros para pescar, pero no alcanzaba a ver qué estaban cazando con esa luz mortecina.

Abran se agachó al borde del agua y metió las manos bajo la superficie. Se arrodilló y encajó la antorcha entre dos rocas. Luego metió los pies y se zambulló en el agua.

El agua estaba demasiado oscura para verle. Esperé un momento. Me llegó un crujido desde el exterior de la cueva, pero cuando miré por la abertura la luz del sol me cegó y no vi nada. La cueva olía a barro y me entraron ganas de vomitar.

Cuando Abran salió a la superficie, pegué un respingo. El agua dibujaba ondas oscuras a su alrededor.

—Creo que está en un saliente de roca, debajo de las plantas y el barro. ¿Me pasas la cuerda? —preguntó.

Me quité la cuerda del hombro, la desenrollé y le pasé un extremo. Él volvió a sumergirse con ella. Cuando regresó a la superficie, se aupó en el borde y se arrodilló chorreando junto a mí.

Ambos tiramos con todas nuestras fuerzas, la cuerda me quemaba las manos. Por fin, la tapa de una caja metálica herrumbrosa sobresalió de la superficie del agua. Abran se inclinó, agarró un asa metálica y tiró de ella hacia nosotros. Cayó contra el borde de piedra con estrépito y se arrodilló ante ella, manipulando las bisagras cubiertas de óxido.

—¿Es la que recuerdas? —pregunté. Un murciélago lanzó un chillido detrás de nosotros y yo me agaché con las manos en la cabeza.

—Eso creo —dijo él—. No estoy seguro. No hay cerradura. Creí que las cerrábamos.

Una de las bisagras estaba demasiado oxidada para abrirse, por eso Abran la golpeó con una piedra hasta que se rompió. El sonido de la piedra contra el metal retumbó en la cueva y luego el eco se apagó poco a poco como se extingue una onda en el agua.

Abran levantó la tapa y echamos un vistazo en el interior. Estaba lleno de agua, Abran sacó varias bolsas de plástico transparentes con frascos. Las sostuvimos en alto a la luz de la antorcha.

—Penicilina, tetraciclina, amoxicilina —leyó él depositando las bolsas en las piedras. Metió la mano de nuevo y sacó más bolsas de plástico, esta vez llenas de munición.

—Creí que dijiste que aquí solo escondíais medicamentos —dije con el ceño fruncido.

Abran hizo una pausa.

—Y así era.

Estaba muy quieto, como si estuviera intentando escuchar algo. El viento agitaba las ramas de los árboles a la entrada de la cueva.

—La caja no está cerrada porque han venido a rellenarla. La han rellenado y no se han marchado de la isla —dijo.

Cogí la mochila que llevaba al hombro y comencé a guardar las bolsas de plástico a toda prisa.

—Podrían estar esperándonos… —dijo Abran con las pupilas dilatadas, aunque estaba mirando la abertura brillante al final de la cueva—. Podría ser una trampa.

—Llena tu bolsa —dije dándole un manotazo en el hombro. No dejaba de secarme las manos en las perneras del pantalón. Entre el agua de las paredes de la cueva, el agua de la caja, y el sudor que me caía por la frente, no había manera de secarse. Pensé en los demás en el barco. ¿Habría visto Daniel algo mientras esperaban? En parte deseaba que así fuera, de esa manera se marcharían sin nosotros.

Llenamos las mochilas y extinguimos la antorcha, y la oscuridad nos envolvió como un manto. Nos arrastramos pegados al saliente de roca, tanteando el muro para no perder el equilibro. Abran se escurrió en una piedra húmeda y cayó contra la pared. Lo agarré del brazo y lo levanté.

—Gracias —murmuró. Tenía la cara a centímetros de mí. El aliento le olía a alcohol.

—¿Llevas *whisky* en la cantimplora? —pregunté.

—Un poco. Me ayuda a concentrarme.

Le agarré el brazo con tanta fuerza que él soltó un gemido e intentó zafarse.

—Por Dios, Abran, a ver si te centras de una puta vez —susurré.

Lo solté y él avanzó a trompicones. Se agarró al borde de la pared de piedra y se asomó.

—Parece despejado —susurró—. Corramos hasta el arroyo.

Asentí y los dos salimos disparados de la cueva, procurando no tropezar con las rocas, esquivando árboles y ramas caídas. Cuando llegamos al arroyo, Abran me dio el alto con el brazo. Ambos nos agachamos detrás de los helechos y los arbustos de la orilla. Nos arrastramos montaña abajo, junto a la corriente, escrutando entre los árboles, aguzando el oído por si se oía algo fuera de lo normal. Las aves marinas de los árboles graznaban sin parar, sus gritos estridentes eran como el filo de una navaja. El sol era tan brillante que me hacía entornar los ojos, y tenía los músculos de la cara tensos y doloridos.

Abran me detuvo con un gesto de la mano. Se llevó un dedo a los labios y señaló. Entre dos pinos, había un hombre delgado con un abrigo negro largo fumándose un cigarrillo. Llevaba un conejo tatuado en el cuello. Tarareaba una melodía que apenas se oía por encima de los chillidos continuados de los pájaros.

Capítulo 33

Abran y yo nos tumbamos boca abajo, con las armas en el pecho y la barbilla pegada al suelo, sin quitarle la vista de encima al hombre. La hierba me arañaba los brazos y las piedras se me clavaban en las piernas y en el pecho. A mi lado, Abran respiraba pesadamente y el aliento le salía entrecortado y ruidoso. Le di un codazo y me llevé un dedo a los labios. Enterró la cabeza en el suelo para que la tierra amortiguara su respiración; le temblaban los hombros.

El hombre miró entre los árboles en dirección a nuestro barco. El pulso me resonaba en los oídos. ¿Veía nuestro barco allí abajo, o se lo ocultaban los árboles?

Terminó el cigarro, tiró la colilla entre las rocas y se acercó caminando hacia donde estábamos. Los pájaros guardaron silencio y oímos la melodía que tarareaba el hombre, una balada que parecía irlandesa y antigua. Tenía el pelo rapado salvo por una trenza larga en la base del cuello. El conejo del tatuaje estaba de perfil, se diría que su único ojo rojo me miraba fijamente.

Los árboles arrojaban sombras alargadas sobre la hierba. Me pregunté cuánto tiempo llevábamos fuera del barco y si Daniel habría tenido algún problema para mantener la posición. El hombre se aproximó al arroyo, se agachó y se lavó las manos para luego levantarse y secárselas en el abrigo. Nosotros estábamos escondidos entre los arbustos en la orilla opuesta. A mi lado, notaba que Abran se ponía cada vez más tenso y se preparaba para saltar, como un hombre retenido bajo el agua.

El hombre nos dio la espalda y comenzó a pasear junto al arroyo. Abran y yo soltamos el aliento contenido. El hombre se alejó unos pasos del arroyo, todavía de espaldas a nosotros. Abran levantó la cabeza, se volvió hacia mí y asintió.

Nos incorporamos, todavía agachados tras los arbustos, sin quitarle ojo al hombre. Una voz rompió el silencio y tanto Abran como yo dimos un respingo. No podía oír lo que la otra persona gritaba, pero me pareció oír la palabra «barco».

—¿A cuánta distancia? —respondió el hombre a gritos.

—Tenemos que irnos —murmuró Abran con la cara perlada de sudor y las manos temblorosas.

—Ahora no —siseé agarrándolo del brazo para que no se marchara.

Abran se soltó y salió corriendo arroyo abajo como un loco. Maldije para mis adentros y salí disparada tras él, tropezando con las piedras, con los brazos levantados para no darme con las ramas bajas. Pisé un montón de piedras sueltas y resbalé, tuve que agarrarme a un tronco.

Una bala astilló el tronco a unos centímetros de mi cabeza. No me volví para mirar, eché a correr. Detrás de mí, unas voces atronadoras gritaban y maldecían. Se oyó otro disparo. Abran corría unos pasos por delante de mí, entre las ramas que le golpeaban y la maleza. Olí sangre, pero no sabía de dónde procedía. Me sentí mareada y el paisaje ante mí se volvió borroso.

Debajo de nosotros, distinguí los pinos donde habíamos escondido la canoa. Abran tropezó y cayó en una escarpa por encima de los pinos. Se desplomó desde lo alto sin dejar de darse contra las rocas hasta que desapareció entre las copas de los árboles, mientras las agujas oscilaban del impacto.

Me eché a un lado y me deslicé por la escarpa, partiendo las ramas de los pinos al caer, desplomándome junto a Abran, cerca de la canoa. Intentó incorporarse, pero se movía muy despacio, lo cogí del brazo y tiré de él. Gimió y, al retirar la mano, vi que estaba cubierta de sangre.

Las pisadas de nuestros perseguidores fueron a más, comenzaron a caer por todas partes ramas rotas y piedras sueltas con estrépito. Empujamos la canoa, la echamos al agua y nos lanzamos dentro de ella justo cuando una lluvia de balas salpicaba el agua a nuestro alrededor. Los disparos reverberaban como el eco. Los notaba distantes y a la vez parecían procedentes de mi interior, como si ya me hubieran alcanzado y estuviera tendida en el agua.

Le lancé un remo a Abran y remamos a toda velocidad, inclinados hacia delante, los ojos llenos de sudor. Una bala hizo tambalearse la embarcación, me volví y distinguí un agujero por donde se colaba el agua. El momento se hizo interminable y sentí que me arrastraba, que había dejado de mantener la atención.

El Sedna estaba a unos seis metros y Daniel ya había bajado la escala. Wayne estaba en cubierta y disparaba con un rifle. Nos estampamos en el costado del barco con la canoa. Se tambaleó y casi zozobramos; los ojos me picaban por culpa del agua salada. Abran saltó de la canoa y se agarró a la escala, balanceándose con los pies en el aire hasta que logró pisar un peldaño y trepar.

La canoa comenzaba a alejarse del barco, remé para volver a acercarme, y luego dejé caer el remo mientras saltaba de la canoa a la escala. Rocé la cuerda con los dedos, pero se me escapó de entre las manos y caí al agua. Arañé el costado del barco, sacudida por las pequeñas olas. Cayó una lluvia de balas en el casco y me zambullí.

Cuando salí a la superficie, nadé hasta alcanzar la escala. Los miembros de la tripulación se gritaban órdenes los unos a otros y noté que el barco se sacudía cuando las velas se hincharon. El barco giró con un sube y baja mientras yo ascendía por la escala y me golpeaba contra el casco.

Me agarré fuerte y el agua bajo mis pies se alejó. Alguien estaba subiendo la escala. Cuando me derrumbé al otro lado de la borda, tenía las manos en carne viva y sangraba por una de ellas. Me las miré, aturdida.

Thomas iba al timón, todo a estribor. Behir bajó de un salto de las jarcias con un cabo suelto alrededor del hombro. Daniel estaba en el palo mayor, ajustando un amarre. Todos gritaban, pero yo no entendía nada.

La escotilla de la bodega se levantó y apareció la cara de Pearl. Le lancé una mirada que gritaba «quédate abajo» y bajó la escotilla y desapareció. Apoyé la cabeza contra la borda, la sangre de la mano había manchado la madera y calaba las vetas envejecidas.

«Lo conseguimos», pensé. «Lo tenemos». Traté de controlar la respiración, pero todavía era espasmódica.

Los disparos habían dejado de oírse, y cuando me volví y me puse de pie, vi que la isla ya estaba lejos. El viento del oeste nos era favorable y Daniel nos conducía al este a toda vela.

Marjan se arrodilló junto a Abran y lo ayudó a quitarse la camisa. Tenía un corte superficial en el bíceps, pero ninguna herida de bala. Debía de haberse cortado con una rama afilada. Marjan le envolvió la herida con un paño y recogió su mochila. Yo le pasé la mía.

La escotilla volvió a subir y le hice un gesto de asentimiento a Pearl para que se acercara. Corrió hacia mí, me arrodillé y la envolví con un abrazo. Ella apoyó la cabeza en mi cuello, como hacía cuando era mucho más pequeña.

—Lo tenemos, Pearl —le susurré, junto al cabello—. Pronto te curaremos el dedo.

Noté que sonreía y la estreché con más fuerza.

—Oh, no —murmuró Marjan. Acababa de vaciar uno de los frascos en la palma de la mano y miraba el contenido.

—¿Qué? —me levanté.

Marjan me mostró la mano.

Los frascos no contenían medicamentos. Tenían semillas.

Capítulo 34

Miré atónita las semillas.

«Antibióticos. Ponía antibióticos en las etiquetas del frasco», me repetía una y otra vez, como si repetirlo lo hiciera realidad. Alguien me vapuleó y me derrumbé en el suelo, sin aliento; me daba vueltas la cabeza del golpe contra la cubierta. Abran me cogió de la camisa y me arrastró unos pasos. Se arrodilló, me agarró por las axilas y me golpeó contra la pared de la cabina. Antes de que pudiera recuperar el aliento, me inmovilizó con el antebrazo en el cuello.

Le clavé las uñas, mis pensamientos se ralentizaron mientras pugnaba por respirar.

—Te dije que no quería verme envuelto en esto. Todo lo que ha pasado ha sido culpa tuya —dijo a unos centímetros de mí, con una voz áspera e irreconocible. Tenía los ojos inyectados de sangre y la cara encendida. Yo me balanceaba a la desesperada por encima de cubierta, apenas rozándola con los pies.

Daniel tiró de Abran hacia atrás y lo arrojó contra la cubierta. Desenfundó la pistola y la amartilló tras apuntar a Abran.

Marjan se interpuso entre ambos con las manos en alto.

—Guárdala —dijo con voz tranquila.

Pearl vino corriendo hacia mí y yo me froté el cuello, en un intento de recuperar la voz.

—¿Qué demonios ha pasado allí? —preguntó Wayne—. ¿Por qué había saqueadores?

Daniel me miró de reojo, pero yo tenía la vista clavada en Abran. Enarqué las cejas y le lancé una mirada de advertencia que decía: «¿Quieres que se lo cuente?».

Abran negó con la cabeza de manera casi imperceptible.

—Ha sido una coincidencia —dije—. Están por todas partes.

Wayne me miró, furioso. Vi que tenía mi mochila en la mano, con la cremallera medio abierta. Debía de haber hurgado dentro para ver lo que habíamos traído.

—No quiero que me lo cuentes tú —dijo. Miró a Abran, que se puso de pie despacio.

—Resulta que los saqueadores encontraron el escondite antes que nosotros, se llevaron los medicamentos y lo utilizaron para guardar otras cosas —dijo Abran.

—Pues vaya mierda —dijo Wayne—. Espero que estos pocos cartuchos y las semillas valgan la pena. Ahora van a venir a por nosotros.

—Que yo sepa, yo no decidí nada de esto. Fue todo cosa vuestra —dijo Abran.

—Les costará seguirnos —dijo Daniel.

—¿Creéis que no pueden comunicarse con otros puertos? —preguntó Wayne—. Les hemos robado. Eran de los Lily Black, ¿verdad?

Daniel me miró de reojo y noté que había atado cabos y que sabía que Abran había pertenecido a los Lily Black. Todos nos callamos y Abran asintió. Wayne le dio una patada a la cabina y maldijo.

Wayne tenía razón. La tribu podía acechar en mar abierto, en un puerto o en una isla. Estarían esperándonos. No tanto para recuperar lo que les habíamos robado como para hacerse valer, para recordarnos a nosotros y a todo el mundo que nadie se la jugaba. Era una nueva nación que podía protegerse sola.

—Cuando atraquemos en Árbol Partido, bajaremos, comerciaremos y nos marcharemos con discreción —dijo Abran—. Nada de contarle a nadie que vamos al Valle, así no podrán seguirnos. Una vez en mar abierto estaremos fuera de peligro.

Wayne hizo un gesto de desdén con la mano y dejó caer la mochila.

—No pienses ni por un segundo que será tan fácil —dijo.

Me arrodillé al lado de Pearl y le cogí el dedo para examinarlo. Lo tenía rojo brillante y seguía saliéndole pus. Le toqué la frente. La tenía ardiendo.

Me senté en los talones y cerré los ojos con fuerza. Que los Lily Black nos siguieran y nos atacaran me parecía intrascendente. Como si estuvieran hablando de una jugada de ajedrez. Todo me parecía una tontería, tanto discutir, tanto cuadrarse de hombros, tanto patear el suelo, como caballos antes de una carrera.

El miedo flotaba en los ojos de Pearl como un nenúfar en el agua. Ambas sabíamos que tendríamos que amputar el dedo.

Habría preferido cortarme la mano que privarla de algo. Pero la fiebre no bajaba y sabía que, si no actuábamos con rapidez, la infección se extendería y perdería algo más que un dedo.

Preparé el cuchillo con la piedra de afilar de la cocina. Una luz tenue se filtraba por la ventana sucia. Daniel encendió el farol de arriba para ver mejor. Pearl estaba sentada en un rincón, en un taburete. Bajo esa luz, su pelo parecía rojo encendido.

Abran solo tenía algunos conocimientos de cirugía gracias a sus padres, pero decía que recordaba lo suficiente para hacerlo. O, al menos, para hacerlo mejor que el resto de nosotros. Tan pronto decidimos que sería él quien llevaría a cabo la amputación, le obligué a que me contara cómo sería la operación. Un corte limpio cerca del nudillo. Aplicar presión y una venda para impedir la pérdida de sangre. Sobre la herida se formaría el tejido granular, una costra natural que ofrecería una barrera contra las infecciones.

Cuando Abran entró en la cabina no me miró, pero comenzó a preparar trapos limpios y el alcohol para desinfectar la hoja y la herida.

Me adelanté para darle el cuchillo y noté que olía a alcohol. Bajé la vista y vi que el frasco estaba cerrado. Al ver mi expresión, se apartó de mí con pasos inestables.

Borracho. Otra vez. Borracho, justo cuando lo necesitaba sobrio. Una espiral de rabia comenzó a desatarse en mi cabeza y tuve que sujetarme contra la mesa. Tocar madera, para volver a poner los pies en la tierra. Abran dejó caer la vista y murmuró algo inaudible. Le lancé un puñetazo que lo alcanzó en el pecho.

—Lárgate —susurré.

—Myra, he dicho que me encargaría —dijo él.

—Lárgate ahora mismo. No quiero que la cagues —le dije.

Abran se sonrojó y salió de la cabina. Daniel y yo ayudamos a Pearl a tumbarse en la mesa. Estaba ardiendo, tanto que parecía una brasa. Le sequé el sudor de la frente y le retiré el pelo húmedo de la cara. Daniel le puso una pastilla de codeína en la lengua. Solo nos quedaban unas cuantas, pero Marjan insistió en que se las tomara durante y después de la operación. Daniel le dio de beber alcohol y ella tomó algunos sorbos, haciendo muecas y escupiendo, mientras el líquido le resbalaba por la mejilla.

—¿Durante cuánto tiempo me dolerá? —preguntó.

—Un poco —dije dándole un toquecito en la cara con el dedo—. Bonita, solo puede ir a peor. Esto te salvará.

Miraba hacia todas partes como si estuviera buscando una escapatoria y luego cerró los ojos con fuerza. Daniel le sostuvo la otra mano y le susurró algo al oído. Una parte de mí, la mejor, se evadió, como una cometa que ganara altura. Flotaba por encima, a la deriva, un ser inútil. Intocable, mecida por el viento sin nada que hacer, ningún sitio donde ir.

Abajo, efectué un corte limpio y ella gritó y Daniel apretó la venda contra el muñón y ella se apresuró a abrazarme y la estreché mientras sollozaba, las dos temblorosas, hasta que la luz se apagó y fuimos solo voces en la oscuridad, solo piel cálida, pestaña en la mejilla, labios en el pelo, miembros enredados, una única sombra en la creciente oscuridad.

Capítulo 35

Después de vendarle la herida a Pearl y dejarla dormida en la litera regresé a la cocina para ayudar a Marjan a limpiar la carpa que había pescado antes.

—No hace falta que hagas esto ahora —dijo Marjan con voz suave.

—¿Me pasas el cubo? —pedí. No podía detenerme a pensar ahora mismo. Pero, cuanto más me esforzaba por no pensar en Pearl, más resurgía en mi mente. Le había fallado. Le había fallado. Me mordí el labio hasta que noté sangre.

Marjan me pasó el cubo y arrojé en él un puñado de tripas. Introduje el cuchillo entre las escamas y la carne para sacarle los lomos. Los dejé en la encimera y noté que Marjan me observaba.

—¿Sabías que los saqueadores estarían allí? —preguntó.

—¿En la isla?

Como no respondí de inmediato ella continuó.

—La persona que te contó lo de los antibióticos ¿era la misma que te habló del Valle?

—Sí. Mi amiga estuvo allí hace un tiempo. Dejó recursos por el camino.

Un tajo del cuchillo sobre la madera, un raspón en la madera para apartar la cabeza.

Tiré la cabeza en la pila y sumergí el cuchillo en el cubo de agua, frotándolo contra el borde para limpiarlo.

—Y no, claro que no. No sabía que los saqueadores estarían allí.

—No pretendía sugerir...

—Oye, no voy a disculparme —dije—. Si los antibióticos hubieran estado ahí podría haberla ayudado. Nos habrían sido de ayuda a todos en el Valle.

Marjan dejó el cuchillo en la encimera y se secó las manos en el delantal.

—Solo me preguntaba si, de haber sabido que iban a estar allí, habrías ido de todas maneras.

Me estaba preguntando cuánto era capaz de arriesgar. Me volví y la miré, los ojos relucientes de lágrimas no derramadas.

—Sí que habría ido.

Pasó una semana y la incisión de Pearl se curó tan bien como podíamos esperar. Le limpiaba la herida por la mañana y por la noche con el jabón de miel fabricado por Marjan y le cambiaba las vendas, doblando la gasa con cuidado y anudándosela, sin dejar de mirarla a la cara, intentando entender cómo lo estaba sobrellevando.

Un día, después de cambiarle el vendaje de la mano, entré en la cabina para coger anzuelos y cebo para la pesca del día. Encontré a Daniel encorvado sobre sus papeles y sus instrumentos de navegación, escribiendo.

—Hola —dije.

Daniel pegó un respingo, le dio la vuelta a la hoja en la que estaba escribiendo y la escondió debajo de un mapa.

—Hola —dijo sin volverse, sin levantarse, sin dejar de mirar el mapa.

—¿Estás planeando una nueva ruta?

—No, solo quería trazar unas cuantas rutas alternativas. Por las tormentas.

Rodeé la mesa para obligarlo a mirarme.

—¿Puedo verlas?

—No he terminado. —Daniel agitaba el pie contra el suelo y tamborileaba en la mesa con el lápiz. Por lo general, tenía la actitud de un ciervo: serena, alerta, elegante. Pero desde la amputación de Pearl, Daniel estaba más callado y más al margen. A veces, durante las cenas, la observaba con una expresión intensa pero tierna, una mirada que me recordaba a lo que yo sentía por ella.

—¿Estás así porque los Lily Black nos siguen? Aunque lo intentaran, ¿crees que les resultaría fácil?

—El mundo se ha vuelto un lugar pequeño.

Me senté. Ver a Daniel tan agitado me ponía incómoda.

—¿Qué te pasa? —pregunté.

—¿Cómo? Nada. El saqueador que viste en la isla… ¿tenía otros tatuajes? ¿Alguno aparte del conejo del cuello?

Negué con la cabeza.

—No vi ningún otro, pero llevaba un abrigo largo, podría tenerlos y no haberme dado cuenta.

Daniel no reaccionó y esa falta de reacción me resultó extraña. Miraba a través de mí, como si yo no estuviese. Después de guardar silencio durante un momento, dijo:

—¿Nunca te has planteado que quieres más a tu hija mayor porque no está contigo?

Me puse rígida.

—La quiero porque es mi hija. ¿Quererla más que a qué?

—Hay veces que me pregunto si todo esto no será algo que te incumbe solo a ti. Si no te estás poniendo a prueba. ¿Y si ella está bien?

—¿Cómo iba a estarlo? El Valle es una colonia. Sin duda, Jacob la abandonó, igual que hizo conmigo.

—Creí que habías dicho que estaba muerto.

—Da lo mismo. Lo que importa es que el saqueador dijo que no tenía padre. Nadie la está ayudando. La embarcarán en un barco de cría de un día para otro.

—No puedo evitar plantearme si tu responsabilidad con Pearl no es mayor. Porque ella está aquí —dijo Daniel.

Sentí que me venía abajo. Abrí la boca para decir algo, pero no tenía palabras.

Me levanté y golpeé la silla contra la mesa.

—No tienes ni la menor idea de lo que dices.

Él me miró.

—Eso es lo que me pasa a mí. Quiero a las personas que ya no están.

—Bueno, así serás tú. Pero… no sabes lo que estás diciendo.

Sabía que a veces era más sencillo querer a los fantasmas que a los vivos que te rodeaban. Los fantasmas podían ser perfectos, congelados en el tiempo, más allá de la realidad, la versión idílica que nunca fueron, la persona que necesitabas que sí fueran. A veces, solo quería recordar los buenos momentos. Mi padre, sentado a mi lado mientras yo jugaba a las cartas y él hacía el crucigrama de un periódico viejo. Correr hacia mi padre en el patio trasero, directa a sus brazos, para que me levantara en el aire. El olor del otoño cuando traía la leña, y cómo me arrodillaba a su lado para colocarla en la chimenea y sentía que entraba en calor antes incluso de encender el fuego.

En esos recuerdos apartaba a la niña del escalón, la niña que sabía que había cosas incuestionables y que ella nunca pudo ser suficiente. A veces necesitaba fingir durante un rato que ella era otra persona y que mi historia había tenido un final diferente.

Daniel se levantó y se me aproximó.

—Me preocupa que tengas que llevar sola toda esta carga… Si algo le sucediera a Pearl…

—Que Row esté bien o no en la colonia no es lo único importante —le interrumpí—. No confío en que Jacob le contara la verdad. Que él la raptó. ¿Y si piensa que yo la abandoné? ¿Y si no recuerda cómo intenté alcanzarla? No estará bien si piensa que la dejé marchar.

Daniel fue a tocarme el brazo, pero le di un manotazo.

—Estoy seguro de que no piensa eso —dijo en voz baja.

—¿Sabes lo que les sucede a los niños abandonados? ¿A los que creen que no se merecen que alguien se quede con ellos? Les cambia la forma de verse. La gente pasa a tu alrededor como si nada y tú, mientras tanto, tienes un agujero en el pecho y el resto del mundo puede meter la mano y toquetearte por dentro. No tienes coraza. Nunca te sientes a salvo. No solo la estoy salvando de los Lost Abbots, la estoy salvando de eso. Ella… ella tiene que saber que daría todo por ella.

Tenía un nudo en la garganta. Me aparté de Daniel y me froté la cara con las manos. Pensé en mi padre, colgado como un pez en un anzuelo, los pies balanceándose ligeramente con la brisa que entraba en el cobertizo. Pensé en cortarle a Daniel lo sucedido y cómo me había creado una necesidad que nunca podría colmar. Lo miré y él me miró como si se compadeciera de mí, como si hubiera adivinado que me sucedía algo malo. No quería que me mirase así.

—Myra, lo siento, no quería decir…

Le apunté a la cara con el dedo.

—Nunca des por hecho que me conoces.

Daniel asintió. Las gaviotas redoblaron sus chillidos en el exterior, se lanzaban a por su presa y luchaban contra el viento entre graznidos frenéticos. Comenzaba a aceptar que siempre me sentiría así: dividida entre mis hijas, dividida entre mi pasado y mi futuro, luchando por una esperanza incierta. Como estar atrapada entre el océano y el cielo, siempre vigilando el horizonte.

Daniel regresó a sus mapas y yo hurgué entre las estanterías en busca de un nuevo sedal. La cabina estaba en silencio, por eso ambos dimos un respingo cuando Pearl y Behir abrieron la puerta. Behir desapareció en la cocina y Pearl se dejó caer junto a Daniel.

—Tengo hambre —dijo. Llevaba su serpiente favorita alrededor de la muñeca. La cabeza se cernía sobre el dedo ausente, y la lengua negra ondeaba al aire.

La observé con cautela. Pearl me había dicho que no era venenosa, pero odiaba verla fuera del tarro.

—Falta una hora para el almuerzo —le dije.

Behir retiró la cortina de la cocina y puso una rebanada de pan delante de Pearl. Habíamos comenzado a racionar la comida y sabía que Behir tendría que responder ante su madre.

—¿Me la das porque me falta un dedo? —preguntó. Luego sonrió y dijo—: Ni siquiera era mi dedo favorito.

Noté que Behir no se tragaba su bravata. La fachada de indiferencia cuando estás hecha polvo por dentro. Se arrodilló a su lado y dijo:

—¿Quién es el pequeñín?

—Charlie viene conmigo —dijo Pearl. Sonrió con satisfacción—. Es mi mano derecha. —Le entró un ataque de risa y se tapó la cara con la mano contraria; cuando la retiró, la tenía enrojecida y llena de lágrimas.

—Te voy a enseñar una cosa —dijo Behir yendo a las estanterías para coger los prismáticos.

Le tendió la mano izquierda y la sacó a cubierta. Daniel y yo los seguimos.

—Las he visto justo antes de que entrásemos en la cabina —dijo Behir llevándola hasta la proa del barco.

A casi dos kilómetros de distancia, la superficie del agua se dividió y una orca saltó en el aire antes de desaparecer de nuevo. Y luego otra. Los lomos negros relucían al sol. Las ondas que trazaban se perdían al romper las olas. Sus llamadas conformaban una canción, sus voces se envolvían unas a otras, como un cántico en una lengua extranjera.

—Hoy por la mañana temprano estaban muy cerca de nosotros —dijo Behir—. Y he podido examinarlas. ¿Ves a la grande de allí? Es la líder. —Behir le pasó a Pearl los binoculares y ella echó un vistazo.

—Tiene una cicatriz profunda en el vientre. Debe de haberla atacado un bicho grande. Pero todas las demás la siguen. Es su nave nodriza. Es la más fuerte de todas.

241

Pearl sonrió a Behir.

Daniel estaba tan próximo a mí que me rozó con el brazo. Contemplé a Pearl observar las ballenas y noté que algo se removía en mi interior. Un cosquilleo en el pecho. Allí de pie, mientras observaba algo más grande que nosotros, me acordé de Row mientras observaba las grullas. Lo mucho que necesitábamos contemplar una criatura hermosa que no fuera como nosotros, que no tuviera nada que ver con nosotros.

De improviso, me asaltó una visión de Pearl y Row, estaban conmigo y vivíamos en una casita de piedra en un acantilado frente al mar. Las cortinas blancas ondeaban con la brisa. Había un montoncito de leña apilado junto a la casa. Salía una voluta de humo de la chimenea de piedra. Las voces de Pearl y Row animadas y luminosas, un nuevo sonido mientras hablaban a la vez y sus voces se entremezclaban.

Llevaba tanto tiempo sin permitirme soñar que me resultaba algo ajeno, incómodo, como un músculo atrofiado. Me dejé llevar un poco más y nos vi en una cama leyendo un libro, con un edredón abrigado sobre las piernas. El olor del pan enfriándose en la encimera.

Las orcas volvieron a salir del agua y se zambulleron nuevamente en mitad de una lluvia de espuma. Y otra vez y otra más. Los cuerpos trazaban un arco curativo que se repetía, un movimiento necesario para continuar respirando.

Capítulo 36

Antes de atracar en Árbol Partido, todos discutimos nuestra última parada en un puerto durante el desayuno. Lo que teníamos que comprar, con qué comerciantes conseguiríamos los mejores trueques y qué haríamos en caso de apuro.

—No podemos contarle a nadie que nos dirigimos al Valle. Tendremos muchas menos posibilidades de que los Lily Black nos encuentren una vez estemos en mitad del Atlántico —les recordé a todos.

Había pasado en vela toda la noche preguntándome si podíamos saltarnos nuestra última escala en Árbol Partido. Me había colado en la despensa y había contemplado las estanterías vacías y las cajas de pescado ahumado y en salazón que yo había capturado. Nuestra mejor apuesta era cerrar tratos lo más rápido posible y marcharnos con sigilo por si los Lily Black estaban allí.

—Y todos debemos quedarnos cerca del puerto, en las primeras tiendas y tabernas. Tenemos que ser capaces de reagruparnos rápido si hay que salir corriendo. No podemos pasar aquí la noche —dijo Abran.

Se oyó un murmullo de protestas alrededor de la mesa.

—Será nuestro último día en tierra —dijo Behir—. ¿No deberíamos descansar antes de comenzar la travesía del Atlántico? Es probable que los Lily Black ni siquiera estén aquí.

—No —dijo Abran—. Levaremos anclas en cuanto terminemos de comerciar.

Atracamos el barco y cargamos con las cajas hasta el pueblo. No había ni la mitad de pescado que esperaba. Durante las últimas semanas mis técnicas de siempre no habían funcionado. Era como si hubiera perdido mi capacidad de leer el agua, de hacer lo correcto en el lugar oportuno.

Incluso Abran miró las cajas medio llenas con desaprobación cuando las dejamos en el muelle. Me habría gustado llenar menos cajas para ocultar que había pescado menos, pero siempre las sacábamos todas en los puertos para poder meter en ellas lo que conseguíamos con el trueque.

Árbol Partido era un lugar cochambroso comparado con Wharton, lleno de edificios hechos de restos de metal o tablas de madera desparejadas atadas y clavadas de cualquier manera. Las calles apestaban a estiércol y basura. En lugar de ser de piedra o tablones, eran de tierra, con baches profundos conectados por grandes fisuras.

—No vayas a torcerte el tobillo —le dije a Pearl señalando las grietas.

Ella se ajustó bien la bolsa que llevaba al hombro, atenta a la mano mutilada. Le había dicho que no podía traer a Charlie al pueblo.

—No me digas cómo tengo que caminar —me soltó.

Estábamos tan mal de comida que la noche anterior nos comimos dos de sus serpientes. Se había negado a cenar y se había sentado a la mesa con la cabeza gacha sin dejar de darle patadas. Pidió permiso para levantarse y le dije que no, que esperase a que terminásemos. Esa noche había dormido hecha un ovillo a los pies de la cama; sospechaba que no solo era por las serpientes, tenía que ver más bien con el hecho de perder el control, de que todo se te escapara.

Al este del pueblo todo estaba cubierto de árboles, pero al oeste estaba lleno de siembras. Cebada, trigo, patatas, coles. Los agricultores se arrodillaban bajo el sol de mediodía entre las hileras tocados con sombreros de paja para protegerse. Parecían campesinos sacados de un cuadro holandés del siglo XVII. Me quedé sin aliento un instante y me sentí suspendida en el tiempo, por encima de ese bucle.

La brisa marina volvía todas las superficies ásperas; la piedra, el metal y la madera de los edificios estaban agrietados y reparados con barro y arcilla. Junto a la orilla, en una grieta de la ladera, se levantaba una vieja iglesia católica con un cartel donde ponía *Tienda*. Era evidente que la iglesia había sido construida antes de que subiera el nivel del agua. No estaba hecha de materiales reciclados, no era una mescolanza de fragmentos y materiales abandonados. Estaba hecha de ladrillos color crema, bien revestidos. Su silueta contra el cielo radiante resultaba sobrecogedora, uno de los pocos edificios de antes de las inundaciones que había visto en años. Parecía como si la hubieran dejado caer desde el cielo.

—Es como si alguien lo hubiera sabido —dijo Jessa impresionada mientras contemplaba la iglesia. Las esquinas perfectas, los muros gruesos. Una pequeña ventana circular debajo del vértice del tejado a dos aguas. Una puerta de verdad con goznes y todo. No se parecía en nada a lo que ahora existía.

—Como si supieran que necesitaríamos una tienda, supongo —dijo Marjan.

Marjan seguía rezando todos los días al amanecer y al anochecer. Cuando le pregunté por el tema me dijo que era una costumbre que temía abandonar.

—Tengo fe —me había dicho—. Pero solo un minuto de cada cien. Por eso me dejo guiar por ese momento incluso cuando ha pasado.

Llevamos el pescado hasta la casa de trueque y nos abastecimos de las últimas provisiones que necesitaríamos para la travesía del Atlántico: cuerdas, aparejos y poleas, trozos de metal y madera para las reparaciones del barco, patatas, col y harina, lona y un par de cubos de sal.

No teníamos pescado suficiente para conseguir la comida que queríamos: salchichas, huevos, fruta o pollo. Tendría que pescar más cantidad que hasta el momento si no queríamos morir de hambre cruzando el Atlántico.

Cuando terminamos con el trueque, la mayor parte de la tripulación se dispersó por los puestos, curioseando entre los artículos para gastarse sus dos monedas o aventurándose más allá de la calle principal a una de las tabernas con vistas al mar.

—¿Vienes con nosotros a la iglesia? —le pregunté a Abran.

—No —dijo él apartando la vista y frotándose las manos, nervioso—. Daré una vuelta.

Mientras lo observaba alejarse, comenzó a invadirme la rabia. ¿Había escondido parte del pescado para cambiarlo por alcohol? ¿Cuántas botellas guardaba en la habitación?

Estuve tentada de seguirlo, pero preferí acompañar a Daniel y a Pearl a la iglesia. Había una piedra negra en la puerta delantera con una inscripción grabada. Contaba la historia de un hombre rico que vivía al pie de esta montaña. Dios lo visitó en sueños y le dijo que quería que construyera una iglesia en la cima de la montaña para las futuras generaciones. Y él la mandó construir. Estaba fechado dos décadas antes de las inundaciones.

Había oído otros relatos extraños de premoniciones similares que la gente había tenido antes de que subiera el agua. Premoniciones, sueños o visiones. Pero ninguno de mis conocidos había actuado en consecuencia.

El interior de la iglesia estaba lleno de mesas y puestos divididos por un pasillo principal que conducía al altar y al crucifijo.

La iglesia tenía una nave larga y la luz se colaba por los ventanales altos y estrechos a cada lado, creando un resplandor suspendido. Daniel fue con Pearl a mirar un puesto de guantes y gorros de lana.

Olía a carbón y gasolina, y al volverme vi un puesto con materiales de combustión: encendedores, barras de ferrocerio, arcos de rodamiento indios, bolsitas de carbón y botellas de gasolina. Un frasquito de gasolina se cambiaba por el equivalente a comida para una semana. Agité la cabeza con incredulidad y me aparté, y una placa con el rostro de Cristo grabado atrajo mi atención. Era una estación de penitencia, el estilo del grabado era dramático, sobrecargado, barroco. La agonía que trasmitía el rostro de Cristo era exquisita, la expresión denotaba transcendencia, pero también un dolor animal.

—Solo tuvimos que meter un cuerpo. —La voz de la mujer me llegó desde detrás, tenía el acento muy marcado, quizá del oeste de Europa, pero no supe situarlo.

Se me erizó el vello y continué observando la cara de Cristo, aguzando el oído para escuchar a la persona con la que estaba hablando.

—Bueno, en el norte es más fácil que en el Caribe. Los cuerpos se descomponen demasiado rápido con el calor —dijo un hombre con un vozarrón grave. La voz me resultaba familiar, pero no me atreví a girarme para mirar.

—Sí. La munición escasea, ahora estamos fabricando bombas. Son mucho más efectivas. Las colocamos en la calle, los niños las pisan, todo el mundo entra en pánico. Eliminas los objetivos, entras y te llevas lo que quieras. Estamos llevando al muelle los materiales que hemos conseguido para construir un nuevo barco.

—Baja la voz.

—Necesitamos hacernos con otra colonia y luego concentrarnos en construir una nueva flota. El gobernador ya paga nuestros impuestos. Al este hay colonias ricas de otras naciones. Tengo exploradores allí —dijo la mujer.

—Bien. Recibí un mensaje de Ruenlock la semana pasada. Un barco robó los suministros que teníamos allí. Se llama Sedna. Tenemos que transmitir la información a otras bases por si se detienen en algún puerto —dijo el hombre.

—¿A qué nación pertenece?

—Se diría que a ninguna. Quizá sea un barco independiente. En cualquier caso, tenemos que neutralizarlos rápido. No se puede correr la voz de que nos han robado y no han pagado las consecuencias. Pero eso no es todo. Uno de los hombres de Ruenlock dijo que reconoció a un antiguo miembro de nuestra tribu que robó uno de nuestros barcos hace años. Se le conoce como Abran, se rumorea que podría ser el capitán del Sedna. Motivo de más para estar alerta.

Escuché pisadas amortiguadas en el suelo de piedra y las voces se alejaron. Tenía la garganta atenazada por el pánico. Coloqué la palma de la mano en la piedra fría y apoyé la frente en el dorso, intentando calmar la respiración. Necesitábamos sacar a todo el mundo de Árbol Partido. Miré a mi alrededor en busca de Daniel y Pearl, rezando porque estuvieran cerca de la puerta para poder marcharnos discretamente. Me volví y los vi en el pasillo, unos puestos más allá, mirando unas figuritas de madera.

El hombre y la mujer que habían hablado estaban de espaldas a mí y se alejaban en dirección a un puesto de remos hechos con plástico reciclado. Cuando la mujer giró la cabeza distinguí el tatuaje de un conejo en el cuello. Me encaminé hacia Pearl y Daniel deprisa, tras pasar ante un comerciante que regateaba el precio con un cliente.

—Mira, mamá. Qué bonitas son… —dijo Pearl cuando me vio.

—No, no vamos a comprarlas. Daniel —dije tirándole de la manga y apartándome un paso de Pearl.

Hice un gesto con la cabeza en dirección a la pareja, que continuaban de espaldas a nosotros.

—Son de los Lily Black.

Él no dijo nada, pero movió la mandíbula como si estuviera rechinando los dientes.

—Es que nunca me escuchas —dijo Pearl interponiéndose entre Daniel y yo.

—Pearl, ahora no. Tenemos que alertar a los demás con discreción y largarnos —susurré.

Daniel asintió y nos encaminamos hacia la puerta delantera por el pasillo central, entre los puestos. Una anciana desdentada que empujaba un carrito lleno de tela de gasa nos bloqueaba el camino, pidiendo disculpas, y dos niños cogidos de la mano caminaban con cautela delante de nosotros, iban de puntillas, como si no se fiasen de la firmeza del suelo.

Una mujer embarazada con la piel quemada y el pelo rapado casi al cero me agarró del brazo para pedirme que comprara su mercancía. Me la quité de encima y me tambaleé hacia delante, tropezando con Daniel, que se había parado en seco.

Había desenvainado el cuchillo que llevaba al cinto. Lo llevaba pegado al muslo, oculto pero listo para atacar.

Seguí la dirección de su mirada y pegué un respingo al ver que la pareja estaba ahora en mitad del pasillo y que se dirigía despacio hacia nosotros mientras echaban un vistazo a los puestos y charlaban en voz baja. La mujer estaba tan delgada que las costillas le sobresalían del pecho, y no dejaba de pasarse la lengua por los dientes delanteros, como un roedor. Al hombre lo veía de perfil; tenía los pómulos altos, la nariz pequeña y la mandíbula afilada. Llevaba el mismo conejo tatuado en el cuello, con ese ojo rojo omnisciente al que nada parecía escapársele. En la oreja, un pendiente negro reluciente. A juzgar por su postura, con los hombros hacia atrás, la espalda recta y los pies separados, parecía un hombre que reclamaba el espacio de los demás.

Sujeté a Pearl para que se quedara detrás de mí, pero me clavó las uñas en la mano y se puso a mi lado. Cuando los vio, volvió a ponerse detrás.

No me moví. Nos bloqueaban la salida. Daniel tenía los hombros en tensión, el cuerpo vuelto hacia ellos, listo para atacar. Apretaba tanto la empuñadura del cuchillo que tenía los nudillos blancos.

El hombre giró el rostro hacia el altar y por primera vez lo vi con claridad. Era igual que Daniel, pero con más años.

Capítulo 37

Entre las cuerdas, las telas, las figuritas y los gorros de lana, continuaba la cacofonía de voces, pero todo se ralentizó y se estrechó. Notaba la sangre más cálida en las venas, el pulso convertido en un torrente enloquecido.

Cogí a Daniel del brazo, estaba tan tenso al tacto como un rollo de cuerda. Al tocarlo se sobresaltó y me miró de reojo, luego a Pearl. Entrecerró los ojos y las pupilas se le dilataron, se notaba que estaba intentando tomar una decisión a juzgar por el vacío momentáneo reflejado en su cara, mientras sopesaba dos posibilidades.

—Vamos —dijo tomándome del brazo y tirando de mí hacia atrás, lejos del pasillo principal, lejos de los tenderetes y de la gente que escudriñaba las mesas. El gentío que empujaba para pasar y se detenía para mirar nos tragó. Nos abrimos paso hasta el final de los puestos, junto a una larga pared. Daniel miró de un lado a otro en busca de una salida. Al fondo de la iglesia, a oscuras, a un lado del altar, resplandecía una estrecha franja de luz.

Agarré la mano de Pearl con firmeza y los dirigimos hacia la luz, escabulléndonos tan silenciosamente como pudimos. Salimos a la luz del sol a trompicones, entrecerrando los ojos e intentando calmar la respiración.

Los saqueadores tenían diferentes castigos para los ladrones, y yo estaba intentando recordar cuál era el más común. ¿Una mano cortada? ¿El cautiverio y la esclavitud? La mayoría de las veces usaban el castigo para cerrar un trato, siempre con la intención de aumentar sus ganancias. O pagabas impuestos por cualquier ingreso o se llevaban dos de tus mejores hombres.

«No nos estarían buscando si no nos hubiéramos detenido en Ruenlock», pensaba yo. Yo era la responsable, era por mi culpa. Abran tenía razón al negarse.

Un hombre desdentado nos sonrió al cruzarse con nosotros. Pasó una ráfaga de viento junto a la iglesia que sacudió los árboles e hizo tropezar al anciano.

—Llevaré a Pearl al barco e izaré las velas. Tú reúne al resto —dijo Daniel. No había apartado la vista de la puerta después de salir, pero dentro estaba demasiado oscuro como para ver algo.

—¿Nos han visto? —pregunté. Atraje a Pearl hacia mí, hasta que me rozó el estómago con la nuca. La cogí de los hombros y ella apoyó las manos en las mías.

—No creo —dijo Daniel mirando por encima del hombro.

Le di un beso a Pearl en la cabeza y ella se demoró un instante antes de soltarme la mano. Daniel se la llevó. Se dirigieron a los muelles mientras yo atravesaba el pueblo hasta la primera taberna. Encontré a Wayne, Jessa y Thomas y les dije que los Lily Black estaban allí y necesitábamos zarpar. Se pusieron de pie de un salto haciendo caer los taburetes, y se pusieron las chaquetas. Me dijeron que Marjan ya estaba a bordo del Sedna con Behir. Acordamos que yo iría a buscar a Abran y que luego nos reuniríamos en el barco.

Encontré a Abran en la siguiente taberna, ventilándose un chupito de *whisky*, sentado al fondo, charlando con un hombre calvo que vestía una chaqueta de cuero.

—El Valle está protegido por completo y la tierra es muy fértil —decía Abran cuando me acerqué a él, que estaba de espaldas. Tenía las manos extendidas en la mesa, y tamborileaba con los dedos mientras hablaba. Se inclinaba hacia delante y podía imaginarme su media sonrisa, la expresión confiada y resuelta. Me entraron ganas agarrarle la cabeza y golpearla contra la mesa.

El hombre con el que hablaba me vio y le hizo a Abran un gesto con la cabeza, por eso se volvió.

—¡Myra! Mi dama favorita —dijo—. Toma asiento. —Y me indicó una silla a su lado.

—Gracias, pero tenemos que marcharnos —dije intentando establecer contacto visual con Abran para que supiera que iba en serio.

—¡No seas maleducada! —Abran se rio y se giró en su asiento para hacerle un gesto al camarero—. Este es Matty, un viejo amigo. Matty y yo nos conocemos de hace mucho.

—Abran… —dije.

Abran levantó las manos y se volvió a reír, incluso con esa media luz se le notaba acalorado.

—Podemos confiar en Matty. Sé que dije que no se lo contáramos a nadie, pero no esperaba toparme con un viejo amigo. Matty es de los buenos.

El camarero plantó tres vasos en la mesa y Abran hizo un brindis por Matty. Yo no toqué el mío.

—Y hemos conseguido buenos recursos. Los hemos descubierto. —Abran sonreía como si estuviera orgulloso—. Entonces, estamos preparados —le dijo a Matty.

Lo cogí del hombro y me acerqué para hablarle al oído.

—No se trata solo de con quién hablamos, sino de quién podría oírnos.

—Estás paranoica. —Abran se tomó el *whisky* de un trago—. Comparto esto con Matty para que se una a nosotros. Es pescador. Y no es que a ti te haya ido muy bien últimamente.

—Matty, te ruego que nos disculpes —dije tirando del brazo de Abran y obligándole a levantarse de la silla.

—Pero ¡¿qué demonios!? —dijo Abran.

En la esquina de la barra había una puerta estrecha con un rótulo que ponía *Almacén*, allí fue donde lo llevé, a una habitación oscura y diminuta llena de estantes con alcohol. La peste a levadura y a pescado podrido me asaltó en cuanto entramos. Un ventanuco por encima de nuestras cabezas dejaba pasar un haz de luz inclinado.

—Myra, solo estoy contento de ver a mi amigo. Estás sobreactuando.

Lo empujé contra los estantes.

—Ya está bien —siseé. Le tapé la boca con la mano y me incliné sobre él—. Nos han reconocido. Los de Ruenlock han contactado con los Lily Black y saben quiénes somos. Y los Lily Black están aquí. Necesitamos marcharnos al barco ya y zarpar.

Abran abrió mucho los ojos y se quitó la mano de la boca.

—¿Dónde…?

La puerta se abrió; yo esperaba que fuera el camarero para decirnos que nos largásemos de allí, pero un hombre y una mujer se colaron en la habitación y cerraron la puerta con rapidez. La mujer era la que había visto en la tienda de la iglesia, pero al hombre era la primera vez que lo veía. Tenía el mismo tatuaje del conejo en el cuello, iba sin camisa y tenía el pelo largo y grasiento recogido en una coleta. No paraba de darle vueltas a la misma idea: ¿cuántos de ellos había en Árbol Partido?

—¿Dónde está? —preguntó el hombre.

—¿El qué? —preguntó Abran.

Al principio, pensé que estaba haciéndose el tonto para ganar tiempo, y lo observé con atención por si me hacía cualquier gesto. Una señal para que atacase, para que corriera hacia la puerta. Pero estaba igual que cuando habíamos entrado, con la cabeza un poco inclinada hacia delante, los hombros caídos, los brazos colgando.

El hombre dio un paso al frente y le propinó un puñetazo a Abran que lo empotró contra los estantes. El almacén se quedó casi a oscuras: una nube había tapado el sol. Oía a Abran respirar con dificultad, estaba doblado por la mitad y se llevaba la mano al lado izquierdo de la cara.

—Nos han informado de que nos han robado. Vosotros encajáis con la descripción de esa gente.

El hombre se adelantó, pero la mujer le tocó el brazo con los nudillos y él se detuvo. Desenvainó un cuchillo y se puso a pasar la hoja por el bajo de la camisa, como si estuviera limpiándola.

Abran se agarró a un estante y se enderezó. Tiró una botella y esta estalló en mil pedazos a nuestros pies.

El hombre dio un paso hacia Abran y el cristal crujió bajo la bota. Bajó el brazo y le arrancó a Abran la bandana del cuello, dejándole las cicatrices al descubierto.

—De modo que es cierto —murmuró el hombre mirando de nuevo a la mujer—. Tiene que ser el que nos han dicho. Nos robó hace unos años, ¿es que le has cogido el gusto? —le preguntó el hombre—. Llevas tiempo en nuestra lista negra.

—Está en nuestro barco —dijo Abran—. Está todo en nuestro barco. Os lo devolveremos todo.

Miré a Abran de reojo. Tenía que saber que no se iban a llevar lo que les habíamos robado y luego se marcharían por las buenas. Tenía la cabeza baja, los labios apretados, no se leía nada en su expresión. ¿De veras iba a conducirles hasta el barco? Sentí cómo se precipitaban los acontecimientos y me sentí obligada a intervenir. Ni por asomo se iban a acercar a Pearl.

—Vale, llévanos hasta allí. Tú primero —dijo el hombre, haciéndose a un lado y dejando espacio para que Abran pasara entre la mujer y él.

—Vale —dijo Abran. No me miró, no me hizo ninguna señal. Seguía con la misma postura de hombros caídos y brazos inertes, como si quisiera hacerse pequeño e invisible. El olor acre del vinagre de la botella rota impregnaba la habitación y parpadeé con rapidez para aclararme la cabeza.

Abran se interpuso entre el hombre y la mujer y ambos lo observaron al pasar sin quitarle la vista de las manos. Tan pronto como Abran llegó a la altura de la puerta, el hombre sacó el cuchillo.

Apoyaba el peso en la pierna que tenía atrasada para poder abalanzarse sobre Abran y clavárselo por la espalda.

Desenvainé el cuchillo y llegué hasta el hombre en tres zancadas. Me subí a su espalda y él se dio la vuelta, intentando arrojarme al suelo. No lo solté, lo cogí de la coleta y le eché la cabeza hacia atrás antes de rebanarle el cuello.

La mujer me cogió del brazo, tiró de mí y me arrojó contra la pared. Me di contra una superficie de metal en la cabeza y caí al suelo mientras la mujer me pateaba el estómago. Notaba la puntera de la bota como una piedra que se me clavaba entre las costillas.

Abran la derribó y ambos cayeron al suelo; él se apartó de encima de ella, gimió y se hizo un ovillo. Parpadeé para despejar la vista, pero seguía viendo las cosas torcidas.

La mujer logró ponerse de rodillas y agarró un trozo de cristal. El rayo de sol que se colaba por la venta le arrancó un destello, un estallido radiante. Se levantó y fue a por Abran, que se arrastraba en dirección a una tabla suelta apoyada contra la pared.

Traté de ponerme de pie, pero me fallaron las piernas y me vine abajo. Los pulmones querían respirar, pero me faltaba el aliento. Avancé a rastras entre las esquirlas de cristal con un dolor intenso en el torso. No llegaría a tiempo.

Cuando ella pasó junto a mí levanté el cuchillo y se lo clavé en el pie, anclándola al suelo.

Ella dejó escapar un chillido y se agachó para apuñalarme con el cristal, pero yo rodé hacia un lado. Intentó tirar del cuchillo, pero Abran levantó la tabla y se la estrelló en la cabeza con un golpe sordo.

Abran se agachó y me levantó cogiéndome por debajo del brazo. La mano le sangraba y la sangre me mojaba la piel. Me hizo pasar primero por la puerta y tropezamos con una silla caída; atrajimos todas las miradas mientras atravesábamos la taberna en dirección a la salida, la peste a sangre, licor y humo lo impregnaba todo. Notaba el olor dentro, tan espeso que no pude librarme de él ni cuando salimos a la calle.

Corrimos hasta el barco. Daniel estaba al timón. Jessa en las jarcias y Thomas en el palo mayor, ajustando las velas. Abran y yo corrimos por el muelle, y solo nos detuvimos para soltar las amarras. Saltamos al barco cuando ya estaba alejándose del muelle.

Tropecé y caí sobre cubierta, notaba punzadas de dolor en todo el pecho. Pearl salió de la cabina para venir hasta mí, pero le hice señas para que volviera a meterse dentro.

—¡Behir! —chilló Marjan. Jessa gritó desde las jarcias y comenzó a bajar. Wayne atrapó a Marjan después de que ella corriera hasta la borda e intentara tirarse por encima con los brazos extendidos en dirección al muelle.

—¡Behir! —volvió a chillar.

Me levanté, miré al muelle y entonces lo vi. Tenían a Behir.

Capítulo 38

—Parad el barco —grité.

—¡Myra! —gritó Abran, acercándose a mí—. No van a devolvérnoslo sin más.

Sabía que tenía razón, pero no me importaba.

—¡Echad el ancla! —le grité a Daniel.

—Si echamos el ancla no lograremos salir de aquí, ¡nos rodearán! —gritó Abran.

Un hombre tenía agarrado a Behir y le apuntaba al cuello con un cuchillo. Behir tenía el mismo aspecto que Pearl aquella mañana cuando recogíamos almejas en la costa. Los ojos dilatados del pánico. Las manos flácidas. Como si estuviera en un tanque al que le hubieran sacado el oxígeno y la tapa comenzara a doblarse hacia dentro.

El hombre del pendiente negro que habíamos visto en la iglesia recorrió el muelle con otra mujer a su lado, una rubia de estatura baja y una sola oreja. Se quedaron junto al hombre que tenía agarrado a Behir y se cruzaron de brazos, echados hacia atrás, relajados, como si estuvieran esperando algo.

Daniel y el hombre del pendiente negro se miraron fijamente. Una expresión poderosa y complacida le atravesó el semblante a Pendiente Negro. Como si desafiara a Daniel para que actuara.

Daniel tragó saliva y apretó los puños, con una expresión abatida. Sabía que estaba decidiendo algo.

—Llévame a mí —gritó Daniel. Se me aceleró el pulso. Su voz sonaba inocente e insignificante, casi no la reconocí. Todo se intensificó, todas las superficies se volvieron más prominentes, el mástil más alto, la borda vibraba con una energía renovada. Los segundos se prolongaban e intenté pensar, pero tenía la mente en blanco.

Pendiente Negro agitó la cabeza como si Daniel fuera un niño que lo hubiera decepcionado un poco. Que no diera la talla. Luego miró al hombre que sujetaba a Behir.

Daniel corrió a lo largo del barco, hacia la proa, donde estaba el ancla. Behir lo vio y negó con un pequeño movimiento de la cabeza.

Solo oía un «no, no, no» que resonaba en mi interior.

Corrí hasta la borda, moviendo los brazos por encima de la cabeza. La marea ya había alejado al Sedna del muelle, necesitábamos echar el ancla.

—¡Os daremos lo que queráis! —les grité—. ¡Dejadle ir!

El hombre que se parecía a Daniel sonrió ligeramente, una sonrisa triste, como si se arrepintiera de algo. Le hizo un gesto al hombre que sujetaba a Behir y yo cerré los ojos con fuerza. Marjan gritó y la oí derrumbarse en cubierta. El sol me atravesó los párpados y solo veía rojo, mi cuerpo era una llamarada, como si hubiera tragado fuego. El mundo entero se tornó aullido.

Cuando abrí los ojos de nuevo, Behir estaba hecho un despojo a los pies del hombre y este se limpiaba el cuchillo con el bajo de la camisa. Me agarré a la borda con ambas manos para no caer. Luego me volví hacia cubierta y vi a Pearl en la puerta de la cabina con el rostro surcado de lágrimas.

Oficiamos un funeral para Behir, pero Marjan no quiso hablar. Nos reunimos en la proa del barco y ella se quedó detrás, como una sombra. Cuando terminamos y nos dimos la vuelta, ella ya había desaparecido.

Después del funeral, nos reunimos en la toldilla y Abran le

contó al resto lo sucedido en la taberna de Árbol Partido. Que habíamos matado a uno de ellos y que era probable que supieran que nos dirigíamos al Valle. Abran no mencionó su pasado con los Lily Black ni que lo habían reconocido.

—Nos dijiste que no hablásemos del Valle —rugió Wayne.

Abran cerró los ojos y asintió.

—Estaba hablando con un amigo. Pero quizá alguien nos oyó. Behir… —Abran se detuvo y miró a Marjan, como si titubeara—. A Behir lo mataron por lo de Ruenlock. Así es cómo funcionan: castigan cualquier ofensa. Como ya lo han dejado claro, es poco probable que nos sigan.

Un murmullo de inquietud se extendió entre la tripulación. Miré a Abran con los ojos entornados, preguntándome si de verdad se lo creía. Entre su pasado con los Lily Black y fuera cual fuera la conexión que Daniel tenía con el capitán, dudaba que hubieran terminado con nosotros.

Daniel tenía que ser pariente de aquel hombre: no solo es que se parecieran, también estaba el cruce de miradas entre el barco y el muelle. Se habían mirado con la familiaridad de quien se conoce. Me preguntaba si alguien más lo habría notado. Se habían mirado como si estuvieran regateando, como si estuvieran a punto de hacer un intercambio. Y Daniel se había ofrecido a entregarse.

Pensé en cómo Daniel se volcaba en sus mapas y en cómo a veces escondía sus notas cuando yo entraba en la cabina. Me acordé de Harjo, lo sorprendido que se había mostrado cuando lo encontré hablando con un desconocido. Cómo solía desaparecer solo en las tabernas, como si estuviera recabando información a escondidas. Abran tenía razón. Daniel ocultaba algo. A pesar de que siempre decía lo difícil que era seguir el rastro de alguien, ¿habríamos estado siguiendo a los Lily Black durante todo este tiempo?

Él tenía que saber el peligro que suponía. Aunque quizá no le importara. Me hervía la sangre solo de pensarlo. Necesitaba ver a Daniel a solas y obligarle a que me lo contara.

Sin Behir, el Sedna era un barco más sombrío. Siempre nos habíamos apoyado en su ingenio y en su simpatía, en su forma de poner ante el mal tiempo buena cara. Cuando un remolino arrancaba una red llena de pescado de los aparejos. Cuando el cielo se ensombrecía y arreciaba el temporal.

Marjan se quedó en el camarote de Abran y él se trasladó a las dependencias de la tripulación durante un mes. Le llevábamos la comida y a veces llamaba a alguien, de lo contrario apenas se dejaba ver por el barco, se escabullía como un fantasma.

Un día apareció en la cabina para desayunar, su presencia era algo más luminosa, más pulida, como una hoja templada al fuego a la que le hubieran dado una nueva forma. Yo quería estar cerca de ella, ponerme a limpiar el pescado en la cocina, otear el horizonte en la borda por si había picos escondidos cuando estábamos próximos a la costa, ese tipo de cosas. Normalmente no quería saber nada de las personas que habían perdido a un ser querido. Era como recordar una pesadilla cuando estabas intentando olvidarla. Pero este caso era diferente. Quería tenderle la mano, reconfortarla.

Quizá fuera porque la quería lo suficiente para sentarme con ella, aunque su dolor fuera como un tercer ocupante de la habitación, una presencia palpable. Una forma que sabía que cambiaría con el tiempo y que evolucionaría como solo puede evolucionar el dolor.

O quizá quería reconfortarla porque era mi penitencia para descargarme de la culpa. Si no hubiera sucedido todo lo anterior, si no hubiéramos cambiado de rumbo a instancia mía, no habríamos atracado en Árbol Partido.

Una noche después de que perdiésemos a Behir soñé que me ahogaba. El agua a mi alrededor era oscura y subía y subía y yo nadaba y continuaba subiendo, y la superficie se alejaba de mí. Intentaba acariciar la luz del sol y nadaba hasta notar los pulmones ardiendo, las piernas entumecidas y débiles. Pearl me despertó cuando creía que iba a rendirme y hundirme para siempre en las profundidades.

Esa noche Pearl no durmió, sino que se quedó encogida en un rincón de la cama, apoyada contra la pared. Tenía el pelo revuelto y rizado alrededor de la cara y parecía una muñeca en un estante olvidado. Fui a tocarle la mejilla y no se inmutó, apenas un parpadeo; el movimiento del pecho al respirar era casi imperceptible, como un animal hibernando, ni consciente ni dormida. La abracé y la acuné como cuando era un bebé.

«No debería haberlo visto, no debería haberlo visto», pensaba una y otra vez.

Unos días después de la muerte de Behir me encontré con Abran a solas en las dependencias. Todo el mundo había subido a desayunar y Abran estaba sentado en su litera provisional, intentando vendarse la mano herida. Una vela le iluminaba la mitad del brazo con un resplandor mortecino y luego se difuminaba en la oscuridad.

—¿Qué sucedió en Árbol Partido? —pregunté en voz baja.

—¿Tú qué crees que sucedió? —Abran escupió en el suelo y se inclinó hacia delante, intentando atarse el vendaje tirando de la tela con los dientes y con la otra mano. Se le escurrió y se deshilachó, entonces dio un manotazo con la mano buena en la mesilla y la vela salió volando.

La llama se extinguió al caer. No dije nada. La cera goteaba en el suelo. Recogí la vela y volví a ponerla sobre la mesa.

—Espero que nadie más te oyera decir hacia dónde nos dirigíamos —dije.

—¿Por qué? ¿Te preocupa que la gente ya no quiera ir allí?

Me puse en cuclillas frente a él y le cogí la mano lesionada entre las mías.

—No —dije. Era demasiado tarde para dar media vuelta, demasiado tarde para intentar ir a otro sitio. La tripulación estaba ansiosa por echar raíces. Y la confianza de Abran se desvanecía. Nos habría llevado directos al infierno con tal de quedar como un hombre decidido. Me observó mientras le vendaba la mano, con la mirada perdida y nublada, en poco se parecía al hombre al que había visitado por las noches. Recordé lo que Marjan había dicho de él meses atrás, cuando me uní al Sedna. Que a veces le podía la presión. ¿Se refería a esto? ¿Lo había hecho antes? Pensé en el miedo que les tenía a los Lily Black, lo mucho que le obsesionaba la muerte de su hermano. Me daba pena, pero ese sentimiento no daba mucho de sí. Necesitaba que fuera la persona que creía que era.

Tiré de la venda con fuerza y él hizo un gesto de dolor.

—Tienes que dejarte de historias —le dije en voz baja.

—¿O qué? —preguntó Abran—. ¿Vas a organizar un motín?

Tiré de la venda con tanta fuerza que se empapó de sangre y Abran tiró de la mano hacia atrás.

—No estás actuando como un capitán. Sin capitán, no hay motín —dije.

Capítulo 39

Ese mismo día, más tarde, me encontré con Daniel en la cabina a última hora, haciendo sus cálculos. Había estado evitando a todo el mundo, incluso a Pearl y a mí. Junto a él, una vela parpadeaba sobre la mesa. Me pregunté si le había pedido permiso Abran para usar la luz cuando se quedaba a trabajar hasta tarde, o si estaba ignorando la norma. Me inclinaba por lo segundo.

Daniel no levantó la vista cuando entré, pero noté que sabía que era yo.

—Creí que estarías en la cama —dijo.

Había un olor sulfuroso en el ambiente, un tufo acre que resultaba tan verde como la vida y tan negro como la putrefacción. Debíamos estar pasando sobre las montañas, plagadas de algas y plancton y nueva vegetación, plantas que todavía no tenían nombre.

—¿Es pariente tuyo? ¿Tu padre? ¿Tu tío? —pregunté.

Daniel continuó garabateando en su cuaderno, pero noté que se le tensaban los músculos del cuello. Cogió el sextante, midió un espacio en el mapa y lo dejó en su sitio.

—Hay una cosa que quiero saber —continué—. Si los estábamos siguiendo. —Procuré mantener la voz firme, pero me salió temblorosa, como si le perteneciera a otra persona.

Daniel dejó de escribir. Se reclinó en la silla, dejó caer el lápiz y estiró los dedos ante él en la mesa.

Me atravesó una ráfaga de furia que me sacudió de arriba abajo. No podía confiar en él. Era como todos los demás. Apreté los puños a ambos lados del cuerpo. Notaba la piel caliente al tacto. El Sedna gimió contra una ola y se escoró hacia un lado, para luego enderezarse.

—Behir ha muerto y ahora nos seguirán hasta el Valle.

Daniel dejó caer la cabeza entre las manos y maldijo.

—Está demasiado lejos. No les compensa.

Pero yo sabía que no se lo creía ni él.

—¿Que no les compensa? Ejecutan a todo aquel que les traiciona, no se oye otra cosa. —Me detuve al recordar la promesa que le había hecho a Abran.

—Quieren más colonias —dije cambiando de tema—. Podrían decidir arrebatarle el Valle a los Lost Abbots y de paso quitarnos de en medio. Actuabas como si quisieras mantenernos a salvo, que no corriéramos riesgos… y todo este tiempo nos has conducido hasta el peligro, nos has llevado directos a él. —Me temblaba la voz y había subido de tono, y me contuve para no saltar sobre él y golpearlo.

—Nunca quise que Pearl y tú os vierais involucradas —dijo él.

Se levantó, se volvió hacia mí y negó con la cabeza. Estaba angustiado, los ojos le brillaban con determinación. Noté que quería extender la mano y tocarme. Quería consolarme. Que yo le consolara. Mi furia fue en aumento, como una llamarada que me recorría la columna.

—Lo siento mucho —dijo.

—¿Que lo sientes? —Me abalancé sobre él y le empujé. Él retrocedió. Volví a empujarle—. ¿Cómo has podido hacerlo? —Le empujé una y otra vez hasta que se dio de espaldas contra la pared—. Después de que te rescaté del agua. Y ahora… todo este tiempo… —Le golpeé el pecho con los dos puños. Él me cogió de las muñecas y me retuvo.

Me zafé y di un paso atrás. Me sentía más calmada. Había aplacado mi ira al atacarle, pero había algo más.

Detrás de la rabia había alivio, el alivio de saber que podía culpar a otra persona, que la muerte de Behir no había sido por mi culpa. Necesitaba librarme de las ataduras de la culpa como un pez necesita huir de la red.

—¿Nos estabas conduciendo hasta ellos? —le volví a preguntar—. ¿Estabas pagando una deuda?

—No. —Daniel negó con la cabeza y se frotó la cara con la palma de la mano—. Sí, en cierto modo.

Cuando apreté los puños de nuevo, él levantó las manos.

—Es mi hermano mayor. Lo estaba buscando… para darle caza.

Daniel guardó silencio; esperé a que continuara.

—Estuvo en la marina muchos años. Cuando las inundaciones fueron a más y el mundo se fue a la mierda, siempre hablaba de cómo surgirían nuevas naciones. Quería ser parte de ello, proteger a los demás. Tenía toda una serie de principios sobre cómo debía comportarse la gente y cuál era el lugar de cada uno. —Una mueca endureció los rasgos de Daniel—. Quería asegurarse de que yo sabía cuál era mi sitio, por debajo de él. Jackson… Se diría que le alegraba que todo se desmoronase. Como si supiera que en este nuevo mundo estaba llamado a grandes cosas. Que conseguiría construir algo propio en mitad de todo ese caos.

Hizo una pausa y un trueno fracturó el silencio. Un relámpago lo iluminó.

»Jackson combatió en la Guerra del Mediterráneo con su comandante, Clarence Axon. Jackson era como un hijo para él. Axon ya había creado a los Lily Black, eran un grupo militar privado que los Estados Unidos había contratado para ayudar en la guerra. Cuando la guerra terminó, Axon lo nombró capitán de uno de sus barcos. Por eso regresó a casa a buscarnos a mi madre y a mí, para llevarnos con él.

Daniel volvió a detenerse. Supe que estaba decidiendo cuánto contarme y cuánto callarse.

»Las cosas se pusieron feas entre mi madre y él. Teníamos un barco e íbamos a utilizarlo para escapar, pero Jackson lo robó durante la noche y desapareció sin más. Pero no solo se llevó el barco. Sabía que tenía almacenada toda la insulina de mi madre dentro y también se la llevó. Sabía que mi madre moriría sin ella y me dejó allí tirado, para cuidarla hasta el final. Al principio no intenté encontrarlo, pero entonces Marianne murió y poco después me lo topé en un puerto. Fue como un despertar. Yo... intenté matarlo allí mismo.

Otro relámpago iluminó el Sedna, que se agitaba con el oleaje. Se pasó la mano por la cara y apartó la mirada. Pensé en Daniel, en sus ataques de ira, en la historia que me había contado, cuando mató a toda su antigua tripulación después de que violaran a Marianne.

—Me prometió que, si volvía a intentarlo, vendría a por mí y me liquidaría. Me enteré de que estaba fundando colonias al noroeste, eso fue antes de que nos conociéramos, por eso me dirigía hacia allí.

—Cuando te salvé, querrás decir —le espeté.

—Pensé que sería capaz de seguirle el rastro hasta un puerto y deshacerme de él con discreción. Nadie más tenía que verse involucrado.

—Eres un completo imbécil —dije—. Y yo también, por confiar en ti. ¿Cómo ibas a cargarte al capitán de un barco de los Lily Black y no involucrar a nadie?

—No lo sé. Yo no... Él podía acabar conmigo antes, en cualquier caso. Esa parte no me importaba. Yo... yo quería mirarle a los ojos y decirle «esto es lo que has hecho».

Me crucé de brazos. Hubo un tiempo en el que me habría gustado tener a Jacob delante para ajustar cuentas con él. Decirle la verdad y obligarle a escucharla. Pero había preferido apartarlo de mi cabeza y aferrarme a mi rabia.

—Y yo que pensaba que nos estabas ayudando. Que querías proteger a Pearl...

—Sí que quiero…

—Cállate. ¿Lo buscaste en todos los puertos donde atracamos?

—Pregunté por ahí… A la gente de las tabernas y las tiendas. En Wharton unos me dijeron que había estado allí, pero que se dirigía al norte, a la zona de Árbol Partido.

—Por eso nos detuvimos aquí y no en Brighton —dije yo. Brighton era un pequeño puerto comercial al sur de Árbol Partido, pasamos de largo antes de dirigirnos allí. Entonces Daniel había asegurado que en esa época del año solía haber tifones en la zona de Brighton—. ¿Cómo no se te ocurrió que nos traías a la perdición?

La culpa tensó los rasgos de Daniel. El resto del cuerpo, en cambio, parecía flaquear, le fallaban las articulaciones, tenía los hombros caídos. Se pasó la mano por la cara.

—Yo… tenía la esperanza de poder contenerlo.

—Me has utilizado —dije. La simple idea avivaba una antigua herida que todavía me sorprendía que no hubiera cicatrizado—. Querías que votásemos por el Valle tanto como yo. Porque sabías que de esa manera nos acercaríamos más a él.

Como no decía nada, me apresuré a añadir:

—Si los Lily Black no hubieran estado al noroeste, ¿habrías accedido a acompañarme? ¿A ayudarme?

El Sedna cabeceó con otra ola y la vela de la mesa comenzó a deslizarse hacia el borde. Daniel se adelantó y la recogió. La llama trazaba sombras danzarinas en las paredes.

—No —dijo con suavidad cerrando los ojos mientras hablaba—. Entonces, no. No lo habría hecho. Pero ahora soy otro y sí, lo haría. Quiero estar contigo y con Pearl. Pero también quiero que parte de mi vida anterior acabe, cerrar esa etapa. No puedo… No puedo reconciliar esas dos partes de mi vida, y tampoco sé cómo conectarlas.

Pensé en todas las ocasiones en que mi vida había despegado en una nueva dirección. El suicidio de mi padre, la muerte de mi madre, cuando Jacob se llevó a Row, la muerte de mi abuelo, el

Sedna. Mi vida era como el agua, cambiaba de forma con cada suceso. Pero no del todo, porque en mi interior había algo indefinible, una pieza central a la que no le afectaba el destino, como una piedra.

El viento aullaba y las olas rompían contra el Sedna. Me sentía como si el mundo entero intentara colarse en nuestro barco y despedazarnos.

—No espero que me perdones —dijo Daniel.

—Bien, porque no pienso hacerlo.

Daniel me miró fijamente, dejó la vela sobre la mesa y se cruzó de brazos.

—Me sorprende que seas tan crítica dadas las circunstancias.

—¿Qué circunstancias?

—Si tuvieras la oportunidad, tú también te vengarías. De Jacob.

—Claro que quiero ajustar cuentas. Pero ¿qué más da? Está muerto.

—No tienes que perdonarme. Pero lo comprendes. Sé que es así —dijo él—. Comprendes que tienes que desquitarte antes de pasar página.

—Comprendo que estamos a punto de comenzar la travesía más larga de nuestras vidas y que no sabemos si nos han seguido. Comprendo que acabamos de perder a... —Se me quebró la voz y tragué saliva. Intenté pronunciar su nombre, pero se me atragantaba.

Dio un paso hacia delante con los brazos abiertos, pero le di un manotazo en el pecho para que se apartara.

—Pearl no tendría que haberlo visto —dije con la voz rota, sollozando—. ¿Y si se ha roto algo en su interior?

Comencé a estremecerme. El Sedna se escoró y por poco caigo al suelo, pero Daniel me recogió. Me sujetó de los brazos, pero mantuvo la distancia y me ayudó a incorporarme.

—No se ha roto nada —dijo. Me cogió de la barbilla y me levantó el rostro para mirarme—. Y no has tenido la culpa de lo que ha pasado. La tengo yo. Siempre la tendré. Cargaré con ella.

Me secó una lágrima con el pulgar y yo me aparté. No podía parar de llorar y apenas si podía respirar, por eso me dirigí a la puerta, quería que el viento me limpiase a toda costa. Me detuve en la puerta y me volví para mirarlo.

Estaba donde lo había dejado, delante de la vela, un halo tenue lo rodeaba. Solo distinguía su silueta, todo su cuerpo estaba hecho de sombras.

Capítulo 40

Llevaba días sin llover y nuestro depósito solo tenía unos centímetros de agua, por eso la racionamos. Todos estábamos deshidratados, y caminábamos por cubierta, humedeciéndonos los labios agrietados, parpadeando con ojos secos. Había más riñas y más discusiones, los tripulantes se marchaban de malos modos y se miraban con frialdad durante el desayuno. Perder a Behir antes de comenzar la travesía del Atlántico no solo nos había roto el corazón, era como si una maldición se cerniera sobre nosotros, lista para caer del cielo y tragarnos a todos.

La cabra contrajo una enfermedad, le salieron yagas en el cuello, unas ampollas rojas bajo el pelaje. Comenzó a consumirse y enloqueció del dolor; chillaba por las noches, y durante el día se apartaba si intentábamos tocarla. Al final, Thomas la sacrificó y desmontó el corral, que pasó a ser una zona de cubierta cualquiera, pero quedó la marca en la madera y también los arañazos de las pezuñas. Debatimos si la carne sería comestible y acordamos que mejor no arriesgarse. Ya teníamos suficientes problemas, no podíamos permitirnos que la tripulación enfermase. Pero sí que la desollé y curtí la piel antes de arrojar el cuerpo por la borda. Las noches eran cada vez más frías y a Pearl le vendría bien otra manta.

Thomas y Wayne construyeron una segunda canoa para reemplazar la que habíamos perdido en Ruenlock. Esta era más pequeña, pero nos serviría para trasladarnos hasta la orilla.

Después de echar las redes y no pescar nada, probé con las líneas, comprobé los cebos y eché algunas más. El tiempo había sido estable la semana anterior, pero pronto llegaríamos al Paso de las Tempestades, una zona en el Atlántico norte que era conocida por los vendavales y las tormentas. En esa zona había más embarcaciones el fondo del mar de lo que podría imaginar. La lluvia nos vendría bien para el depósito, pero nos preocupaba cómo le afectaría al Sedna el vendaval.

Mientras pescaba, Abran cruzó la cubierta desde la escotilla hasta la cabina, sin dejar de mirarme con una expresión sombría y preocupada. Cuando entré en la cabina para dejar un aparejo, oí que se dirigía a Marjan con aspereza.

Me vio cargando las cajas en las estanterías y dijo:

—¿Te importa?

Marjan sostuvo una lista en alto y removió una olla al fuego. El olor del pescado me revolvió el estómago.

Dejé la toldilla y volví a echar las redes. Daniel estaba cerca de la proa oteando el horizonte con los prismáticos. Sabía que buscaba cualquier rastro de los Lily Black. El día anterior lo había visto en las jarcias con los prismáticos. Hacía una semana que no divisábamos a nadie, no nos habíamos cruzado con ninguna embarcación. Pero el aislamiento no nos privaba de la sensación de que nos estuvieran siguiendo.

Tenía los pies entumecidos de lo fría que estaba la cubierta, así que bajé a la bodega en busca de las botas. Estaba sola en nuestras dependencias, poniéndomelas, cuando Marjan entró y dejó una botella de licor vacía en la mesa que había a mi lado. Me até los cordones, me eché hacia atrás y suspiré. Era una botella de cristal, parecida a la que había visto en la habitación de Abran semanas atrás.

—Está bebiendo más que de costumbre —dijo Marjan.

Asentí.

—¿Tan mal está?

271

—Ha estado cambiando víveres por alcohol. Guarda el pescado ahumado en un cubo aparte y luego lo cambia cuando hemos terminado con el trueque en cada puerto.

Me quedé mirándola fijamente.

—¿Siempre lo has sabido? ¿Cuánto tiempo lleva haciéndolo?

Intenté recordar cuándo había notado a Abran distinto. Fue cuando hicimos escala en Wharton; había afirmado que necesitaba despejarse porque estaba muy cerca del lugar donde había muerto su hermano.

—Años —dijo Marjan. Parecía cansada. Tenía las arrugas más profundas y el pelo gris menos espeso a la altura de las sienes. Llevaba su túnica azul de siempre y por eso se destacaba más la vena del mismo color que le dividía la frente como un riachuelo.

—¿Años? —pregunté.

—No siempre está tan mal. Va y viene. Es peor cuando está estresado —explicó Marjan.

—¿Y qué hay de las normas? ¿Por qué nadie le dice algo? —pregunté.

—Las normas… —Marjan se encogió de hombros—. Las normas son solo ideas que Abran tenía. Nunca ha obligado a nadie a seguirlas. Es más bien un código de honor, pero ahora…

—Pero ¿por qué nadie lo impide? —pregunté.

Marjan cerró los ojos y apretó los dientes. De repente, me sentí como una niña haciendo preguntas disparatadas. Cuando volvió a abrir los ojos, parecían mucho más vigorosos, brillaban con una energía incansable. Me pregunté cuánto trabajo invisible llevaba a cabo en el Sedna. Siempre se movía sigilosamente por el barco, realizando tareas que a los demás nos pasaban desapercibidas.

—Lo siento —dije—. Sé que no es tan fácil. Intentaré hablar con él.

—No habrá suficiente para la travesía —dijo Marjan—. Entonces tendrá síndrome de abstinencia. He comenzado a racionárselo para que no sea tan brusco. Esperaba que pudieras ayudarme.

—Claro, lo que quieras.

Marjan asintió, cogió la botella y se envolvió con su chal. Desde la muerte de Behir, sentía tanta vergüenza que pensaba que acabaría por explotar y me partiría en dos. Y, bajo la vergüenza, estaba el miedo, un miedo terrible, un peso que me abrumaba y me hacía sentir más y más pequeña. Ponerme erguida con todo ese peso requería más fuerza de la que creía tener. A cada día que pasaba, la necesidad de confesar crecía más y más.

Se giró para marcharse y yo la retuve tocándole el brazo.

—Espera —dije. Tenía el cuerpo tenso y las manos pegajosas—. Lo siento.

Cuando me miró, me sentí como si se hubiera abierto un vacío bajo mis pies. Pensé en mi madre, en sus ojos oscuros y su risa rápida. Su forma de ocultar su miedo para que no fuera una carga para mí, respirando hondo para disimular, levantando la cabeza y esforzándose por sonreír. Las madres se diferencian en todo salvo en el dolor que llevan dentro, en la médula; incluso las partes blandas se derrumban.

Me apresuré a continuar.

—En el pasado no te he pedido perdón, y te dije que no sentía lo de Ruenlock, pero no es así. Siento haberos decepcionado a todos, siento que... —Se me hizo un nudo en la garganta y parpadeé con rapidez para aclararme la vista.

Marjan me dio un golpecito en el brazo como si fuera una madre consolando a una niña. Tenía el ceño fruncido con un gesto de preocupación. Si en alguna ocasión me culpaba, esta no era una de ellas. Había visto destellos de rabia en su expresión mientras trabajaba, cuando colgaba la ropa para que una tormenta la lavase. Los recuerdos salían a la superficie con el silencio. Pero, si me culpaba, nunca lo había exteriorizado.

El collar de Marjan tenía ahora cuatro cuentas en lugar de tres y me dolía el pecho solo de mirarlo. Me preguntaba si había guardado una cuenta más durante todo este tiempo, quizá en el baúl, a sabiendas de que algún día la necesitaría.

El silencio que nos envolvía era clamoroso. Pensé cómo el nacimiento es dar vida, pero solo es el principio, es una parte muy pequeña, como una simiente que todavía necesita el sol y la tierra, que necesita mucho para florecer. Pensé en lo mucho que Marjan había dado por nosotros y todo lo que nos seguía dando.

Entonces Marjan agitó la cabeza con una sonrisa triste grabada en el rostro.

—No dejo de pensar que el dolor es como subir una escalera mientras miras hacia abajo —dijo—. No se te va a olvidar dónde has estado, pero tienes que continuar subiendo. Todo se hace más lejano, pero ahí sigue. Y solo puedes ir en una dirección y no te apetece seguir, pero tienes que continuar. Y esa tensión en el pecho no desaparece, pero continúas respirando ese aire más escaso en las alturas. Es como si te saliera un tercer pulmón. Como si hubieras crecido cuando pensabas que estabas rota.

Salí por la escotilla a cubierta y vi a Daniel y Pearl sentados uno frente a otro a estribor, junto a la borda, inclinados sobre un trozo de papel.

Con la luz del sol, el pelo de Pearl tenía el color del fuego y flotaba con el viento como una llama ondulante. Daniel trazó algo en el papel con el dedo y Pearl se inclinó hacia delante, imitándolo.

Me acerqué a ellos para oír de qué hablaban mientras fingía inspeccionar una grieta en la borda. Oí que Daniel decía:

—El sextante se usa para medir la distancia entre el sol y el horizonte.

—Esto es un aburrimiento —murmuró Pearl.

—Tienes que aprender a leer mapas y calcular distancias —dijo Daniel.

—¿Por qué?

—Para que puedas ir donde te propongas.

Mientras escuchaba su conversación, vi a Pearl surcando los mares sola, su cuerpo moreno apenas un punto en el horizonte, en la cubierta de un barco en el que yo nunca había estado, rumbo a un destino que no imaginaba. Era tan joven como este mundo que yo nunca llegaría a conocer del todo.

Daniel me miró de reojo, se levantó y se acercó a mí.

—Pensé que le vendría bien practicar —dijo con cautela—. Espero que te parezca bien.

—Quiero que aprenda —dije con frialdad. Por las noches, había continuado enseñando a leer a Pearl con los libros de Abran. Su favorito era *El libro de la selva*.

Pearl continuó inclinada sobre el mapa, moviendo el sextante en semicírculos. Apuntó un número en un cuaderno de papel junto a la rodilla. Se inclinó de nuevo sobre el mapa y apuntó otra medición.

Daniel y yo la observábamos. El sol le caía sobre la espalda y le tostaba la piel. Tenía el ceño fruncido. El viento levantaba el borde del mapa y ella procuraba alisarlo con una mano impaciente. En ocasiones como esta, cuando estaba concentrada en algo, parecía una persona prácticamente desconocida, y eso me provocaba una alegría melancólica.

Me hacía recordar su nacimiento, porque incluso entonces me había parecido una extraña. No perderla era lo único que me mantenía a flote, me decía una y otra vez. Lo que Marjan había dicho era hermoso y quería creer en sus palabras, pero temía que no fueran ciertas. Que después de una pérdida demasiado grande una acababa simplemente devastada. Que estar rota no significaba más que estar rota.

Daniel estaba tan cerca que notaba su aroma familiar a madera quemada y a una flor oscura que crecía en las raíces de los árboles. Como un bosque en otoño. A lo lejos, se oían los graznidos de las gaviotas.

—Debería volver a pescar —dije, aunque no me moví del sitio. Los graznidos de las gaviotas fueron a más y escruté el agua. Al este, una bandada se zambulló en el agua y salió con un pescado recién capturado. Apreté la borda con fuerza. Había pasado las redes hacía media hora y habían salido vacías.

—Puedes descansar un minuto —dijo Daniel.

Todavía me costaba conciliar lo que Daniel había hecho con la persona que sentía que era. También había tenido siempre problemas para conciliar las diferentes caras de Jacob, intentaba comprender por qué el hombre con quien me había casado era el hombre que me había hecho más daño que las inundaciones. Había pasado horas rumiándolo, repasando mis recuerdos en busca de pistas. Podía ver al demonio reflejado en todas sus palabras y sus gestos, pero algunos recuerdos se resistían a ese encaje. Me recordaban a un hombre al que había querido y que parecía quererme. Cuando Row era un bebé, un día me desperté y descubrí que Jacob me había traído el desayuno a la cama. Me había besado en la frente y me había recogido un mechón detrás de la oreja antes de darme una bandeja llena de huevos, fresas y tostadas.

—¿Y esto? —pregunté.

—Para ti. Has estado trabajando muy duro. Sé que tengo mucha suerte de estar contigo —dijo.

Bajo el sol que se colaba por la ventana, su cabello parecía rojo vivo y la piel clara casi de porcelana. Le toqué la mejilla y le di las gracias en voz baja.

—Será mejor que vaya a por el café. Está casi hecho —dijo levantándose para marcharse.

El aroma del café flotó hasta el piso de arriba mientras escuchaba los ruidos que hacía al moverse por la cocina. Me invadió una sensación de calidez y me estiré en la cama. Row pronto despertaría y su llanto de gatita resonaría en toda la casa en media hora, como un reloj. Todo en su sitio. Como si fuera una naturaleza muerta que te resultara agradable a la vista.

Al principio, Jacob se había obsesionado conmigo, como si fuera una criatura que no hubiera visto nunca. Me tomaba por una mujer misteriosa si estaba de buen humor, el cinismo lo confundía con inteligencia. Me casé con él porque pensé que estaba tan loco por mí que nunca me dejaría. Que nunca reviviría aquellos momentos en el escalón de mi casa esperando a que mi madre volviese del trabajo.

Qué equivocada estaba. Pero ¿había estado siempre equivocada? ¿Debía desdeñar los buenos momentos que había pasado con él? ¿Cómo podía conciliar al hombre que me traía el desayuno a la cama con el que me había traicionado?

Como Jacob era carpintero como el abuelo, una parte de mí creía que sería como el abuelo. Una persona equilibrada, paciente, una presencia tranquila pero firme. Alguien en quien confiar, alguien a quien necesitar.

Pearl exclamó:

—¡Mamá! ¡Es mi pájaro!

Pearl bailaba en círculos y señalaba a un pájaro que sobrevolaba el barco. Era más pequeño que las otras gaviotas y tenía las plumas más oscuras, y tampoco llamaba al resto. Describió un círculo alrededor del palo mayor y voló junto a nosotros a la misma velocidad que el barco.

—¡Es el pájaro que atrapé! —dijo Pearl corriendo hacia mí y tirándome del brazo.

Yo entorné los ojos para mirarlo.

—No creo, bonita.

—Claro que sí —dijo Pearl con impaciencia. Volvió a dibujar un círculo con los brazos extendidos, mientras el pájaro volaba por encima de ella. Dio vueltas y más vueltas, la cabellera al viento como una llama salvaje.

Daniel sonrió mientras observaba a Pearl y me dijo:

—¿Sabes qué? Creo que podría ser su pájaro.

«Las cosas buenas siempre regresan a ti», solía decir mi madre. Lo había olvidado hasta ese momento, mientras observaba la camisa de Pearl flotar a su alrededor. Por inverosímil que pareciera, todas las superficies del barco parecían delicadas, la madera desgastada por el viento, las velas raídas y suaves como las sábanas tendidas en una cuerda. Nosotros mismos parecíamos delicados en ese momento: tres cuerpos en la cubierta de un barco, agua fría en todas las direcciones, tres corazones latiendo con furia, como si tuvieran alas.

Capítulo 41

Se hizo de noche mientras cenábamos, las sombras se alargaban y nuestro reflejo en la ventana se hizo más nítido a medida que la luz se extinguía. Marjan colgó la lámpara del techo y colocó velas en la mesa. No había pensado en las horas sin luz que nos esperaban a medida que nos dirigíamos hacia el norte. El cielo y el mar se volvían negros muy temprano salvo por una franja de luz en el horizonte, era como estar dentro de una almeja a punto de cerrarse.

Devoramos la sopa de pescado sin entablar conversación. En mitad de la mesa, la panera estaba vacía, a cada uno nos había tocado un trozo de pan del tamaño de la palma de la mano. Sospechaba que la levadura que habíamos conseguido casi se había terminado. Daniel y yo le dimos a Pearl nuestro pan. Me ponía enferma comprobar cómo se le marcaban las costillas cuando dormía a mi lado por las noches.

Me recordaba a mi cuerpo durante la lactancia. La suerte que tuve de que me subiera la leche a pesar de los días de hambre que pasé, pero la carne desapareció de mi cuerpo y los huesos aparecieron donde había olvidado que existían. Durante un tiempo, para mi cuerpo ella fue la prioridad, por eso desviaba los nutrientes para la leche, dejándome hambrienta y dolorida. Pero, unos meses después, la cosa cambió y la leche comenzó a retirarse.

El abuelo cambiaba el pescado por leche de cabra en los puertos y se la dábamos a cucharadas de una taza. Comenzó a engordar, por fin comía lo que necesitaba. El abuelo y yo pescábamos sin descanso y hacíamos trueque para conseguir los demás alimentos que necesitaba: fruta, pan de masa madre, queso. Nos sorprendió y se convirtió en una bebé gordita y feliz, y recuerdo que, durante un tiempo, pensé que sería posible, que podría criarla con la ayuda del abuelo.

Marjan comenzó a apilar los platos. Pearl tenía una montañita de migajas delante y, cuando terminó con el pan, recogió el montón con la mano y se la llevó a la boca. Esa noche, la tripulación y yo discutimos el plan para enfrentarnos a los guardias de la colonia. Les mostré el mapa y les sugerí echar el ancla en el lado sur, desde donde sería más fácil subir por la montaña para luego poder bajar al valle. Me ofrecí voluntaria para ir en primer lugar, como cebo. Mi plan consistía en que, mientras los guardias me capturaban e intentaban reducirme, Abran, Daniel y Wayne les atacarían y se encargarían de ellos. Thomas, Marjan y Pearl se quedarían en el Sedna y nosotros izaríamos una bandera cuando matásemos a los Lost Abbots. Era imposible saber en qué condiciones encontraríamos a la población cuando llegáramos, pero yo esperaba que los que quedaran agradecerían que nos deshiciéramos de sus captores. Y, con un poco de suerte, se unirían a nosotros para proteger la comunidad ante un nuevo ataque. Porque, sin duda, los Lost Abbots volverían para recaudar sus impuestos.

Después de la cena, Wayne nos sorprendió a todos al sacar la guitarra para tocar algunas baladas y salomas. Me enterneció su gesto. Se notaba que quería animarnos.

A sus espaldas estaba Abran, apoyado contra la pared adyacente a la cocina, fumando en pipa con una expresión sombría.

Wayne comenzó a tocar una jiga animada y Pearl se levantó de la silla y comenzó a tirarle a Daniel de la mano para que bailase con ella. Por fin, él se ablandó y se colocó enfrente de donde tocaba Wayne. Este marcaba el ritmo con el pie y Jessa comenzó a dar palmas.

Daniel se quedó quieto mientras Pearl le agarraba la mano y daba vueltas y más vueltas a su alrededor, como un planeta que orbitase alrededor del sol. Él rotaba lentamente en el círculo que ella trazaba, sin soltarle la mano, observándola con una expresión tierna y hechizada.

Me senté y charlé con Thomas. Tenía una mente rápida, casi computacional, algo poco habitual en la gente mayor que había conocido. Observaba el mundo como si estuviera recabando datos y preparando preguntas para responder. Pearl observaba el mundo como si estuviera escuchando algo a lo lejos, como si tuviera una tercera mano que extendía y tocaba algo invisible.

Thomas me contó que había sido ecologista al servicio del Gobierno antes de la Inundación de los Seis Años.

—Estudiaba los cambios de salinidad en el océano —me explicó con melancolía. Se notaba que estaba orgulloso del trabajo que había realizado y que lo echaba de menos—. Mi padre no podría haber estado más orgulloso de mí que cuando acabé el doctorado. Comencé con filosofía, pero después busqué algo más… concreto, más aplicable. Mi padre era soldador, y mientras yo aún estaba estudiando le ayudaba en el taller. Años después, cuando el Gobierno cayó y emigré a Colorado, comencé a trabajar en lo suyo, no en lo mío. La gente necesitaba barcos y nuevos edificios en las montañas. Necesitaban a alguien que supiera trabajar el metal. Y eso fue lo que hice.

—El trabajo que hiciste —dije—. Con la salinidad. ¿Estas inundaciones son solo el principio…?

—¿O el final? —preguntó Thomas.

Asentí.

Thomas entornó los ojos como si buscara algo a lo lejos.

—Podría ser. Pero ¿sabes qué me sorprendió más? La salinidad no cambió tanto como la gente creía. Los valores fluctuaban en los distintos océanos dependiendo del momento, pero en los últimos tiempos se habían estabilizado. En parte se debía a los cambios en los sedimentos del fondo del océano, por los terremotos cada vez más frecuentes. En parte al aumento de ácido carbónico. Y en parte a algún motivo que nunca comprendí. No di con ello. Quizá fuera Gaia.

—¿Gaia?

—Hace unos doscientos años existía una teoría llamada la hipótesis de Gaia. Viene a decir que todos los seres vivos del planeta contribuyen para crear vida y para hacer la tierra habitable. Se autorregulan para contrarrestar el caos. La vida no puede existir si no se contrarresta el caos.

—¿Y te lo crees? —pregunté.

Thomas se encogió de hombros.

—Hace que me plantee preguntas. ¿Todos los seres vivos conspiran para proteger la vida y solo el hombre tiene una pulsión de muerte? Si la vida existe para contrarrestar el caos, ¿evolucionarán la violencia y el caos con nosotros, una sombra necesaria para continuar existiendo? Si la rabia es una reacción al caos, ¿significa que la fuerza vital se origina en la rabia?

Me quedé mirándolo fijamente.

—Lo que quiero saber es si las cosas irán a peor. Quiero seguir pescando.

—Pues pesca mientras puedas —dijo Thomas con dulzura.

Marjan colocó tazas de arcilla en la mesa y sirvió una infusión de hierbas. Las tazas desprendían un aroma amargo mientras las hojas machacadas de diente de león se iban al fondo. Después de tocar unas cuantas canciones, Wayne le pasó la guitarra a Jessa y ella interpretó unas cuantas baladas desde un rincón, con rapidez, como si no quisiera que nadie la oyera.

Daniel había vuelto a sentarse en la mesa junto a Abran y, mientras hablaban, este comenzó a levantar la voz, hasta imponerse a las notas delicadas de Jessa.

—Será en plan «aquel que no trabaje, tampoco comerá» —dijo Abran. Se inclinó hacia delante sobre su taza, con los codos en la mesa, cogiéndola con una actitud posesiva.

—¿Incluso los niños? ¿Los enfermos y los ancianos? —preguntó Daniel.

Pearl se sentó en el suelo delante de Jessa y puso a bailar a la última serpiente que había matado al ritmo de la melodía. Había capturado muchas serpientes en las costas cálidas de Wharton y algunas más en Árbol Partido, pero en el tarro solo quedaban unas pocas con vida. Después de cada comida, Pearl calentaba piedras en el fuego que Marjan utilizaba para cocinar y las metía en el fondo del tarro. Yo le decía que tendríamos que comérnoslas todas antes de llegar al Valle porque allí haría demasiado frío para que pudieran sobrevivir.

—A Charlie le gusta el frío. Lo atrapé en Catarata Manzana —me había dicho—. Además, compartiré el calor de mi cuerpo con él hasta que le prepare una casa calentita.

Thomas y yo dejamos de hablar para escuchar a Daniel y Abran. Este puso los ojos en blanco y movió la mano como si estuviera espantando un bicho del borde de la taza.

—Todavía no tenemos ni ancianos ni enfermos. La cuestión es que todo el mundo es partícipe y todo el mundo contribuye. No habrá propiedad privada. Todo será de la comunidad.

Miré a Abran con los ojos entornados. Menuda ironía lo de abolir la propiedad privada viniendo de él, que robaba las provisiones del barco para cambiarlas por alcohol. Nada de propiedad privada, salvo para él.

Daniel rodeaba el respaldo de la silla con el brazo. Enarcó las cejas y bebió despacio de la taza.

—¿De veras?

Wayne depositó su taza sobre la mesa con estrépito.

—Entonces imagino que tampoco habrá gobierno ni líderes, ¿no?

Abran le lanzó a Wayne una mirada furibunda.

—Claro que sí.

Thomas se volvió en el asiento para mirar a Abran.

—Supongo que votaremos, ¿no? ¿Que estableceremos una legislación?

—He estado trabajando en una legislación. Pero ya lo iremos viendo. Tengo varias ideas. —Abran se levantó para servirse más infusión y comprobé que le temblaban las manos. El sudor le perlaba las sientes y se lo secó con la manga.

Marjan y yo intercambiamos una mirada.

—Me gustaría saber cuáles son esas leyes —dijo Wayne.

—Aún no he terminado de redactarlas. —Abran se rellenó la taza, dejó la tetera y se quedó de pie con los puños sobre la mesa.

—Quizá seas el capitán del barco, pero eso no significa que vayas a ser una especie de rey en tierra —dijo Wayne, al tiempo que se levantaba.

Los crujidos de las idas y venidas de la lámpara de queroseno en el gancho y el gemido de las cuerdas contra el viento llenaron el silencio. Froté una grieta en mi taza de arcilla lo bastante afilada como para cortarme, pero tenía las manos tan encallecidas que no me hice ni un rasguño. Abran levantó el mentón y la luz le iluminó los ojos rojos, acuosos y apagados.

—Aquí se hace lo que yo digo y allí se hará lo que yo diga —dijo Abran en tono grave y firme.

Wayne agarró con fuerza el respaldo de la silla.

—Ya votaremos quién debe estar al mando —dijo Wayne.

—No —dijo Abran—. Podéis elegir entre responder ante mí o el destierro.

Wayne echó la silla hacia atrás y se abalanzó sobre Abran, empujándole. Abran le lanzó un puñetazo, pero Wayne arremetió de cabeza contra él y lo aplastó contra la pared. Abran le pegó en la espalda y le arañó el cuello.

Thomas y Daniel corrieron hacia ellos. Thomas cogió a Wayne por los hombros y trató de alejarlo de su presa, pero uno de los ganchos de Abran le alcanzó y cayó de espaldas.

Daniel agarró a Wayne del torso y lo apartó de Abran a duras penas. Este fue a empujar a Wayne en cuanto Daniel lo movió y los dos terminaron en el suelo.

Abran fue a por Wayne. Yo me levanté, así a Abran del brazo y volví a empujarle contra la pared. Él intentó pegarme con la derecha y esquivé el golpe. Lo cogí del otro brazo, se lo retorcí a la espalda y le eché la cabeza hacia atrás con un tirón del pelo.

Wayne se incorporó, en posición defensiva y los puños listos, como si fuera a cargar de nuevo contra él. Thomas se interpuso entre los dos con los brazos extendidos.

—Vamos a calmarnos todos —dijo mirándolos a ambos.

Marjan recogió la silla que Wayne había tirado y Jessa apoyó la guitarra contra la pared. En la cabina se palpaba el desánimo, como si algo hubiera desaparecido de repente. La atmósfera había cambiado y todos estábamos crispados y nos mirábamos como si fuéramos desconocidos.

Solté a Abran y me aparté de él.

—Votaremos quién será nuestro líder en el Valle, Abran —le dijo Marjan con delicadeza. Unió las manos ante ella, con la cabeza levemente inclinada, observándolo con una expresión severa.

Él nos miró a todos y dejó escapar un bufido.

—Claro. Cómo no, lo que vosotros digáis. —Levantó las manos con las palmas en alto, un gesto entre resignado y desafiante.

—Necesitamos ir todos a una. Ser más cuidadosos. Apenas nos quedan víveres —dijo Marjan.

—¡Eso es culpa de ella! ¡Es la encargada de pescar y no pesca nada! —gritó Abran señalándome.

—No le eches la culpa —dijo Thomas—. La veo pescar a diario de sol a sol. Y a ti te veo merodear por el barco haciendo Dios sabe qué. Y cuando capturaron a Behir, ella fue la primera que quiso dar media vuelta.

—Y fíjate de qué sirvió —dijo Abran y escupió en el suelo. Tenía la cara tan enrojecida como los ojos.

Marjan me miró y asintió.

—Dadnos un segundo —dije empujando a Abran por delante de mí para sacarlo de la cabina.

Estaba muy oscuro a pesar de la luna y las estrellas y tardé unos segundos en acostumbrar la vista. Abran se soltó de mí.

—Tienes que dejarte de historias —dije yo.

—No voy a permitir que me arrebates esto. —Abran se alisó el pelo hacia atrás y me apuntó con un dedo a la cara.

—Abran, no te estoy intentando arrebatar nada. Estás con el mono, ahora mismo no sabes razonar.

Abran me miró fijamente y dejó escapar una risotada.

—No me vengas conque estás preocupada por nosotros. Después de lo que hiciste.

—Escúchame. Ambos queremos lo mismo. Llegar vivos al Valle.

Lo único que interrumpía el silencio era el sonido del viento en las velas cuando se hinchaban y ondeaban. Todos los objetos de la cubierta desprendían un resplandor entre gris y azulado a la luz de la luna, como si estuvieran sumergidos en el agua, nosotros incluidos. Abran apartó la cara y su perfil afilado destacó contra el cielo.

Extendió las manos como si sostuviera algo entre ellas.

—Todo se me escapa entre los dedos —dijo. Se veía tan asustado que me pilló desprevenida. Esta travesía lo atemorizaba más de lo que yo podía imaginar, más que el síndrome de abstinencia, más que el ataque de los Lily Black. La noche del asesinato de su hermano lo atormentaba tanto como si él hubiera sido el responsable, no un simple testigo. Quizá asumir la responsabilidad era su única forma de rebajar la impotencia que había sentido esa noche. Así me enfrentaba yo al terror, así es cómo luchaba para convencerme de que yo controlaba mi vida.

—Si te culpas de todo lo malo, acepta también las cosas buenas que has hecho —le dije. Extendí la mano y le toqué el brazo. Él asintió. Lo dejé solo en cubierta y volví a entrar en la cabina para buscar a Pearl. Me temblaban las manos cuando le toqué los hombros. Todavía nos quedaba mucho camino por recorrer.

Capítulo 42

Me llevé la mano a la base de la espalda, donde un dolor leve se había convertido en una punzada lacerante. Le hice un gesto a Pearl para que me ayudara a subir un fletán, un pez el doble de grande que ella, con las branquias tan largas como su brazo. Tiramos del pez unos metros y lo dejamos colgado del aparejo, para poder despiezarlo en cubierta sin tener que pasar por encima para vigilar las líneas.

Cuando me incorporé, observé el mar y el amanecer, que teñía el cielo de rojo hacia el este. Pearl estaba sentada a mis pies, frotándose los bracitos.

—El cielo rojo por la mañana es el enemigo del pescador.

Me giré y vi a Daniel junto a nuestro fletán, con la mirada clavada en el horizonte.

—¿Cómo? —pregunté.

—Es un antiguo refrán. El cielo rojo equivale a una masa tormentosa que se mueve hacia el este —dijo.

Me encogí de hombros. El Sedna había soportado mejor de lo que yo esperaba las tormentas de los mares del norte. La semana anterior habíamos atravesado varias tormentas menores que nos habían retrasado. Una de las velas mayores se había rasgado durante un temporal y habíamos perdido más tiempo todavía en bajarla para repararla. Pero, salvo por la vela rota, el barco no había sufrido daños. Había que sustituir algunos cabos y un amarre, pero eso era habitual que se rompiera con el uso.

Nuestra mayor preocupación ya no era si el Sedna soportaría las tormentas, sino a qué velocidad avanzábamos. Según los cálculos originales de Daniel, a estas alturas tendríamos que haber recorrido varios cientos de kilómetros más hacia el noroeste. No queríamos llegar al Valle en pleno invierno, cuando las corrientes del norte eran más fuertes y sería más peligroso fondear el barco junto a la costa rocosa.

—¿Te fijaste ayer que los pájaros volaban bajo? —preguntó Daniel.

—Sí —murmuré agachada delante del fletán con el cuchillo para abrirlo en canal hasta la base de las agallas. No me había fijado en los pájaros. Me pasaba el día con la mirada puesta en el mar en busca de fletán o bancos de bacalao.

—La presión del aire está cambiando. Hoy no hay pájaros. Han desaparecido. Y ayer… Las nubes en hileras, como si fueran las escamas de un pez. Esta tormenta podría ser mucho peor.

—Tapiaremos las escotillas si crees que el temporal será peor —dije. El ojo gigante del pescado me observaba fijamente; la pupila era tan enorme que una podía perderse dentro.

Daniel pasó ante mí en dirección a la borda, con los brazos cruzados sobre el pecho y los ojos entornados a causa de la luz.

—Quizá no seamos capaces de capearlo —dijo en voz baja.

Le saqué las agallas y las tripas al fletán.

—¿Y por qué no nos desviamos al norte provisionalmente? Quizá así lo esquiváramos.

Daniel suspiró y negó con la cabeza.

—He calculado nuestro rumbo hacia el norte y hacia el este y, tomemos el que tomemos, con estas corrientes nos toparemos con viento de costado. Y tampoco nos aseguramos esquivar la tormenta. La mejor opción para evitarla es reducir la marcha.

—Eso no va a suceder —dije. Lo miré con cara de pocos amigos y las manos manchadas de sangre. Estaba mareada de la peste de las tripas. ¿Por qué no se ofrecía a ayudarme?

—Sería nuestra única oportunidad para evitar lo peor del temporal.

—Todavía no sabemos lo malo que va a ser —dije yo.

—Deberíamos ir más despacio —dijo Pearl colocándose entre los dos—. Odio las tormentas.

—Lo sé, bonita —dije yo.

—No, no lo sabes —dijo ella a la defensiva—. Las odio con todas mis fuerzas.

Me limpié las manos en los pantalones e intenté tocarle el hombro, pero ella se apartó.

—Pearl, solo porque atravesemos una tormenta no significa que vayamos a naufragar —dije.

—¡Nunca me escuchas! —gritó Pearl pataleando. Se dio media vuelta y echó a correr por la cubierta directa a las jarcias y trepó por ellas con el pañuelo en el bolsillo ondeando al viento, como una pluma roja.

Daniel observó a Pearl y luego se giró hacia mí.

—¿Puedes pedirle a Abran que lo someta a votación? ¿Lo de reducir la velocidad para evitar la tormenta?

—No podemos llegar al Valle en pleno invierno. No tenemos tiempo, no podemos reducir la velocidad —le dije girándome hacia el pescado y cortándole la cabeza.

—Myra, eres la única que puede convencerlo.

—No me fio de ti —le solté. Me sequé la frente con la mano y lo miré con los ojos entornados.

Él frunció el ceño y apretó los labios con un gesto dolido.

—Quiero que lleguemos sanos y salvos —dijo él.

—Entonces más vale que te pongas manos a la obra —dije yo concentrándome una vez más en el pescado.

Daniel desapareció en la cabina y todo quedó en silencio, solo se oía el sonido del agua lamiendo los costados del barco y mi cuchillo troceando el pescado. Me levanté, arrastré la caja de sal hasta el pescado y comencé a cortarle la aleta dorsal.

Oí voces procedentes de la cabina, iban a más, hasta que reconocí a quién pertenecían. A Daniel y Abran.

Volví a limpiarme las manos en los pantalones y fui corriendo hasta la cabina. Estaban de pie junto a la mesa uno frente al otro. Marjan estaba cerca de la cortina que los separaba de la cocina con las manos juntas y la cabeza gacha. Abran ya tenía el rostro encendido y los puños apretados. Daniel estaba inmóvil, impasible como una piedra.

—Si avanzamos más despacio, las corrientes del norte podrían ir a peor, además, habrá más hielo alrededor de las costas cuando lleguemos al Valle. Podría impedirnos desembarcar —dijo Abran.

—Lo comprendo, pero es posible que el Sedna no sobreviva a esta tormenta —dijo Daniel—. Merece la pena correr el riesgo de retrasarnos con tal de reducir la velocidad y evitarla.

—Deberíamos someterlo a votación —dijo Marjan en voz baja.

Abran le lanzó una mirada furiosa.

—No. Yo tomaré la decisión.

—No puedo navegar por… —comenzó Daniel.

Abran pegó un manotazo en la mesa.

—Navegarás por donde haga falta.

Abran se volvió y se apoyó sobre la mesa, con el mentón sobre el puño, y me vio de pie junto a la puerta.

—Supongo que tú también querrás que reduzcamos la velocidad, ¿no? —me preguntó Abran.

Miré a Daniel de reojo y luego a Abran. Ambos me habían decepcionado; no me fiaba de ninguno de los dos.

Pero Daniel sabía de lo que estaba hablando, él entendía la climatología y las corrientes. Podíamos perder el palo mayor y la vela si el temporal era tan malo como él predecía.

Pero ¿qué sucedería si llegábamos al Valle tan entrado el invierno que no podíamos navegar por la costa? Ya andábamos escasos de recursos, era imprescindible echar el ancla y desembarcar pronto. Y cada día que pasaba faltaba un día menos para que subieran a Row a un barco de cría. Cada luna, blanca como un iceberg a la deriva en un mar negro, era una señal de mal agüero que me atenazaba el estómago.

Me imaginaba a Row en el Valle cuando se desató la epidemia. La imaginaba desayunando en una pequeña cantina, quizá galletas o un cuenco de avena. Y luego los sonidos. Gente del pueblo que corría, piernas que tropezaban, cabezas que se volvían para no perder de vista lo que había provocado su huida. Voces y gritos, pisadas sobre el suelo duro. ¿Pensaría al principio que el agua venía a por ellos? ¿Que bajaría en tromba por la ladera de la montaña?

Y, entonces, una flecha atravesaría a una mujer delante de ella. Habría gente que tropezaría con ella mientras intentaba huir. El olor de la sangre impregnaría el aire y le dejaría un sabor amargo en la boca. Quizá se escondiese en una iglesia que hacía las veces de taberna, una pequeña construcción de ladrillo con una ventana que daba al pozo.

Quizá se agachara debajo de una ventana, respirando con dificultad, y notara el pulso en los oídos mientras intentaba calmarse. Cuando mirase por la ventana, puede que viera a dos saqueadores arrojar un cuerpo al pozo. Un cuerpo con pústulas y las extremidades ennegrecidas.

O quizá estuvo todo el tiempo en una casa encajada en la montaña y no se enterase de nada hasta que se decidiera a salir y viera que la mitad del pueblo había ardido y que el olor a enfermedad flotaba en el ambiente.

Fuera como fuera, de poco importaba en este momento. Lo que sí importaba era llegar allí a tiempo.

Me picaba el labio y me quité una escama de pescado de la cara. La mano me olía a sangre. Evité mirar a Marjan y Daniel a los ojos.

—Vamos a tapiar la ventana de la cabina. Preparémonos para la tormenta, pero no vamos a arriar las velas —dije.

Daniel dejó escapar una larga exhalación, y cuando lo miré, su decepción cayó sobre mí como un mazazo.

Abran asintió.

—Continuaremos hacia el noroeste. Mantendremos el rumbo a toda velocidad.

Salió dando grandes zancadas y Marjan desapareció detrás de la cortina de la cocina.

Cuando fui a las estanterías y bajé un cubo pequeño con clavos, noté un hormigueo nervioso en las manos. Agarré un puñado y el óxido me dejó marcas naranjas en las palmas.

Daniel se detuvo a mi lado antes de salir de la cabina.

—Esta no es la forma de vengarte de mí —dijo en voz baja.

—Si te crees que tienes tanto peso en mis decisiones, estás muy equivocado —murmuré.

Daniel suspiró y agitó la cabeza.

—Echaré el ancla de capa si hace falta. Me da igual lo que diga. Prefiero que me tiren por la borda antes de que se hunda el barco.

Una ráfaga de viento agitó la puerta de la cabina con violencia después de que se marchara y noté un nudo en el estómago. Las bisagras improvisadas traquetearon contra la madera, salté hacia delante y cerré la puerta con fuerza, pero continuó vibrando, un movimiento que se me traspasó a las manos.

Capítulo 43

A la hora del almuerzo el viento había empeorado y aullaba alrededor de la cabina mientras comíamos. Todo el mundo estaba callado y no apartaba la vista del cuenco. El cielo se oscureció a media tarde y el horizonte desapareció. Como resultado, todo parecía más plano, como si una mano gigantesca nos estuviera aplastando. Buscaba a Pearl todo el tiempo, le recogía el pelo detrás de la oreja, le alisaba la camisa…; gestos nerviosos que desmentían mi confianza. Ella me apartaba a manotazos. Incluso el aire parecía diferente, un olor dulce y acre un tanto cortante, como un sedal tirante.

Marjan comenzó a guardar todos los enseres de la cocina en los armarios y en cajas vacías y las cerró con clavos. Daniel evitaba a Abran, pero Wayne le preguntó si no podríamos navegar a barlovento con las velas plegadas.

—No, no vamos a navegar en popa cerrada. Vamos a atravesar el temporal —dijo Abran.

Noté un escalofrío. Sabía que Abran creía que necesitaba demostrar algo después de Árbol Partido, pero no imaginaba que sería tan temerario.

Daniel rizó la vela mayor y cuando Abran lo vio los ojos le relampaguearon de rabia. Corrió hasta él y le dio un empujón.

—¡Te he dicho que a toda velocidad! —Oí que Abran le gritaba a Daniel por encima del viento.

Daniel le pegó un codazo a Abran para apartarlo de su camino y regresó donde la vela.

—¡Te abandonaré en una isla desierta! —rugió Abran.

Una ola se levantó y colisionó contra el Sedna. Nos balanceamos como una cuna mecida en mitad de la noche. La espuma blanca, fría como el hielo, salpicó la cubierta.

Corrí hasta la cabina y comencé a atar todas mis cañas con un cabo. Pearl vino detrás de mí y me tiró de la manga.

—Mamá, nos vamos a ir a pique —lloriqueó.

Pasé el extremo del cabo por detrás de la estantería y lo até.

—Envuelve los anzuelos en este trapo y mételos en el fondo de esa cesta —le dije, pasándole un trapo.

Pearl pataleó.

—¡No me estás escuchando!

Le di un puñado de señuelos.

—Y estos también.

Pearl obedeció con los labios apretados.

—Te odio —murmuró, dos palabras apenas audibles con el viento.

Apreté los dientes y terminé de atar las asas de los cubos y las cestas a la estantería.

—¿Estás segura de que no odias las tormentas más que a mí?

—No quiero acabar en el agua. —Me miraba suplicante con los ojos como platos. Se inclinó hacia mí como si quisiera refugiarse en mis brazos.

Hice el nudo, me puse de rodillas y la abracé.

Le hablé al oído, su olor era un consuelo.

—No lo harás. No vamos a zozobrar. Ni a irnos a pique. Daniel sabe cómo navegar durante una tormenta.

Hablaba con más convencimiento del que sentía. Me llevé los dedos a los labios, los besé y los puse encima de los suyos. Esbozó una sonrisa.

Abran entró en la cabina apresuradamente, cerró de un portazo y se derrumbó en una silla.

—Hijo de puta —murmuró mesándose el pelo. Movía la pierna nerviosamente y tamborileaba con los dedos en la mesa.

Cuando me miró, vi que tenía una expresión desequilibrada, enloquecida.

—El agua está fría —dijo.

Cogí a Pearl de la mano, salimos de la cabina y nos dirigimos a la escotilla.

En la popa, Daniel estaba bloqueando el timón, enfilando la proa contra las olas. El cielo estaba casi negro, como si nos hubieran impregnado de tinta. Las nubes se cernían sobre nosotros. Se formó una ola tan alta como una torre y se hizo más y más grande a medida que se acercaba a la proa del Sedna, negra y amenazadora, un muro que tendríamos que atravesar. Me agarré al palo mayor para sujetarme con Pearl, pensando en cómo mi madre había levantado la vista para mirar al agua antes de que se le viniera encima.

Pearl me agarró la mano con tanta fuerza que me hizo daño. Mi amor por ella era como un faro, una claridad cegadora, una parte de mí que era intocable.

El frío fue lo primero que noté, como guijarros que se me clavaran en los huesos. Luego la cubierta se volvió tan escurridiza que patinábamos como si estuviéramos sobre hielo, y cuando nos inclinamos hacia un lado, el brazo con el que me agarraba al mástil fue nuestro único anclaje. Una segunda ola cayó sobre nosotras, nos separó del mástil y nos arrojó sobre cubierta escupiendo agua.

Las olas rompían contra la cubierta y el Sedna cabeceaba arriba y abajo como si estuviera preparándose para caer. Daniel corrió hacia donde estábamos. Me agarró por debajo del brazo y tiró de nosotras hasta la cabina, mientras Pearl se me agarraba a la cintura con las piernas y enterraba la cabeza en mi cuello.

La proa se elevó con una ola y nos hizo caer hacia delante, luego bajó con estrépito. El casco golpeó el agua y resonó un crujido tan fuerte que se oyó por encima del vendaval y de la marejada.

Daniel, Pearl y yo nos abalanzamos sobre la puerta de la cabina y caímos de rodillas.

Wayne intentaba hacerse oír por encima del estruendo.

—Abran, el casco tiene una vía en una junta. Está entrando agua, la tormenta nos está machacando. Thomas está ahora abajo, intentando taparla…

Abran no nos miró a ninguno, contemplaba el suelo con la mirada perdida.

—Es demasiado tarde —murmuró.

Daniel logró levantarse.

—¡Baja a la bodega y ayuda a reparar la vía! —le gritó Daniel.

Jessa se agarraba la tripa y vomitó en el agua a nuestros pies. Wayne la agarró del brazo y se la llevó hacia la puerta.

—Necesitamos echar el ancla de capa —me dijo Daniel, hurgando entre las cajas de la estantería—. ¿Por qué nada tiene nombre?

Marjan se acercó apresuradamente. Sacó el ancla de capa de una caja de madera. Era una especie de saco hecho con restos de velas cosidas al final de un cabo largo, como una cometa pesada y andrajosa.

El barco se escoró hacia la derecha y todos nos deslizamos por el suelo mojado. Cogí a Pearl en brazos y ella chocó contra mí antes de que nos diéramos con la pared. Las mesas y las sillas se movían con nosotros, los chirridos de la madera se sumaban al estruendo del exterior.

Daniel logró incorporarse primero y avanzó como pudo hasta Marjan. Cogió el ancla de capa.

—¡Lleva a Pearl bajo cubierta! —me gritó.

Escupí una bocanada de agua salada y le di una palmada en la espalda a Pearl para que hiciera lo mismo.

Echar el ancla de capa no sería suficiente. Teníamos que equilibrar la vela y ponernos al pairo. Y Daniel no podría hacerlo solo.

—Marjan, por favor, lleva a Pearl bajo cubierta —le grité a Marjan. Cogí a Pearl de los hombros e intenté que se volviese hacia Marjan, pero ella me rehuyó y me agarró por la cintura.

—¡No! —lloraba—. ¡No! ¡Ven conmigo!

—Tengo que ayudar a Daniel —dije con el pecho oprimido—. No estarás sola. Bajaré pronto, te lo prometo.

Su cuerpo menudo temblaba contra el mío y logré desembarazarme de ella.

—Por favor, no me dejes —murmuró entre sollozos.

—Marjan, por favor —dije.

Marjan cogió a Pearl en brazos y se marcharon de la cabina. Alcancé a ver el rostro de Pearl al resplandor de un relámpago: un destello de luz en sus ojos tristes, el pelo encrespado del agua salada y el viento, como si la hubieran frotado con fuerza hasta desgastarla.

Daniel y yo nos escurrimos y el agua nos revolcó hasta la popa. El estruendo oscuro y frío del océano me zumbaba en la cabeza. El estruendo atenuado en los oídos continuaba, pero parecía proceder de dentro más que de fuera. Había agua por todas partes, era incontenible, un torrente y una fuerza que cubría y aplastaba todo. Me entró el pánico, recordé aquellos días en los que las inundaciones y las tormentas sepultaron todo cuanto conocí. Los coches volcados, chocando contra las casas. El viejo árbol arrancado como si una mano gigante lo hubiera sacado de raíz. Los pájaros aplastados contra las verjas y las casas por el viento.

Daniel se agarró al aparejo de pesca y me cogió del brazo, así nos libramos de caer al mar. Tenía los dedos entumecidos y rígidos cuando intenté amarrar el cabo del ancla de capa entre dos bitas. Una ola comenzó a formarse ante nosotros, la cresta empezó a cobrar forma. Até el cabo y eché el ancla al mar por encima de la borda. Daniel y yo nos agachamos cuando la ola rompió sobre nosotros y el agua nos tragó.

El cabo estaba tirante, avanzamos agarrados a la borda mientras el barco comenzaba a virar, enderezándose para enfrentar las olas.

«Inclinarnos de costado y zozobrar sigue siendo una posibilidad», pensé, pero alejé ese pensamiento y me concentré en Daniel, que ya se dirigía gateando hacia el palo mayor.

Daniel y yo maniobramos con los aparejos, pero Wayne había rizado la vela con tanta fuerza que no se soltaba. No podía ver el cabo, el mástil estaba tan borroso como una sombra. Y tenía los dedos tan entumecidos que patinaban al tocarlo, de manera que no era capaz de conseguir aflojar el nudo.

—¡Vete bajo cubierta! —me gritó Daniel empujándome a un lado.

—¡Podríamos perder el mástil! —le grité, pero mis palabras se perdieron cuando otra ola se estrelló contra nosotros. Daniel me cogió de la cintura con un brazo y con el otro se sujetó al mástil, y los dos nos inclinamos hacia la derecha como muñecas de trapo, los pies nos patinaban y el agua nos lamía los tobillos.

Cuando recuperamos el equilibro, le aparté de un codazo hasta que conseguí dar con el cabo. La cubierta se equilibró, como si el viento y las olas se hubieran detenido por un instante y nuestro pequeño mundo se hubiera parado. El pulso se me aceleró y noté un subidón de adrenalina. Ante nosotros, se estaba formando otro muro de agua, más alto que los demás, un muro como el que se había tragado a mi madre.

Daniel me levantó y me llevó medio arrastras hasta la escotilla, la levantó y me lanzó dentro. Saltó detrás de mí y echó el cierre, pero el clic metálico se perdió entre el aullido del viento y el rugido del oleaje.

Capítulo 44

Abracé a Pearl con fuerza y la acuné, hecha un ovillo, con la cabeza alojada bajo mi mentón. Ya no temblaba. Estaba inmóvil y lánguida. Traté de hablar con ella varias veces, murmurar unas palabras de consuelo, pero ella no respondía. Sentía que se había recluido en una habitación secreta y me había dejado fuera. Mi pequeña marinera le tenía miedo al océano.

Todos estábamos en las dependencias, encaramados a las camas. Thomas y Wayne habían taponado el agujero en la pared curva con trapos y habían clavado tablas encima. La presión del agua abrió nuevas vías en las rendijas de la madera, que se astillaba y gemía. El agua se extendía por el suelo despacio, balanceándose con el barco. En la superficie flotaban astillas de madera, como barquitos a la deriva, antes de perderse en el pasillo, fuera de la vista.

El Sedna embestía contra el oleaje. Era como un eco que reverberase dentro de mi cabeza. Y arriba, mucho estrépito, como si todo se estuviera viniendo abajo. No teníamos suficiente madera a bordo para reconstruir los mástiles. Todos sudábamos, un olor salado y dulce, entremezclado con el pánico.

Por una escotilla en lo alto de la pared se colaban los fogonazos de los relámpagos. Todo el mundo se iluminaba ante mí y luego desaparecía, y ese juego de luz me hacía creer que en realidad no estaban en la misma habitación que yo. Era una sensación familiar, el miedo que tenía a terminar mis días ahogada, intentando respirar sin conseguirlo.

Volví a pensar en mi madre. Cómo se le había caído la cesta de las manzanas. ¿Daba su cuerpo cobijo a los peces y las plantas? ¿Había nacido una anémona entre sus costillas?

El terror me invadía. «Nunca lograremos salir de esta», pensaba. «Así es como el agua nos reclama». Me vi en mi tumba acuática, la piel azulada bajo la luz submarina, el cabello flotando como las algas, los corales brotando en mis huesos. Un ser nuevo en este nuevo mundo.

«Por favor», negocié con cualquier dios, con cualquier criatura que tuviera poder. «Por favor, no permitas que nos ahoguemos». Pensé en algo que ofrecer a cambio. Nuestra travesía se me pasó por la mente, mi deseo de llegar hasta Row.

No, pensé. Eso no.

Cuando dejé de buscar a Row fue como si aceptase casi todo lo que creía saber de mí misma. Que Jacob había hecho bien en abandonarme. Que no era capaz de adaptarme a la vida ahí fuera. «Pídeme algo más», ofrecí. «No te lleves a la hija que me queda».

Pearl acarició una de las serpientes que tenía en el regazo. Rocé una con el dedo, su piel tenía una extraña suavidad al tacto. Retrocedió al tocarla. Cayó otro rayo, abrí los ojos y Pearl también. Luego todo se volvió negro una vez más.

Casi anochecía y entraba un resplandor tenue en las dependencias de la tripulación. Algunos nos habíamos quedado dormidos con nuestro miedo. La tormenta no podía haber durado mucho si todavía no era de noche. Casi deseaba que hubiera anochecido para no tener que ver los desperfectos a la luz del día. Temía que lo que viera me dejara sin aliento.

Había unos treinta centímetros de agua en nuestras dependencias. Ahora solo caía un reguero de agua entre las tablas que tapaban la vía. Pearl temblaba de frío y la envolví en una manta.

Salimos de la bodega en silencio. Habíamos sobrevivido, pero no estábamos para celebraciones ni para agradecimientos, solo nos interesaba lo esencial, la pregunta que nadie se atrevía a formular: sí, habíamos superado la tempestad con vida, pero ¿conseguiríamos sobrevivir a la calma después de la tempestad? Yo sabía que era peor. Los días después de las inundaciones fueron más difíciles que la inundación en sí. La reconstrucción era lo que te dejaba tocada de verdad.

Al contemplar la cubierta del Sedna pensé en las poblaciones de Nebraska que habían sufrido la embestida de los tornados: todo a ras de suelo, los bordes afilados de la destrucción, los objetos fuera de lugar imposibles de mover, un coche apoyado en un árbol, una casa sin tejado.

La cubierta estaba llena de agua y restos del naufragio: trozos de cordaje y de madera, clavos y velas rasgadas. Faltaba la puerta de la cabina. También la vela mayor. Pero el palo mayor todavía se mantenía en pie y dejé escapar un suspiro de alivio. Los cabos estaban deshilachados y esparcidos en montones por cubierta. La verga superior había caído por la borda, pero continuaba atada al palo mayor. El trinquete estaba rasgado y ondeaba al viento.

El aparejo de pesca estaba roto, se había partido por la base, como un árbol hendido por el trueno. Me maldije por no haber pensado en desmontarlo. Sería lo último que repararíamos, y eso contando con que tuviéramos materiales suficientes para hacerlo.

Me resistía a creer lo que veían mis ojos, no quería que fuera cierto. ¿Y si la tormenta había sido un sueño y todo seguía en su sitio?

La angustia me atenazó y pugné por librarme de ella. No había tiempo para lamentarse. ¿Cómo íbamos a quedarnos quietos lamentándonos con tanto por hacer?

A nuestro alrededor, el mar estaba en calma, como si nada hubiera sucedido. El cielo estaba gris y el agua parecía más suave, como si el mundo se hubiera purificado y ahora mostrase su mejor cara.

Thomas fue el primero en hablar.

—Iré a comprobar los palos y la madera que puede salvarse —dijo.

—Esta noche no nos dará tiempo a reconstruir —dijo Abran.

—Al menos tenemos que despejar las jarcias. Reparar mejor la vía en el casco. Hacer un inventario del cordaje que puede recuperarse —dije. Saqué fuerzas de la flaqueza: necesitábamos continuar.

—¿Y esta noche navegaremos a la deriva? —preguntó Marjan; era la primera vez que notaba el miedo en su voz.

—Todavía tenemos el ancla de capa —dijo Daniel—. Como nos frena un poco, no nos desviaremos demasiado de nuestro rumbo. Y nos queda el trinquete. —A juzgar por su tono de voz, él mismo dudaba que se pudiera navegar solo con eso.

Noté que se me encogía el corazón.

—Wayne, ¿podrías revisar el timón? —le pregunté.

Él asintió y se abrió paso entre los restos en dirección a popa.

—¿Tenemos tela suficiente para una nueva vela mayor? —preguntó Marjan.

—Para una del mismo tamaño, no —dijo Thomas.

Al oír esto, Pearl pareció reaccionar. Me soltó la mano y se alejó de mí.

—Tú discutiste con Daniel —dijo mirando al suelo.

—¿Qué, bonita? —pregunté poniéndome en cuclillas, intentando que me mirase a los ojos.

—Tú nos has llevado directos a la tormenta. No te importaba. Nunca te has preocupado por mí. Solo te preocupas por ella. Llegar al Valle. Llegar al Valle —gritó Pearl con las manos apretadas a ambos lados del cuerpo. Levantó los ojos para mirarme—. ¡Te odio! —me gritó a la cara.

Me quedé pasmada, parpadeé y guardé silencio. Estaba inmóvil, en cuclillas delante de Pearl. Todo el mundo cambió de postura, generando pequeñas ondas en el agua con los pies. La vergüenza me inundó. Recordé cómo me habían mirado cuando descubrieron que les había traicionado para buscar a Row. Su condena y su rabia eran los objetos que había recibido y había guardado en mi interior.

—Pearl —le dije; intenté tocarle el hombro, pero ella se apartó—. Pearl, si tú estuvieras en su lugar...

—No lo estoy. —Pearl levantó el mentón y me miró con ojos sombríos. Se cruzó de brazos—. A ella la quieres más.

—No puedo —dije en voz baja, con el corazón roto. ¿Es que nunca podía tomar la decisión adecuada? ¿Qué le estaba enseñando sobre sí misma?

Wayne gritó desde la popa que el timón seguía intacto.

—Tenemos que sacar la verga del agua. Está haciendo virar el barco —dijo Thomas. Jessa lo acompañó y Daniel masculló una pregunta al resto, que si podían ir a comprobar qué quedaba en la cabina. Un pez muerto pasó flotando ante nosotras. Supe que se compadecían de mí y querían darnos espacio.

—Necesito comprobar nuestra posición —me dijo Daniel con un hilo de voz. Lo dijo como si fuera una disculpa.

Pearl dejó caer los brazos a ambos lados y levantó la cara, le temblaba la barbilla. Parpadeaba muy rápido.

—No puedo quererla más que a ti —dije—. Las dos os habéis llevado todo lo que tengo. Ya no hay más, no doy más de mí. Si fueras tú la que estuviera allí, a ella también la haría pasar por todo esto. Pero no es así cómo sucedió. —Le sequé una lágrima de la mejilla—. Siento haberos llevado directos a la tormenta.

—Nunca me escuchas —dijo.

Oí la voz de Jacob en ella. ¿Cuántas veces me había repetido esas mismas palabras? Bajé la vista a la cubierta inundada. Estaba cansada de todo; estaba cansada de tomar decisiones, de las responsabilidades. Por un momento, quise desaparecer en las profundidades y flotar hasta el olvido.

Pearl se acercó a mí y me tomó de la mano.

Me sobresalté cuando me tocó.

—Lo siento —dije, e iba en serio. Ella se secó las lágrimas con el dorso de la mano.

—Tengo que ir a darle de comer a Charlie. Está enfadado —dijo.

Asentí y la dejé marchar a la bodega. Cuando la vi bajar por la escotilla, pensé en lo equivocada que estaba mi hija.

Yo estaba llena de resentimiento. Quería decirle que no se trataba de que quisiera más a Row, sino de algo oscuro en mi interior que tomaba las decisiones por mí. Mi rabia y mi miedo. Se mezclaban con el amor y no sabía separarlos. Era como el cielo cuando se funde con el mar, es imposible distinguir dónde comienza uno y acaba el otro.

Ella nunca sería capaz de comprender mi carga. Las decisiones imposibles. Habíamos pasado una vida entera juntas, pero nos conocíamos tan poco que podríamos haber pertenecido a mundos diferentes. ¿Qué me ocultaba ella a mí? ¿Qué corrientes oscuras se arremolinaban en su interior, mezcladas con el amor, en abismos que yo no alcanzaba a ver?

Un pez pasó nadando junto a mis piernas. Era un pececillo gris con un corte en la tripa que dejaba una estela de sangre. Cuando lo atrapé se debatió en mi mano, las escamas vibraban a la luz del sol.

Capítulo 45

Esa noche sacamos la verga del agua y organizamos los desperfectos en montones para ver qué se podía rescatar. A la tarde siguiente me instalé en cubierta y me apoyé en la borda para remendar el trinquete. Marjan me había dado una caja de retales sueltos para poder tapar los agujeros y los desgarrones. Me estaba planteando cuál era la mejor fórmula para pescar sin aparejo cuando Daniel vino a sentarse a mi lado. Me aparté un poco de él y continué cosiendo.

—He visto que has pescado bacalao esta mañana —dijo.

Dos bacalaos después de cuatro horas de trabajo. Necesitaríamos más pescado si no queríamos tener que racionar más aún la comida.

—Thomas y Wayne han construido una nueva verga —dijo—. La verdad es que tiene buena pinta.

Como no dije nada, él continuó.

—Jessa ha estado trabajando en la vela mayor. Será más pequeña. Bastante más pequeña. Pero servirá.

—¿Cuánto nos retrasará? —pregunté.

—Lo bastante como para que tengamos que preocuparnos por la fuerza de las corrientes para fondear.

Me mordí el labio y volví a enhebrar la aguja, luego coloqué la tela encima de un agujero y comencé a coser los bordes.

—¿Te preocupa que nos sigan? —pregunté.

Con el viento, la tela se me arremolinó en torno a las rodillas y lancé una maldición. Daniel se inclinó y me ayudó a alisarla en cubierta. Se movía a mi alrededor con vacilación, como si me compadeciera desde que Pearl perdiera los estribos conmigo. O quizá advertía lo avergonzada que estaba por habernos metido de lleno en la tormenta. La vergüenza era como un trozo de plástico alojado en la garganta, algo que tenía que expulsar, pero no podía describir con palabras. Me la imaginaba como un objeto duro que me había tragado, algo alojado en mi estómago que me sobreviviría. Como cuando abres una gaviota en canal y a veces encuentras trozos de plástico en las tripas, objetos duros que habitan dentro y nunca llegan a disolverse.

—Un poco —dijo Daniel. Eliminó un doblez y alisó la tela—. Cuando mi madre estaba en las últimas, siempre cantaba la misma canción. «Si tuviera alas como la paloma de Noé volaría río arriba hacia mi amado…» —cantó Daniel, con la voz grave y nítida—. Era una vieja canción que le gustaba. Durante mucho tiempo pensé que era una canción sobre mi padre, porque lo echaba de menos.

Daniel guardó silencio y creí que había terminado de contarme la historia, pero continuó.

—Entonces me di cuenta de que me miraba fijamente cuando la cantaba y una noche me acarició la cara. —Daniel extendió la mano y me rozó la mejilla con los nudillos—. Estaba quedándose ciega y era como si me mirase. Me dijo: «No te vayas, no te vayas aún». Le dije que no iba a abandonarla, pero eso no la calmó. Hasta después de su muerte no entendí que lo que intentaba decirme era que no me rindiera. Sabía que algo había cambiado en mi interior. Un vacío, una nueva frialdad. Aunque pasé sus últimos momentos con ella, en cierto modo, estaba ausente.

Las gaviotas se llamaban en la lejanía y sus gritos eran un alivio. Eran una garantía de mar calma. Anudé el hilo, lo corté con los dientes. Daniel me observaba. No levanté los ojos de la tela, esperaba que él continuase.

—Eso fue lo que me gustó de ti —dijo Daniel con voz tan queda que tuve que inclinarme hacia él para oírlo—. Tú nunca has cambiado. No hay nada frío en tu interior.

Comprendí por qué me sentía incómoda. Sus palabras amables eran como agua para el sediento. Si las bebía y pedía más, no podría controlarme. Si había llegado sola hasta aquí era porque le pedía menos a este mundo de lo que esperaba de él. Lo justo para sobrevivir, pero nada más. Me enorgullecía estar tan necesitada. Pero no me había abandonado el deseo, una llama perpetua que esperaba que no me delatase.

Los dos estábamos concentrados en la tela, él la sostenía para que no la moviera el viento, yo me afanaba con la aguja y los retales. Advertí que tenía una cana solitaria en la sien. Parecía demasiado joven para tenerla. El viento me revolvió el cabello y lo hizo aletear a mi alrededor. Cuando me lo recogí noté que tenía el pulso acelerado de estar sentada junto a él, de verme a través de sus ojos.

—Así que Abran formaba parte de los Lily Black —dijo Daniel mirándome para confirmar sus sospechas.

Yo apreté los labios y asentí levemente.

—En el caso de que nos sigan, Jackson le dirá a su tripulación que van a la caza de Abran y a apoderarse del Valle. Quieren tener una base en el norte. Así será cómo lo justifique ante su comandante. Pero, en realidad, vendrá a por mí. Lo prometió. Y cumple sus promesas.

Cerré los ojos con fuerza y volví a abrirlos. No quería pensar en la posibilidad de que nos siguieran.

—Háblame de él —le dije.

—Siempre me protegía. —Daniel negó con la cabeza y me miró con tanto dolor que se me encogió el corazón—. Un invierno estábamos patinando sobre hielo en un arroyo y me caí. Jackson saltó al agua helada y me sacó, y luego hizo una hoguera en la orilla para calentarnos antes de recorrer más de dos kilómetros hasta casa. Me sentó delante del fuego para que se me calentaran los dedos de las manos y los pies mientras él buscaba leña. Perdió tres dedos de los pies y se mantuvo como si nada. Para él… nunca fue una elección. Él era así.

Tiré del hilo y los puntos se clavaron en la tela como una cicatriz.

»Siempre fuimos rivales. Yo era el favorito de mi madre. Eso nunca le molestó hasta la noche que vino a buscarnos. Comenzó a hablarnos de los Lily Black y todo lo que estaban haciendo para reconstruir la sociedad. Pero hasta oídos de nuestra madre habían llegado rumores de que Jackson había impulsado el uso de armas biológicas durante la guerra. Se cargaron a media Turquía. Declaró que había dejado de ser su hijo.

A Daniel le tembló la mandíbula y parpadeó con rapidez. Yo tragué saliva y bajé la vista. Los imaginaba sentados en la cocina, una madre renegando de su hijo.

»Entonces Jackson le dijo: «¿Sabes cómo ha conseguido Daniel tu insulina? Da palizas y roba a la gente. Los localiza y los muele a palos hasta que le den la insulina. Pero supongo que no pasa nada porque es tu favorito. Supongo que él no es capaz de hacer el mal». Le dijo a Jackson que se largara de su casa. Cómo la miró. Había regresado para salvarnos y lo estaban echando. No podía creérselo. Creo que nunca he sufrido tanto como él en ese momento.

Daniel soltó la vela para frotarse la cara y la tela se agitó con el viento como una rama rota. La sujeté.

»Entonces se llevó el barco y la insulina que había conseguido y se marchó. Lo comprendo…, pero no puedo perdonarle. Sobre todo, con lo que está haciendo ahora. No puedo mantenerme al margen.

—Aquel día… en la iglesia —comenté—. Estuviste muy cerca de lo que querías.

Dejé la pregunta no dicha flotando en el aire. Daniel negó con la cabeza.

—Supongo que ya no solo se trata de algo entre él y yo —dijo.

Me acordé de lo asustada y desconcertada que estaba Pearl aquel día en la iglesia. Me sentía muy agradecida. Le cogí la mano. Al tocarlo noté una sacudida, por eso se la solté y continué cosiendo.

Daniel miró hacia el otro lado de la cubierta, donde Thomas y Wayne acarreaban una nueva verga para el palo mayor.

—Myra, todavía crees que estás sola contra el mundo. Crees que puedes ir derecha a una tormenta y vencerla si hace falta. Encontraré una forma de llegar, pero tienes que confiar en mí —dijo Daniel.

Mi respuesta fue un gesto petulante e infantil. El gesto de alguien que sabe que se equivoca y que el otro tiene razón y casi se alegra de ello.

Él agitó la cabeza.

—Haría cualquier cosa por ti. Y por la forma en que me miras, sé que lo sabes.

No apartaba la vista de mí, por eso asentí una sola vez con sequedad. Estaba comenzando a ceder, las grietas de las paredes eran vías. Le miré las manos que continuaban sujetando la tela, las palmas encallecidas, la cicatriz que le atravesaba el índice. Quería volver a tocarlas, pero volví a poner el retal sobre la vela, me pinché el dedo con la aguja y me lo llevé a la boca, solo por el hecho de saborear algo.

Durante una semana trabajamos en las reparaciones de sol a sol, pero cuando terminamos seguíamos teniendo la sensación de que algo fallaba. Me preguntaba si sería a causa de la soledad; nunca había pasado tanto tiempo sin que avistáramos otro barco. Hacía un mes que habíamos salido de Árbol Partido.

Thomas me ayudó a reunir trozos de contrachapado y barras metálicas para reforzar el aparejo de cacea. Con la ayuda de Marjan, reforcé la base con restos de madera y até las barras alrededor del poste con alambre.

—Lo mejor sería sustituir el poste —masculló comprobando su solidez. Se movía.

—Podríamos echar la red para comprobar cuánto peso soporta —sugirió Marjan—. Ver si falla en algún punto y reforzarlo.

Enganché la red al aparejo y la tiré por la borda. Nos quedamos sentadas en la cubierta y vimos que el aparejo se inclinaba hacia la izquierda. Marjan fue en busca de un trozo de madera, empujé el aparejo hacia la derecha y ella clavó el refuerzo en su sitio.

Volvimos a sentarnos. El aparejo parecía al límite, pero aguantó. Las dos estábamos calladas y yo comencé a pensar en el sueño de la noche anterior del que había despertado sobresaltada con los ronquiditos de Pearl. Había soñado que todo el mar estaba muerto, como si lo hubieran envenenado. O quizá era demasiado cálido o demasiado frío y los pájaros no tenían dónde migrar, solo había kilómetros y más kilómetros de veneno azul. El mar había cambiado por completo y ninguna criatura podía adaptarse lo bastante rápido, por eso todos los peces murieron y se fueron al fondo, donde había cientos de ellos apilados unos encima de otros. Fosas comunes en forma de montaña bajo las olas.

—¿Y si se mueren los peces? —le pregunté a Marjan—. ¿Y si cambia el agua y se vuelve inhabitable? Últimamente no consigo pescar casi nada.

El rostro de Marjan seguía siendo plácido, apenas se apreciaban las arrugas de la frente y de las comisuras. Tenía la mirada perdida, como si estuviera en otra parte. De repente, quise saber qué había hecho y qué recordaba. No solo a lo que se había dedicado, sino qué cosas se había visto obligada a hacer, aunque no quisiera.

—Entonces no pescaremos —dijo Marjan después de un minuto de silencio. Estaba sentada con las piernas cruzadas y las manos en el regazo.

Su calma me desconcertaba.

—Para ti es fácil decirlo —murmuré, aunque me arrepentí al momento—. Lo siento. Yo…

—¿Sin nadie que dependa de mí? —preguntó Marjan. El tono era frío, pero luego sonrió levemente. Agitó la cabeza—. En cierto modo es más sencillo. Y más duro.

Cerré los ojos con fuerza y me recliné hacia atrás apoyándome en las manos. Respiré hondo y traté de desprenderme del peso que notaba en el pecho.

—Lo siento. A veces… es que no sé ni lo que hago. Intento salvarla, pero no seré capaz de protegerla —dije—. En este mundo es imposible.

—En este y en cualquier otro. —Marjan contempló la cubierta y miró a Thomas, que estaba en las jarcias, clavando una placa metálica en la nueva verga. Cuando volvió a mirarme parecía más delicada, más pequeña. El sol le daba en los ojos y los entrecerró.

—Mi madre siempre solía decir que la sabiduría se extrae del sufrimiento. Pero, sepa poco o mucho, mi sabiduría no precede de lo que me ha sucedido, más bien proviene del sufrimiento que me infligido yo misma.

—¿A qué te refieres?

—Mi hija… cuando se ahogó. No se la llevó el agua durante una inundación, como te dije. —Una sonrisa triste surcó la cara de Marjan—. A veces me gusta pensar que fue así cómo sucedió.

Su forma vacilante de hablar me recordó a mi madre. Era un ritmo parecido al del mar, con sus constantes idas y venidas.

—Antes de que clausuraran los colegios yo era profesora. De matemáticas y ciencias. Se solía decir que los profesores trataban a sus estudiantes como niños y a sus hijos como estudiantes. Enseñas a tus hijos y te entregas a tus estudiantes. Siempre creí que yo no era así. Pero sí que lo era. Sobre todo con mi única hija. Siempre esperaba más de ella, siempre la presionaba más. Después de que migráramos durante la Inundación de los Seis Años nos instalamos en Kansas o en Oklahoma durante un tiempo. Entablamos amistad con otra familia que tenía dos hijos pequeños. Ellos pescaban y sus hijos les ayudaban buceando en las aguas poco profundas para recoger almejas y otras especies pequeñas. Compartían con nosotros la comida y nosotros la nuestra con ellos. Mis hijos buceaban con sus hijos, pero mi hija no quería acompañarlos. Decía que le daba miedo estar bajo el agua. Entonces le dije: «Tienes que enfrentarte a tus miedos. Tienes que contribuir. Es lo que toca ahora». Y le dije que buceara con los demás.

El pulso se me aceleró. Marjan colocó las palmas de las manos sobre la cubierta y extendió los dedos. Noté que los nudillos le sobresalían con la edad. Intenté concentrarme en los fragmentos de la cubierta entre los dedos.

»Una semana después estaban buceando dentro de una antigua casa para pescar y ella quedó atrapada. No pudo encontrar la salida. Los otros niños pensaron que ya había salido a la superficie. Ese fue el momento… —Marjan entrecerró los ojos y supe que había viajado en el tiempo, que quizá recordase el agua, la forma exacta en la que los rayos del sol incidían sobre la superficie—. Ese fue el inicio de la negación, una negación con la que sigo debatiéndome. La gente dice que la negación es una fase, pero no es así. No soy capaz de aceptarlo. Quiero creer que podría estar aquí, que las cosas podrían haber sucedido de otro modo.

Cerré los ojos con fuerza y noté que el sudor me recorría la espalda. Intenté tragar saliva, pero tenía la boca seca. «No», pensaba. No. No podía haber sucedido eso, no a alguien como Marjan.

—Bajé a buscar su cuerpo porque fui yo quien la envió. —Marjan hablaba con un hilo de voz—. Pesaba tan poco en el agua. Como una pluma. Como si nunca hubiera sido una niña. Como si la hubiera soñado.

Marjan miró en otra dirección y el sol le iluminó el cabello negro, que despedía un resplandor azul.

—Por eso, cuando nos sacrificaste a todos para llegar hasta Row, pensé: «Qué cosa tan terrible». Y lo es. Pero también pensé: «Se está destrozando por dentro». El mundo te destrozará, pero solo cuando te destrozas sola crees que nunca sanarás.

—Tú no tuviste la culpa —dije negando con la cabeza. Marjan se mordió el labio.

—A veces yo también quiero creerlo.

Oía a las gaviotas tirarse en picado al agua, batiendo las alas con furia cuando conseguían sacar un pez del agua. El cabo de la red estaba tan tirante que vibraba sobre la borda. Algo se agitaba en mi interior, un torrente que discurría a toda prisa por mis venas, algo que pugnaba por salir. No podía mirarla, por eso me incliné hacia delante y me miré las manos.

—Row nació con los hombros diminutos, apenas si se le notaban. Como si el esqueleto no se le hubiera desarrollado del todo. Como si no estuviera lista para habitar este mundo —dije, con la voz entrecortada. Me froté la garganta—. ¿Cómo…? —pregunté, con voz ronca—. ¿Cómo sales adelante?

Marjan guardó silencio un momento sin dejar de observarme. Se mordió el labio y entrecerró los ojos hasta que estos no fueron más que dos rendijas.

—Haces lo más difícil. Haces lo imposible. Una y otra vez.

«Yo no podría hacer lo que ha hecho ella», pensé. Yo no podría salir adelante como ella. El aparejo gimió bajo el peso de la red y se inclinó sobre la borda como si fuera a saltar por encima. Ninguna de las dos nos movimos para subir la red. Parpadeé, furiosa, para no llorar. Quería cogerla de la mano, pero no me moví. No había mapas para este viaje. Solo personas que habían estado ahí antes y habían dejado un rastro a su paso para que los demás lo viéramos.

Marjan me trajo a la mente una frase que el abuelo repetía una y otra vez poco antes de dormirse para no despertar. «Del agua venimos y al agua vamos, aunque siempre pugnemos por respirar, nuestros corazones laten con las olas». Entonces me parecía un mensaje triste, un mal augurio, pero ahora me consolaba en cierta manera, hablaba de nuestro vigor.

Marjan suspiró.

—Myra, más que peces en el mar, más que tierra firme, lo que necesitas es esperanza. Te estás ahogando.

La miré y ella me sostuvo la mirada con sus implacables ojos negros. Me sorprendí al ver que reflejaban desesperación. Marjan siempre parecía tan resuelta, tan firme ante la adversidad, pero también ella albergaba oscuridad. La esperanza siempre implicaba desesperación, entendí, una desesperación nacida de lo que había visto y hecho. Cargaba con esas imágenes y esos actos y la esperanza se sentaba a su lado, sin alimentarlos ni extinguirlos.

Me acordé de cuando encontré a mi padre ahorcado. Estaba muy frío y tenía la cara amoratada. Pedirle más a la vida de lo que esta podía darte parecía de débiles. «Debes aceptar lo que te da y continuar como sea», pensé yo. Después de bajarlo, la soga le dejó una marca en el cuello. Era como la marca de una subida del agua, como si le hubiera llegado hasta la barbilla y se hubiera cansado de nadar.

Capítulo 46

Había dejado de saber qué normas seguíamos. Por eso una noche me quedé hasta tarde en la cabina preparando cebos a la luz de una vela. Habíamos fabricado una puerta de contrachapado que no encajaba bien en el hueco y golpeaba el marco al ritmo de las olas.

Preparaba los anzuelos con bichos muertos y mezclaba trozos de tela e hilo para que parecieran insectos o gusanos. Me estaba quedando sin hilo y pensaba de dónde podría sacar más cuando Daniel abrió la puerta.

—No se lo cuentes a Abran —murmuré.

Daniel echó un vistazo a los anzuelos colocados ante mí y se encogió de hombros.

—No iba a hacerlo.

Se sentó a mi lado. A la luz de la vela parecía más mayor y más remoto, y sus facciones más afiladas. Los pómulos altos daban paso a la barba, que casi ocultaba el rostro demacrado. Su silencio y su presencia tranquila le daban la apariencia de un hombre salido de otra época, una época a la que yo no tenía acceso.

—¿A qué distancia estamos? —pregunté.

—A unos mil cien kilómetros al suroeste.

Inspiré con fuerza. Casi estábamos allí. Pensaba que me alegraría, pero solo sentí una extraña agitación que me sacudía hasta la médula.

—¿Qué pasa? —preguntó Daniel, rozándome el brazo con la punta de los dedos.

Sacudí la cabeza con rapidez como si quisiera espabilarme.

—Nada.

A la mosca muerta que estaba intentando ensartar en el anzuelo con los dos dedos se le cayeron las alas.

—Mierda —murmuré. Inspiré hondo. Llevaba toda la noche pensando en Jacob, preguntándome cómo se habría sentido desde su marcha. ¿Se habría arrepentido? ¿Habría tenido sentimiento de culpa? ¿O habría muerto poco después de marcharse y no le había dado tiempo de sentir nada? Quería hablar del tema con Daniel, pero no sabía por dónde empezar. El deseo que había sentido mientras Daniel y yo reparábamos la vela se había avivado, una llama que no paraba de agitarse.

—Lo que dijiste —comencé, y luego me detuve. Apreté los dientes y atravesé el cuerpo de la mosca con el anzuelo—. Lo de vengarte. Yo... durante mucho tiempo, intenté creer que Jacob regresaría por mí. Esperé. Y esperé. Y cuando no regresó, me dije que algo se lo había impedido. —Miré a Daniel con los ojos húmedos—. Y no era así.

Tuve una visión de mí misma en el fondo del mar, sacando criaturas marinas una a una del fondo oscuro. Dientes, tentáculos, pinzas. Cosas que conocía bien. Elevándose hacia la superficie.

—Eso no lo sabes —dijo Daniel acercando una silla sin dejar de mirarme.

Salvar a Row era el único deseo que admitía. ¿Había una parte de mí que deseaba volver a ver a Jacob? ¿Quería tener una oportunidad para destruirlo, de la misma manera que él me había destruido a mí?

—Si él estuviera aquí.... —El resto de la frase se perdió en el silencio.

—Él seguiría siendo el padre de tus hijas —dijo Daniel. Me observó como si me leyera el pensamiento—. Lo que un padre y una madre se hacen el uno a la otra... importa.

Parpadeé y clavé la vista en la mosca muerta que se agitaba en mi mano.

—Claro, hay que pensar en los hijos —murmuré sarcásticamente.

—Yo estaré contigo, Myra —dijo Daniel en voz baja y grave.

—No tienes que ocuparte siempre de todo —le espeté.

—Lo sé. Nunca dejas que cuide de ti. Ni de Pearl.

—No necesitamos que nadie cuide de nosotras.

—Sí lo necesitáis —dijo Daniel. No me quitaba los ojos de encima y yo aparté la vista.

Me invadió una sensación desagradable. Lo que sucediera en el Valle parecía irrevocable, como algo que estuviera escrito en una crónica antigua. Tenía la extraña sensación de que mi yo futuro me observaba, un yo futuro que me susurraba al oído y me pedía que prestara atención.

Até un trozo de bramante alrededor de la mosca muerta. Me pasé la mano por la base del cuello y noté que estaba sudada. Estaba sonrojada. Necesitaba que Daniel se marchara. Permitir que se acercara a mí equivalía a ceder a un impulso equivocado, alimentaba un deseo que debía ser aplacado.

—Te agradezco lo mucho que me has ayudado —dije alejándome un poco de él—. Debería terminar con esto. —Carraspeé y volví a concentrarme en la mosca.

La silla de Daniel arañó el suelo cuando la acercó más a mí. Con el pulgar me tocó el mentón y me giró la cara hacia la suya.

—Yo no quiero ayudarte. No soy tu ayudante.

Nos miramos a los ojos y una sensación cálida me invadió. Noté una punzada en el estómago, el sudor me perlaba el escote. Me acordé de cuando lo rescaté, lo pesadas y largas que parecían sus extremidades bajo el sol del mediodía, el aleteo de las pestañas oscuras cuando recuperó el conocimiento, la piel reluciente a causa del agua y de la luz. Incluso entonces, más allá del miedo, tenía una confianza ciega en él que no llegaba a comprender.

317

Daniel me rodeó el rostro con las manos y bajó una hasta el cuello. Acarició un mechón entre los dedos, y los cabellos emitían un sonido imperceptible al frotarse.

—¿Es que no lo entiendes? No puedo perderte —susurró.

Lo dijo con tanta ternura que creí que me vendría abajo. Me incliné hacia él y me buscó con la boca, áspera y hambrienta, las lenguas voraces, el aliento entremezclado.

Notaba la aspereza de su barba en la cara y me agarré a su cuello, sentí que los músculos se movían, el pulso en las palmas de las manos. El corazón se me aceleró más y más y se acompasó al suyo.

Daniel me subió a la mesa. Metió la mano por debajo de mi camisa y me la quitó. El tacto de su piel despertó un anhelo entre mis piernas y me apreté contra él. Notaba su erección contra el vientre y lo agarré por la nuca, enterré los dedos en su cabellera mientras él me besaba por todo el cuello.

El borde de los dientes, el vello áspero en los brazos. Un aroma ahumado y salobre en el nacimiento del pelo. El pecho fuerte y cálido, el sabor de su piel. Me sentía como si me faltara el aliento. Como si me diluyera, puro fluido.

Me deslizó los dedos entre las piernas, adelanté las caderas y mi cuerpo entero se abrió. Cuando me penetró, eché hacia atrás la cabeza, me agarré a su cuello con las manos, mientras que el mío quedaba tan expuesto como el vientre de un pez, la habitación boca abajo. La llama de la vela se arremolinaba en la oscuridad. Él se movía en mi interior y notaba la mente ofuscada y despejada, ofuscada y despejada, hasta que no pude subir más y me quedé suspendida, en las alturas.

La habitación regresó despacio, como el despertar después de un sueño profundo. El tacto de la madera basta, la corriente helada que se colaba desde el exterior. Parecía tan frío. Y la noche tan silenciosa.

Capítulo 47

Cuando llevábamos una semana navegando por aguas tranquilas con un viento a favor frío pero constante, nos topamos con un banco de niebla tan espeso que no se veía ni a un metro de distancia. El horizonte y el sol desaparecieron. Daniel se paseaba por la cabina sin parar y sin dejar de maldecir.

—Podríamos toparnos con un iceberg en cualquier momento. Según el mapa, dependiendo de la estación, podría haber en estas aguas —me dijo Daniel cuando entré en la cabina en busca de una nueva caña de pescar.

Le toqué el hombro y le eché el pelo hacia atrás.

—No pasará nada —dije con un optimismo poco propio de mí. Él me acarició la mano.

Si estar con Abran había sido como tomarme un descanso de mí misma, con Daniel tenía la sensación de que había vuelto a casa, él me centraba. Abran me había resultado útil, pero no se reducía a eso. Me había sentido atraída de inmediato por su carisma, por su seguridad, por la naturalidad con la que se movía por el barco, como si hubiera nacido allí. La primera vez que subí a bordo del Sedna me encontré por primera vez en territorio ajeno y sentí una nueva vulnerabilidad. Necesitaba a Abran para aplacarla.

Estar con Abran era como uno de esos juegos infantiles donde lo más emocionante es la persecución, no atrapar a nadie.

Cuando de lo que más disfrutas es de rozar apenas la espalda de tu presa y luego esta acelera y escapa de tu alcance. El placer de querer y no tener.

Pero Daniel me ofrecía otro tipo de deseo más profundo: de posesión, de un futuro, de una forma de vida compartida. Quizá pudiera imaginar un futuro con él porque había sido la primera persona con la que me había sentido segura desde mi abuelo. Quizá su amor por Pearl me hacía sentir que éramos compañeros desde el principio, que podíamos trabajar juntos por un nuevo amanecer en otra orilla. Mi atracción por Daniel había ido en aumento despacio y sin pausa, hasta que me asaltó, como el musgo que se extiende por un árbol hasta que todo el tronco está verde y permanece así hasta que se derrumba en mitad del bosque. Lo sentía incluso en mi sangre, como si me habitara solo con mirarme. Después de esa noche en la cabina no habíamos sentido ninguna incomodidad. Lo que quedaba era un entendimiento más profundo, como si hubiéramos hablado después de un largo silencio.

Volví a concentrarme en la pesca, llenaba los barriles de sal con bacalao y fletán y con un pez gris de menor tamaño que no conocíamos ni de oídas. Nos preocupaba que fuera tóxico, por eso Wayne se ofreció voluntario para probarlo.

—El catador del rey —bromeó intentando quitarle hierro al asunto, pero nadie se rio mientras lo observábamos masticar y tragar.

Al día siguiente no tenía síntomas de ninguna enfermedad, así que Marjan lo cocinó con las patatas que quedaban y todos intentamos saborear nuestra primera comida completa en muchos días. Habíamos racionado la comida la semana anterior y por las noches nos sonaba el estómago vacío.

Lo habitual es que leyera el agua para saber dónde pescar, pero la niebla nos envolvía. Por eso pescaba como una ciega, lanzando líneas sobre la borda, enganchando la red al aparejo y recogiéndola con más frecuencia, ya que este no aguantaba mucho peso. El cabo que sostenía la red había empezado a deshilacharse, pero era el único que teníamos. No nos quedaba bramante para repararlo, solo quedaba esperar que nos durase hasta llegar al Valle.

Daniel nos hizo rizar la vela mayor para reducir la velocidad.

—No puedo navegar entre icebergs si no los veo —decía sin parar. Apoyé una mano en su hombro y noté los músculos tensos y agarrotados como una cuerda anudada. Se pasaba el día entero en la toldilla calculando distancias, o de pie junto a la proa, esforzándose por ver entre la niebla, en busca del sol.

Un día, Marjan me llamó. Estaba junto a la borda, cerca de la proa del barco, con los prismáticos en la mano. Dejé el aparejo y fui hasta ella.

—Mira —dijo Marjan pasándome los prismáticos y señalando hacia delante.

Miré hacia donde me indicaba, pero no fui capaz de ver nada con la niebla.

—¿El qué? —pregunté.

—He visto un barco —dijo Marjan. Juntó las manos y luego volvió a señalar hacia delante.

Volví a mirar, pero no vi nada y tampoco quería. Había dejado de preocuparme por los Lily Black. Llevábamos aislados tanto tiempo, rodeados solo de kilómetros y kilómetros de agua y cielo, que ver otro barco me resultaba una posibilidad remota e improbable. Bajo esa incredulidad, el miedo se abría camino.

—¿Estás segura? Quizá lo hayas imaginado. Esta niebla te hace ver cosas que en realidad no están ahí, son solo más niebla —dije.

Marjan negó con la cabeza, se mordió el labio inferior y frunció el ceño. Le di un apretón en el brazo. Tenía bolsas negras bajo los ojos. Era la que peor llevaba que nuestras provisiones escasearan, pero, aunque con esfuerzo, era capaz de hacer un plato con el poco cereal que quedaba metido entre la estopa de un saco. Nos quedaban unos centímetros de cereal en los barriles y varios alimentos en conserva, pero no nos podíamos permitir desperdiciar una sola migaja. No sabíamos cuánto tardaríamos en desembarcar en el Valle o cuánto tardaríamos en encontrar comida cuando lo hiciéramos.

Le dije a Marjan que no se preocupara. Cuando se marchó para preparar la cena, subí a la jarcia para hablar con Daniel. Él oteó el cielo y apuntó algo en su cuaderno. Le conté que Marjan creía haber visto otro barco.

Sus rasgos se endurecieron y dejó de escribir.

—¿Crees que son ellos? —pregunté. El pelo se me venía a la cara y me lo echaba hacia atrás continuamente.

Como no decía nada, añadí:

—Podría ser cualquiera.

—Podríamos ir más al norte —dijo Daniel—. Fondear y desembarcar por ese lado.

—El mapa dice que anclar en el lado sur es mejor —dije—. Al norte son todo acantilados y por el este o por el oeste el camino hasta el Valle es más largo.

El mapa de Beatrice mostraba que el Valle solo era accesible desde el lado sur de la isla. Al este y al oeste nos esperaría un largo camino a pie, por las montañas, y al norte la costa era traicionera, un laberinto de rocas y hielo. Al lado sur de la isla también había acantilados, pero en una pequeña ensenada al sureste podríamos fondear el barco y acercarnos en canoa hasta la orilla. Esa parte de la costa era más llana y solo había que recorrer unos kilómetros antes de llegar al Valle.

—Solo estoy intentando pensar en alternativas —me espetó Daniel.

Se frotó la cara, tenía la nariz enrojecida del frío.

—No le cuentes a nadie lo del barco todavía. Esta niebla se despejará pronto y trazaremos un plan. —Contempló el cielo con los ojos entornados—. Eso espero.

Bajé de la jarcia y regresé al aparejo para sacar la red. Accioné la manivela, dejando caer encima todo mi peso. El mango de madera se me clavaba en la piel, tenía los dedos congelados. El cabo gimió al tocar la borda y cuando la red salió a la superficie, me agarré a la palanca, intentando contrarrestar todo el peso extra.

Apreté los dientes y eché un vistazo a la soga. Las fibras se estaban deshilachando por el punto más débil, las hebras se desflecaban y se partían. Se rompió del todo con un chasquido fuerte y la red cayó al agua.

Me entró el pánico y me abalancé hacia delante para agarrar el cabo, pero este desapareció por la borda.

Miré por encima y solo vi las ondas en el agua oscura, estaba demasiado nublado para reflejarme siquiera. Caí de rodillas, golpeé la cubierta con los puños y maldije.

—¿Mamá?

Me volví y vi a Pearl detrás de mí. Dio un paso hacia delante, me acarició el pelo y me lo recogió en la nuca. Tenía los dedos helados, los cogí entre las manos y les eché el aliento.

—Que sí, joder, que calafateé la vía del casco —le soltó Jessa a Wayne.

—Esta mañana el suelo del camarote estaba mojado —dijo Wayne. Su bigote se empeñaba en rizarse por los extremos y él intentaba alisárselo con la mano.

—Pues deja de fastidiarme. Ya estoy en ello —gruñó Jessa.

Daniel estaba junto a la ventana de la cabina cruzado de brazos, con los hombros en tensión. No había dormido en toda la noche, no dejaba de dar vueltas y de moverse, sacándome de mi duermevela. Antes del amanecer ya estaba en cubierta con los prismáticos, oteando el horizonte. La niebla había comenzado a disiparse. El resto de la tripulación pensaba que estaba atento a los icebergs.

Marjan y yo apilamos los platos del desayuno y trazamos un plan para hacer durar los víveres al máximo. Sin red para pescar y con la despensa casi vacía, tendríamos que depender de lo que capturara con las líneas.

—¡Mamá! ¡Mamá! —Pearl entró corriendo en la cabina y me cogió de la mano, tirando de mí para que saliera.

Nos recibió el aire frío y ahí estaba. Las montañas de Groenlandia. Y, tras ellas, el Valle.

Las montañas se elevaban desde la superficie del agua. Eran de un verde muy intenso y su reflejo en el agua era tan nítido como si fuera un bajorrelieve. Parecía como si se pudieran tocar con la mano. El viento silbaba alrededor del Sedna y nos envolvía como si estuviéramos en pleno vuelo con una sensación embriagadora.

Pearl me apretó la mano y me dirigió una sonrisa radiante, yo caí de rodillas y la abracé.

—Ya casi estamos —me susurró. Lo dijo con entusiasmo, pero me sonaron a mal augurio. Esperaba sentir alivio, pero también sentía miedo, miedo de lo que nos encontraríamos detrás de aquellas montañas.

Los demás nos imitaron y salieron a cubierta. Exclamaciones, aplausos, vítores, gritos de alegría. Wayne le dio una palmada a Thomas en la espalda, Marjan exhaló, cerró los ojos y unió las manos. Abran se llevó las manos a los labios, sacudió la cabeza mientras dejaba escapar una carcajada aliviada y abrazó a Jessa.

Ni siquiera Daniel pudo reprimir la risa. Se volvió y me levantó en volandas. Nunca le había visto con una sonrisa tan grande. Apoyé la cabeza en su pecho e inspiré su olor. La alegría era contagiosa y alejó mis temores. Noté un cosquilleo en el pecho y resurgió la visión de la casita junto al mar. Pero esta vez Daniel estaba conmigo en la casita con Pearl y Row. Las botas junto a la chimenea, las velas en la mesa. Flores silvestres secas en una taza agrietada.

Nos separamos y Daniel entró en la cabina para coger los prismáticos y otear la costa para buscar la ensenada. Me calé la capucha de piel alrededor de la cabeza. Llevaba sin ver el vaho congelarse desde los inviernos en Nebraska. Me sentía nostálgica. El aire sabía como sabe un vaso de agua fresca. Como si nada pudiera salir mal.

La niebla se levantó a nuestro alrededor. Al disiparse los últimos retazos descubrimos los icebergs que rodeaban las montañas. El verde era tan brillante que había atravesado la niebla, pero ahora se veía con más nitidez, y también los pliegues de las montañas, las rocas a lo largo de la línea de costa.

—¿Podremos rodear los icebergs? —le pregunté a Daniel cuando regresó.

Oteó las aguas que nos rodeaban y asintió. Volvía a exhibir una expresión sosegada, estaba de buen humor.

—Con nuestro tamaño, no deberíamos tener problemas. Pero hay que ir despacio. Le pediré a Wayne que rice la vela mayor de nuevo —dijo—. Podríamos llegar en un día.

Pasamos junto a un iceberg. Era una visión serena, de un blanco brillante. Me recordaba al rostro de una mujer con los rasgos borrados.

Le di la espalda al norte y miré hacia el sur, para contemplar el océano que habíamos atravesado a ciegas. Todo agua, sin icebergs, ni salientes rocosos. Habíamos tenido suerte. Al sur quedaban bancos de niebla que cubrían el horizonte. Levanté la vista al cielo gris y despejado y vi un pájaro.

No era una gaviota. Tenía la cabeza demasiado pequeña y las patas muy cortas. Era un pájaro terrestre. Agucé la vista. Era de color gris claro y volaba como si le costara encarar el viento, no sabía volar como las gaviotas. Aunque no hubiéramos visto el Valle, esta era nuestra señal. Estábamos próximos a tierra. Y yo más cerca de Row.

Una paloma. «Como la paloma de Noé», pensé. Me invadió una sensación cálida y sonreí para mis adentros. Esperanza. A esto se refería Marjan. Era lo que yo necesitaba.

Una bandada de gaviotas procedentes del suroeste surgió como un fantasma de un banco de niebla. Graznaban como locas, con tanto alboroto que parecían despavoridas, como si se gritaran unas a otras. Como si huyeran de algo.

Adelantaron a la paloma y las sombras oscurecieron al *Sedna* al sobrevolarnos. Volví a fijarme en la paloma, que parecía volar en línea recta. Como si se dirigiera a algún punto. Como si tuviera una misión.

Parpadeé. No era una paloma silvestre. Era una paloma mensajera. Como la que habíamos visto en Ruenlock.

La niebla se disipó por completo y contemplé la línea del horizonte, una franja gris oscura donde el cielo se encontraba con el mar, como una navaja. Y al sur, justo detrás de la paloma, un barco oscuro dominaba el horizonte.

Capítulo 48

Daniel me pasó los prismáticos. Era un barco el doble de grande que el nuestro con aspecto de buque de guerra, pero hecho de plástico, yantas y placas metálicas, no de madera lisa. En la proa llevaba un robusto ariete metálico que brillaba con el sol. El viento hacía ondear una bandera negra con un lirio blanco en medio y el nombre estaba escrito en el casco: *Lily Black*. El hermano de Daniel no solo era un capitán de alto rango de los Lily Black, era el capitán del buque insignia de la tribu.

El barco crecía por minutos y se aproximaba hacia nosotros a toda velocidad, con las velas completamente desplegadas. Detrás de nosotros se oyeron exclamaciones y luego se hizo el silencio. No podía respirar, el pánico se apoderó de mí. ¿Teníamos que dirigirnos al lado norte de estas montañas? Era más peligroso, pero huir parecía nuestra única opción. Éramos más pequeños, por eso podríamos maniobrar mejor que ellos entre el hielo.

—Están en el horizonte, nos separan unos veintidós kilómetros —dijo Daniel.

Cuando me di la vuelta, vi que toda la tripulación me miraba. Abran estaba pálido como el hielo que nos rodeaba. Se dirigió a la borda, se apoyó con las manos y dejó caer la cabeza entre los hombros.

Los demás hablaban atropelladamente y especulaban, presa del pánico.

—¿Nos han seguido todo el camino? Ya se vengaron por lo de Ruenlock.

Miré a Daniel de reojo, pero ninguno de los dos dijo nada sobre su conexión o la de Abran con los Lily Black. Recordaba lo que Daniel había comentado, que la tripulación quería a Abran y hacer del Valle una colonia, mientras que Jackson perseguía a Daniel.

—Quizá planean arrebatarle la colonia del Valle a los Lost Abbots. He oído que tenían interés por controlar el norte —dijo Marjan.

—Y es más sencillo controlar una colonia ya existente que conquistar una nueva comunidad —dijo Thomas.

—Lo que significa que no estaríamos metidos en este lío de haber sabido que el Valle era una colonia desde el principio —me espetó Wayne.

—Somos más pequeños que ellos —dije ignorando a Wayne—. Vamos a colarnos entre los icebergs, nos dirigiremos al norte y desembarcaremos. Nos ocultaremos en el Valle.

—La capa de hielo es más espesa en el norte. ¿Y si quedamos atrapados entre ellos y el hielo? —preguntó Wayne.

Para mis adentros, esperaba que los Lily Black se quedara atrapados en el hielo y que pudiéramos desembarcar en el lado sur de las montañas, donde una pequeña bahía nos protegería de las rocas y las olas. Pero si los Lily Black habían conseguido llegar hasta aquí a pesar del hielo, Wayne tenía razón: el norte no era un buen plan.

Me volví hacia el barco. Tenía el casco doble, seis velas por lo menos, y a través de los prismáticos vi que había troneras debajo de la cubierta principal. Un barco así podía estar tripulado por treinta hombres, quizá más, sin contar con los esclavos que llevaran en la bodega.

—No deberíamos haber… —murmuraba Abran. El alijo oculto en la cueva. El asesinato en la taberna de Árbol Partido. Behir.

Los remordimientos también me asaltaron y traté de aplacarlos. Me sentía mareada. Cerré y abrí los puños para despejarme.

—Vamos a intentar atravesar el hielo —le dije a Daniel.

Él asintió y echo a correr hacia el timón.

Miré a Jessa, Thomas y Wayne.

—Las armas.

Asintieron y se marcharon corriendo hasta la escotilla, saltaron y la cerraron con estrépito. Teníamos bombas caseras, rifles, cuchillos, arcos y flechas. Armas que nos ayudarían en las distancias cortas, pero no teníamos nada que se pareciera a un cañón, que podía volarnos en mil pedazos sin acercarse. O un ariete que pudiera hundirnos.

—Sella el agua —le dije a Marjan. Ella corrió hacia la cabina para sacar el agua dulce del depósito y meterla en botellas de plástico.

Pearl se agarraba a mi mano derecha con tanta fuerza que no la sentía. Me agaché frente a ella.

—No —dijo.

—Pearl...

—¡No! —me gritó a la cara—. ¡No quiero quedarme sola ahí abajo!

Tenía náuseas, pensaba que me iba a poner a vomitar. Me miró desafiante. Por un instante, su rostro se congeló como en una fotografía, como si yo supiera que todo esto pronto sería un recuerdo y me resistiera al paso del tiempo. Capté todos los detalles con una claridad que me dejó perpleja y asustada. No quería perderla de vista.

«Hay que moverse», me dije, intentando olvidar esos pensamientos. «Tienes que preparar lo necesario por si os separáis». Llevé a Pearl hasta la cabina y cogí una mochila, hurgué en los estantes en busca de yesca, un rollo pequeño de cuerda, una manta de lana, una navaja y algunas de las botellas de agua que Marjan estaba llenando. Abrí todos los armarios de la cocina en busca de comida y encontré una lata pequeña de ensalada de legumbres y un bote de galletas saladas.

Luego empujé a Pearl en dirección a la escotilla. Me clavó las uñas en las muñecas e intentó que le soltara los hombros.

—No tardaremos —mentí—. Bajaré para ver cómo estás.

—¿Y si el agua empieza a subir?

Imaginé una bala de cañón atravesando el casco del Sedna, el agua entraría, un torrente atronador y frío con fuerza suficiente para doblar el metal. Y Pearl en medio de todo, pequeña y temblorosa.

Se me hizo un nudo en el estómago. Apreté los dientes y traté de serenarme. Ignoré los nervios, como una ostra que se cierra al mar.

—No entrará. Y si entra, vendré a buscarte —le dije, bajando la escalera con ella.

—El agua aquí está fría —dijo Pearl.

Esto me detuvo. Había estado ocupada pensando en cañonazos, balas y fuego, calculando las distancias según los distintos ataques. Pero si el Sedna se iba a pique sería nuestro fin. El agua estaría tan fría que no podríamos agarrarnos a un trozo de madera y flotar hasta el saliente rocoso más próximo. La sangre se nos congelaría en las venas.

La bodega apestaba a moho. Desde la vía de agua que abrió la tormenta, el casco olía a humedad y estaba mojado. Llevé a Pearl a través del pasillo hasta la despensa y la dejé entre algunos barriles de cereal medio vacíos.

Por encima de nosotras retumbaban las pisadas. Necesitaba volver a cubierta para ayudar. Pearl me cogió del brazo.

—Quédate conmigo —murmuró.

—Lo haría si pudiera, bonita —le dije. La besé en la frente y le retiré el pelo de la cara.

—El agua está demasiado fría para nadar —dijo con la barbilla temblorosa.

—Lo sé. Pero no vamos a irnos a pique. —El Sedna se estremeció, y por un instante angustioso creí que habíamos rozado un iceberg, pero entonces continuó como si nada. No era más que una ola grande.

Traté de calmar la respiración.

—Volveré a buscarte —prometí.

Pearl se estremeció, pero se acomodó entre los barriles con una expresión confiada.

—Vale —dijo.

Cuando regresé a cubierta, Thomas y Abran estaban en el palo mayor, rizando las velas.

—Pero ¡¿qué hacen?! —le grité a Daniel, que seguía al timón.

—Hay que rizar las velas, vamos demasiado rápido. No se puede navegar a través del hielo —me gritó él.

—Si reducimos la marcha, estarán lo bastante cerca como para disparar los cañones —dije—. Me pasé una mano por el pelo y maldije.

Ante nosotros se alzaba un iceberg y Daniel viró a la derecha. Jessa y Wayne estaban cargando los rifles y verificando las bombas en la cabina. Marjan metía el agua en las mochilas. Me colgué un rifle, me metí un cuchillo más en la funda que llevaba en la cintura y salí de la cabina.

El Lily Black estaba solo a una milla de distancia, a estribor, y venía dispuesto a cargar contra nosotros. Las velas del barco eran negras y le daban la apariencia de una bestia en pos de su presa. Varios hombres y mujeres se afanaban en cubierta portando armas. El hermano de Daniel estaba en la proa, la cara despejada por el viento, como una estatua.

Dos mujeres transportaban una escalera de madera con los extremos curvos. Para abordarnos. Era como usar una escalera para subir una pared, solo que las paredes eran las bordas. Se engancharían a nuestro barco y sus hombres nos abordarían.

Notaba el aliento entrecortado, las manos sudadas. La paloma, que volaba casi a la misma velocidad que el Lily Black, estaba casi encima de nosotros. Tan pálida que casi se confundía con el cielo. Miré más allá en dirección al barco. Salía humo de la chimenea de la cabina.

—¡Marjan! —grité. No me preocupaban los fuegos en cubierta, esos eran fáciles de extinguir. Me preocupaba que ardieran las velas avivadas por el viento, cerniéndose sobre nosotros como teas encendidas.

Marjan salió de la cabina, le señalé el humo y ambas corrimos en busca de los cubos atados a la popa. Los dejamos caer al agua con una cuerda atada al asa y los subimos llenos. Echamos el agua salada en el depósito ya vacío; en el agua espumosa se formaban pequeñas corrientes.

Después de vaciar mi cuarto cubo en el depósito, Abran me cogió del brazo.

—Myra. Si no consigo…

Negué con la cabeza y traté de apartarme, pero me cogió con más fuerza.

—Intenta cumplir mi promesa. La que le hice a mi hermano. Si consigues sobrevivir y yo no —dijo. Tenía los ojos rojos e hinchados y se le veía ojeroso, como si llevara semanas sin dormir. Tenía la piel de color ceniciento. Le acaricié la mejilla con la mano.

—Los dos queremos lo mismo —dije. Un hogar. Un lugar con un futuro en el que imaginarnos. No comprendía cómo no lo había entendido durante todo este tiempo. La historia no terminaba con el rescate de Row. Terminaría cuando consiguiera que todos nosotros tuviéramos un lugar donde vivir.

Él asintió. Me cogió la cabeza con ambas manos y me besó en la frente.

Tras él, vi asomar la canoa atada a la pared del lado oeste de la cabina. Solo podía llevar a cuatro personas, por eso nos turnábamos para tocar tierra. No lograríamos escapar en ella. Y aunque pudiésemos, los Lily Black nos seguirían.

Se oyó un único disparo y yo me estremecí. La paloma cayó muerta a unos metros de distancia, una mancha de sangre que empapó la madera de cubierta.

Tenía un trozo de papel enrollado al tobillo. Me agaché ante ella y saqué el papel.

La tripulación se arremolinó a mi alrededor.

Creí que el corazón se me saldría por la boca cuando leí las palabras.

—«Tenéis a uno de los nuestros. Entregádnoslo» —leí en voz alta. Se referían a Abran, pensé, pero Jackson no pararía hasta capturar a Daniel.

—Iré yo —dijo Daniel. Se dirigió hacia la canoa y comenzó a desatar el cabo.

—¡Daniel, espera! No se refieren a ti —le grité.

El pulso se me aceleró aún más. Me recorrió un escalofrío por las venas.

Row estaba tan cerca... Podía ver el Valle. Después de todo este tiempo, estaba casi a nuestro alcance. Había llegado demasiado lejos en este viaje como para que ahora me hundieran a cañonazos. Pearl estaba en la bodega. Noté la boca seca e intenté tragar saliva. Me imaginé que le entregábamos a Abran y a él, remando por el agua helada hacia la muerte.

La imagen me dejó mareada. Tenía la cabeza hecha un lío. Había una línea que no debía cruzarse y Jacob me había enseñado dónde estaba. Recordé cuando Jacob me pidió que abandonara a mi madre y a mi abuelo para marcharme con él antes de que el agua llegase a Nebraska.

Entonces tuve la misma reacción: un nudo en el estómago, dolor en el pecho. Después de perder a mi madre y a mi abuelo, estaba segura de que nunca volvería a sentir lo mismo por nadie. Pero me asaltó esa misma lealtad irracional. La misma sensación etérea de vulnerabilidad. La misma actitud defensiva. No íbamos a entregar a uno de los nuestros. Tenía intención de rescatar a Row y lo haría. Si tenía que sobrevivir a los Lily Black para llegar hasta ella, lo haría.

Los miembros de la tripulación se miraron unos a otros y yo procuré no mirar a Abran.

—Entonces, ¿hay un saqueador a bordo? —preguntó Wayne, con los ojos entornados y suspicaces.

—Hay alguien a bordo que fue saqueador —le corregí—. No vamos a entregar a nadie. No hay motivos para creer que nos dejarán marchar.

Daniel siguió intentando desatar la canoa.

—No tenemos ninguna posibilidad de conseguirlo si nos pisan los talones. Iré yo. Esto comenzó conmigo y terminará conmigo.

Los miembros de la tripulación intercambiaban miradas de asombro.

—¿A qué se refiere? —ladró Wayne.

—Esa no es la cuestión—le espeté a Daniel.

—Esta decisión no solo te concierne a ti —me dijo Wayne—. Abran, ¿tú qué crees…?

Abran se arrancó el pañuelo del cuello y mostró las cicatrices.

—Yo estuve con los Lily Black —dijo señalándose las cicatrices. Todos se giraron hacia él estupefactos. Su estoicismo comenzó a resquebrajarse, su semblante acusaba miedo y dolor.

—Durante todo este tiempo… —dijo Wayne, con la voz afilada.

Jessa se cruzó de brazos y dio un paso atrás, mirando a Abran con los ojos entornados. Marjan no se mostró sorprendida, pero Thomas se pasó una mano por la cara. Todos estaban callados y distantes.

«No podemos distanciarnos», pensé. Me había pasado la vida distanciándome de la gente. Necesitábamos unir fuerzas.

—Ignoramos el mensaje y continuamos. Su barco es demasiado grande para navegar entre el hielo —lo dije con más seguridad de la que sentía.

Una mirada triste y resignada atravesó el rostro de Abran. Negó con la cabeza.

—Nunca lograremos escapar de ellos, Myra —dijo en voz baja.

—Si él va, quizá nos dejen marchar —exclamó Jessa con voz nerviosa.

Abran asintió y atravesó nuestro círculo en dirección a la canoa. No estaba dispuesto a verle ahorcado en la proa del barco de los Lily Black. Acoté mi ángulo de visión.

—¡No! —grité agarrando a Abran con tanta fuerza que cayó en cubierta.

Me volví hacia la tripulación con los puños en alto y ellos dieron un paso atrás. Me vi a mí misma reflejada en sus expresiones: cautela, asombro. La forma en la que una persona mira a un perro que le enseña los dientes y eriza el lomo. Debí de parecerles una posesa.

—No entregaremos a uno de los nuestros —dije en voz baja.

La tripulación se miraba. Marjan asintió.

—Iré a buscar la bandera —dijo.

Regresó de la cabina con la bandera naranja, que servía para rechazar una petición. Ahora no éramos el Sedna. Éramos quienes les desafiábamos. Naranja como el cielo antes de anochecer.

Después de izar la bandera, trascurrieron unos segundos en silencio. Luego un sonido cortó el aire, como una línea trazada entre nosotros y ellos, una vibración veloz. Y luego, solo ruido.

Capítulo 49

Caí al suelo y la explosión resonó en mis oídos. La madera se astillaba, el agua entraba, el Sedna subía y bajaba. Marjan estaba tumbada cerca de mí tapándose la cabeza con las manos. Thomas miraba por encima de la borda y le gritaba a Daniel que se pusiera al timón. Íbamos derechos a un iceberg.

El humo lo nublaba todo. Flotaba en el aire el olor metálico a munición. Avancé como pude para ocultarme detrás de la borda. Una flecha incendiaria se clavó en la cubierta junto a mi pie. Tiré de ella y pisé la llama.

A estribor, Wayne y Jessa disparaban los rifles desde la borda. Me agaché tras la borda con ellos y abrí fuego. El barco se movía tanto que apuntar bien era casi imposible, y tampoco es que yo tuviera buena puntería. Siempre se me había dado mejor el combate cuerpo a cuerpo con cuchillo. Las balas astillaban la borda. Me asomé por encima y vi que el cañonazo había pasado rozando la proa del Sedna y la había achatado. A nuestro alrededor, el mar estaba salpicado de trozos de madera y la parte superior de la proa estaba reventada.

Al otro lado de la cubierta, Abran y Marjan sofocaban un pequeño incendio en la toldilla con cubos de agua. El Lily Black redujo la marcha para maniobrar entre dos icebergs, pero estaba a menos de novecientos metros de distancia.

Las balas eran demasiado pequeñas. Necesitábamos fuego. Si pudiera alcanzar su vela mayor… Teníamos que ahogarles en este agua helada. Tenía que regresar a la cabina.

Me crucé el rifle y corrí agachada hasta la cabina. Una lluvia de balas me acompañó, pero todas se incrustaron en la madera. Oí un grito procedente de la proa del barco, pero la cabina me impedía ver quién había sido.

Entré y corrí hasta la cocina. Cogí las cerillas con torpeza y encendí el fuego, abanicándolo hasta que las ramitas prendieron.

Hurgué entre las armas que había en la mesa de la cabina, encontré un arco y un juego de flechas. Até un trapo a la punta de una flecha. Con las manos temblorosas, encontré el alcohol escondido en el armario secreto donde Marjan lo tenía. Empapé el trapo y lo sostuve ante la llama hasta que prendió.

El segundo cañonazo nos golpeó cuando yo salía de la cabina. El impacto me estremeció y sacudió el Sedna. Caí en la cubierta con las sacudidas del barco y me quemé el pecho con la flecha incendiaria.

Retrocedí y me senté en los tobillos. Al ver la flecha apagada en cubierta, maldije para mis adentros.

«Pearl», pensé. ¿Había atravesado el casco el cañonazo?

Se oyó un estruendo sordo, como una tromba de agua. Griterío. Desorientada, me puse de pie, lista para regresar a la cabina y volver a prender la flecha.

El Lily Black se abalanzó sobre nosotros y embistió las olas con la proa. El ariete estaba a punto de arremeter contra nuestro costado.

—¡Apártate de ahí! —gritó Abran desde detrás de mí. Me cogió del brazo y me lanzó sobre la cubierta.

El Lily Black chocó contra el Sedna, el impacto fue como un terremoto que me sacudió hasta la médula. En las dos embarcaciones, la gente cayó sobre la cubierta. Nuestras velas colgaban flácidas, el viento ya no las inflaba. Nos escoramos hasta la derecha y pensé que zozobraríamos, pero los barcos se igualaron. Estaban lanzando garfios sobre nuestra borda, tiraban para acercarnos a ellos. El Sedna no podía liberarse.

«Pronto nos abordarán», pensé, aturdida, con la cabeza hecha un lío.

Thomas corrió hasta un garfio y cortó la cuerda con el machete. Lanzaron otro.

Metí la vela apagada en el carcaj que llevaba a la espalda y me crucé el arco en el pecho. Me arrastré hasta la escotilla, la abrí y me precipité dentro. Se me cortó la respiración al caer al agua helada.

—¡Mamá!

A la luz mortecina de la bodega distinguí la silueta de Pearl, temblorosa y con el agua hasta los tobillos, en el pasillo entre la despensa y las dependencias de la tripulación. Un olor amargo e intenso, una mezcla de humedad, agua salada y explosivos, me asaltó como si una mano sucia me tapara la boca.

Pearl sujetaba un saco de arpillera que no paraba de moverse, los cuerpos en su interior ondulaban y serpenteaban. Había entrado en las dependencias para buscar las dichosas serpientes.

—Hace frío —susurró Pearl.

Fui hasta ella chapoteando y la cogí en brazos. El agua que entraba por las vías atronaba tanto que bloqueaba los sonidos procedentes de arriba, como si estuviéramos debajo de una cascada. Corrí por el pasillo hasta la escotilla y la hice subir por la escalera por delante de mí. Tenía que sacarla de este barco. Mi cerebro se concentró en este único pensamiento. La canoa estaba colgada de la cabina, necesitábamos llegar hasta ella con rapidez. Aunque nosotros no lo consiguiéramos, quizá ella sí lograra llegar al Valle.

Cuando llegué arriba, apenas se distinguía nada con el humo. Levanté la vista y vi que la vela mayor estaba en llamas. El humo se arremolinaba a nuestro alrededor y oscurecía el cielo. Marjan estaba subida a las jarcias, con un brazo ensangrentado, e intentaba apagar el fuego con un cubo de agua.

Gritos, pisotones, disparos, todo me envolvió. Las explosiones de las bombas dividían el caos en intervalos, como las campanadas de un reloj. Varios tripulantes del Lily Black sostenían en alto la escala, intentando encontrar el ángulo adecuado para engancharla a nuestro barco y abordarnos.

Delante de mí, Jessa cargó el rifle. Resonó un disparo, Jessa dio una sacudida y se derrumbó en cubierta como una muñeca de trapo.

Corrí con Pearl hacia la cabina, a la pared que daba a babor, donde estaba colgada la canoa. Tenía los dedos entumecidos y me costó deshacer los nudos. Por fin, logré soltarlos, Pearl cogió un extremo de la canoa y yo el otro.

La bajamos hasta el agua con cuerdas, poco a poco, hasta que notamos que ya no pesaba. Agarré la escala de cuerda que había colgada en la pared de la cabina, la enganché en los grilletes y la dejé caer por encima de la borda.

Pearl llevaba las botas calentitas que le había comprado y me incliné para atarle los cordones.

—Cuando llegues a tierra, si se mojan, enciende un fuego con la yesca y te secas los pies antes de atravesar la montaña, ¿lo entiendes?

Pearl asintió.

—Date prisa —dije tendiéndole la mano para ayudarla a subir por encima de la borda.

Pearl retrocedió de un salto y negó con la cabeza.

—El agua está fría —dijo.

—No vas a caerte al agua —dije. Noté que me abandonaba el valor, por eso insistí con severidad—. Súbete a la escala.

Pearl frunció el ceño, le temblaba el mentón.

—No quiero ir sola.

Tenía el pulso desbocado. Al mirarla a los ojos me sentía dividida en dos, por eso miré hacia el mar y traté de imaginar la ruta que seguiría entre los icebergs, hacia tierra.

Deseaba ir con ella más que nada en el mundo, abandonar el barco que se hundía, alcanzar el Valle y encontrar a Row. «Le has dicho a Pearl que no la abandonarías», pensé. Noté un extraño tirón en los ligamentos, una tirantez en las articulaciones, como si fuera a estallar.

De repente recordé la noche que nació Pearl. Los relámpagos, el oleaje y los truenos. El llanto de Pearl, agudo como el aullido de un animal nocturno. Agitaba las piernas y los brazos, pero se tranquilizó cuando la envolví en una manta. El sueño se adueñó de ella, como si hubiera regresado al lugar de donde procedía.

«Te fallaré», pensé entonces, mientras la sostenía en brazos.

El abuelo murió un año después de que Pearl naciera. Las manos nudosas como el tronco de un árbol, peludas y sudorosas. La noche en la que murió no paraba de divagar, y me decía: «El mundo vale más que todo esto. Ya lo verás, tú vales más que todo esto». Lo dijo como si fuera una promesa.

Justo antes de fallecer, el rostro del abuelo me había sorprendido por su placidez. Parecía confiado ante su marcha al otro mundo. Como el rostro de Pearl después de nacer, con los párpados pesados, adormilada, el cuerpo cálido con el recuerdo del mundo del que venía y al que regresaría.

Quizá todos nacíamos confiados y luego perdíamos la confianza. Quizá todos teníamos que encontrarla antes de marcharnos.

Había traído a la tripulación hasta aquí, ahora no podía abandonarlos. Ya no estaba sola y a la deriva, esa persona ya no existía. Mi cuerpo ponía a Pearl por delante de todo, pero también notaba cierta resistencia en mi interior. Sabía que algunas decisiones son lugares y en algunos lugares no se puede vivir. Tenía que dirigirme hacia donde pudiera vivir. Tenía que terminar lo que había comenzado y continuar trabajando por un futuro en el que no tenía derecho a creer.

—No puedo abandonar a la tripulación, bonita —le dije con la voz rota—. Dirígete al Valle. Te he enseñado el mapa. Rema hasta la ensenada, atraviesa la montaña y baja al Valle.

Lloraba desconsoladamente. No quería que ese fuera mi último recuerdo de ella, por eso la cogí de la barbilla y le sequé las lágrimas con el pulgar.

—Iré a buscarte. Estaré justo detrás de ti —susurré.

A los ojos de Pearl asomó la esperanza.

—Sé que lo harás —dijo en voz baja. Su esperanza me asaltó como una ola que amenazó con derribarme. Me invadieron las dudas, como fracturas diminutas que me atravesaban los huesos, fisuras y grietas que se agrandaban con cada respiración.

El aliento se nos congelaba delante de la cara y, cuando la abracé, noté el aroma familiar a mar y jengibre, tan permanente y reconocible como el latido de su corazón. El pañuelo rojo le asomaba del bolsillo de los pantalones, de modo que se lo guardé bien y pensé en el momento en que el viento lo había levantado de la cara del abuelo, antes de que Pearl lo cogiera.

—No podré ir a buscarte hasta que no me encargue de esto —le susurré al oído.

Ella asintió. La ayudé a auparse sobre la borda, pasó la pierna al otro lado y pisó la escala. Cuando iba por la mitad levantó la vista y su expresión era dulce; la canoa flotaba debajo, golpeando el barco con suavidad.

Verla marchar era como si me arrancaran el corazón. «No será la última vez que te vea», me repetía, una y otra vez, incapaz de creer en mis palabras.

Se acomodó en la canoa y cogió los remos. Parecía muy pequeña en la canoa, y el mar era tan enorme y tan azul. Incluso el cielo y el hielo relucían con un azul pálido. Y ella, una criatura diminuta rodeada de gigantes, un mundo azul tan intenso que podría tragársela en cualquier momento.

Capítulo 50

Intenté no pensar en Pearl para pensar en el Sedna. Si quería volver a verla, tenía que concentrarme.

El Lily Black ya había logrado enganchar la escala a nuestro barco, nos abordarían de un momento a otro. No teníamos munición suficiente. Nos superaban en número para ganarles en un combate cuerpo a cuerpo. El pánico me atenazaba el pecho y amenazaba con ahogarme.

Tenía la mente borrosa. Me sentía como si me moviera en una habitación a oscuras llena de brumas, incapaz de respirar, con las manos extendidas, intentando encontrar un hueco en mi mente. Bajé la vista al agua. Tan azul. A diferencia del agua de Nebraska, que siempre era verde o marrón, llena de tierra.

Cuando comencé a pescar, el abuelo me regañaba por pescar sin estrategia, por tirar las líneas antes de observar el agua. Pensaba que, mientras los anzuelos estuvieran en el agua, los peces picarían.

«Observa el agua. Tienes que rendirte ante ella. No luches contra ella», decía el abuelo mientras el barco se movía suavemente bajo el sol de justicia del mediodía.

Miré alternativamente su barco y el nuestro. «Nuestro barco es irrecuperable», pensé, aturdida. Tosí a causa del humo de la vela mayor que ardía. Tenía que aceptar que ya habíamos perdido el Sedna.

Recordé cuando Pearl decía que nos hundiríamos. Que nos iríamos a pique. «Tenía razón», pensé con tristeza. «El agua está fría», repetía, como si fuera un secreto que me confiara.

Miré al otro lado de la cubierta y contemplé el Lily Black. Wayne arrojó una bomba y esta explotó en el aire, enviando a un tripulante del barco al agua.

El agua. El agua helada. Si pudiéramos arrojarlos al agua nos podríamos quedar con su barco. Utilizaríamos el Lily Black para llegar hasta la ensenada y encontrar a Pearl.

Corrí hasta la cabina, las bombas estaban en cajas sobre la mesa.

Abran estaba allí, sujetaba torpemente una bomba con la mano y una cerilla con la otra.

—Tenemos que lanzarlas. Ayúdame —dijo Abran.

Le quité la bomba y la cerilla y salí disparada de la cabina. Corrí agachada, los disparos llovían a mi alrededor. Coloqué la bomba en la base de la borda, donde la escalera estaba enganchada.

Wayne disparó el rifle protegido detrás de la borda, apuntaba a los saqueadores que iban a subirse por la escalera para abordarnos. Dos mujeres y un hombre avanzaron a cuatro patas por ella, con machetes al cinto y rifles en la espalda. Wayne disparó una vez, falló y volvió a disparar, pero el fusil se encasquilló.

Raspé la cerilla contra la madera áspera y prendí la bomba. Me lancé a por Wayne, lo agarré del brazo y tiré de él hacia atrás, apartándolo de la borda.

—¿Qué demonios estás habiendo? —me gritó Wayne intentando zafarse de mí.

Lo arrastré hasta la cabina.

—¡A cubierto! —le grité tirándolo al suelo conmigo y tapándome la cabeza.

Una lluvia de trozos de madera cayó sobre nosotros, una cascada de serrín y humo procedente de la explosión. Los barcos retumbaron y se agitaron en el mar. Me puse de pie a toda prisa y avancé entre los despojos.

La borda había desaparecido en el punto donde había estallado la bomba. La escalera estaba hecha pedazos, y estos habían ido a parar al mar o a cubierta. El hombre que había subido en la escalera se revolvía en el agua helada.

Cerca del palo mayor, Daniel se puso de pie y apuntó con el arco. Corrí hacia él y le grité que me ayudara.

En la cabina, cogí de un cubo nuestra última soga gruesa y la desenrollé, así un extremo y le entregué el otro.

—¡¿Qué estás haciendo?! —gritó para hacerse oír en medio del ruido.

—Espera —le ordené poniéndole una mano en el pecho para retenerle. Asomé la cabeza al exterior.

Como había imaginado, nos estaban lanzando más garfios. Se engancharon en la borda a ambos lados de mi agujero. Noté que el Sedna se desplazaba hacia ellos. Nos estaban cercando lo suficiente para poder abordarnos sin que hiciera falta una escalera.

—Agáchate detrás de la borda —le dije señalándole el lado izquierdo del agujero—. Yo me quedaré en ese lado. —Señalé el derecho—. Cuando salten, los tiraremos al mar.

Daniel asintió, corrimos hacia nuestras posiciones y nos agachamos tras la borda. La soga estaba desenrollada entre nosotros y describía un gran arco en cubierta. El humo era tan espeso que parecía niebla, no se distinguía quién era quién.

Cuando el primer hombre saltó por el agujero hacia nosotros, miré a Daniel y asentí. Los dos nos pusimos en pie y tensamos la cuerda, arrastrándolo hasta el agua. Gritó antes de desaparecer entre las olas.

Volvimos a agacharnos y aflojamos la cuerda. Saltó otro y la cuerda lo lanzó de espaldas al agua.

Marjan gritó en las alturas y levanté la vista. Estaba en las jarcias con un rifle y tenía a tiro a los saqueadores desde esa posición elevada. Le sobresalía una flecha del hombro y la blusa blanca estaba empapada de sangre. Intentó sujetarse a la jarcia con una mano, pero le resbaló el pie y tropezó con los cabos antes de caer en cubierta.

Cerré los ojos y me estremecí cuando su cuerpo golpeó la madera. No los abrí durante unos segundos, mientras las flechas pasaban rozándome la cabeza.

—Maldita sea —susurré—. Maldita sea.

Noté que la cuerda se movía, Daniel ya la estaba tensando, y me levanté a tiempo de atrapar a una mujer y arrojarla al mar.

Una pausa. Ningún movimiento. Un escalofrío me recorrió las venas. Debían de haberse dado cuenta de nuestra estratagema. Las balas acribillaron la borda y Daniel y yo nos tiramos boca abajo. Las flechas volaban bajo y se clavaban en la cabina, el puente o pasaban por encima y se perdían en el mar.

Dos hombres saltaron al mismo tiempo machete en mano para cortar la cuerda, pero la levantamos y los lanzamos al mar antes de que pudieran alcanzarla. Nos agachamos de nuevo, jadeando. Seis, pensé. ¿Cuántos más quedaban?

Saltó otro y nos levantamos para tensar la cuerda, pero el saqueador se agachó y la cuerda le pasó rozando.

El saqueador enarboló el machete por encima de la cabeza y cortó la soga en dos. Se lanzó a por Daniel con el machete y una flecha se le clavó en la espalda.

Abran, protegido detrás de la cabina, recargó el arco.

Saqué el cuchillo largo del cinturón y me preparé. Varios saqueadores saltaron a la vez. Uno me lanzó un hacha, pero la esquivé. Saltaron astillas cuando se clavó en la borda.

El hombre sacó un cuchillo del cinturón y se abalanzó sobre mí. Logré esquivarlo, lo agarré del pelo, le tiré de la cabeza y le rajé el cuello. Se derrumbó a mis pies y me hice a un lado cuando otro saqueador blandió el machete hacia mí.

Se oyó un grito procedente de la cabina y al volverme vi a Abran, pálido, que intentaba sacarse con las manos una espada clavada en las tripas. Jackson, que estaba frente a él con la mano en el puño de la espada, tiró de ella hacia atrás.

De la boca de Abran comenzó a manar sangre y cayó de rodillas, con la cara inexpresiva, los músculos paralizados.

—¡¡No!! —grité dirigiéndome hacia ellos. En ese momento me agarraron del pelo y me arrojaron a cubierta. Una mujer levantó un machete por encima de mí y yo giré hacia la derecha antes de que el machete se clavara en el lugar que ocupaba un segundo antes. Una flecha le atravesó el pecho, tropezó y cayó al suelo.

Miré hacia donde yacía Abran. Daniel estaba cerca de él y se arrastraba por cubierta, alejándose de Jackson. Iba dejando una estela de sangre a su paso. Jackson se dirigió hacia él.

Corrí hacia ellos saltando entre los cuerpos sin vida. Jackson levantó la espada sin dejar de mirar a Daniel, apenas a unos metros de él. Me lancé encima de él con todo mi peso. Ambos caímos sobre cubierta. Él me clavó las uñas en la garganta. El mundo se volvió borroso mientras pugnaba por respirar.

Le di una patada en el estómago. Abrió la mano y yo rodé hacia un lado, lo agarré del pelo e intenté tirarle de la cabeza para rebanarle el cuello.

Con el rabillo del ojo vi que Daniel venía hacia nosotros blandiendo el cuchillo en la mano sana, pero alguien lo embistió. Un grito enloquecido. Sangre sobre la cubierta que me salpicaba los ojos.

Jackson me agarró de la camisa y me apartó de él. Rodé unos metros por la cubierta antes de poder ponerme de pie. Él buscaba a tientas su arma, con las manos ensangrentadas, entre furioso y aterrorizado.

Saqué el otro cuchillo que llevaba envainado en la pierna y me lancé sobre él con los dos. Bloqueó mi ataque al cuello con el antebrazo. Lo apuñalé en las tripas con el segundo cuchillo, lo saqué y se lo clavé en el cuello.

Él retrocedió con las manos en la garganta, intentando contener la sangre que manaba de ella. Quiso decir algo, pero solo se oyó un gorgoteo.

Como cuando sobreviene la calma después de la tempestad, nos llevó un momento darnos cuenta de la quietud repentina. Ni balas, ni machetazos, ni bombas. Solo el viento, que deshacía el Sedna en pedazos. Los crujidos y los gemidos de un barco que se hundía. Conatos de fuego y humo. Velas desgarradas que aleteaban y cabos cortados que se balanceaban. Cristales rotos y restos de madera a nuestros pies, todo el barco era un arma dispuesta a cortarte. Todo era afilado salvo los cuerpos, que yacían en una postura que denotaba lo opuesto al reposo.

Daniel logró ponerse de pie, su atacante estaba tumbado bocabajo. Resbaló con la sangre y se sujetó con las palmas de las manos.

Jackson vio a Daniel de reojo y se estremeció. Intentó avanzar hasta la borda, como si quisiera dejar este mundo antes de que su hermano lo alcanzara. Antes de quedarse inmóvil, una gran tristeza le nubló los ojos, como un vacío, como si se vaciara su ser.

No podía deshacerme del sabor a sangre, amargo y metálico. Escupí y me llevé el dorso del brazo a la cara para quitarme la sangre de los ojos. Tracé un círculo vacilante blandiendo el cuchillo delante de mí, moviéndome como una brújula que hubiera perdido el norte.

Daniel se arrodilló junto a Jackson mientras se llevaba la mano herida al pecho. Le colgaba un dedo del tendón. Le puso a Jackson la mano en el corazón y luego la llevó hasta la cara para cerrarle los ojos con suavidad.

Comenzó a invadirme un alivio intenso y vertiginoso mientras contemplaba la cubierta. La costa suroeste se aproximaba, las olas nos arrastraban irremisiblemente hacia las rocas.

Capítulo 51

La proa del Sedna estaba sumergida en el agua mientras la popa se inclinaba hacia arriba peligrosamente. Daniel y yo corrimos por estribor agarrados a la borda.

No le quitaba los ojos de encima al Lily Black, por si salían más tripulantes. Thomas estaba agarrado al palo mayor y utilizaba el asta de la bandera de muleta. Las dos embarcaciones iban directas contra las rocas, pero el Sedna se hundiría antes de que chocáramos. Tendríamos más opciones de sobrevivir al naufragio en el Lily Black que a un hundimiento del Sedna. Teníamos que reunir a todo el mundo y movernos rápido.

—¡Thomas! —lo llamé haciéndole gestos para que nos siguiera.

Él se acercó cojeando. Tenía una de las perneras manchadas de sangre.

—¿Dónde está Pearl? —me preguntó Daniel.

Lo miré, confundida, y entonces me di cuenta de que nadie me había visto subirla a la canoa. Me quedé atontada, sentía como si el cielo fuera a aplastarme de un momento a otro.

—La dejé en la canoa —dije. Me tembló el mentón y me fallaron las rodillas.

Daniel se adelantó y me sostuvo para que no me cayera.

—Vamos a encontrarla —dijo.

Asentí, obnubilada, apoyándome en él. Daniel me sacudió con fuerza.

—Myra, vamos a encontrarla. Venga.

Un esclavo salió a la cubierta del *Lily Black*. Todos nos quedamos congelados, mirándonos unos a otros. Me llevé la mano al cuchillo. Él retrocedió hasta que se topó con la borda y saltó al agua helada.

Daniel, Thomas y yo trepamos en dirección a la cabina. Marjan estaba desplomada contra la pared. Me apresuré y me arrodillé junto a ella. Tenía la cara cenicienta y le temblaron los párpados cuando le levanté el mentón. Toqué el cinturón con el que le habían hecho un torniquete en el brazo.

Abran. Estaba intentando salvarla cuando Jackson lo atacó.

Abran estaba tendido de costado junto a los pies de Marjan. Extendí el brazo para acariciarle el pelo. «Debería haber estado ahí para ayudarlo», pensé. Noté un escalofrío. Esto no debería haber acabado así.

Me acordé de él y de su risa cuando estábamos en la cama, su sonrisa de muchacho y su pelo despeinado. Cómo se tumbaba boca arriba y me leía sus pasajes favoritos de los libros y pronunciaba palabras que rara vez se oían: «pletórico», «fulgurante», «suculento». También recordé su lado atormentado, la oscuridad que le acompañaba. Pero, sobre todo, pensé en el hombre encantador que había tenido la visión y la esperanza necesaria para fundar un pueblo, con un corazón tan puro que estaba destinado a romperse.

«No voy a decepcionarte, Abran», le prometí en silencio, rozándole el pelo de nuevo.

Wayne salió de la cabina y casi tropieza con Marjan y conmigo. Llevaba las mochilas que ella había llenado de comida y agua.

Las dejó caer y se arrodilló junto a Marjan.

—Yo la cogeré —me dijo. Daniel y yo nos echamos las mochilas a la espalda. Me costó mantener el equilibrio con tanto peso.

—Marjan, nos vamos al otro barco —le dijo Wayne con una dulzura inusual en su vozarrón. Se la echó al hombro. El Sedna dio una sacudida cuando la proa se hundió más. El agua llegaba por la mitad del palo mayor. Los garfios que unían el Lily Black con el Sedna se tensaron.

Daniel cortó los cabos de los garfios de la borda.

—¡Myra! —Daniel me llamó a gritos—. ¡Deprisa! —Todos nos reunimos en mi agujero en la borda. Uno a uno, saltamos y caímos en el Lily Black. Daniel y yo sujetamos a Wayne cuando aterrizó para que Marjan no cayera. Me giré, saqué el cuchillo y serré la cuerda del último garfio hasta que se rompió.

Alrededor del Sedna, el mar burbujeó y lo engulló un poco más. El palo mayor, inclinado, desapareció.

Miré a mi alrededor en busca del ancla, pero solo vi destrozos. El ancla podría reducir la marcha y así el choque inevitable sería menor. O podría atarnos como una cuerda a una pelota y hacernos rebotar una y otra vez. Más valía chocar una sola vez y soportar la violencia del impacto.

Una oleada de agua blanca se estrelló en el puente y se formó espuma a nuestros pies. El Sedna se separó más de nosotros y chocó con un saliente rocoso. Se deshizo en mil pedazos.

Mientras el Sedna desaparecía en la oscuridad, el Lily Black se acercó más aún a la orilla rocosa, las olas nos empujaban como la mano de Dios.

—¡Al mástil! —chillé para hacerme oír por encima de las olas. Nos manteníamos en pie como podíamos, agarrándonos a la madera mojada para no caer.

Nos aferramos al mástil y los unos a los otros, mientras el barco se rompía a nuestro alrededor con cada pequeña colisión. Bajo nosotros, las rocas atravesaron el casco.

A babor, el barco colisionó con un saliente rocoso. Con los golpes, el estruendo era ensordecedor y el agua helada nos salpicaba la cara.

Me tragué la bilis cuando el pánico fue a más. Íbamos a colisionar con la costa a toda velocidad. Apreté los dientes y pensé en Pearl, en su cabello pelirrojo, una llamarada de color en mitad del gris del océano y el blanco del hielo, la canoa dejando un rastro de ondas en el agua. El Lily Black se sacudió tan fuerte que creí que me iba a descoyuntar y cerré los ojos con fuerza.

Al abrirlos, vi que la costa venía directa hacia nosotros. Piedras, arena, espuma, una franja de cielo gris. Los huesos de una ballena en la orilla. Parpadeé. El esqueleto medía la mitad que el Lily Black, un objeto surrealista que parecía fuera de lugar. Un náufrago anterior a nosotros, víctima del viento y las olas.

Con un nuevo empellón, el mar nos lanzó por los aires como si fuéramos el juguete de un niño.

Me incorporé, el dolor me atravesaba todo el cuerpo. Me quité de encima del brazo la pierna de Daniel. Él parpadeó y sacudió la cabeza, como si intentara sacarse el agua del oído. Tenía un reguero de sangre en la sien que le bajaba por la mejilla y le goteaba en el mentón. Me acerqué y se la sequé con el pulgar.

Me puse en pie trabajosamente, me dolía al poner el peso sobre la pierna izquierda.

—Necesitamos bajar a tierra —dijo Daniel con voz somnolienta y distante. La marea podía devolver los restos del naufragio al mar.

Daniel se echó a Marjan al hombro. Thomas se apoyó en Wayne y avanzó cojeando. El barco tenía el mismo aspecto que si lo hubieran destrozado con un martillo. La madera rota, los restos de metal y las velas tiradas en el puente nos obstaculizaban el paso.

Escudriñé lo que nos esperaba. La costa rocosa estaba cubierta de musgo y liquen. A la derecha había un acantilado muy pronunciado, de unos quince metros de caída. A la izquierda, la pendiente suave de una montaña con la ladera salpicada de riachuelos y de álamos. El esqueleto de la ballena descansaba al pie de los acantilados, completamente intacto, como si la carne fuera a brotarle de un momento a otro para regresar al mar.

Varias aves marinas pescaban en las lagunas que había dejado la marea. En el aire flotaban sus graznidos estridentes.

Tuvimos suerte de que la marea estuviera baja. El agua tendría unos treinta centímetros de profundidad y el Lily Black se estremeció, instalándose en la orilla. Hacía tanto frío que no paraba de echarme el aliento en los dedos.

Ayudé a Daniel a bajar por la borda rota y él saltó al agua poco profunda. Tropezó y cayó sobre una rodilla. La cabeza de Marjan rebotó hacia atrás del impacto. Salté y el agua fría me atravesó como un cuchillo.

—Tiene que entrar en calor —le dije a Daniel, adelantándome por la orilla para buscar leña. La respiración de Marjan era rápida y superficial y le costaba mantener los ojos abiertos. Aparte de procurar que estuviera cómoda, sabía que no podíamos hacer mucho por ella.

Caí de rodillas en la arena mojada y maldije para mis adentros. Estábamos a kilómetros de distancia de la ensenada donde le había dicho a Pearl que se dirigiera. Abran no estaba. Pearl no estaba. Nada había salido como estaba previsto.

La cabeza me daba vueltas y no paraba de parpadear para enfocar la vista. Las rocas se cernían sobre mí, como si flotaran en el espacio, como si todavía estuviera en el agua. Los oídos me retumbaban, el pánico se había adueñado de mí. Incluso la luz del sol parecía demasiado brillante. «Cálmate», me dije. «Paso a paso».

Recogí algunos trozos de madera y Wayne me siguió, recorriendo la playa en busca de ramas. Entorné los ojos para protegerme del viento que levantaba la arena de la playa, me temía que no fuéramos capaces de encender fuego. Rasqué liquen de las rocas con la parte roma del cuchillo y me lo guardé en los bolsillos.

Oteé la costa de este a oeste. No se veía ni rastro de Pearl ni de la canoa. Intenté consolarme pensando que la canoa no flotaba a la deriva entre las olas ni estaba destrozada junto a las rocas de la costa. Pero tenía un nudo en el estómago. Quería dejarles para ir en busca de Pearl.

«Tienes que parar un momento y trazar un plan», pensé. «Céntrate. Vas a necesitar ayuda». Me obligué a mirar al suelo para buscar madera.

Daniel depositó a Marjan en el suelo con cuidado en una pequeña hondonada de la playa. La ayudó a recostarse contra una gran piedra negra. Un tronco de árbol caído protegía un lado del viento y un arbusto espinoso el otro. Thomas se sentó junto a ella con dificultad y extendió la pierna herida ante él.

Dejé caer los haces de leña junto a ellos, abrí una mochila y comencé a buscar cerillas. Daniel retiró con delicadeza la camisa para examinar la herida del hombro de Marjan. Tenía los ojos cerrados y su expresión era sosegada. Se estaba alejando ya de nosotros y del dolor.

Me arrodillé frente a ella y coloqué la madera en forma de pirámide. En los huecos metí líquenes y hojas secas. Las tres primeras cerillas estaban demasiado húmedas para prender, pero a la cuarta lo logré y la protegí con las palmas de la mano. Después soplé sobre los líquenes para que las llamas se extendieran por la madera.

Daniel rasgó la camisa de Marjan en dos y la usó para vendarle el hombro. Fui a quitarme la chaqueta para cubrirla, pero Daniel dijo:

—No hace falta, yo ya he entrado en calor. —Se quitó la chaqueta y abrigó a Marjan con ella.

«Mentiroso», pensé. A Marjan le sangraba una herida situada encima de la cadera y la palpé con precaución. Me manché las manos de sangre. Ella esbozó una mueca de dolor y se apartó ligeramente. Tenía la cara tan pálida como una pieza de porcelana amarilleada. Noté el borde desigual de una flecha rota sobresaliéndole por encima de la cadera. Hasta ahora creía que solo sangraba del hombro.

—Tiene una flecha alojada encima de la cadera —le dije a Daniel en un susurro con la esperanza de que ella no nos oyera—. Debió de partirse cuando cayó de las jarcias.

—No me extraña que haya perdido tanta sangre —murmuró Daniel pasándose la mano por la cara—. Que esté cómoda. Wayne y yo vamos a ir al barco en busca de víveres antes de que las olas lo destrocen.

Marjan volvió la cabeza hacia mí e intentó decir algo. La garganta no le respondía, pugnaba por tragar. Le puse una botella de agua en los labios y bebió un trago.

—¿Pearl? —preguntó Marjan.

Noté que se me encogía el corazón y negué con la cabeza.

—No… No está aquí. Se ha perdido.

Dos aves marinas se enzarzaron en una pelea junto a nosotros, rompiendo la calma del cielo gris con sus gritos estridentes.

Marjan me alcanzó la mano y me la estrechó un momento.

—No hay nada más difícil —susurró.

Yo asentí, intentando contener las emociones que me embargaban. Me sentía como si fuera el Sedna, despedazada contra las rocas, como los restos de un naufragio que se hundirían para nunca regresar.

—Enterradme en el mar —dijo Marjan—. Así estaré con los demás.

Pensé en Marjan cuando encontró el cuerpo de su hija en aquella casa. ¿Había quedado atrapada en las cortinas de un salón? ¿Bloqueada en un baño sin ventanas? Pensé en Marjan cuando sacó el cuerpo de su hija del agua, un halo de cabello a su alrededor, cuando le viera la cara.

Pensé en las migraciones. Una vez pasé junto a un bebé que mamaba de su madre recién fallecida. ¿Qué significaba entrar en una era donde las tumbas eran anónimas?

Asentí y le estreché la mano.

Marjan parpadeó y movió los labios, conatos de palabras que no pude oír. Era como si quisiera comunicarse por última vez. Le acaricié el dorso de la mano con el pulgar. Me miró fijamente a los ojos, pero no supe interpretar su mirada. Pensé que podría haber culpa, pero solo encontré una búsqueda imprecisa, como si no recordara su nombre.

Se llevó la otra mano al collar y rozó las cuatro cuentas con los dedos.

Oí pisadas detrás de mí.

—Hemos encontrado mantas —dijo Daniel. Se detuvo en seco y permaneció callado. Dejó caer una pila de mantas de lana junto a mí.

Marjan cerró los ojos y la mano del collar le cayó sobre el regazo. La que yo le estrechaba se quedó flácida.

Me incliné y le aparté el pelo del rostro. Tenía la piel muy suave, algo sorprendente después de todos estos años. Traté de susurrarle un adiós, pero las palabras no me salían. No podía hablar porque no quería oír mi voz. Quería escuchar su voz melodiosa, quería sus palabras.

En mi interior creció una oscura pesadumbre que se extendió desde el pecho por todo el cuerpo. Me eché hacia atrás y contemplé el mar. Un pájaro se agachó ante el borde de una poza de la marea. Algo vivo se retorcía en su pico.

Capítulo 52

Daniel y Wayne sacaron una puerta de los restos del Lily Black y tendimos en ella el cuerpo de Marjan. Encontré unas florecillas moradas entre la hierba que crecía un poco retirada de la orilla, hice un ramillete y se lo puse entre las manos. Mojé un trozo de tela en la espuma y le limpié la sangre. Estaba pálida, mojada y fría, como una flor que se abriera bajo el agua.

Thomas le colocó dos guijarros sobre los párpados cerrados. Me quedé junto a Marjan mientras los demás la preparaban para el funeral. Cuando cerré los ojos seguía viendo su rostro. Me sentía embotada, como si mi espíritu hubiera abandonado mi cuerpo y se hubiera marchado a otra parte.

Wayne y Daniel la llevaron hasta un cabo rocoso que se adentraba en el mar, mientras Thomas y yo les seguíamos. Temía que, cuando la depositásemos en el mar, una ola la estrellase contra las rocas, pero el agua estaba en calma ahora que la marea había comenzado a subir.

Daniel y Wayne descendieron por las rocas y la bajaron hasta el agua. El mar se la llevó. La observamos alejarse de nosotros antes hasta que una ola grande se la tragó. No la vimos resurgir.

El mar volvió a convertirse en una superficie calma y lisa. Las gaviotas chillaban en las alturas y varias se precipitaron al agua para cazar donde ella se había hundido. Al ver cómo se la llevaba el mar recordé al hombre que Pearl y yo habíamos tirado al océano antes de que todo esto comenzara. El que me contó que Row estaba en el Valle. Cuando solo éramos Pearl y yo. Quizá toda esta historia hubiera empezado mucho antes. Quizá en mi interior hubiese un dispositivo, como una alarma, listo para ser activado. Pero pensaba en ello con frialdad, como si le hubiera sucedido a otra persona en otra vida.

Regresamos a la hoguera en silencio. Wayne echó más madera sobre las brasas. Thomas se envolvió en una manta. Yo traté de concentrarme en los movimientos más simples, quería ser capaz de calmar la mente para pensar con claridad. Lavé el trapo que habíamos utilizado para vendar a Marjan. Me arrodillé junto a Thomas y le limpié el corte de la pierna, con la esperanza de que el agua salada le ayudara a prevenir la infección hasta que pudiéramos conseguir suministros médicos.

Daniel apiló todo lo que encontró en el barco junto al fuego. Latas de sardinas, sacos de arroz. Jarros de agua dulce. Unas cuantas chaquetas y un par de botas. Más cerillas y una lata diminuta de queroseno. No era lo que habíamos esperado, pero el casco estaba hecho polvo y muy sumergido. El agua helada ahogaría a cualquiera que intentara bajar a buscar algo. Daniel solo había podido registrar la cabina del puente.

Oteé la tierra y el mar, ahora tenía que buscar a Pearl. Articulaba una oración, rezando para encontrarla detrás de una roca o una curva.

Le toqué el brazo a Daniel.

—Es el momento —le dije.

Él asintió.

—Cuando regresemos deberíamos rescatar toda la madera del barco que podamos.

Entendí a qué se refería y miré a los álamos enclenques desperdigados de la ladera. Desde que habíamos desembarcado, me costaba pensar con claridad y si no reparaba en las cosas unos momentos era como si no las viera. Entendía los significados cuando ya eran evidentes. Estábamos aquí atrapados, no había caído hasta ahora. No podíamos construir otro barco con tan poca madera. Si el Valle no era lo que buscábamos… No me permití terminar de pensar.

—Tengo que encontrar a Pearl —les dije a Wayne y Thomas.

—¿Dónde está? —preguntó Wayne con el ceño fruncido.

—La dejé en la canoa —dije.

Wayne escrutó el mar y supe que dudaba que hubiera sobrevivido.

—Le dije que fuera al Valle —le expliqué. Quería que dijeran que estaría allí y que estaría bien.

—¿Y la epidemia? —preguntó Wayne—. ¿Continúa activa?

Me entró miedo. No sabía cuánto podía tardar en pasarse un brote en un pueblo, pero tenía entendido que las moscas podían ser portadoras de la enfermedad durante más tiempo que los humanos o los roedores.

—Es posible —dije—. Pero necesitamos refugiarnos en algún sitio, tendremos que arriesgarnos. —Me agaché junto al fuego y aticé las llamas con un palo—. Deberíamos ponernos en marcha antes de que anochezca.

—Myra, deberíamos ir los dos solos —dijo Daniel con suavidad.

—¿Qué? —pregunté lanzándole una mirada furiosa—. Necesitamos ayuda para deshacernos de los centinelas de los Lost Abbots. Probablemente haya todavía varios montando guardia.

—¿No deberíamos permanecer unidos? —le preguntó Wayne a Daniel—. Ella nos ha metido en esto.

Me levanté y me sacudí la arena de los pantalones.

—Nunca quise que nada de esto sucediera. —No sabía qué parte de culpa tenía yo de todas nuestras desdichas, pero mi cuerpo cargaba con toda, una pesadumbre en mi interior de la que no me podía deshacer. Era como un peso muerto dentro de mí, alojado debajo del pánico que sentía cada vez que pensaba en Pearl.

—No todo ha sido por su culpa —dijo Daniel.

Levanté la mano para detener a Daniel. No podía analizar en qué tenía la culpa y en qué no, pero podía asumir la responsabilidad del rumbo que habíamos tomado.

—Lo es. La culpa es mía.

Wayne se detuvo en seco y me observó, sorprendido. Luego volvió la cabeza hacia el mar y la agitó.

—Lo sabía. Sabía que tenía que haber algún otro motivo para que quisieras venir aquí a toda costa. Pero quería darle una oportunidad a este sitio de todas formas. Pensé que sería para bien. —Wayne avanzó unos pasos y mandó un guijarro al agua de un puntapié. Se volvió para mirarme atentamente, como si me estuviera juzgando por primera vez y hubiera encontrado algo que no esperaba.

—Thomas no puede moverse con la pierna así —dijo Daniel—. Necesita descansar y entrar en calor. Y alguien debería quedarse en la costa para vigilar. —Daniel y Wayne intercambiaron una mirada. Un barco de los Lost Abbots podría aparecer cualquier día entre esos icebergs para recaudar sus impuestos.

Thomas contempló el mar; estaba pálido y los brazos le temblaban del cansancio o del frío.

—Me las arreglaré bien aquí solo. Además, ¿cómo vais a encontrar a Pearl y a ocuparos de los guardias los dos solos?

—No estás en condiciones de quedarte solo. Además, si hay problemas, no lograrás cruzar la montaña sin ayuda. Quizá podamos encontrar a Pearl sin alertar a los centinelas. Entrar y salir sin ser vistos —dijo Daniel.

Wayne negó con la cabeza.

—Es poco probable. Es imposible que no reconozcan a un forastero.

—No tenemos tiempo de planificar todo esto —dije cogiendo la mochila—. Tendremos que verlo sobre la marcha.

Wayne me miró y asintió.

—Thomas y yo nos quedaremos aquí y continuaremos rescatando lo que podamos del barco —dijo—. Vosotros continuad, así no os retrasaremos.

Daniel sacó el mapa del Valle de una de las mochilas y lo extendió.

—Tendremos que cruzar la montaña —dijo Daniel sin apartar la vista de los acantilados a nuestra derecha—. Son demasiado empinados para escalarlos. —Levanté la vista y vi que una gaviota se lanzaba al agua en picado desde el acantilado. Así que esa era su base para cazar por la costa.

Le arrebaté el mapa a Daniel y señalé.

—¿No deberíamos ir primero a la ensenada para ver si Pearl está allí?

Una parte de mí no deseaba entrar todavía en el Valle, temerosa de lo que pudiera encontrar. Además, ¿y si estaba en la ensenada y no la encontrábamos por ir directos al Valle? Se suponía que íbamos a desembarcar en la ensenada. El plan había salido mal. Behir, Jessa, Abran, Marjan, todos muertos. Pearl, desaparecida. No tendría que haber terminado así. Intentaba apartar la mente de los hechos, intentaba aferrarme a alguna certeza. «No podemos terminar así», pensaba.

—Serán unos veinte kilómetros —dijo Daniel, señalando el trecho de costa que nos separaba de la ensenada—. Le dijiste que se dirigiera al Valle. Si la conozco tan bien como creo, ya estará allí.

Allí. Sola, con el frío.

Apreté los dientes y asentí una vez. Me giré hacia el fuego, me agaché delante del montón de provisiones y cogí una chaqueta de la pila.

—Vamos, ayúdame. Necesitaremos llevarnos algunas cosas —dije.

Capítulo 53

Daniel y yo subimos a buen ritmo por la montaña durante dos horas antes de que oscureciera. Había tan pocos árboles que parecíamos lo único que separaba la montaña y el cielo negro, que nos aplastaba como una mano gigante. El viento nos cortaba la piel y nos dejaba sin aliento. Olía a musgo y a piedra mojada y poco más. A menudo, cuando estábamos en tierra, distinguía el olor de la madera quemada, el pescado en salazón, el trajín de otros cuerpos en un puerto. Pero aquí nos sentíamos como si estuviéramos solos en el mundo, los dos últimos habitantes.

El mapa indicaba una distancia de diez kilómetros entre la costa donde habíamos desembarcado y el Valle, por eso Daniel y yo creímos que bastarían unas horas para cubrirlos. Pero el frío y el terreno difícil nos obligaban a avanzar con más lentitud de la esperada. Ya no notaba la cara, ni las manos, ni los dedos de los pies. Daniel sostenía en alto una pequeña antorcha, pero se extinguiría antes del amanecer. Las nubes tapaban las estrellas y la luna era una finísima guadaña que desprendía un resplandor mortecino.

—Tenemos que parar un rato —dijo Daniel.

Oí que un animal se escabullía por encima de una roca y se perdía entre los arbustos a unos metros de distancia. Me sobresalté y escruté la oscuridad, pero solo vi sombras.

—Vamos a continuar —dije sacando el mapa del bolsillo con manos temblorosas e intentando sostenerlo bajo la antorcha.

Daniel me quitó el mapa de la mano.

—Nos congelaremos. Vamos a encender un fuego aquí y ahora. Ahí hay una roca. Bloqueará el viento.

El viento me empujó por detrás y me encogí, temblando como un arbolito en mitad de una tormenta. Noté un nudo en la garganta y me empezó a sudar el cuello.

—Oye —dijo Daniel con dulzura, tocándome el brazo—. No vamos a encontrarla a no ser que nos detengamos y nos orientemos.

Algo en mí se estaba rompiendo contra mi voluntad: estaba perdiendo mi determinación. Asentí y me derrumbé junto a una roca alta y afilada. A la derecha de la piedra crecían unos cuentos árboles, pequeños y espinosos, que nos protegían un poco del viento. Prendimos el fuego y nos acurrucamos junto a él, cubriéndonos con las mantas de lana hasta la cabeza. Daniel estudió el mapa a la luz de la hoguera, sacó la brújula y comprobó la posición de la luna. Me acerqué más al fuego para calentarme el rostro.

—Vamos por buen camino. Tardaremos solo una hora más. Toma un poco de agua —me dijo pasándome la cantimplora.

La sostuve sin fuerzas y pensé en Pearl, sola en el frío. Intenté recordar qué llevaba puesto cuando subió a la canoa. Un jersey azul claro, un par de pantalones marrones y las botas que Daniel le había comprado. El pañuelo rojo metido en el bolsillo de atrás. Un gorro de lana. No recordaba que llevara guantes. Cerré los ojos y esbocé una mueca de dolor, cerré los puños y los abrí delante del fuego, tan cerca que me quemé.

—Myra —dijo Daniel abruptamente. Se inclinó hacia delante, me cogió de las muñecas y las echó hacia atrás—. Para.

«Quiero sentir algo», pensé. Lo busqué con la vista.

—No va a cambiar nada —dijo él, como si me leyera el pensamiento.

—La necesito más de lo que ella me necesita a mí —dije. Las palabras me salieron sin pensar.

Daniel no dijo nada al principio. Observó el fuego y me pregunté si acaso me había oído.

—Eso no es cierto —dijo al fin, con voz queda.

La esperanza de que Pearl, Row y yo pudiéramos estar juntas había sido una visión del todo irreal. Una esperanza sin fundamento, absurda. Un pájaro sin alas.

No podía dejar de darle vueltas. El viaje, la tormenta, el ataque. Cómo había engañado a la tripulación al principio. Cómo habíamos llegado hasta aquí para encontrar a Row y ahora había perdido a Pearl. Parecía un castigo merecido y cruel, como si una deidad antigua hubiera despertado y quisiera imponer su voluntad; como si Sedna enviase criaturas marinas desde las profundidades para decidir el destino de los mortales.

—¿Qué sentiste? —pregunté—. Cuando tu hermano…

La hierba se agitó con el viento y el movimiento de los árboles resonó en la ladera. Daniel cogió una baya de un arbusto que había junto a nosotros y la apretó entre el índice y el pulgar hasta que estalló.

—Fue una sensación desagradable. Me sentí… incompleto. Vacío. Quería rectificar lo que había perdido. —Daniel negó con la cabeza—. No siempre es posible rectificar, pero sí se puede reconstruir.

Daniel atizó el fuego con un palo, las cenizas se desprendieron de las ramas y se desparramaron con el viento.

—¿Y si no puedo encontrar a ninguna de las dos? —pregunté con voz llorosa.

—Eso no va a suceder —dijo Daniel. No se movió, su cara parecía tallada en piedra. Las sombras de la hoguera le danzaban en el rostro. El ulular de un búho rompió el silencio y sus ojos amarillos refulgieron desde un árbol a unos metros de distancia.

—Jessa… Abran… Marjan… —comencé.

—Tú no tienes la culpa.

Le lancé una mirada furiosa. Actuaba como si nada de esto importase. Si no era por mi culpa, ¿cómo iba a darle sentido? Responsabilizarme de todo era la única forma de aceptar que era real. La única manera de no sentirme indefensa y fuera de control.

—Claro que sí —le espeté.

—Lo que hiciste…, engañarles…, sí, eres culpable de eso. Pero no del resto.

Negué con la cabeza. Había perdido a Pearl por culpa de mis actos. Era un castigo.

—Hubo un tiempo en el que ni siquiera quería ser madre —susurré. Cerré los ojos con fuerza y noté un dolor intenso en los huesos—. No quería ser responsable de otras vidas. Hubo veces en las que deseé que no existieran.

Había temido perderlas, pero había momentos en los que ese deseo rozaba el miedo. Si cortaba los lazos que me unían a ellas, podría rendirme, me decía. Podría dejarme llevar por el agua, sin tener que pelear, sin tener que fingir que era fuerte.

Pero ahora las había perdido a ambas y tampoco podía abandonar. El aliento en la garganta era como una maldición. Respiraba, y cada respiración se congelaba y se burlaba ante mí. Incluso mi propio cuerpo me traicionaba.

—No puedo continuar —le dije a Daniel. Me giré hacia él con la voz crispada y los ojos ardiendo—. No puedo. Ya no me queda nada. —Me llevé las manos al pecho, rascándome el abrigo, arañándome la piel—. Es como si el corazón se me cayera a pedazos.

Igual que las olas cambian la forma de las rocas, transformándolas con sus embistes en algo nuevo.

Me quité el abrigo a tirones. Me clavé las uñas en el pecho y en el cuello, y el aire frío y el dolor de los arañazos me alivió.

Daniel me agarró de las muñecas.

—Myra. Para. ¡Myra!

—Quiero que termine —sollocé; de repente me sentía pesada y débil y me dejé caer encima de su pecho.

Daniel me acunó y me estrechó contra él.

—No me queda nada. No tengo corazón —murmuré.

—Myra, no sufres porque no tengas corazón, sufres porque hay otros dos corazones en tu interior. Siempre los tendrás. Siempre cargarás con ellos. Son un don y una carga.

Negué con la cabeza, tenía el pelo enmarañado en la cara. No podía continuar. No creía que fuera capaz. No sabía qué dirección tomar o cómo continuar hacia delante.

«Haces lo más difícil», había dicho Marjan.

«Tienes que convertirte en alguien que aún no te ha tocado ser». Ese pensamiento me asaltó desde algún lugar en mi interior que no sabía que existiera. Pensé en los peces voladores que saltan del agua y agitan las aletas como si fueran alas.

Pensé en mi padre y en lo desesperado que debía haberse sentido. No solo por lo sucedido, sino por lo que nunca podría ser.

Un año antes de ahorcarse se desató un incendio en la fábrica donde trabajaba. Durante un accidente eléctrico una luz lo deslumbró y lo dejó medio ciego. El mundo en el que vivía se sumió en las sombras.

De repente, se me apareció un recuerdo que había olvidado. Un día de primavera, después del accidente, estaba sentado en la hierba, en busca de gusanos para usar de cebo. Mi madre estaba sentada en el escalón delantero de la casa y mi padre volvía a casa después de pasar el día buscando trabajo. Todos los días se pateaba las calles, llamando a las puertas de los establecimientos con los escaparates tapiados o rogando que un granjero lo contratara.

Ese día se detuvo a unos metros de mi madre.

—No podía verte la cara hasta que he llegado hasta aquí —dijo en voz baja.

Ella apretó los labios, me miró de reojo e inspiró hondo. Sabía que estaba intentando no llorar. Se levantó, lo tomó de la mano y lo llevó dentro de casa.

Durante ese año yo también lo llevaba de la mano a todas partes y le contaba lo que veía. Para mí había sido divertido. Un juego.

Para él, debía ser como una regresión al útero. Sonidos y formas atenuadas a medida que él se iba ensimismando y abstrayendo en las cosas que ya no podía hacer.

El viento aulló por encima de las rocas y las nubes se movieron en dirección a la luna; la oscuridad se turnaba con un resplandor tenue. Era como si estuviéramos sentados en el filo del mundo.

«Me hacía feliz ser tus ojos», pensaba. «Nos necesitamos el uno a la otra. Si yo te hubiera bastado, te habrías quedado».

Algo se resistía en mi interior, se me había erizado el vello. No había recorrido todo ese camino para que otra persona decidiera quién era yo y cuál era mi valía. No había recorrido todo ese camino para quedarme en el mismo sitio. Puede que todavía fuera aquella niña, pero también era otra persona. Como cuando el cielo se funde con el mar, el horizonte que muta y se eleva.

Me apoyé en Daniel mientras entrábamos poco a poco en calor. Dejé transcurrir el tiempo, y pasado un rato, me sujeté a la roca y me levanté. Las nubes se desplazaban hasta el este, la sombra de las estrellas iluminaba el paisaje. Entre las rocas brotaban pequeñas flores. El descenso hasta el Valle era una sombra alargada.

Capítulo 54

Entramos en el Valle antes de que rompiera el alba. Un resplandor rosado en el horizonte iluminaba el camino lo suficiente para bajar de la montaña. A lo lejos, el Valle parecía un pueblo que hubiera sido abandonado a toda prisa, salpicado de niebla. Cubos bocabajo en las calles, un gato paseándose por el borde de un pozo, puertas abiertas, ropa y enseres tirados en los patios de las casas, chimeneas sin humo, un silencio abrumador.

Cuando nos acercamos más, me alcanzó el hedor de la muerte. Una peste acre, pesada, que ni siquiera el viento podía borrar. Tragué saliva. De momento, ni rastro de los centinelas de los Lost Abbots.

Había piras funerarias alrededor del perímetro del pueblo. Sobre una base de piedras, una mezcla de madera carbonizada, huesos y ceniza. De una de las piras salía una fina columna de humo. Un cuervo sobrevoló en círculos otra pira alejada y luego se precipitó hacia el suelo, desapareciendo detrás de una choza.

Algunas de las chozas construidas en las afueras de la cuidad parecían construcciones improvisadas, hechas de tablones y planchas de metal clavados entre sí. Los edificios del centro del pueblo estaban construidos con piedra y tenían el tejado de paja. Algunos estaban pintados con colores brillantes: granate, amarillo, azul vivo. Colores que resultaban demasiado estridentes en mitad de ese paisaje gris y verde. Fuera de lugar. El encanto se mezclaba con el hedor de la muerte y resultaba molesto, como un agente irritante.

Descendimos la montaña por un pequeño sendero trazado por otras pisadas entre las rocas. Las flores silvestres moradas que le había puesto a Marjan entre las manos también crecían al pie de esta montaña.

—Dirígete al este y rodea el lado sur, yo haré lo mismo y rodearé el lado norte. Nos vemos en el otro extremo —dijo Daniel.

El gato saltó del pozo. Me dio un vuelco el estómago. El pozo estaba tapiado, pero se escapaba la peste de un cuerpo pudriéndose.

—Vale —dijo.

—Myra. —Daniel me cogió la mano y la estrechó—. Vamos a encontrarla.

Asentí y también le estreché la mano. Su expresión resuelta me dio esperanzas. Lo creía de veras.

Nos separamos y yo me dirigí al lado sur del pueblo, en dirección este. En el edificio más cercano al pozo había un grafiti en una plancha metálica donde se leía en letras mayúsculas rojas: *Hay un cuerpo en el pozo.*

Recordé a la dependienta de la tienda de Harjo la primera vez que oí hablar del ataque. Su voz parecía llegar desde la lejanía. La claustrofobia repentina entre las estanterías de la tienda.

Oteé el pueblo y me escondí detrás de un muro de piedra medio derruido. El aire parecía de madera, demasiado espeso para respirarlo. Una sombra se movió delante de la puerta abierta de una casa cercana. Me deslicé sigilosamente hasta la puerta y me detuve en el umbral, escrutando el interior a oscuras con la mano en la empuñadura del cuchillo.

Un crujido de tablas rompió el silencio. Entré y mis ojos se acostumbraron a la penumbra de la habitación. El sol se colaba por las cortinas de encaje. Debían de haberlas traído antes de que el agua subiera. Resultaba raro qué clases de cosas llevaba la gente consigo cuando huía a las tierras altas.

La habitación estaba amueblada con piezas dispares: una antigua mesa de comedor, un sofá pequeño, varias lámparas de queroseno colgadas del techo… La casa olía a suciedad y a heces, orina y comida podrida. Todas las superficies estaban manchadas de barro. Entré en un dormitorio blandiendo el cuchillo.

Había una mujer delgada de mi edad sentada en la cama. Tenía las manos colocadas ante ella y los ojos desorbitados.

—Por favor —murmuró en un acento que no reconocí—. Por favor.

—No voy a hacerte daño —dije bajando el cuchillo—. ¿Hay alguien más en la casa?

Ella negó con la cabeza, pero yo continué atenta a la habitación sin soltar el cuchillo.

—¿Has visto a una niña pequeña? —pregunté. Me llevé la mano al pecho para señalar la altura de Pearl—. Pelirroja, piel tostada. Lleva un jersey azul. —Me di cuenta de que era absurdo dar tantos detalles. Cualquier niña forastera llamaría la atención en un pueblo que había sido pasto de la enfermedad.

La mujer volvió a negar con la cabeza, pero su respuesta parecía más fruto del miedo que otra cosa. Se le empañaron los ojos y noté que se alejaba de mí, como si estuviera profundamente ensimismada. Dejó caer las manos en el regazo y se quedó completamente quieta.

Retrocedí y salí de la casa. El sol había secado la niebla y el ambiente comenzaba a caldearse. Pasé ante otras casas abandonadas, en busca de alguna señal de Pearl. Por un instante, olvidé que había venido hasta aquí para buscar a Row.

Noté un movimiento detrás de la ventana en otra casa. Aferré el cuchillo con más fuerza y esperé a que alguien apareciese en el umbral. Nadie lo hizo. Quizá había sido un animal. O alguien que se ocultaba de mí. O que me observaba.

Había atravesado casi la mitad del pueblo en dirección este. Me faltaban algunas casas y, al final de todas, en el borde sureste del pueblo, vi una casa solitaria, separada de las otras unos centenares de metros. Tras la casa se elevaba una pendiente pronunciada. Miré el mapa. Esta pendiente conducía al acantilado junto a la playa donde habíamos naufragado.

Pasé de largo ante las otras casas: por algún motivo indescriptible me sentía atraída por aquella última vivienda, como si un imán tirase de mí. Mientras me acercaba a la casa en la base de la pendiente, distinguí en el jardín un trozo de tela color rojo brillante. Volví a fijarme. Era el pañuelo de Pearl. Me incliné a recogerlo y froté la tela con los dedos.

Me dirigí sigilosamente a la casa, atenta a cualquier ruido. Si los Lost Abbots habían capturado a Pearl y la retenían en el interior, tenía que sorprenderlos. Pero no se oía nada aparte de los gritos de las aves marinas procedentes del acantilado, desde donde observaban el agua y se lanzaban a por sus presas.

Salvo por las aves, la quietud que lo invadía todo era inverosímil. Incluso el viento parecía ignorar esta parte del Valle.

Como casi todas las casas, esta también tenía la puerta entreabierta. Estaba hecha de tablas lisas que habían sido lijadas. Las juntas encajaban a la perfección, y no había grietas entre los tablones llenas de barro, musgo o astillas de madera como en las otras casas.

—Algún día, construiré una casa para nosotros —había dicho Jacob años atrás. Fue durante un pícnic en el río Misuri, después de que me pidiera casarme con él. Era la cosa más romántica que nadie me había dicho nunca. Hasta ese día, solo había fabricado muebles, pero soñaba con construir una casa para nosotros. Yo creía en su sueño, y cuando soñaba despierta con la casa, se parecía mucho a esta. Una edificación pequeña, sencilla, construida en un lugar tranquilo.

El pulso me retumbaba en los oídos. Avancé hacia la casa con sigilo y subí las escaleras del porche. Una de ellas crujió y me detuve en seco, atenta a cualquier ruido. Creí oír voces, pero no sabía si eran producto de mi imaginación.

Me asomé al interior desde el umbral. Había varios muebles hechos a mano —una mesita y una mecedora— junto a la pared. Eran tan reconocibles como el olor de una persona. Muebles hechos por Jacob.

La voz que creí haber oído se escuchaba ahora con claridad. Era la voz de Pearl.

Me sentía como si estuviera sumergida y pugnara por salir a la superficie. Me faltaba el aire, me ardían los pulmones, nada entraba en ellos.

Atravesé el salón a toda prisa en dirección a su voz. Irrumpí en la cocina. Pearl estaba sentada con su padre a la mesa de la cocina, con una taza de té en la mano.

Capítulo 55

Jacob. Me quedé mirándolo fijamente, congelada, demasiado perpleja para tragarme la exclamación que pronuncié. Me llevé la mano al pecho como si así pudiera ralentizar el pulso. Notaba la columna rígida y tenía la mente en blanco; lo miraba sin poder quitarle los ojos de encima y sin poder moverme del sitio.

Por fin reaccioné.

—Deja eso —le dije a Pearl.

Sorprendida, Pearl obedeció y depositó la taza sobre la mesa con cuidado. Corrí hasta ella y la cogí en brazos, inhalando su aroma, sin perder de vista a Jacob. Bajé a Pearl y la dejé a mi lado, le puse una mano en el hombro y la mantuve ligeramente detrás de mí. Todavía llevaba al hombro el saco de arpillera con las serpientes.

La cocina era estrecha y los platos atestaban los estantes y un carrito. En las paredes de madera había colgados dibujos infantiles. La luz del sol se colaba por la ventana y se derramaba sobre la mesa, desde donde se veía la pendiente de hierba. Si mirabas a través de ella, no se divisaba el cielo, parecía un muro verde que estuviera a punto de envolverte. En ese momento añoré el movimiento del mar, no quería estar con un hombre dentro de una habitación donde todo estaba tan quieto y tan estable.

Jacob no había cambiado en nada, solo estaba más delgado y

parecía más frágil. Todavía tenía el pelo castaño rojizo, no tenía arrugas y los ojos seguían siendo marrones y delicados.

—Hola, Myra —dijo Jacob en voz baja.

Su forma de decirlo me hizo sentir más débil, como si cayeran algunas defensas sin mi permiso. Pugné por mantenerme a flote. Su forma familiar, el ángulo que describía la mandíbula, su manera de sentarse ligeramente inclinado sobre la mesa; las cejas un poco arqueadas, como si estuviera a punto de hacerte una pregunta.

Pearl me miró y me dijo:

—Dice que es mi padre. Le he dicho que mi padre está muerto.

—Myra, ¿ella es...? —Jacob no pudo terminar la pregunta. Se le destacaban los pómulos, tenía la cara demacrada—. Ha dicho que soy un amigo de la familia. Debes... tener una foto.

Recordé la foto que tenía de Row y Jacob, la que el abuelo y yo enseñábamos en los puertos comerciales tantos años atrás. A Pearl le gustaba mirarla.

—Ha dicho: «Debes ser el amigo de mamá. ¿Dónde está Row?». La he mirado con atención. Yo... no podía respirar. Verla ahí mismo. He pensado... que era un fantasma, una aparición. Le he preguntado quién era su madre y ha dicho tu nombre. —Jacob me miró con los ojos brillantes de lágrimas.

—Se ha caído al suelo —dijo Pearl en tono monocorde.

Jacob se echó a reír, una lágrima le recorrió la mejilla y se estrelló en la mesa.

—Es un milagro.

—Para ella no eres nadie. No eres nada —le dije.

Al oír esto, Jacob apretó los labios y asintió brevemente.

—Nunca hemos sido buenos el uno con el otro, ¿verdad? —preguntó.

Ante esto, no supe qué decir. Su traición, cómo nos había abandonado a Pearl y a mí, era lo único que recordaba a veces. Los pequeños momentos de egoísmo y de apatía eran fáciles de olvidar, los montones de veces que nos habíamos dado la espalda el uno al otro.

Las veces que había abandonado la casa y había pasado días con gente a la que yo ni siquiera conocía en lugar de ayudarnos a preparar nuestra partida. Las veces que expresó sus dudas y yo le di la espalda y fingí que ni lo había oído. No quería recordar nada de aquello; complicaba las cosas y me dificultaba pensar con claridad.

Blandí el cuchillo en dirección a Jacob. Me temblaba tanto la mano que la hoja se agitaba. Estaba llena de rabia, y la habitación parecía más estrecha. Debajo de la rabia noté que la vulnerabilidad se abría camino, que la nostalgia apenas reencontrada se dirigía hacia la luz. Quería saberlo todo y que respondieran a todas mis preguntas, pero también quería callarlo.

—¿Dónde está Row? —exigí saber.

Un destello de dolor le atravesó la cara y bajó la vista. Me sentí como si me hubieran lanzado al vacío. Quería sentir el impacto al llegar abajo. Necesitaba saber. Quizá solo había venido para eso.

—¿Dónde está? —pregunté una vez más.

—La enfermedad… —dijo Jacob. Su aspecto no era diferente, pero su voz sí. Más queda. La voz de un hombre roto. Levantó la vista para mirarme y yo cerré los ojos. Su voz me abrió en canal como un cuchillo que destripa un pescado. Me sentí ingrávida, con una sensación de vacío que reverberaba en mi interior.

—Te lo mostraré —dijo en voz baja, y se levantó.

Salimos de la casa y nos condujo hasta la parte trasera. Había un hacha clavada en el tocón de un árbol con una pila de leña al lado. En el suelo vi varias herramientas dispuestas bajo una ventana con la contraventana rota.

El viento se había levantado y bajaba por la pendiente, haciendo ondear la hierba. El cabello me tapó la cara. El cielo estaba más oscuro, pero la hierba brillaba, dorada.

Rodeamos un pequeño huerto y un cobertizo y entonces la vi. Una pila de piedras y una cruz de madera, a media pendiente.

* * *

Cuando llegamos a la tumba, caí de rodillas frente a las piedras y esperé a notar el impacto. Esperaba estar al otro lado del sufrimiento. Durante todos estos años había sufrido la ausencia de Row, pero no podía sufrir su pérdida. Ahora estaba al otro lado, en el lado donde vivía la enormidad de la pérdida.

Esperé y esperé, pero no pasó nada.

Pearl se arrodilló a mi lado y me cogió de las manos. Cuando me tocó me vine abajo, como un glaciar se deshace en el mar y desaparece lentamente. Me giré hacia ella, hundí la cabeza en su hombro y sollocé. Ella me acarició el pelo.

Recordaba el rostro de Row, su forma de arrugar la nariz al sonreír. Los dientes tan diminutos; siempre me preguntaba cuándo le crecerían acordes con el resto. Su voz era tan aguda como el canto de un pájaro. Intenté recopilar más recuerdos de ella, quería dar marcha atrás en el tiempo.

Abracé a Pearl y volví a inspirar su olor una y otra vez hasta que me calmé. Cuando por fin me retiré vi a Jacob de reojo, estaba un poco apartado de nosotras, con las manos en la espalda y la cabeza gacha. No era así como me lo había imaginado. Arrodillada ante la tumba de Row con Jacob al lado. Me había imaginado a Row, a Pearl y a mí juntas y a Jacob ausente, como si nunca hubiera existido.

Poco a poco, mi aturdimiento dio paso a la ira, esa llama interna tan familiar. Le lancé a Jacob una mirada furiosa, pero él me devolvió otra inexpresiva, un gesto de melancolía en la boca, los ojos fatigados.

—¿Cuándo? —pregunté.

Él se mordió el labio y agachó la cabeza.

—Hice la tumba hace cuatro días. Se la querían llevar…, para trabajar en el barco. Pero se puso enferma.

Si hubiera llegado un poco antes, podría haberla abrazado. Acariciarle la piel cuando todavía estaba caliente, mirarla a los ojos. Oír su voz. Podría haber atesorado los recuerdos de la curva de sus pestañas, la aspereza de sus codos. Custodiarlos en la mente y extraer de ellos el sustento para el resto de mis días. Como cuando era pequeña y le pellizcaba las yemas de los dedos y observábamos juntas cómo la sangre volvía a su sitio. Las dos fascinadas con su cuerpo, ella que quería saber el nombre de cada parte y las sensaciones que le transmitía y yo satisfecha de observar cómo la vida se desplegaba ante mí. Nunca me sentí real en mi cuerpo, pero el suyo nos ofrecía a las dos un nuevo y glorioso despertar. Ella había sido mi segundo despertar, mi renacimiento.

Jacob se puso en cuclillas y recolocó una piedra sobre la tumba. La hierba ondeaba a su alrededor, el pelo rojizo le brillaba bajo el cielo gris. Agitó la cabeza y continuó.

—Pensamos que la epidemia había pasado, pero no. No me dejaron… quedarme con el cuerpo. Lo quemaron con el resto. Aquí enterré algunas de sus cosas favoritas.

Me levanté, espantada. Pearl se levantó también y se sacudió la tierra de los pantalones. La odiaba. No estaba acostumbrada a ella. De repente todo olía a polvo, a tierra y a los seres subterráneos que habitan bajo la superficie.

—¿No estabas con ella? —pregunté.

—Se la llevaron hace unos meses. Se llevaron a todas las niñas de su edad. Las retenían en un calabozo. —Jacob miró colina abajo en dirección a los edificios de piedra en el centro del pueblo—. Al principio me permitían visitarla, pero luego me dijeron que había enfermado y que tenían que mantenerla aislada. No supe que había muerto hasta después de que quemaran el cuerpo. Traté de impedir que se la llevaran, pero me dieron una paliza tan grande que casi me matan. Lo intenté, Myra, lo intenté —dijo Jacob abriendo las manos con un gesto de súplica y enarcando las cejas.

—Si lo hubieras intentado no estarías aquí —dije. Row no tuvo a nadie que cuidara de ella en sus últimos días. Nadie que la cogiera de la mano. Un viento frío sacudió la hierba—. ¿Por qué sigues aquí?

Esbozó una expresión dolida.

—¿Cómo estás seguro de que…? —comencé.

—No hay barcos de cría fondeados aquí. Monto guardia. —Jacob señaló los acantilados con la cabeza, desde allí se divisaba toda la costa sur—. Una mañana amaneció nublado por la pira funeraria y el calabozo estaba casi vacío. Row y otra chica habían muerto durante la noche. No tenían motivos para mentirme.

La imaginé tumbada en algún jergón sucio en uno de los edificios que había dejado atrás. Quizá el edificio de una habitación de bloques de hormigón, o una cabaña de piedra casi sin ventanas. La imaginé sedienta, cubierta de sudor. Centinelas en la puerta, la comida en una bandeja que le pasaban por el suelo.

«No», pensé. «Ella no había podido terminar así».

Quería coger el cuchillo, pero me contuve. Me limpié las manos en los pantalones y traté de respirar para aplacar la rabia. Sabía que la debilidad de Jacob podía ser despiadada, pero nunca imaginé que podría cobrar esta forma y que me afectaría tantísimo.

—Me dijeron que se lo pondría más difícil a Row si continuaba enfrentándome a ellos —dijo Jacob—. ¿Es que no lo ves? —Jacob levantó los brazos y se dio media vuelta para señalar el valle, los acantilados, el mar a lo lejos—. Ahora todos estamos solos. Ya no es como antes.

Le podría haber contado lo que había aprendido: que estar sola o no era una cuestión de elección. No había nada en el mundo que pudiera impedir que eligieras. La esperanza nunca vendría a llamar a tu puerta. Tenías que abrirte camino con garras y dientes hasta ella, arrancarla de entre las rendijas de la pérdida, donde crecía como una mala hierba, y aferrarte a ella.

Pero no le dije nada; casi no me salían las palabras de la rabia.

—Nunca creíste ni en Pearl ni en mí. En ninguna de las dos —dije entrecerrando los ojos con el cuerpo en tensión—. Por eso nos abandonaste a nuestra suerte.

La hierba dorada ondeó con una ráfaga procedente de lo alto del acantilado que se perdió ladera abajo. Trajo consigo el olor de la vegetación secándose por el frío del invierno. Pronto la ladera estaría cubierta de nieve.

Jacob cerró los ojos con fuerza.

—No había sitio.

—¿Que no había sitio? —pregunté con un hilo de voz.

Jacob dejó caer la cabeza entre las manos y luego las retiró. Cuando habló, fue como si repitiera una historia que hubiera memorizado tiempo atrás.

—Era el barco de Davis, lo conocí unas semanas antes de que la presa se rompiera. Él y su familia tenían previsto marcharse y me dijo que había sitio para dos personas más. Le pedí… le pedí llevar a una persona más, así podríais venir Row y tú, pero él se negó. Me amenazó con dejarnos en tierra. Sobre todo, cuando descubrió que estabas embarazada… —A Jacob se le quebró la voz y observó a Pearl. Ella lo miraba fijamente con la cara inexpresiva y los brazos colgando a ambos lados del cuerpo. El saco de arpillera se agitó levemente—. Además, te lo había comentado el día que estabas quitando las malas hierbas del huerto y te negabas a venir. No podía esperar a que tu abuelo terminara el barco, me estaba volviendo loco. No podía más. Sabía que la presa iba a romperse.

Las olas chocaban contra las rocas de la orilla, un ajetreo constante y solo el gemido grave del viento entre una sacudida y otra.

—Podrías haber esperado. Podrías haber dicho algo más —dije.

—¡Nunca me escuchabas, Myra!

—¿Estás intentando echarme la culpa? Trazaste un plan para marcharte. Actuaste en consecuencia y nos abandonaste, ¿y encima es culpa mía?

—No fue por tu culpa. Pero tú… Tú siempre quisiste que me convirtiera en tu padre.

Me puse tensa en cuanto lo mencionó. Se me erizó el vello de la nuca y comenzaron a sudarme las manos. Desde el Valle llegó hasta nosotros el chillido de un animal pequeño; algo le estaba dando caza. Quizá fuera un halcón que clavara las garras en el vientre de su presa. Negué con la cabeza, pero sabía que era cierto lo que decía Jacob.

Él continuó apresuradamente.

—Siempre me tratabas como si fuera una persona débil, indigna de confianza. Siempre me mirabas como me miras ahora.

—¿Cómo te miro? —pregunté.

—Como si estuvieras esperando a que te decepcionara.

—Entonces siempre has cumplido con las expectativas.

Jacob cerró los ojos y suspiró.

—La culpa casi acaba conmigo después de dejarte —dijo—. Quería morir. Pero me quedé para cuidar de Row.

—Se ve que hiciste un gran trabajo —le espeté. Por dentro me reprochaba: «¿cómo fuiste capaz de quererle?».

—Lo siento, Myra. Lo siento, pero… No podría haberlo hecho de manera diferente. —Se encogió de hombros, abrió los brazos y luego los dejó caer—. En este mundo no queda nada bueno. —A Jacob le tembló el mentón y parpadeó para contener las lágrimas. Un pájaro voló bajo y se posó en la cruz de la tumba de Row.

—Optaste por lo fácil. Siempre has buscado la salida más fácil para ti —dije.

Jacob cerró los ojos y, cuando los abrió, vi el miedo reflejado en ellos. Dejó caer la cabeza entre las manos y se frotó los ojos. Miró ladera abajo, en dirección al Valle, como si buscara algo. De repente, tuve la sensación de que esperaba a alguien.

El pájaro brincó sobre sus patas y arañó la cruz de madera con impaciencia. Lo observé. Inclinó la cabeza como si esperase que le diéramos algo a cambio de un trabajo bien hecho.

Tenía una argolla de metal en la pata. El mundo se contrajo.

—Los has avisado —susurré mirando a Jacob. Les había enviado un mensaje a los centinelas de los Lost Abbots para contarles que habían entrado intrusos en el Valle. Para alertarles y que vinieran a por nosotras.

Capítulo 56

Cogí el cuchillo en un acto reflejo. Me abalancé sobre Jacob, él tropezó, dio media vuelta y corrió cuesta arriba.

Salí tras él. Me miró por encima del hombro, corría como loco, se le había soltado el pelo. El miedo que asomaba en sus ojos era un reflejo del mío y no me detuve a pensar en lo que estaba haciendo. Le di alcance un poco más allá y me abalancé sobre él, lo agarré del bajo de la camisa y ambos caímos al suelo y rodamos por encima de las rocas y la hierba seca. Por un segundo me vino a la mente una imagen de los dos enzarzados en la cama de Nebraska, luchando por una carta que él no quería que yo leyese.

Me aparté de debajo de él y le propiné un codazo en la espalda. Se la pisé con la rodilla y dejé caer todo mi peso. Él pugnaba por respirar y trató de arañarme la pierna, pero no podía alcanzarme.

Lo agarré del pelo, tiré de la cabeza hacia atrás y le puse el cuchillo al cuello. Esto era lo que yo quería, descubrí con horror. Lo había deseado casi tanto como volver a ver a Row. Cambiar el pasado. No ser la impotente de la historia.

—No —jadeó Jacob.

Agarré el cuchillo con más fuerza y contraje el cuerpo. Tenía los ojos clavados en algo que sucedía al pie de la colina y seguí la dirección de su mirada.

Pearl estaba en la pendiente, junto a la tumba de su hermana. Dio unos pasos en nuestra dirección, con el mentón hacia arriba y la hierba lamiéndole los tobillos. Su figura era lo único que se movía bajo el cielo gris.

Me sentí como si estuviera a punto de naufragar contra la orilla a bordo de un barco destrozado. Como si volara. El viento le levantó a Pearl varios mechones de cabello rojo. La curva perfecta del mentón. Su vocecilla.

Ella no se merecía nada de esto. Ver a su madre matar a su padre. ¿Cuántas cosas había visto ya que no debería? Se me hizo un nudo en la garganta y dejé escapar un gemido gutural, breve y seco, una explosión de oscuridad. Como si estuviera escupiendo mi sed de sangre y el dolor reemplazase el vacío que había dejado.

—Déjame ayudar —susurró Jacob. Intentó levantar una mano del suelo, pero le temblaba tanto que volvió a dejarla caer—. Déjame que me encargue de ellos mientras vosotras escapáis.

—No me fío de nada de lo que digas —gruñí. Le di la vuelta para poder verle la cara sin dejar de apuntarle con el cuchillo.

—Myra, cuando ella vino a mi casa yo no sabía...

—¿No sabías que era tu hija? ¿Pero sí estabas dispuesto a entregarles otra niña? ¿Eso es lo que haces? ¿Los avisas cuando la gente desembarca en estas costas?

—No estoy orgulloso de nada de lo que he hecho. Cuando entendí quién era... —A Jacob se le quebró la voz y se mordió el labio. Explicó cómo la había visto a lo lejos y les había enviado un mensaje a los centinelas—. Me torturan si no monto guardia. Por eso me permiten vivir aquí. Monto guardia desde la ladera y desde los acantilados por si se acercan barcos. Cuando llegó a mi casa fue como ver un fantasma. Me ha atormentado durante años. —Jacob negó con la cabeza—. Déjame hacer esto por vosotras. Así podréis escapar. Desde que murió Row, necesito hacer algo. Creo que todo este tiempo he estado esperándote.

Lo miré a los ojos y vi que decía la verdad. A menudo, Jacob me ocultaba cosas, pero nunca me había mentido a la cara. Le faltaban el valor y la seguridad para resultar convincente.

En lugar de agradecida, me sentí poderosa. Se lo podía negar todo, igual que él había hecho conmigo. Me acordé de cuando estaba a bordo del Sedna, cómo había querido encontrar algo a medio camino entre la venganza y la absolución, pero ahora no quería eso. Ahora no quería darle nada. Quería impedirle decidir nada y anularlo.

—Para ti no hay redención posible, Jacob —dije.

Jacob frunció el ceño.

—Lo sé —murmuró—. No te puedo salvar. Pero tú sí puedes salvarte. Llegarán de un momento a otro, Myra.

Las aves marinas del acantilado levantaron el vuelo de repente, un aleteo alocado que parecía responder a una llamada muda. Pechos blancos, alas negras, un trazo naranja en el pico. Batiendo las alas con el cuello extendido y los ojos puestos en el más allá.

«Haces lo más difícil».

Pearl caminaba cuesta arriba en dirección a nosotros. Unas florecillas púrpuras ondeaban entre las hierbas altas que crecían junto a Jacob. Me di cuenta de que se parecían a las que me había dejado en la bandeja el día que me trajo el desayuno a la cama. Me había olvidado de ellas, de su olor a ligamaza, de su tono morado, idéntico al sol cuando se pierde en la oscuridad. También había olvidado que la noche anterior nos habíamos peleado por algo que no recordaba. Una discusión por las raciones, por Row, o por cómo debíamos tratar a los migrantes.

«Él había intentado reconciliarse», pensé. Había intentado que pasáramos página después de discutir. Había muchas cosas que se le daban mal, pero eso se le daba bien. Dar el primer paso para intentar comenzar de nuevo.

Yo necesitaba pasar página. Pearl y yo lo necesitábamos. Y cortarle el cuello no ayudaría. Pearl se detuvo junto a mí, esperaba a ver qué haría a continuación. Solté a Jacob y me apoyé en los talones, aunque continué observándolo con cautela y apuntándole.

—Esto no cambia lo que has hecho —dije.

Jacob se alejó de mí a rastras. Señaló unos arbustos y varios arbolitos que crecían a unos seis metros ladera abajo.

—Escondeos allí. Les diré que habéis huido en aquella dirección —dijo señalando la dirección opuesta de los arbustos. Se oían voces procedentes de la casa; él miró hacia abajo y maldijo—. Ya están aquí. Mierda. No puedo acabar con los tres, pero intentaré entretenerlos. Si me matan, corre. Id hacia el Valle. Ocultaos en las casas vacías. Marchaos.

Agarré la mano de Pearl y la empujé hacia los arbustos. Nos agachamos entre los arbolitos y nos tendimos bocabajo en el suelo, detrás de un arbusto espeso cargado de bayas.

Jacob comenzó a caminar ladera abajo hacia ellos. Habían venido los tres. Una mujer calva lideraba el grupo y dos hombres la seguían, uno esmirriado que cojeaba, y otro alto con el torso ancho. Podíamos verlos entre las bayas y las ramas, pero desde donde estábamos no se les oía.

La mujer esgrimió un hacha pequeña trazando círculos con ella. Tenía el ceño fruncido. Le dijo algo a Jacob y giró la cabeza en dirección al punto donde yo lo había atacado. «Nos ha visto», pensé con un nudo en el estómago. Era posible que nos hubiera visto desde la casa cuando estábamos en la ladera al descubierto.

Jacob gesticuló con las manos hacia atrás y hacia delante, como si estuviera en desacuerdo con algo que ella decía. La mujer permanecía impasible con los labios apretados. Sentí náuseas.

El grandote se revolvía con impaciencia y se limpiaba el cuchillo con el bajo de la camisa.

El esmirriado blandió el cuchillo en dirección a Jacob, pero este dio un salto hacia atrás y se sacó un cuchillo del cinturón. Se lo lanzó al esmirriado y se lo clavó en el pecho. El hombre se tambaleó y cayó de espaldas en la hierba.

Sus compañeros observaron a Jacob sorprendidos. Incluso a mí me sorprendía este cambio de actitud. El Jacob que había conocido era de los que rehuían las peleas. Pero, por primera vez, se comportó como el padre de Pearl. Tenía la misma postura que ella adoptaba de vez en cuando, con los pies separados y los hombros firmes, como si supiera que, aunque el mundo no le perteneciera, él le plantaría cara.

La mujer lo atacó con el hacha y él la esquivó y atacó al grandote, intentando empujarlo al suelo.

Pearl me cogió de la mano y la apretó. Cuando la miré a los ojos vi lo que ambas sabíamos: que íbamos a verle morir. Aparte de eso, tenía los ojos oscuros e indescifrables, como si les hubieran echado la persiana. Respiraba entrecortadamente e intenté tragar saliva, pero tenía la boca complemente seca.

«Esto no va a funcionar», comprendí. Jacob tenía razón: no podía encargarse de todos él solo.

No podía pensar con claridad sin el movimiento del mar. El olor de la tierra, las ramas, todo eso me presionaba, me sentía atrapada e impotente.

Recordé cómo me había mirado Jacob mientras recorría el pasillo hacia el altar. Con cara de adoración y las manos nerviosas.

Recordé que, en ocasiones, me sentía como si estuviera en su lugar, acosada por la incertidumbre y la culpa. Lo observaba bajo el sol desde la ventana y sabía que él interpretaba el mundo de una manera distinta a la mía.

Recordé que el día que subió a Row al barco no me miraba. Todavía sentía la misma rabia, seguía sin poder perdonarlo, no podía ni pensarlo. Pero no cambiaría el hecho de que todos moriríamos si yo no actuaba.

Jacob peleaba cuerpo a cuerpo con el grandote en un intento de derribarlo, pero este le tiró al suelo de un puñetazo. Logró levantarse en el momento en el que la mujer le clavó el hacha en el vientre. Cerré los ojos y, cuando los abrí, Jacob estaba de rodillas y sangraba por el estómago.

Me sentí como si me hubieran sacado las tripas. Agarré un puñado de hierba y tiré de él, un pedacito de tierra de olor embriagador y ajeno. Me mordí el labio con tanta fuerza que me hice sangre. Había dicho que nos escondiéramos en las casas vacías. ¿Hasta cuándo? Hasta que vinieran a buscarnos. Solo estábamos a unos metros de ellos. Esos arbustos serían donde primero mirarían, el único refugio posible en la ladera desnuda. Si echábamos a correr al Valle, nos verían. Tenía que terminar con esto ahora.

Capítulo 57

—Quédate aquí —le dije a Pearl.

—No —replicó, intentando levantarse.

La cogí del hombro y la tiré al suelo.

—Obedece —gruñí.

Se movían en círculos, buscando cualquier rastro nuestro en la ladera. Me arrastré entre los árboles y salí de entre los arbustos a plena vista. Al verme, se dirigieron hacia mí, yo me di media vuelta y subí hacia la cima, lejos de la tumba de Row y más cerca del borde del acantilado.

Me detuve a algunos pasos del borde. La hierba estaba tan seca que algunas briznas se partieron cuando las pisé y el viento se las llevó mar adentro. Olía a madera quemada de la hoguera de nuestro campamento en la playa. El humo me hizo pensar en el olor del Valle antes de la invasión de los Lost Abbots, cómo todo se vuelve oscuro y sucio cuando vienen a por ti. El fuego, los cañonazos, los cuerpos tendidos en el suelo. Tu vida, una nube que no te deja ver.

Estaba temblando. Encogí los hombros, agaché la cabeza, bajé la vista. Me empequeñecí.

—Mi hija —exclamé cuando estaban lo bastante cerca para oírme—. Se ha caído. —Miré por encima del borde del acantilado, como si estuviera contemplando un cuerpo al pie.

El hombre se limpió con el brazo un corte que tenía en la frente. La mujer tenía la cara arrugada y pálida. El hacha le colgaba de una mano. El gesto de la boca era duro y me miraba alternativamente a mí y al precipicio con impaciencia.

Me llevé la mano al pecho como si estuviera sufriendo y me acerqué más al borde del acantilado.

—Eh —dijo el hombre, adelantándose para cogerme y alejarme del borde.

Me zafé cuando me cogió la muñeca, me coloqué detrás y lo empujé por el borde. Oí la exclamación de la mujer. No cayó como había previsto, como si fuera un objeto que iba de un sitio a otro. Desapareció y luego reapareció en el suelo.

Me aparté unos pasos del borde y me enfrenté a la mujer. El aire era un arma de un solo uso ahora que había descubierto mis intenciones. Desenvainé el cuchillo largo. La mujer levantó el hacha y la empuñó con dos manos, como si se dispusiera a usarla como un bate de béisbol.

Me sobresaltó un grito, la llamada salvaje de un animal que cazaba en la oscuridad. Pearl corría hacia nosotras ladera arriba.

La mujer blandió el hacha, la esquivé y me abalancé sobre ella, lanzándole una puñalada al cuello. Le perforé la piel y se llevó la mano a la herida. Se le enturbió la mirada cuando levantó el hacha y se dirigió hacia mí.

Tras ella, Pearl se acercaba más y más. La mujer intentó clavarme el hacha en el vientre y di un salto hacia atrás. Me acertó encima de la cadera derecha y el dolor me atravesó, me fallaron las fuerzas y caí.

Pearl coronó la cima y se quedó junto a nosotras, con su cabello rojo ondeante al viento. No llevaba nada en las manos, una la tenía en el costado y la otra en la abertura del saco.

Traté de ponerme de pie para tirar a la mujer al suelo antes de que ella pudiera llegar hasta Pearl, pero las piernas me fallaron y me caí.

La sangre goteaba de la hoja del hacha. La mujer la levantó y se dispuso a atacar a Pearl. El sudor me tapó los ojos, apreté los dientes y me lancé contra la mujer. La apuñalé en el pie y la clavé al suelo. Ella aulló y tiró del pie, intentando zafarse. Se soltó con el cuchillo todavía en el pie, tropezó y cayó de espaldas.

—¡Pearl, corre! —grité. Fui a incorporarme, pero las piernas no me respondían. Me apreté una mano contra la herida y me apoyé en la otra, hundiendo los nudillos en la tierra.

Pearl me observaba con cara de fastidio. Hurgó en el saco y sacó una serpiente que se retorcía. No la había visto nunca y estaba tan aturdida que me pregunté por qué Pearl se ponía a enseñar las serpientes.

La mujer abrió mucho los ojos, aterrorizada, se apoyó en los codos y logró darse la vuelta, levantando pequeñas nubes de tierra con los pies. Dejó escapar varios chillidos mientras Pearl se acercaba con la serpiente. Puro terror. Eran víboras, comprendí. Pearl me había desobedecido durante todo este tiempo. El asombro y el alivio se adueñaron de mí. Pearl le arrojó la víbora a la mujer y el reptil pasó por encima de mí como un arco pardo. Le aterrizó en el pecho y, cuando levantó la mano para golpearla, la víbora le escupió veneno a los ojos.

La mujer gritó, llevándose las manos a los ojos mientras la serpiente se deslizaba entre la hierba. Pearl dio un paso más y le tiró otra al pecho. Esta le mordió velozmente tres veces en el cuello, cayó al suelo y desapareció entre la hierba.

La mujer se arrastró de espaldas, cada vez más cerca del borde del precipicio, hasta que algunas piedras cayeron del borde y retumbaron al llegar al pie del acantilado.

—Este es Charlie, mi favorito —dijo Pearl educadamente, como si lo estuviera presentando. Le sujetaba la cabeza con una mano y con la otra recogía su cuerpo enrollado, como si fuera una tetera.

Los ojos de la mujer eran rendijas, se le habían comenzado a hinchar. Me acordé de los panfletos que repartían en los puertos, los que obligaban a Pearl a estudiar para distinguir qué serpientes eran venenosas. El veneno de víbora quemaba como un hierro al rojo vivo. Te espesaba la sangre, el cuerpo se crispaba sin oxígeno, el dolor te recorría la columna.

Yo tenía la vista borrosa, el mundo era cada vez más plano, más distante, todo se apagaba. Retiré la mano que me había llevado a la herida. Rojo brillante bajo la luz del sol. Me sorprendí, aunque supiera que estaba sangrando.

—Tardarás un día entero en morir —le dijo Pearl a la mujer—. Pero como tienes más mordeduras, es posible que no dures tanto.

Me derrumbé en la hierba cuando oí que el cuerpo de la mujer golpeaba las rocas del fondo. Lo último que vi fueron los pájaros que sobrevolaban la escena. Varias gaviotas asomaron por encima del borde del acantilado, pasaron por encima de Pearl y de mí, sobre de la tumba de Row, y desaparecieron en el horizonte como fantasmas.

Capítulo 58

Me desperté en la cama de Jacob. Las pesadas camisas y pantalones de pana estaban doblados en un estante junto a la puerta. En la mesilla de noche había una taza con un ramillete de flores moradas. El sol entraba por la puerta que conducía a la cocina.

Daniel entró en la habitación, las pisadas de sus botas resonaron en el suelo de madera. Estaba ligeramente inclinado y me observaba a través de un mechón de pelo que le tapaba los ojos. Llevaba un vendaje blanco en la mano. El sol se reflejó en el vaso de agua que me traía. Inspiré hondo. Daniel con el vaso de agua: una imagen hermosa que quería retener.

Sostuvo el vaso para ayudarme a beber y el líquido me despertó los sentidos y me despejó la mente. Se marchó y trajo a Pearl. Ella se quedó un minuto de pie sin decir nada. Su rostro había cambiado durante las horas que nos habíamos separado. Tenía una pesadumbre en los ojos que estaba fuera de mi alcance.

—Me habría gustado conocerla —dijo en voz baja.

—Y a mí que la conocieras —dije. «Había estado delante de demasiadas tumbas, ya fuera en mar o en tierra», pensé. Tragué saliva para deshacer el nudo que tenía en la garganta.

Pearl se coló en la cama conmigo y enterró la cara en mi cuello. Se estremeció y dejó escapar un sollozo. Le acaricié el pelo y le susurré. A veces, era fácil olvidar lo pequeña que era.

***

Si me sentaba alcanzaba a ver la cocina y a Daniel y a Pearl buscando comida. Había poca cosa, pero encontraron un tomate podrido, un saco de harina medio vacío y dos huevos en un refrigerador. Daniel cascó un huevo en un cuenco de madera, lo olió y luego cascó el segundo. No debían estar pasados, porque encendió el fuego y los frio. Después de cocinar los huevos, mezcló la harina con agua y preparó una especie de torta con grumos en una sartén.

Comimos en silencio. Pearl se chupaba el pulgar y lo presionaba sobre las migajas una a una. Detrás de Daniel y de Pearl, en la pared, estaban los dibujos de Row. Había un dibujo a carboncillo de una ballena. Quizá era la misma ballena que había quedado encallada en la orilla, porque la había dibujado en tierra, no en el agua.

Descansé durante un día, con cuidado para no moverme y que no se reabriera la herida que tenía en el costado, que Daniel me había vendado con una sábana vieja. A la tarde siguiente le dije a Daniel:

—Deberíamos ir a por los demás.

—Descansa unas horas más. —Daniel me explicó que les había hecho señas con una bandera y les había escrito una nota para hacerles saber que estábamos a salvo. Envolvió una piedra con ella y se la tiró desde el acantilado.

—No van a moverse de ahí, y les dejamos comida y agua suficiente —dijo Daniel.

Colocó una silla junto a la cama, se sentó y me tomó de la mano.

—Pearl y yo estamos cavando una tumba para Jacob junto a Row —dijo Daniel—. El suelo está helado, nos llevará varias horas terminarla.

Asentí. Daniel me observó como si quisiera oírme decir algo, pero me callé.

—Esta mañana he pensado en mi madre —dijo él—. Debe ser por la luz de aquí. En los últimos días que pasamos juntos, levantaba los dedos para tocar los rayos del sol y movía la mano debajo, como si la luz fuera agua corriente y quisiera mojarse la piel. —Daniel agitó la cabeza y me acarició el dorso de la mano con el pulgar—. Te acostumbras a la pérdida como te acostumbras al agua. No puedes ni imaginar la vida sin ella, sin que te rodee.

Pensé en los cuerpos que se apilaban en las nuevas orillas creadas por el agua durante la inundación. El sol secaba la piel y la carne, las olas erosionaban los huesos.

«Row ya no está», me repetía una y otra vez, obligándome a creerlo. Necesitaba aprender a cuidarme tras su pérdida. Tendría que hacerle hueco a la pérdida y a la esperanza, permitir que las dos se acomodaran y cambiaran.

Daniel tenía un cardenal en el mentón. Lo toqué con cautela y él esbozó una mueca de dolor. Tenía los ojos tan claros que mirarlos era como caer al vacío. Extendió la mano y me retiró el pelo de la cara. Aunque me dolía la herida, me incorporé y lo besé.

Esa tarde, me levanté y comprobé mi equilibrio. Veía a Daniel y Pearl a través de la ventanita. Llevaban cestos con manzanas. Debía haber un huerto cerca, supuse. Caminaban juntos y vi que Daniel se secaba las lágrimas con el dorso de la mano, levantando el mentón para que ella no lo notara. Sé que había pensado que nunca volveríamos a ver a Pearl y que su confianza esa noche en la montaña había sido pura fachada.

Hurgué en los cajones de la cómoda de Jacob en busca de ropa de abrigo. Un viento frío bajaba por la ladera y hacía temblar la casa. Aparté unos pantalones de lana y cogí un jersey grueso hecho con lana amarilla. Debajo del jersey apareció un dibujo.

Era otro dibujo de Row, había pintado un río y grullas canadienses. Era la misma escena de hacía tantos años: su recuerdo también era mi recuerdo. Había pintado una de las grullas en pleno vuelo, encima del río, dirigiéndose a la esquina superior de la hoja.

Al pie, con una letra infantil casi ilegible, había escrito la palabra «madre». Me la imaginé sumergiéndose en aquel recuerdo los mismos días que yo para refugiarse en él, un espacio compartido para las dos.

Me sentía mareada y sin aliento. Me apoyé contra la pared y me deslicé al suelo, donde apoyé la cabeza sobre las rodillas; delante de mí, el dibujo cayó al suelo. Me eché a llorar y dejé que el suelo me sostuviera.

Me sentía como la tierra durante la inundación, todo se me venía encima: no solo el dolor, sino también la nostalgia, y supe que tenía que sentarme a esperar que pasara, a que todo se asentara, a que me aplastara con su peso y mi corazón se hundiese en las profundidades para luego recomponerse.

Cuando cruzamos la montaña para regresar al campamento de la playa, la niebla comenzaba a disiparse. Las caras de Wayne y Thomas se relajaron cuando nos vieron acercarnos. Se pusieron de pie de un salto y corrieron hacia nosotros, ayudándonos con las mochilas y abrazándonos.

Thomas y Wayne habían retirado toda la madera y la cuerda aprovechable del Lily Black y la habían dejado a secar sobre la arena. Pero sabía que no serviría para construir otro barco y marcharnos. No había madera suficiente para ello y, además, estábamos cansados del mar. Por ahora, pertenecíamos a este sitio, aunque solo fuera porque era donde habíamos naufragado. Donde tendríamos que reconstruir.

Hicimos una hoguera junto a la piedra negra grande y nos acurrucamos juntos. En nuestra ausencia, Thomas y Wayne habían cogido un cubo de mejillones. Los cocinamos en el fuego y comimos mientras hablábamos del pueblo.

Daniel y yo describimos la epidemia, las casas vacías, el pozo envenenado, los centinelas muertos. Comentamos que los Lost Abbots regresarían pronto. Es posible que atracasen en la ensenada del este y cruzaran la montaña para dirigirse al Valle a recaudar los impuestos. Y teníamos que estar listos para ellos.

Daniel había visto un huerto grande en el lado norte del pueblo, estaba descuidado y echado a perder. Podíamos arar la tierra y podar las ramas para que rebrotasen las plantas. Mudarnos a algunas de las casas abandonadas y arreglarlas con la madera rescatada del barco. Podíamos construir una escalera para bajar por el acantilado y así tener un acceso más cómodo a la orilla para pescar. Una escalera que pudiéramos retirar durante los ataques.

De regreso al pueblo, había visto a algunas personas más merodeando por las calles y en sus casas. Se movían como si todavía estuvieran asustados, pero más envalentonados ahora que no había centinelas. Nos observaron con curiosidad cuando atravesamos el pueblo.

Mientras caminaba pensaba cómo me dirigiría a ellos. No tenía el carisma de Abran, ni su capacidad para unir a la gente, pero tendría que intentarlo. Necesitábamos su ayuda si íbamos a construir el refugio con el que Abran y su hermano habían soñado.

Pero las dudas me asaltaban. ¿Se unirían a nosotros? ¿Se sentirían seguros con aquellos extraños? ¿Qué historia y qué secretos ocultaban y se convertirían en los cimientos no deseados de nuestra comunidad?

Miré todos los rostros que me rodeaban junto a la hoguera. Antes de todo esto, solo estábamos Pearl y yo, solas en el mundo. Y ahora, cada rostro era como una boya en el mar oscuro. Thomas y su espíritu inmune a la oscuridad. Wayne, siempre dispuesto a pelear. Daniel con su presencia inalterable. Y Pearl, un animal salvaje que no quería domar. Sentía por todos ellos un instinto maternal y protector. Los conduciría a lo que nos deparase el porvenir, intentaría cumplir la promesa que le hice a Abran. Cuando el agua cubrió la tierra, me sentí como si nos estuviera borrando de su faz. El mundo entero era una tumba. Pero podíamos subir como el horizonte, aunque se elevara. Dejaríamos nuestra impronta en el cielo con nuestra silueta antes de desaparecer de la cima del mundo.

Recordé la vez que llevé a Row a pescar con el abuelo; teníamos un pez en la barca que movía las aletas.

—Vuela, vuela —le había dicho Row.

Lo volvimos a echar al agua y se fue nadando.

En aquel momento había pensado que lo había dicho porque quería que lo devolviésemos al agua, que todavía no diferenciaba entre «nadar» y «volar». Pero ahora creo que podría referirse a volar, porque deseaba que cualquier cosa se transformase en pájaro. También yo anhelaba elevarme. Que todo se elevase por encima de la tierra y estuviera fuera del alcance de la muerte, que hubiera una parte de nosotros que se elevara siempre y sobrevolase lo que habíamos perdido.

Una parte de mí me empujaba a negar la evidencia. A creer que Row estaba ahí fuera en alguna parte. Pero sabía que esa era la clase de esperanza que te traiciona. La clase de esperanza que es una ilusión, que te ata a tu deseo. Necesitaba una esperanza basada en algo real. La esperanza de que podíamos echar raíces aquí; de que podía cuidar de estas personas. Jacob no tenía motivos para mentirme y los Lost Abbots no habían tenido motivos para mentirle a Jacob. Podían habérsela llevado al barco de cría cuando les hubiera dado la gana, es lo que hacían siempre.

Había llegado el momento de aceptarlo y de encontrar la manera de continuar. Row ya no estaba, había pasado casi toda la vida sin mí. No había que aferrarse a una verdad distinta. Era mi hija y al mismo tiempo no lo era. Había sido ella sin más. Y nuestros recuerdos nos habían unido como unidos habían estado nuestros cuerpos antes de su nacimiento. Su espíritu ardía en mí como el fuego.

Ahora comprendía que no solo me había embarcado para rescatar a Row. Me había embarcado para buscar una parte de mí que aún no había nacido y había navegado en pos de ella, como si fuera el fantasma de un futuro que necesitase crear.

Había esperado mucho tiempo para comprobar que me equivocaba. Para comprobar que en mi interior había espacio para todo lo que había perdido y perdería, que mi corazón crecería con la pérdida y no se contraería. Y no solo había descubierto que era cierto, lo había hecho realidad. No solo soy fragmentos de cristal roto, también soy el agua derramada. Una fuerza imposible de contener que nunca llega a destruirse.

Noté que Pearl ya no estaba en la hoguera y eché un vistazo por la orilla en su busca. Estaba bailando ante el esqueleto de la ballena y levantaba la arena con los pies. Daba vueltas y más vueltas. El cabello era un halo alrededor de su rostro. Una figura diminuta contra el esqueleto, el cielo gris y el mar al fondo; el horizonte, un trazo tan leve que era difícil distinguirlo.

Me invadió una sensación cálida y sonreí. «Debe estar bailando al ritmo de una música que se imagina», pensé. Pero entonces la oí. Las gaviotas del acantilado, que ya no se lanzaban en picado en busca de peces. Sus voces se elevaban con el viento, tan únicas y nítidas como campanas. Parecía que cantasen.

AGRADECIMIENTOS

A Victoria Sanders y Rachel Kahan, por su fe en este libro y por ayudarme a mejorarlo, y a Hilary Zaitz Michael, Bernadette Baker-Baughman, Jessica Spivey, Benee Knauer y todo el equipo de HarperCollins. Tengo mucha suerte de poder trabajar con vosotros.

A mi grupo de escritura: Theodore Wheeler, Felicity White, Ryan Borchers, Amy O'Reilly, Bob Churchill, Drew Justice y Ryan Norris; a Kate Sims, por ser una excelente crítica literaria, y a mis profesores, por ser siempre tan generosos.

A Adam Sundberg, por darme su visión y ofrecerme desinteresadamente sus conocimientos sobre historia ambiental. Todos y cada uno de los errores son míos.

A mi familia, por apoyarme siempre en mi trabajo; a mi padre, por construirme un caballete cuando todavía era casi un bebé, y a la única e inigualable Fetty, por enseñarme a leer y a escribir y continuar siendo mi primera lectora aún hoy.

A Don, por dejar la luz encendida.

A mis hijos y a mi marido, por todo.